LUCES DEL NORTE

LA BRÚJULA DORADA

PHILIP PULLMAN

LUCES DEL NORTE

LA BRÚJULA DORADA

Traducción de Roser Berdagué

EDICIONES B
GRUPO ZETA

Barcelona • Bogotá • Buenos Aires • Caracas • Madrid • México D. F.
Montevideo • Quito • Santiago de Chile

Título original: *Northern Lights. His Dark Materials*
Traducción: Roser Berdagué

1.ª edición: julio, 1999
1.ª edición en esta colección: octubre, 2007

Publicado por acuerdo con Scholastic, Inc.

Ilustración cubierta © MMVII New Line Productions, Inc. The Golden Compass™ and all related characters, places, names and other indicia are trademarks of New Line Productions, Inc.
All Rights Reserved.

Ilustración de cubierta reproducida con permiso de Scholastic Ltd.

© 1995, Philip Pullman, por el texto
© 2007, Ediciones B, S. A.,
  en español para todo el mundo
  Bailén, 84 - 08009 Barcelona (España)
  www.edicionesb.com

Impreso en España - Printed in Spain
ISBN: 978-84-666-3622-3
Depósito legal: B. 38.422-2007

Impreso por LIMPERGRAF, S.L.
Mogoda, 29-31 Polígon Can Salvatella
08210 - Barberà del Vallès (Barcelona)

En este espantoso abismo,
matriz de la naturaleza y tal vez tumba,
no de mar, ni tierra, ni aire, ni fuego,
sino de todos juntos en sus fecundadoras causas
confusamente mezclados, y al que debe combatirse siempre,
a menos que aquel que todo lo hace y puede ordene
sus oscuras materias y cree más mundos,
en este espantoso abismo, el cauteloso demonio
se detuvo al borde del infierno y miró un momento,
considerando su viaje...

JOHN MILTON,
El paraíso perdido, libro II

PRIMERA PARTE

OXFORD

1

LA LICORERA DE TOKAY

*L*yra y su daimonion atravesaron el comedor, cuya luz se iba atenuando por momentos, procurando mantenerse a un lado del mismo, fuera del campo de visión de la cocina. Ya estaban puestas las tres grandes mesas que lo recorrían en toda su longitud, la plata y el cristal destellaban pese a la poca luz y los largos bancos habían sido retirados un poco con el fin de recibir a los comensales. La oscuridad dejaba entrever los retratos de antiguos rectores colgados de las paredes. Lyra se acercó al estrado y, volviéndose para observar la puerta abierta de la cocina, como no viera a nadie, subió a él y se acercó a la mesa principal, la más alta. El servicio en ella era de oro, no de plata, y los catorce asientos no eran bancos de roble sino sillones de caoba con cojines de terciopelo.

Lyra se detuvo junto a la silla del rector y dio un suave golpecito con la uña en la gran copa de cristal. La vibración resonó en todo el comedor.

—Un poco de seriedad —le murmuró su daimonion—. A ver si sabes comportarte.

El nombre de su daimonion era Pantalaimon y normalmente tenía la forma de una mariposa nocturna, una mariposa de color marrón oscuro, a fin de pasar inadvertido en la penumbra del salón.

—Hay mucho ruido para que puedan oírnos en la cocina —le respondió Lyra en un murmullo—. Y el camarero no vendrá hasta el primer campanillazo. ¡Deja ya de darme la lata!

Volvió, pues, a poner la palma de la mano sobre el resonante cristal mientras Pantalaimon se alejaba revoloteando y desaparecía por la puerta entreabierta del salón reservado, situado al otro extremo del estrado. Al poco rato apareció de nuevo.

—No hay nadie —musitó—, pero tenemos que darnos prisa.

Agachándose detrás de la mesa principal, Lyra se lanzó como un dardo a la puerta del salón reservado y, ya allí, se paró a echar un vistazo alrededor. La única luz de la estancia era la procedente de la chimenea, cuyos troncos fulguraron con vivo resplandor mientras los miraba, levantando un surtidor de chispas. Aunque había pasado gran parte de su vida en el college, aquélla era la primera vez que entraba en el salón reservado: sólo tenían permiso para ello los licenciados y sus invitados, nunca las mujeres. Ni siquiera lo limpiaban las criadas, sólo el mayordomo.

Pantalaimon se posó en su hombro.

—¿Ya estás contenta? ¿Nos podemos marchar? —dijo en un murmullo.

—¡No seas tonto! ¡Lo quiero ver todo!

Era una estancia espaciosa y en ella había una mesa ovalada de bruñido palo de rosa sobre la cual estaban dispuestas varias licoreras, además de vasos y un artefacto de plata para moler tabaco, provisto de un portapipas. En un aparador cercano había un pequeño calientaplatos y una cesta de cápsulas de adormidera.

—Se dan buena vida, ¿no te parece, Pan? —observó Lyra, conteniendo la voz.

Se sentó en una de la enormes butacas de cuero verde. Era tan inmensa que podía tumbarse en ella, pero se incorporó y se acomodó sobre las piernas para contemplar los retratos colgados en las paredes. Probablemente antiguos alumnos: todos togados, barbudos y siniestros, mirándola fijamente desde el interior de sus marcos, en actitud de solemne desaprobación.

—¿De qué estarán hablando? —dijo Lyra o, mejor dicho, empezó a decir, ya que antes de terminar la pregunta se oyeron voces al otro lado de la puerta.

—¡Detrás de la butaca! ¡Rápido! —la instó Pantalaimon.

De un salto Lyra se levantó de la butaca y se ocultó detrás. No era el mejor lugar para esconderse, ya que escogió precisamente la butaca que estaba en el centro mismo de la habitación y, a menos que no hiciera ningún ruido...

Se abrió la puerta y en la estancia se produjo un cambio de luz. Uno de los que habían entrado llevaba una lámpara, que dejó en el aparador. Lyra alcanzaba a verle las piernas, cubiertas con pantalones de color verde oscuro, y los pies calzados con unos zapatos negros y relucientes. Era un criado.

Después oyó una voz profunda que decía:

—¿No ha llegado lord Asriel?

Se trataba del rector. Conteniendo el aliento, Lyra vio al daimonion del criado (un perro, como casi todos los daimonions de criados) que, después de entregarse a un trotecillo, se sentó muy tranquilo a sus pies. Acto seguido se hicieron visibles los pies del rector, con sus zapatos negros y raídos de siempre.

—No, rector —dijo el mayordomo—. Ni palabra del Aëro-dock, tampoco.

—Supongo que estará hambriento cuando llegue. Acompáñelo directamente al salón, haga el favor.

—Muy bien, rector.

—¿Ha decantado para él un poco del Tokay especial?

—Sí, rector. Del de 1898, tal como usted me ordenó. Su Señoría siente una gran predilección por este vino, lo recuerdo muy bien.

—Perfecto. Y ahora retírese, por favor.

—¿Necesita la lámpara, rector?

—Sí, déjela aquí y ocúpese de irla manteniendo durante la cena.

El camarero hizo una ligera reverencia y se volvió para abandonar la sala, mientras su daimonion lo seguía, obediente, al trote. Desde su rudimentario escondrijo Lyra observó al rector y vio que se dirigía a un enorme armario de roble situado en un rincón de la sala, descolgaba la toga de la percha y, con grandes trabajos, se la ponía. El rector había sido en tiempos un hombre fornido, pero ya había cumplido más de setenta años y sus movimientos eran ahora lentos y envarados. El daimonion del rector tenía el aspecto de un cuervo, y así que su señor se hubo puesto la toga, saltó del armario en el que acababa de posarse y volvió a su sitio acostumbrado: el hombro derecho del rector.

Lyra notaba que Pantalaimon estaba erizado de angustia, aunque no profería sonido alguno. En cuanto a ella, se sentía agradablemente excitada. El visitante anunciado por el rector, lord Asriel, era su tío, un hombre al que admiraba profundamente y temía a un tiempo. Se decía de él que estaba metido en alta política, investigaciones secretas y operaciones militares realizadas en lugares remotos, por lo que Lyra no sabía nunca en qué momento podía aparecer. Era una persona de carácter violento; si la atrapaba allí, el castigo sería severo, aunque ella estaba dispuesta a afrontarlo.

Lo que vio a continuación, sin embargo, cambió por completo las cosas.

El rector se sacó del bolsillo un papel doblado y lo dejó sobre la mesa. Retiró el tapón de la licorera, llena de exquisito vino dorado, desdobló el papelito y dejó caer en la botella una fina lluvia de polvo blanco antes de arrugar el papel y, tras hacer con él una bolita, arrojarlo al fuego. Después se sacó un lápiz del bolsillo, agitó con él el vino hasta disolver el polvo y volvió a colocar el tapón en su sitio.

El daimonion del rector soltó un breve graznido casi inaudible. El rector le replicó por lo bajo y miró a su alrededor con los empañados ojos entrecerrados, antes de salir por la misma puerta a través de la cual había entrado.

Lyra preguntó con un hilo de voz:

—¿Lo has visto, Pan?

—¡Pues claro que lo he visto! Y ahora date prisa, ¡antes de que vuelva el camarero!

Apenas acababa de pronunciar aquellas palabras, cuando se oyó un campanillazo procedente del otro extremo del salón.

—Es la campana del camarero —indicó Lyra—. Creía que disponíamos de más tiempo.

Pantalaimon revoloteó rápidamente hasta la puerta del salón y regresó más rápidamente aún.

—El camarero ya ha llegado —dijo Pantalaimon—, y por la otra puerta no puedes salir...

La otra puerta, la utilizada por el rector para entrar primero y salir después, daba al concurrido pasillo que iba desde la biblioteca hasta la sala de reuniones de los licenciados. A aquella hora del día estaba abarrotada de hombres poniéndose las togas para la cena o que se apresuraban a dejar papeles o carteras en la sala común antes de trasladarse al comedor. Lyra había planeado irse de la misma manera que había llegado, ya que pensaba que dispondría de unos minutos más antes de que sonara la campana del camarero.

De no haber visto al rector echar los polvos en el vino, quizá Lyra se habría arriesgado a desatar las iras del camarero, o habría intentado no ser descubierta en el concurrido pasillo pero, debido al desconcierto que sentía, no acababa de tomar una decisión.

Oyó unas fuertes pisadas en el estrado. Era el camarero que iba al salón reservado con el fin de cerciorarse de que estaba bien provisto para que los licenciados tomaran refrescos y vino después de la cena. Lyra se precipitó al armario de roble, lo abrió y se escondió en su interior con el tiempo justo para cerrar la puerta antes de que entrara el camarero. En cuanto a Pantalaimon, no tenía miedo alguno: la sala estaba sumida en la penumbra y siempre podía esconderse debajo de una butaca.

Lyra oyó el agitado jadeo del camarero y, a través de la rendija de la puerta, que no había dejado cerrada del todo, lo observó mientras ponía un cierto orden en el portapipas y echaba una ojeada a las licoreras y vasos. Acto seguido se alisó el cabello sobre las orejas con las palmas de ambas manos y dijo algo a su daimonion. Dado que se trataba de un criado, tenía por daimonion a un perro, pero como criado de categoría, el suyo había de ser también un perro de categoría. En efecto, era un setter de pelo rojo. El daimonion parecía sospechar algo y se puso a rastrear a su alrededor como presintiendo la presencia de un intruso aunque, para intenso alivio de Lyra, no se acercó al armario. Lyra tenía miedo del camarero porque en dos ocasiones le había pegado.

De pronto oyó un leve bisbiseo. Por supuesto, se trataba de Pantalaimon, que se había colado en el armario y se había hecho un sitio a su lado.

—Ahora nos tendremos que quedar aquí. ¡No entiendo por qué no me haces caso!

Lyra no respondió hasta que el camarero hubo salido de la estancia. Una de las tareas que éste tenía a su cargo consistía en comprobar que la mesa principal estuviera bien puesta. Oyó a los licenciados entrar en el salón, murmullo de voces, pies que se arrastraban.

—¡Menos mal que no te hago caso! —le replicó Lyra también en voz baja—. Si te lo hubiera hecho, no habríamos visto al rector echar el veneno en el vino. ¡Pan, ese vino es el Tokay del que ha hablado al mayordomo! ¡Piensan asesinar a lord Asriel!

—¿Y tú cómo sabes que es veneno?

—¡Pues claro que es veneno! ¿No te has dado cuenta de que ha hecho salir al mayordomo de la habitación antes de echarlo en el vino? De no haber tenido mala intención, no le habría importado que el mayordomo lo hubiera visto. Aquí ocurre algo... algo de tipo político... Los criados hablan del asunto hace días. Oye, Pan, quizás impediremos un asesinato...

—En mi vida había oído majadería semejante —exclamó, rotundamente—. ¿O te figuras que puedes estar cuatro horas clavadita en este armario donde no cabe un alfiler? Déjame salir y echar un vistazo al pasillo. Te avisaré en cuanto esté despejado.

Abandonó volando su hombro y Lyra distinguió su minúscula sombra en la rendija de luz.

—Es inútil, Pan, yo no me muevo de aquí —aseguró Lyra—. Aquí hay otra toga o no sé qué cosa, la colocaré en el suelo y me pondré cómoda. Quiero ver qué se llevan entre manos.

Había estado un rato agachada, pero ahora se levantó con mucho cuidado, tanteó a su alrededor buscando las perchas y procurando no hacer ruido y se dio cuenta de que el armario era más grande de lo que creía. Había varias togas y mucetas académicas, algunas con ribetes de piel, la mayoría forradas de seda.

—¿Serán todas del rector? —comentó Lyra en un murmullo—. Seguro que cada vez que recibe algún título honorario de alguna universidad le regalan alguna toga vistosa y él las tiene aquí guardadas para disfrazarse con ellas cuando se le antoja... Pan, ¿en serio que no crees que fuera veneno lo que ha echado en el vino?

—Sí —dijo el daimonion—, creo que es veneno, lo mismo que tú, pero se trata de un asunto en el que no tenemos por qué meter las narices. De todas las cosas estúpidas que has hecho en tu vida, la de inmiscuirte en este enredo sería la más estúpida. A nosotros no nos incumbe.

—No seas imbécil —exclamó Lyra—. ¿Cómo quieres que me quede aquí tan fresca viendo como lo envenenan?

—Pues vayámonos con la música a otra parte.

—Oye, Pan, tú eres un cobarde.

—¡Y que lo digas! ¿Puedo preguntarte qué piensas hacer? ¿Vas a pegar un salto y arrebatarle el vaso de los dedos temblorosos? ¿Qué plan tienes?

—No tengo ningún plan, de sobra lo sabes —le replicó Lyra con voz tranquila—, pero después de haber sido testigo de lo que ha hecho el rector, no me queda otro camino. Supongo que sabes qué significa tener conciencia, ¿no? ¿Cómo quieres que me quede aquí en la biblioteca, mirándome el ombligo, a sabiendas de lo que se está tramando? Te aseguro que no pienso hacerlo.

—¡Claro, eso es lo que deseabas desde el principio! —exclamó el daimonion al cabo de un momento—. Querías esconderte aquí dentro para espiar. ¿Cómo no me he dado cuenta antes?

—De acuerdo, quería eso —dijo Lyra—. Todo el mundo sabe que se llevan algún tejemaneje entre manos, un ritual o no sé qué historia. Quiero saber de qué se trata.

—¡Pues no te importa un bledo! Si ellos quieren disfrutar con sus secretos, tú tienes que situarte por encima de este tipo de cosas y dejar que vayan a lo suyo. Eso de esconderse y espiar es de niños tontos.

—Ni más ni menos lo que pensaba que dirías. ¡Mira, déjame en paz de una vez!

Se quedaron un rato en silencio, Lyra muy incómoda por lo duro del suelo del armario, y Pantalaimon frotando con petulancia sus provisionales antenas contra una de las túnicas. Una mezcla de sentimientos encontrados se debatían en la mente de Lyra y nada le habría parecido mejor que compartirlos con el daimonion, pero el orgullo se lo impedía. Tal vez lo más conveniente sería intentar aclararse prescindiendo de su ayuda. El sentimiento dominante era la angustia, aunque esta vez no por ella. Ya había sentido angustia tantas veces por causas personales que había acabado por acostumbrarse. Esta vez se debía a lord Asriel y al significado de todo aquello. Lord Asriel no solía visitar el college y, puesto que se encontraban en una época de gran tensión política, quería decir que no había ido allí simplemente a comer, beber y fumar en compañía de un puñado de viejos amigos. Lyra sabía que tanto lord Asriel como el rector pertenecían al Consejo del Gabinete, organismo consultor especial del Primer Ministro, por lo que era probable que el hecho tuviera que ver con eso. Sin embargo, las reuniones del Consejo del Gabinete se celebraban en palacio, no en el salón reservado del Jordan College.

De pronto había comenzado a propalarse aquel rumor que desde hacía días alimentaba las conversaciones a media voz de los criados del college. Se decía que los tártaros habían invadido Moscovia y habían iniciado un despliegue hacia el norte en dirección a San Petersburgo, desde donde podían dominar el Báltico y, posiblemente, ocupar todo el oeste de Europa. Lord Asriel había estado en el lejano norte. La última vez que Lyra lo había visto se encontraba haciendo los preparativos para lanzarse a una expedición a la Laponia...

—Pan —susurró.

—¿Qué hay?

—¿Crees que habrá una guerra?

—Todavía no. Lord Asriel no vendría aquí a cenar si dentro de una semana tuviera que estallar una guerra.

—Eso pienso yo. Pero me refiero a más tarde.

—Sssss... se acerca alguien.

Lyra se levantó y acercó un ojo a la rendija de la puerta. Era el mayordomo que venía a ocuparse de la lámpara tal como le había encargado el rector. La sala común y la biblioteca tenían iluminación ambárica, pero los licenciados preferían las lámparas de nafta del salón reservado, más antiguas pero de luz más suave. No las cambiarían mientras viviera el rector.

El mayordomo recortó la mecha y echó otro tronco en la chimenea; después permaneció un momento escuchando atentamente junto a la puerta del salón y, acto seguido, se apoderó de un puñado de hoja de tabaco del molinillo.

Apenas había tenido tiempo de colocar la tapadera en su sitio, cuando vio que giraba el pomo de la otra puerta, lo que le hizo dar un nervioso salto. Lyra tuvo que sofocar una carcajada. El mayordomo se metió la hoja de tabaco en el bolsillo y se volvió hacia la puerta.

—¡Lord Asriel! —exclamó, a la vez que un helado estremecimiento de sorpresa recorría la espina dorsal de Lyra.

Lyra no podía verlo desde el lugar donde se encontraba y procuró frenar el impulso de moverse para distinguirlo.

—Buenas noches, Wren —dijo lord Asriel.

Lyra siempre oía aquella voz áspera con una mezcla de placer y de temor.

—Llego demasiado tarde para cenar. Esperaré aquí —añadió.

El mayordomo parecía incómodo. Los invitados sólo entraban en el salón reservado por invitación del rector y lord Asriel lo sabía, pero el mayordomo se dio cuenta de que el noble miraba con intención el bulto que se marcaba en su bolsillo y decidió callar.

—¿Quiere que le diga al rector que ha llegado, señor?

—Por mí no hay inconveniente, pero tráigame un poco de café.

—Muy bien, señor.

El mayordomo hizo una reverencia y se apresuró a salir, mientras su daimonion iniciaba un sumiso trote siguiéndole los talones. El tío de Lyra se dirigió a la chimenea y, levantando los brazos por encima de la cabeza, bostezó como lo haría un león. Llevaba ropa de viaje. Lyra comprobó una vez más, como siempre que lo veía, la impresión que le causaba. Quedaba descartada la posibilidad de salir a rastras del escondrijo sin hacerse notar, la única alternativa era quedarse donde estaba y esperar que no ocurriera nada.

El daimonion de lord Asriel, un irbis, estaba detrás de él.

—¿Vas a mostrar las proyecciones aquí dentro? —le preguntó.

—Sí, siempre será menos engorroso que hacerlo en la Sala de Actos. Querrán ver las muestras, además; dentro de un rato haré venir al bedel. Corren malos tiempos, Stelmaria.

—Tendrías que descansar.

Su tío se recostó en una de las butacas y Lyra ya no pudo verle la cara.

—Sí, sí. Y también tendría que cambiarme de ropa. Seguro que hay alguna vieja norma que les autoriza a imponerme como sanción el pago de doce botellas por presentarme vestido como no corresponde. Debería pasarme tres días durmiendo. Subsiste el hecho de que...

Se oyó un golpecito en la puerta y entró el mayordomo con una bandeja de plata en la que había una cafetera y una taza.

—Gracias, Wren —dijo lord Asriel—. ¿Ese vino de la mesa es Tokay?

—Sí, el rector lo ha hecho decantar especialmente para usted, señor —respondió el mayordomo—. Sólo quedan tres docenas de botellas de la cosecha del noventa y ocho.

—Lo bueno se acaba pronto. Deje la bandeja a mi lado y diga al bedel que suba las dos cajas que he dejado en la portería, ¿quiere?

—¿Aquí, señor?

—Sí, claro, aquí. Y además necesitaré una pantalla y un proyector, también aquí y ahora.

El mayordomo apenas pudo evitar quedarse boquiabierto por la sorpresa, pero por lo menos consiguió ahogar la pregunta que pensaba hacer o la protesta que iba a oponer.

—Wren, usted se olvida de su función —observó lord Asriel—. No me haga más preguntas, limítese a hacer lo que le digo.

—De acuerdo, señor —repuso el mayordomo—. Si me permite la sugerencia, creo que debería prevenir al señor Cawson sobre lo que piensa hacer, señor, de lo contrario se sorprenderá bastante... no sé si comprende lo que le quiero decir.

—Está bien, comuníqueselo entonces.

El señor Cawson era el camarero. Entre él y el mayordomo existía una fuerte rivalidad que databa de antiguo. El camarero era el superior, pero el mayordomo tenía más oportunidades de congraciarse con los licenciados y de sacar tajada. Le encantaba poder demostrar al camarero que estaba más enterado que él de lo que ocurría en el salón reservado.

Hizo una reverencia y salió. Lyra observó a su tío mientras éste apuraba de un trago su café y se servía otra taza en seguida, que saboreó a sorbos más lentos. Estaba muerta de curiosidad. ¿Así que cajas de muestras? ¿Y un proyector? ¿Qué era aquello tan urgente e importante que tenía que mostrar a los licenciados?

De pronto lord Asriel se puso de pie y se alejó de la chimenea. Ahora lo veía de cuerpo entero y le maravilló el contraste que ofrecía tanto con el regordete mayordomo como con los licenciados, encorvados y lánguidos. Lord Asriel era un hombre alto, de poderosas espaldas, rostro moreno y enérgico y unos ojos que chispeaban y relucían cuando soltaba una de sus espontáneas carcajadas. Era un rostro que dominaba a los demás o al que había que hacer frente, no un rostro que incitase a piedad ni moviese a protección. Todos sus movimientos tenían una especie de grandiosidad y un equilibrio perfecto, como los de un animal salvaje y, en una sala como aquélla, era un animal salvaje encerrado en una jaula demasiado pequeña.

En aquel momento presentaba una expresión distante que denotaba preocupación. El daimonion se le acercó y apoyó la cabeza en su cintura, él bajó los ojos y lo observó con mirada insondable antes de darse la vuelta y aproximarse a la mesa. Lyra sintió de pronto un nudo en el estómago: lord Asriel acababa de destapar la licorera de Tokay y se había servido un vaso de vino.

—¡No!

El grito ahogado le salió, irreprimible, de la garganta. Lord Asriel lo oyó y se volvió en el acto.

—¿Quién es?

Lyra no pudo frenarse y salió a trompicones del armario, acercándose a lord Asriel a gatas con el tiempo justo para arrebatarle el vaso de la mano. Se derramó el vino, que empapó el borde de la mesa y la alfombra, y después el vaso se estrelló en el suelo y se hizo añicos. Lord Asriel la agarró por la muñeca y se la retorció con fuerza.

—¡Lyra! ¿Qué demonios haces aquí?

—¡Suéltame y te lo diré!

—Antes te rompo el brazo. ¿Cómo te has atrevido a entrar?

—¡Te acabo de salvar la vida!

Se quedaron quietos un momento, la chica retorciéndose de dolor pero haciendo muecas para no llorar y el hombre inclinado sobre ella y con el ceño fruncido por la indignación.

—¿Qué has dicho? —le preguntó con voz más tranquila.

—Que ese vino está envenenado —acertó a responder Lyra apretando los dientes—. He sorprendido al rector en el momento en que echaba dentro unos polvos.

La soltó y la chica se desplomó en el suelo, mientras Pantalaimon se lanzaba, angustiado, sobre ella y se posaba en su hombro.

Su tío la estaba observando con furia contenida y Lyra no se atrevía a mirarlo a los ojos.

—Me he metido aquí dentro porque quería ver la sala —explicó Lyra—. Ya sé que no puedo entrar, pero pensaba salir antes de que llegaran cuando de pronto ha entrado el rector y no tenía más sitio que el armario donde esconderme. Le he visto echar unos polvos en el vino. Si no llego a...

Se oyeron unos golpecitos en la puerta.

—Será el bedel —dijo lord Asriel—. ¡Métete en el armario! Como hagas el más mínimo ruido, más te valdrá estar muerta.

Lyra se lanzó como una flecha dentro del armario y, así que hubo cerrado la puerta, resonó la voz de lord Asriel:

—¡Adelante!

Tal como había previsto, era el bedel.

—¿Lo entro, señor?

Lyra vio al viejo esperando, vacilante, en la puerta y, detrás de él, el ángulo de una enorme caja de madera.

—Por supuesto, Shuter —repuso lord Asriel—. Entra las dos cajas y déjalas junto a la mesa.

Lyra ya no se sentía tan tensa, ahora se concentró más bien en el dolor que notaba en el hombro y en la muñeca. De haber sido dada a la llorera, el dolor resultaba tan fuerte que se habría echado a llorar, pero se limitó a rechinar los dientes y a mover suavemente el brazo hasta que empezó a notar un cierto alivio.

Después oyó el ruido de cristal al estrellarse contra el suelo y de líquido al derramarse.

—¡Vaya por Dios, Shuter, estás hecho un manazas! ¡Mira lo que has hecho!

Lyra comprendió lo que había pasado. Su tío se las había arreglado para hacer caer de la mesa la licorera de Tokay y ahora procuraba echar las culpas al bedel. El viejo volvió a dejar la caja en el suelo con grandes precauciones y se disculpó.

—¡No sabe cuánto lo siento, señor!... Por lo visto me he acercado más de la cuenta y...

—Ve a buscar algo para limpiar el desaguisado. ¡Venga, aprisa, antes de que se empape la alfombra!

El bedel y el joven ayudante que lo acompañaba se apresuraron a salir. Lord Asriel se acercó al armario y habló en voz queda:

—Ya que te encuentras aquí metida, haz algo útil. No pierdas de vista al rector en cuanto lo veas entrar. Si me facilitas algún dato interesante relacionado con él, impediré que te veas más enmarañada en este lío de lo que ya lo estás. ¿Queda claro?

—Sí, tío.

—Como hagas el más mínimo ruido, yo no te conozco: estás sola.

Se apartó y volvía a colocarse de espaldas a la chimenea cuando entró de nuevo el bedel con un cepillo y un recogedor para retirar los vidrios, amén de una jofaina y un paño para limpiarlo todo.

—No puedo dejar de repetirle, señor, que lo siento en el alma; no entiendo qué...

—Limítese a arreglar el estropicio.

Apenas el bedel había empezado a frotar el vino de la alfombra, cuando el mayordomo dio unos golpecitos en la puerta y entró con el criado de lord Asriel, un tal Thorold. Llevaban entre los dos una pesada caja de madera bruñida con asas de bronce. Al ver lo que hacía el bedel frenaron en seco.

—Sí, es el Tokay —confirmó lord Asriel—. ¡Una lástima! ¿Es el proyector? Déjelo junto al armario, Thorold, hágame el favor. Pondré la pantalla en el otro extremo.

Lyra se dio cuenta de que podría ver la pantalla y todo lo que se proyectara en ella a través de la rendija de la puerta y se preguntó si su tío lo habría dispuesto de aquella manera a propósito. Aprovechando el ruido que hacía el criado al desenrollar la rígida pieza de tela y colocarla en su bastidor, Lyra dijo por lo bajo:

—¿Te das cuenta? ¿Ves como ha valido la pena venir?

—Puede que sí —repuso Pantalaimon lacónicamente con su vocecita de mariposa— o puede que no.

Lord Asriel se quedó junto al fuego tomándose a pequeños sorbos el resto de café y observando enfurruñado a Thorold mientras abría la caja del proyector, sacaba de sus estuches las lentes y comprobaba después el depósito de petróleo.

—Hay petróleo suficiente, señor —dijo—. ¿Quiere que haga venir a un técnico para que se encargue del funcionamiento?

—No, me ocuparé yo mismo. Gracias, Thorold. ¿Todavía no han terminado de cenar, Wren?

—Creo que están a punto, señor —replicó el mayordomo—. O yo no conozco al señor Cawson o el rector y sus invitados no se demorarán ni un momento cuando sepan que usted está esperando. ¿Me llevo la bandeja del café?

—Llévesela y váyase.

—Muy bien, señor.

Haciendo una ligera inclinación, el mayordomo cogió la bandeja y se dispuso a salir, seguido de Thorold. Tan pronto como se cerró la puerta, lord Asriel dirigió inmediatamente la mirada al armario, situado al otro lado de la sala. Lyra sintió la fuerza de aquella mirada como si tuviera casi forma física, como una flecha o una lanza. Después, lord Asriel desvió los ojos hacia otro lado y habló en voz baja a su daimonion.

Éste se le acercó, tranquilo, y se tumbó a su lado, alerta, elegante y peligroso, los verdes ojos escrutando la sala, al igual que los negros de lord Asrield, antes de volver a dirigirlos hacia la puerta de entrada en el momento en que giraba el pomo. Lyra no alcanzaba a ver la puerta, pero sí oyó una profunda respiración de hombre cuando entró el primero.

—Rector —saludó lord Asriel—. Sí, ya estoy aquí. Haga pasar a sus invitados, tengo algo sumamente interesante que enseñarles.

2

LA IDEA DEL NORTE

*L*ord Asriel —repuso el rector cordialmente acercándosele para estrecharle la mano.

Desde su escondrijo, Lyra observó los ojos del rector y vio que, efectivamente, se desviaban un segundo hacia la mesa donde antes estaba el Tokay.

—Rector —continuó lord Asriel—, lo siento mucho pero he llegado con excesivo retraso y no he querido interrumpir la cena, por eso me he acomodado aquí. ¿Qué tal, vicerrector? Me alegro de verlo tan bien. Tenga la bondad de excusar mi desaliñado aspecto, pero acabo de llegar. Sí, rector, el Tokay ha desaparecido y tengo la impresión de que lo está usted pisando. Al bedel se le cayó la botella de la mesa, aunque la culpa fue mía. ¿Cómo está usted, capellán? Leí su último artículo con gran interés...

Se apartó a un lado con el capellán, lo que permitió que Lyra viera perfectamente el rostro del rector. Permanecía impasible, aunque el daimonion que tenía posado en el hombro ahuecaba las plumas y se movía muy inquieto haciendo descansar el cuerpo de una pata a la otra. Lord Asriel ya dominaba el salón y, aunque procuraba mostrarse cortés con el rector dado que aquél era el territorio que le correspondía, estaba muy claro en qué sitio residía el poder.

Los licenciados saludaron al visitante y entraron en el salón; algunos se acomodaron en torno a la mesa, otros en las butacas y al poco tiempo el aire se llenó del rumor de las conversaciones. Lyra se percató de que los concurrentes estaban muy intrigados a causa de la caja de madera, la pantalla y el proyector. Conocía bien a todos los licenciados: al bibliotecario, al vicerrector, al investigador y a todos los demás. Eran hombres que habían estado toda la vida a su alrededor, la habían instruido, la habían reprendido, la habían consolado, le habían hecho pequeños obsequios, le habían impedido el acceso a los árboles frutales del jardín. No tenía más familia que aquélla e incluso habrían podido pasar por su verdadera familia si Lyra hubiera sabido qué significaba eso; aunque, en ese caso, habría considerado más familia suya a los criados del college. Los licenciados tenían cosas más importantes que hacer que corresponder a los afectos de una jovencita entre salvaje y civilizada, que les había caído en suerte como por casualidad.

El rector encendió el infiernillo de alcohol colocado debajo del pequeño brasero de plata y calentó un poco de mantequilla antes de cortar media docena de cápsulas de adormidera y de echarlas en él. Después de una fiesta se servían siempre adormideras, porque aclaraban las ideas, estimulaban la lengua y animaban la conversación. Era tradicional que el rector en persona se encargase de asarlas.

Aprovechando el ruido producido por el chisporroteo de la mantequilla al freírse y el rumor de las conversaciones, Lyra se desplazó para buscar mejor posición. Con grandes precauciones descolgó de la percha una de las togas, larga y completamente forrada de piel, y la colocó en el suelo del armario.

—Tendrías que haber elegido una prenda más áspera —le murmuró Pantalaimon a media voz—. Como te pongas demasiado cómoda, te quedarás dormida.

—En ese caso, tendrás que despertarme —replicó ella.

Lyra se sentó y prestó oído a la conversación, una conversación bastante aburrida, prácticamente acerca de cuestiones políticas todo el tiempo y, encima, de política londinense, nada interesante relacionado con los tártaros. Los aromas de las adormideras fritas y de las hojas humeantes se colaban agradablemente a través de la puerta del armario y, en más de una ocasión, Lyra no pudo evitar algunos cabeceos. Por fin oyó unos golpes en la mesa, las voces callaron y habló el rector.

—Señores —comenzó—, sé que hablo en nombre de todos al dar la bienvenida a lord Asriel. Aunque rara vez nos visita, siempre sacamos un gran provecho de su presencia y estoy seguro de que esta noche tiene algo particularmente interesante que presentarnos. Todos sabemos que estamos viviendo una época de particular tensión política. Mañana por la mañana se requiere a primera hora la presencia de lord Asriel en Whitehall y ya hay un tren esperándole para trasladarlo a Londres en cuanto hayamos terminado esta conversación. Así pues, debemos administrar eficazmente el tiempo. Supongo que, cuando haya terminado de hablar, habrá algunas preguntas. Les agradecería que fueran breves y sucintas. Lord Asriel, ¿querría tomar la palabra?

—Gracias, rector —repuso lord Asriel—. Desearía empezar mostrándoles algunas filminas. Usted, vicerrector, supongo que estará mejor situado aquí. Quizás el rector querrá sentarse junto al armario.

El anciano vicerrector era casi ciego, por lo que era una atención hacerle un sitio cerca de la pantalla, aunque el hecho de situarlo delante significaba que el rector tendría que sentarse junto al bibliotecario, más o menos a un metro de distancia del lugar donde Lyra estaba acurrucada en el armario. Cuando el rector se acomodó en la butaca, Lyra oyó que murmuraba:

—¡Maldita sea! Estoy seguro de que sabía lo del vino.

El bibliotecario murmuró a su vez:

—Pedirá dinero. Si dice que hay que hacer una votación...

—Si propone eso, debemos oponernos con toda la elocuencia de que seamos capaces.

El proyector comenzó a sisear mientras lord Asriel lo bombeaba con todas sus fuerzas. Lyra se movió un poco para dominar mejor la pantalla, donde ya relucía un fulgurante círculo blanco. Lord Asriel solicitó:

—¿Puede alguien apagar la lámpara?

Se levantó uno de los licenciados para hacerlo y la sala quedó a oscuras.

Lord Asriel comenzó su parlamento:

—Como ya saben algunos de ustedes, hace doce meses que llevé a cabo una misión diplomática en tierras del norte para visitar al rey de Laponia. Ése, por lo menos, fue el pretexto, puesto que mi verdadero objetivo era seguir el viaje más al norte, en dirección a los hielos, para tratar de descubrir qué había sido de la expedición Grumman. Uno de los últimos informes de Grumman a la Academia de Berlín hacía referencia a cierto fenómeno natural que sólo puede verse en las tierras del norte. Yo estaba decidido a investigar este particular y a descubrir todo lo que pudiera acerca de Grumman. Sin embargo, la primera imagen que tengo intención de mostrarles no tiene que ver directamente con ninguna de las dos cosas.

Puso, pues, la primera filmina en la montura y la deslizó detrás de la lente. En la pantalla apareció un fotograma circular muy contrastado, en blanco y negro. Había sido tomado de noche, con luna llena, y en él aparecía una cabaña de madera a media distancia cuyas oscuras paredes resaltaban sobre la nieve que la rodeaba y que cubría el tejado formando una espesa capa. Al lado de dicha cabaña había todo un conjunto de instrumentos filosóficos que a Lyra le recordaban el Parque Ambárico de la carretera que llevaba a Yarnton: antenas, cables, aislantes de porcelana, todo lo cual destellaba a la luz de la luna y estaba cubierto por una gruesa película de escarcha. De pie, en primer plano, se veía a un hombre vestido de pieles cuyo rostro resultaba visible apenas, a causa de la enorme capucha con que se cubría la cabeza y que levantaba la mano a modo de saludo. Tenía al lado una figura más pequeña. Todo estaba bañado por el mismo pálido resplandor de la luna.

—Este fotograma fue tomado con una emulsión corriente de nitrato de plata —explicó lord Asriel—. Quisiera ahora que vieran otro, tomado desde el mismo punto tan sólo un minuto más tarde y con una nueva emulsión especial.

Sacó la primera filmina y colocó otra en la misma montura. Era mucho más oscura que la otra, como si se hubiera eliminado por filtración la luz de la luna. Seguía siendo visible el horizonte y destacaba en él la oscura forma de la cabaña y el tejado de tono claro a causa de la nieve que lo cubría, pero quedaba oculta por la oscuridad la complejidad de los instrumentos. Lo que había cambiado por completo era el hombre, ya que su figura estaba inundada de luz y de la mano, que tenía levantada, parecía fluir una fuente de relucientes partículas.

—¿Esa luz viene de arriba o de abajo? —preguntó el capellán.

—De arriba —repuso lord Asriel—, pero no es luz, sino Polvo.

Algo en la manera de pronunciar aquella palabra hizo que Lyra la imaginase escrita con mayúscula, como si se tratase de un polvo especial. La reacción de los licenciados confirmó la sensación que había tenido, puesto que las palabras de lord Asriel provocaron un repentino silencio de la concurrencia, seguido de exclamaciones reprimidas de incredulidad.

—¿Pero cómo...?

—¿Será posible...?

—No puede...

—¡Señores! —atajó la voz del capellán—. Dejen que lord Asriel se explique.

—Es Polvo —repitió lord Asriel—. Queda impresionado como luz en la placa porque las partículas de Polvo afectan esta emulsión de la misma manera que los fotones afectan la emulsión de nitrato de plata. El motivo de que mi expedición se dirigiera primero al norte fue, en parte, comprobar esto. Como pueden ver, la figura del hombre resulta perfectamente visible. Ahora quisiera que se fijasen en la forma que tiene a su izquierda.

Indicó la forma borrosa de la figura más pequeña.

—Yo me figuraba que era el daimonion del hombre —apuntó el investigador.

—No, en aquel momento preciso tenía a su daimonion arrollado en torno al cuello en forma de serpiente. Esta figura que resulta apenas visible es un niño.

—¿Un niño amputado...? —apuntó alguien. Y por la manera de interrumpir la frase, demostró que se daba cuenta de que no habría debido hacer el comentario.

Se hizo un profundo silencio.

Lord Asriel respondió con voz tranquila:

—Un niño entero y, dada la naturaleza del Polvo, precisamente en eso estriba la cuestión, ¿no creen?

Nadie pronunció palabra durante varios segundos. Un momento después se oía la voz del capellán.

—¡Ah! —dijo como un hombre sediento que, después de haber bebido a placer, deja el vaso para respirar tras haber retenido el aliento mientras bebía—, y las corrientes de Polvo...

—... procedentes del cielo lo bañan en algo que parece luz. Podrán examinar la fotografía todo lo cerca que quieran porque se la dejaré cuando me vaya. Si la he enseñado ahora ha sido para demostrar el efecto de esta nueva emulsión. Ahora me gustaría mostrarles otra fotografía.

Cambió la filmina. La siguiente también había sido tomada de noche, pero esta vez sin luna. Se veía en ella un pequeño grupo de tiendas de campaña en el fondo, perfiladas débilmente sobre el bajo horizonte y, junto a ellas, un montón desordenado de cajas de madera y un trineo. Pero el interés básico de la fotografía estribaba en el cielo, del que colgaban haces y velos de luz a manera de cortinas ondulantes, formando guirnaldas que pendían de unos invisibles ganchos situados a centenares de kilómetros de altura o que se agitaban hacia los lados como movidas por un insólito céfiro.

—¿Y eso qué es? —inquirió la voz del vicerrector.

—Una fotografía de la Aurora.

—Un bello fotograma —manifestó el profesor Palmerian—. De los mejores que he visto en mi vida.

—Perdonen mi ignorancia —intervino la temblona voz del viejo chantre—, pero suponiendo que haya sabido alguna vez qué era la Aurora, lo he olvidado. ¿Es lo que se llaman Luces Boreales?

—Sí, tiene muchos nombres. Está compuesta de tempestades de partículas cargadas y de rayos solares de fuerza intensa y extraordinaria, invisibles de por sí pero que producen esta radiación luminosa cuando se interrelacionan con la atmósfera. De haber tenido tiempo, habría hecho teñir la filmina para que apreciaran los colores: rosado y verde pálido, la mayor parte, con una tonalidad carmesí que sigue el borde inferior de esa formación semejante a una cortina. Ésta ha sido tomada con una emulsión ordinaria. Y ahora me gustaría que observaran una fotografía tomada con la emulsión especial.

Sacó la filmina. Lyra oyó que el rector decía en voz baja:

—Caso de que nos obligara a realizar una votación, podríamos tratar de acogernos a la cláusula de asistencia. Durante las últimas cincuenta y dos semanas sólo ha residido treinta en el college.

—Tiene al capellán de su parte... —murmuró el bibliotecario en respuesta.

Lord Asriel colocó una nueva filmina en la montura del proyector. En ella se mostraba la misma escena. Como ocurría en el primer par de fotografías, muchas de las cosas visibles con luz ordinaria eran en ésta mucho más oscuras, al igual que las rutilantes cortinas que colgaban del cielo.

Sin embargo, en medio de la Aurora, muy por encima del desolado paisaje, Lyra distinguió algo concreto. Acercó el rostro a la rendija para verlo con más claridad y se dio cuenta de que los licenciados, situados más cerca de la pantalla, también proyectaban el cuerpo hacia delante. Al observar con más atención, la maravilla que sentía Lyra todavía fue en aumento al ver que allí en el cielo se perfilaba la inconfundible silueta de una ciudad: ¡torres, cúpulas, muros... edificios y calles... todo suspendido en el aire! Lanzó un suspiro de admiración.

El licenciado Cassington apuntó:

—Parece... una ciudad.

—Ni más ni menos —respondió lord Asriel.

—Una ciudad de otro mundo, ¿verdad? —terció el decano dejando traslucir un cierto desprecio en su voz.

Lord Asriel ignoró ese comentario. Hubo una oleada de excitación entre algunos licenciados, como si después de haber escrito tratados sobre la existencia del unicornio sin haber visto ninguno en su vida, acabasen de mostrarles un ejemplar vivo recién capturado.

—¿Se trata del asunto Barnard-Stokes? —preguntó el profesor Palmerian—. ¿Sí o no?

—Eso es lo que quiero averiguar —afirmó lord Asriel.

Estaba de pie a un lado de la pantalla iluminada y Lyra podía ver que sus ojos oscuros escrutaban a los licenciados mientras éstos examinaban fijamente la filmina de la Aurora. Junto a él, brillaba el verde fulgor de los ojos de su daimonion. Todas las venerables cabezas estaban tendidas hacia delante, con sus gafas lanzando destellos; tan sólo el rector y el bibliotecario seguían arrellanados en sus sillones y con las cabezas muy juntas.

El capellán intervino:

—Decía usted, lord Asriel, que buscaba noticias de la expedición Grumman. ¿También investigaba este mismo fenómeno el doctor Grumman?

—Creo que sí y creo también que había reunido gran cantidad de datos sobre el mismo, si bien no podrá proporcionárnoslos debido a que está muerto.

—¡No! —exclamó el capellán.

—Me temo que así es y tengo aquí las pruebas.

Una oleada de emoción y recelo recorrió todo el salón reservado cuando, siguiendo una indicación de lord Asriel, dos o tres de los licenciados más jóvenes trasladaron la caja de madera a la zona frontal de la estancia. Lord Asriel retiró la última filmina pero dejó encendido el proyector y, bajo el impresionante resplandor del círculo de luz, se inclinó para hacer palanca y abrir la caja. Lyra oyó el chirrido de los clavos al saltar de la madera húmeda. El rector se levantó para ver mejor lo que hubiera que ver, con lo que impidió la visión a Lyra. El tío de ésta volvió a tomar la palabra:

—Como ustedes recordarán, la expedición de Grumman desapareció hace dieciocho meses. Había recibido el encargo de la Academia Alemana de emprender viaje hacia el norte hasta llegar al polo magnético a fin de realizar ciertas observaciones espaciales. Precisamente en el curso de dicho viaje presenció el curioso fenómeno que ya hemos visto. Poco después, el hombre desapareció. Se creyó que habría sufrido un accidente y que su cadáver debía de haber quedado aprisionado todo este tiempo en alguna grieta. En realidad, no fue ningún accidente.

—¿Qué ha traído aquí? —preguntó el decano—. ¿Un contenedor al vacío?

Lord Asriel no dio ninguna respuesta. Lyra oyó el chasquido de grapas metálicas y un siseo como de aire que entrara en una vasija. Después, silencio. Aunque el silencio no fue muy largo. Tras unos momentos, Lyra oyó un confuso vocerío en el que se mezclaban gritos de horror, sonoras protestas, exclamaciones de indignación y de miedo.

—Pero qué...

—... apenas humano...

—... ha sido...

—¿... qué le ha sucedido?

La voz del rector los hizo callar a todos.

—Lord Asriel, en nombre de Dios, ¿pero qué nos trae aquí?

—La cabeza de Stanislaus Grumman —respondió la voz de lord Asriel.

En medio de aquella confusión de voces, Lyra oyó que alguien se dirigía dando traspiés a la puerta profiriendo al mismo tiempo sonidos incoherentes de desagrado. Lyra habría querido ver lo que veían ellos.

Lord Asriel explicó:

—Encontré su cuerpo conservado en el hielo a poca distancia de Svalbard. Éste es el trato que sus asesinos dieron a su cabeza. Observarán el esquema característico del cuero cabelludo arrancado. Supongo que usted lo conocerá bien, vicerrector.

La voz del anciano sonó firme al responder:

—He visto hacerlo a los tártaros. Es una técnica que se practica entre los aborígenes de Siberia y del Tungusk. De allí se difundió, como es lógico, a las tierras de los Skraelings, aunque creo que actualmente ha sido prohibida en Nueva Dinamarca. ¿Me permite examinarla más de cerca, lord Asriel?

Después de un breve silencio, volvió a hablar.

—No tengo muy buena vista y el hielo está sucio, pero yo diría que hay un agujero en la parte superior del cráneo. ¿Estoy en lo cierto?

—Lo está.

—¿Trepanación?

—Exactamente.

Esto provocó un murmullo de excitación. El rector se apartó y Lyra pudo ver de nuevo lo que sucedía. El viejo vicerrector, situado en el círculo de luz del proyector, sostenía un pesado bloque de hielo muy cerca de los ojos, en cuyo interior se encontraba encerrado un objeto que ahora Lyra distinguía muy bien: una masa informe y sanguinolenta que difícilmente habría podido identificarse como una cabeza humana. Pantalaimon revoloteó alrededor de Lyra, la inquietud del daimonion la afectó.

—¡Sssss! —le dijo en un murmullo—. ¡Escucha!

—El doctor Grumman fue en cierta ocasión alumno de este college —puntualizó el decano con voz encendida.

—Y acabó en manos de los tártaros...

—¿Tan al norte?

—¡Deben de haber llegado más allá de lo que se cree!

—¿No ha dicho usted que lo encontró cerca de Svalbard? —preguntó el decano.

—Exactamente.

—¿Debemos deducir que los panserbjýrne tienen algo que ver con esto?

A Lyra la palabreja no le decía nada, pero resultaba evidente que era reveladora para los licenciados.

—Imposible —afirmó con decisión el licenciado Cassington—, jamás se han comportado de esta manera.

—Entonces quiere decir que usted no conoce a Iofur Raknison —intervino el profesor Palmerian, que había protagonizado varias expediciones a las regiones árticas—. No me sorprendería lo más mínimo que le hubiera dado por arrancar cueros cabelludos humanos a la manera tártara.

Lyra volvió a mirar a su tío, que observaba atentamente a los licenciados con una cierta ironía sardónica, aunque sin hacer comentario alguno.

—¿Quién es Iofur Raknison? —preguntó alguien.

—El rey de Svalbard —respondió el profesor Palmerian—. Sí, en efecto, uno de los panserbjýrne. En cierto modo, un usurpador, porque se abrió subrepticiamente camino hacia el trono... o eso me han dicho, aunque no por ello deja de ser un personaje importante y que no tiene un pelo de tonto, pese a sus ridículas extravagancias, ya que se ha hecho construir un palacio de mármol importado y ha fundado lo que él llama una universidad...

—¿Para quién? ¿Para los osos? —soltó uno, provocando la carcajada de toda la concurrencia.

Pero el profesor Palmerian prosiguió:

—Debido a todo ello, puedo asegurarles que Iofur Raknison sería capaz de haberle hecho esto a Grumman. Al mismo tiempo, le complacería comportarse de forma totalmente diferente si se presentase la ocasión.

—Ya sabe usted cómo, ¿verdad, Trelawney? —preguntó el decano con ironía.

—Por supuesto que sí. ¿Sabe qué le gustaría por encima de todo? ¿Más aún que un título honorífico? ¡Pues querría tener un daimonion! Si encuentran la manera de proporcionárselo, se lo habrán metido en el bolsillo para lo que haga falta.

Los licenciados soltaron una risotada.

Lyra, perpleja, iba siguiéndolo todo, aunque no encontraba sentido alguno a lo que decía el profesor Palmerian. Por otra parte, estaba impaciente por saber más cosas acerca de cueros cabelludos arrancados, Luces Boreales y aquel misterioso Polvo. Sin embargo, se sentía decepcionada porque lord Asriel había acabado mostrándoles sus reliquias y fotografías y la conversación no tardó en convertirse en un estira y afloja por parte del personal del college con respecto a si debían proporcionarle o no algo de dinero para preparar una nueva expedición. Proseguían las discusiones y Lyra notaba que se le cerraban los ojos. No tardó en quedarse dormida y Pantalaimon se le enroscó en torno al cuello tras haber adoptado su forma favorita para dormir, la de un armiño.

Se despertó sobresaltada al notar que le sacudían los hombros.

—Silencio —le recomendó su tío.

La puerta del armario ropero estaba abierta y él permanecía agachado de espaldas a la luz.

—Ya se han ido todos, pero todavía anda por ahí algún criado suelto. Vete a tu cuarto y no digas nada de lo que has visto.

—¿Han hecho la votación para darte el dinero? —le preguntó Lyra, adormilada.

—Sí.

—¿Qué es el Polvo ése? —quiso saber Lyra haciendo esfuerzos para ponerse de pie, ya que tenía calambres tras haber estado doblada tanto tiempo.

—Nada que te importe.

—¡Claro que me importa! —exclamó Lyra—. Si quieres que esté escondida en el armario haciendo de espía tengo que saber lo que espío. ¿Me dejas que vea la cabeza?

Los blancos pelos de armiño de Pantalaimon se erizaron y Lyra notó un cosquilleo en el cuello. Lord Asriel se echó a reír.

—¡No seas morbosa! —le dijo mientras iba recogiendo las filminas y la caja de muestras—. ¿Has vigilado al rector?

—Sí, y lo primero que ha hecho ha sido comprobar lo del vino.

—Bien, de momento le he dado esquinazo. Haz lo que te he dicho, vete a la cama.

—¿Y tú? ¿Adónde vas?

—Vuelvo al norte. Salgo dentro de diez minutos.

—¿Puedo ir contigo?

Dejó lo que tenía entre manos y miró a Lyra como si la viera por primera vez en su vida. También el daimonion de lord Asriel volvió sus inmensos ojos verdes de irbis hacia la muchacha, quien se ruborizó al notar las miradas de ambos centradas en ella, aunque optó por devolvérsela orgullosamente.

—Tu sitio está aquí —respondió finalmente su tío.

—¿Por qué? ¿Por qué está aquí mi sitio? ¿Por qué no puedo ir al norte contigo? Quiero ver las Luces Boreales, los osos, los icebergs, todo... Quiero saber qué Polvo es ése... y esa ciudad suspendida en el aire. ¿Es otro mundo?

—No, tú no vienes, nena, quítatelo de la cabeza. La época es muy peligrosa. Haz lo que te he ordenado: ve a la cama y, si te portas bien, te traeré un colmillo de morsa con un esquimal en relieve. Y no discutas más porque de lo contrario me enfadaré.

Y el daimonion de su tío profirió un gruñido profundo y fiero que hizo que Lyra tuviera conciencia de pronto de lo que podían ser sus dientes al penetrar en la garganta.

Lyra apretó los labios y observó a su tío con dureza sin que éste se diera cuenta. Estaba ocupado sacando el aire de aquel contenedor hermético y daba la impresión de que se había olvidado de ella. Sin añadir palabra, pero todavía con los labios prietos y el ceño fruncido, la muchacha y su daimonion se dirigieron a la cama.

El rector y el bibliotecario eran viejos amigos y aliados y, siempre que se veían obligados a vivir algún episodio difícil, tenían por costumbre tomarse un vasito de brantwijn y consolarse mutuamente. Así pues, tan pronto como comprobaron que lord Asriel se había marchado, se dirigieron rápidamente a los aposentos del rector y se instalaron en su estudio con las cortinas corridas y un buen fuego en la chimenea, no sin que sus respectivos daimonions hubieran ocupado sus lugares habituales en la rodilla de uno y en el hombro del otro, y se dispusieron a especular un poco acerca de lo que acababa de ocurrir.

—¿Cree de verdad que sabía lo del vino? —preguntó el bibliotecario.

—Por supuesto que sí. No sé cómo se ha enterado, pero es evidente que lo ha hecho y que ha sido él mismo quien ha volcado la licorera. ¡Claro que lo sabía!

—Perdone, rector, pero no puedo remediar el alivio que siento por haberme quitado un peso de encima. No me gustaba ni pizca eso de...

—¿Envenenarlo?

—Sí, el asesinato.

—Como es lógico, se trata de algo que no puede gustar a nadie, Charles. Pero la cuestión es si resultaba peor hacerlo que las consecuencias de no haberlo hecho. Bien, ha intervenido algún tipo de Providencia y no ha sucedido. Lo único que lamento es haber cargado su conciencia con el conocimiento de ello.

—No, eso no —protestó el bibliotecario—, pero me habría gustado que usted me hubiera explicado algo más.

El rector se quedó un momento en silencio antes de responder.

—Sí, quizá debería haberlo hecho. El aletiómetro advierte de aterradoras consecuencias si lord Asriel continúa investigando. Dejando otras cosas aparte, la niña se verá involucrada y quiero mantenerla a salvo todo el tiempo que pueda.

—¿Tiene algo que ver este asunto de lord Asriel con esta nueva iniciativa del Tribunal Consistorial de Disciplina? ¿Eso que llaman Junta de Oblación?

—¿Lord Asriel? ¡Oh, no, en absoluto! Todo lo contrario. La Junta de Oblación tampoco es completamente responsable ante el Tribunal Consistorial, se trata más bien de una iniciativa privada dirigida por alguien que no aprecia en modo alguno a lord Asrield. Yo, que estoy situado entre los dos, Charles, no puedo hacer otra cosa que ponerme a temblar.

El bibliotecario guardó silencio a su vez. Desde que el papa Juan Calvino había trasladado la sede del papado a Ginebra y establecido el Tribunal Consistorial de Disciplina, el poder de la Iglesia sobre todos los aspectos de la vida había sido absoluto. Tras la muerte de Calvino quedó abolido el papado en sí, sustituido por toda una maraña de tribunales, colegios y consejos, conocidos colectivamente como Magisterio. Se trataba de instituciones que no siempre actuaban al unísono, ya que a veces surgía entre ellas una amarga rivalidad. Durante buena parte del siglo anterior, la más poderosa había sido el Colegio de los Obispos, pero en años recientes el Tribunal Consistorial de Disciplina había ocupado su puesto como el organismo más activo y más temido de todos los de la Iglesia.

Siempre resultaba posible, sin embargo, que surgieran organismos independientes bajo la capa protectora de otro sector del Magisterio, uno de los cuales era aquella Junta de Oblación a la que había hecho referencia el bibliotecario. Éste sabía poco sobre la misma, pero lo que había oído decir al respecto no le gustaba y le provocaba temor, por lo que entendía muy bien la angustia del rector.

—El profesor Palmerian citó un nombre —dijo el bibliotecario un instante después—. ¿Barnard-Stokes? ¿En qué consiste eso del asunto Barnard-Stokes?

—¡Ay, Charles, este terreno nos es ajeno! Según mi entender, la Santa Iglesia enseña que existen dos mundos: el mundo de todo lo que podemos ver, oír y tocar, y otro mundo, el espiritual del cielo y el infierno. Barnard y Stokes eran algo así como dos teólogos «renegados», que postulaban la existencia de muchos otros mundos como éste, ni cielo ni infierno, sino materiales y pecaminosos. Son mundos que están muy cerca, aunque invisibles e inasequibles. Como es natural, la Santa Iglesia condenó tan abominable herejía y Barnard y Stokes fueron reducidos a silencio.

»Pero por desgracia para el Magisterio parece que hay sólidos argumentos matemáticos que confirman la teoría de los otros mundos. En lo que a mí respecta, no los conozco, pero el licenciado Cassington me ha dicho que se trata de argumentos razonables.

—Y ahora lord Asriel ha hecho una fotografía de uno de estos otros mundos —apuntó el bibliotecario—, y nosotros lo hemos subvencionado para que lo localice, según entiendo.

—Eso mismo. A ojos de la Junta de Oblación y de sus poderosos protectores, dará la impresión de que el Jordan College es un semillero proclive a la herejía. Y yo, Charles, situado entre el Tribunal Consistorial y la Junta de Oblación, me veo obligado a mantener un equilibrio. Entretanto, la niña va haciéndose mayor. Y no la han olvidado. Tarde o temprano tenía que verse involucrada, pero ahora, tanto si quiero protegerla como si no, será arrastrada a ello.

—¡Por el amor de Dios! ¿Cómo lo sabe? ¿Otra vez el aletiómetro?

—Sí. Lyra tiene relación con todo esto, su papel es importante. Lo irónico del caso es que debe hacerlo sin darse cuenta de ello.

Es necesario ayudarla, sin embargo, y si mi plan del Tokay hubiera tenido éxito, podría haberse mantenido a salvo un cierto tiempo más. Habría deseado ahorrarle un viaje al norte. ¡Cómo me gustaría poder contárselo todo a Lyra...!

—No le escucharía —le aseguró el bibliotecario—, la conozco muy bien. A la que tratas de explicarle algo serio, te atiende cinco minutos y después empieza a ponerse nerviosa. Cuando vuelves a insistir al cabo de un tiempo, compruebas que lo ha olvidado por completo.

—¿Y si le hablara del Polvo? ¿No cree que me escucharía?

El bibliotecario profirió un gruñido como para indicar que lo consideraba improbable.

—¿Por qué habría de hacerlo? —le preguntó—. ¿Por qué un enigma teológico tan remoto ha de interesar a una muchacha sana e irreflexiva?

—A causa de lo que ella deberá experimentar. Parte de esto incluye una gran traición...

—¿Quién va a traicionarla?

—No, no, y en eso estriba lo más triste: la traidora es ella y la experiencia será terrible. Lyra no debe saberlo, por supuesto, pero no hay razón para que no se entere del problema del Polvo. Y usted podría equivocarse, Charles. Quizá si se lo explicaran de una manera sencilla, lo acogería con interés. Y a lo mejor le serviría de ayuda más adelante. Y en cuanto a mí, me ayudaría a sentirme menos inquieto por ella.

—Es deber de los viejos sentirse angustiados por los jóvenes —sentenció el bibliotecario—. Y es deber de los jóvenes menospreciar la angustia de los viejos.

Se quedaron sentados un rato más y después se separaron, porque ya era tarde: los dos eran viejos y se sentían angustiados.

3

EL JORDAN DE LYRA

l Jordan College era el más imponente y rico de todos los colleges de Oxford. Probablemente también el más grande en cuanto a dimensiones, aunque esto nadie habría podido asegurarlo. Los edificios, agrupados en torno a tres patios irregulares, databan de diferentes períodos que iban desde el principio de la Edad Media hasta mediados del siglo dieciocho. Su trazado no obedecía a una planificación, sino que había ido creciendo poco a poco, a través de superposiciones pasadas y presentes de sus elementos, hasta llegar a aquel efecto final de magnificencia abigarrada y confusa. Siempre había alguna parte de los edificios a punto de derrumbarse y, por espacio de cinco generaciones, la misma familia, los Parslow, habían trabajado constantemente en el college en calidad de albañiles y operarios. El actual señor Parslow enseñaba el oficio a su hijo, y ellos dos y sus tres ayudantes, como industriosas termitas, trepaban por los andamios que habían levantado en el rincón de la biblioteca, o sobre el tejado de la capilla, y subían hasta ellos flamantes bloques de piedra, o instalaban rodetes de reluciente plomo o vigas de madera.

El college tenía granjas y posesiones en toda Bretaña. Se decía que se podía ir caminando de Oxford a Bristol en una dirección y a Londres en la otra sin abandonar nunca las tierras del Jordan. En todas las regiones del reino había productores de colorantes, fabricantes de ladrillos, bosques y gremios de elaboración atómica que pagaban tributo al Jordan y el primer día de cada trimestre el tesorero y sus ayudantes sumaban la recaudación, informaban de ella al Concilio y encargaban un par de cisnes para festejar la ocasión. Una parte del dinero se destinaba a reinversión —el Concilio acababa de aprobar la compra de un edificio de oficinas en Manchester— y el resto se utilizaba para pagar los modestos estipendios de los licenciados y los salarios de los criados (así como de los Parslow y la docena de familias aproximadamente de artesanos y comerciantes que estaban al servicio del college), para mantener bien provista la rica bodega, comprar libros y ambarógrafos con destino a la inmensa biblioteca que ocupaba un lado del patio Melrose y que, a modo de madriguera, se extendía varios pisos bajo tierra y, además, para comprar los últimos aparatos filosóficos con que equipar la capilla.

Era importante mantener la capilla al día, ya que el Jordan College no tenía rival como centro de teología experimental ni en Europa ni en Nueva Francia. Hasta aquí era lo que Lyra sabía. Se sentía orgullosa de la preeminencia del college y le gustaba alardear de ella ante los varios galopines y pilletes con los que jugaba junto al canal o los Claybeds, aparte de mirar desdeñosamente por encima del hombro a los licenciados y eminentes profesores que venían de fuera a visitarlo, por considerar que, puesto que no pertenecían al Jordan, tenían por fuerza que saber mucho menos, pobres desgraciados, que el más modesto de los estudiantes de aquel college.

En lo que se refería a la teología experimental, Lyra no tenía una idea más clara del asunto que los pilletes. Se había hecho a la idea de que era algo que tenía que ver con la magia, con los movimientos de las estrellas y planetas, con minúsculas partículas de materia aunque, en realidad, no se trataba más que de conjeturas. Es probable que las estrellas tuvieran daimonions como los seres humanos y que la teología experimental se ocupara, entre otras cosas, de conversar con ellos. Lyra se imaginaba al capellán hablando con voz altanera, escuchando las observaciones de los daimonions-estrellas y después meneando la cabeza ya fuera juiciosamente o con pesar. Sin embargo, no podía imaginar cuál sería el tema de esas conversaciones.

Tampoco se sentía particularmente interesada en este sentido. Lyra era, en muchos aspectos, una bárbara. Una de sus aficiones predilectas consistía en encaramarse a los tejados del college con Roger, aquel chico de la cocina que era íntimo amigo suyo, y arrojar piedras a las cabezas de los licenciados que pasaban por debajo, o ulular como lechuzas fuera de la ventana de una clase, correr por las estrechas callejuelas, robar manzanas en el mercado, o jugar a guerras. De la misma manera que Lyra no conocía las ocultas corrientes de la política que circulaban por debajo de la superficie de los asuntos del college, tampoco los licenciados habrían sido capaces de hacerse cargo del rico hervidero de alianzas, enemistades, pugnas y tratados que constituían la vida de una niña de Oxford. ¡Qué agradable es ver jugar a los niños! ¿Puede haber algo más inocente y encantador?

En realidad, Lyra y sus secuaces estaban entregados a luchas mortales. En primer lugar, los niños (criados jóvenes, e hijos de criados, y Lyra) de un college estaban en guerra con los de otro. Pero aquella enemistad desaparecía cuando los niños de la ciudad atacaban a algún alumno del college, ya que entonces todos hacían causa común y presentaban batalla a los niños de la ciudad. Era una rivalidad que databa de centenares de años, muy arraigada y satisfactoria.

Pero hasta esta rivalidad caía en el olvido cuando otros enemigos amenazaban. Había uno perenne: los niños que quemaban ladrillos y vivían cerca de los Claybeds, despreciados por igual por los alumnos del college que por los de la ciudad. El año anterior Lyra y algunos niños de la ciudad habían llegado a una tregua temporal y realizado una incursión en los Claybeds, apedreando con bolas de tierra a los niños que quemaban ladrillos y derribando el pastoso castillo que habían construido, para revolcarlos después una y otra vez en aquella pegajosa sustancia donde vivían, hasta que vencedores y vencidos acabaron pareciendo por igual una caterva de monstruos lanzando alaridos.

Los encuentros con el otro enemigo habitual dependían de la estación del año. Se trataba de las familias giptanas, que vivían en botes en los canales, iban y venían con las ferias de primavera y otoño y estaban siempre prestas a pelear. Había una familia de giptanos en particular, que volvía regularmente a los amarraderos de aquella parte de la ciudad conocida como Jericó, con la que Lyra se encontraba en perpetua contienda desde el día que aprendió a arrojar una piedra. La última vez que habían estado en Oxford, ella, Roger y algunos otros pinches de cocina de los colleges Jordan y St. Michael les habían tendido una emboscada y habían arrojado barro a su barcaza pintada de vivos colores hasta que había salido toda la familia y los había ahuyentado, momento en que el escuadrón de reserva que obedecía las órdenes de Lyra había asaltado la barcaza y la había desamarrado de la orilla, dejándola a la deriva canal abajo para que se confundiera con el resto del tráfico acuático, mientras los incursores que acompañaban a Lyra registraban la barca de cabo a rabo buscando el tapón. Lyra creía a pies juntillas en la existencia del tapón. Según aseguró a su pandilla, si lo sacaran, la barca se hundiría sin remedio. Sin embargo, no supieron localizarlo y tuvieron que abandonar la embarcación cuando fueron descubiertos por los giptanos. Huyeron chorreando y pavoneándose por el triunfo a través de los estrechos callejones de Jericó.

Aquél era el mundo de Lyra y el que hacía sus delicias. Lyra era sobre todo primitiva, tosca y golosa. Con todo, siempre había tenido la oscura sensación de que aquél no era su único mundo, de que había una parte de ella que pertenecía a la grandeza y el ritual del Jordan College y de que, en algún punto de su vida, existía una conexión con el alto mundo de la política representado por lord Asriel. El hecho de saber esto le permitía darse aires y dominar a los demás pilletes. No se le había ocurrido nunca averiguar más cosas.

Así pues, había pasado su infancia como un gato medio salvaje. La única variación de sus días se producía en aquellas ocasiones especiales en que lord Asriel visitaba el college, porque tener un tío rico y poderoso le permitía alardear, aunque tuviera que pagar un precio por ello, el de ser atrapada por el más ágil de los licenciados y llevada ante la gobernanta, quien la lavaba y le ponía un vestido limpio, después de lo cual era conducida (con muchas amenazas) a la sala común de los superiores para tomar el té con lord Asriel. Estaría también invitado al acto un grupo de licenciados superiores. Lyra, entonces, se derrumbaba con actitud rebelde en una butaca, hasta que el rector la reprendía con severidad y le ordenaba que se sentara con la debida compostura, después de lo cual ella los observaba a todos con mirada colérica hasta que, incluso el capellán, no podía hacer otra cosa sino echarse a reír.

Lo que ocurría en aquellas visitas torpes y ceremoniosas no variaba nunca. Después del té, el rector y los restantes licenciados que habían sido invitados dejaban a Lyra con su tío y éste le preguntaba qué había aprendido desde su última visita. Ella farfullaba cuatro cosas que se le ocurrían en aquel momento sobre geometría, árabe, historia o ambarología y él volvía a recostarse en el asiento dejando descansar un codo en la rodilla del lado opuesto y observándola con mirada inescrutable, hasta que Lyra comenzaba a embarullarse con las palabras.

El año anterior, antes de su expedición al norte, su tío había llegado a decirle:

—¿Y cómo pasas el tiempo cuando no estás estudiando?

A lo que ella había respondido murmurando entre dientes:

—Pues juego... en los alrededores del college. Lo único que hago realmente es jugar.

Y su tío le había dicho:

—Déjame ver tus manos, nena.

Lyra le tendió las manos para que las inspeccionase, él las cogió entre las suyas y les dio la vuelta para examinarle las uñas. Junto a él, su daimonion —cual esfinge— estaba tumbado en la alfombra, agitando el rabo de cuando en cuando y con ojos que no parpadeaban clavados en Lyra.

—Sucias —dictaminó lord Asriel apartando sus manos—. ¿Es que no os laváis en esta casa?

—Sí —respondió Lyra—, pero el capellán lleva siempre sucias las uñas, más que yo.

—Él es un hombre erudito y tú no. ¿Qué excusa tienes?

—Pues que debo de habérmelas ensuciado después de lavarme.

—¿Se puede saber dónde juegas para ensuciarte de esta manera?

Lyra lo miró con aire desconfiado. Intuía que debía de estar prohibido subirse al tejado, pese a que no se lo había dicho nadie.

—En alguna de las habitaciones viejas —dijo Lyra finalmente.

—¿Y en qué otro sitio?

—A veces en los Claybeds.

—¿Dónde más?

—En Jericó y Port Meadow.

—¿En ningún otro sitio?

—No.

—Eres una embustera. Ayer mismo, sin ir más lejos, te vi subida en el tejado.

Lyra se mordió el labio pero no dijo nada. Su tío la miraba con aire sardónico.

—O sea que otro de los sitios donde juegas es el tejado —prosiguió—. ¿Vas alguna vez a la biblioteca?

—No, pero una vez encontré un grajo en el tejado de la biblioteca —replicó Lyra.

—¿En serio? ¿Y lo cogiste?

—Tenía una pata herida. Yo quería matarlo y asarlo pero Roger dijo que era mejor curarlo. Le dimos unas migajas de comida y un poco de vino y en seguida se puso bien y arrancó a volar.

—¿Quién es Roger?

—Mi amigo. El pinche de la cocina.

—Ya entiendo. O sea que os recorréis todo el tejado...

—No todo el tejado. No se puede ir hasta el Sheldon Building porque habría que dar un salto desde la Torre del Peregrino. Allí hay un tragaluz pero no soy bastante alta para alcanzarlo.

—O sea que has estado en todo el tejado salvo en el del Sheldon Building. ¿Y qué me dices del sótano?

—¿Del sótano?

—Hay tanto college bajo tierra como sobre ella. Me sorprende que no lo hayas descubierto. Bueno, salgo dentro de un momento. Tienes buen aspecto. Toma.

Hurgó en el bolsillo y sacó un puñado de monedas, entre las que seleccionó cinco dólares, que entregó a Lyra.

—¿No te han enseñado a dar las gracias? —le preguntó.

—Gracias —farfulló Lyra.

—¿Obedeces al rector?

—Sí, claro.

—¿Y respetas a los licenciados?

—Sí.

El daimonion de lord Asriel se rió por lo bajo. Como era la primera vez que dejaba oír su voz, Lyra se ruborizó.

—Anda, ve a jugar pues —concluyó lord Asriel.

Lyra dio media vuelta y se dirigió como un dardo hacia la puerta, aunque se acordó de volverse y soltó un «adiós».

Así había sido la vida de Lyra antes del día en que decidió esconderse en el salón reservado y oyó hablar por vez primera del Polvo. Por supuesto que el bibliotecario se equivocó al decir al rector que a Lyra no le interesaría la cuestión, ya que estaba dispuesta a prestar oído atento a todo aquel que quisiera hablarle del Polvo. Aprendería muchas más cosas sobre él en los meses siguientes y acabaría sabiendo más del Polvo que nadie en el mundo. Entretanto, sin embargo, todavía seguía girando a su alrededor la rica vida del Jordan.

En cualquier caso, tenía otra cosa en que pensar. Hacía unas semanas que circulaba un rumor por las calles, un rumor que provocaba la risa de algunos y sumía a otros en profundo silencio, de la misma manera que algunos se burlan de los fantasmas y otros los temen. Sin que nadie pudiera imaginar el motivo, habían empezado a desaparecer niños.

Ocurrió del siguiente modo.

En la parte este, a lo largo de la gran avenida que era el río Isis, atestado de gabarras cargadas de ladrillos que se movían lentamente, de barcazas que transportaban asfalto y de buques cisterna llenos de trigo, mucho más allá de Henley y Maidenhead hasta Teddington, lugar al que llega la marejada del Océano Germano, y más allá aún, hasta Mortlake, pasada ya la casa del gran mago doctor Dee, pasado Falkeshall, donde se extienden placenteros jardines con sus fuentes y estandartes durante el día, y los farolillos de los árboles y fuegos artificiales durante la noche. Pasado el palacio de White Hall, donde el rey celebra todas las semanas su Consejo de Estado, pasada la Torre Shot, que soltaba su interminable lluvia de plomo fundido en tinas de agua turbia, más allá aún, donde el río, amplio y sucio, describe una gran curva hacia el sur.

El sitio se llama Limehouse y allí está el niño que va a desaparecer.

Se llama Tony Makarios. Su madre cree que tiene nueve años, pero tiene poca memoria y la bebida se la ha deteriorado aún más; igual podría tener ocho que diez. Lleva un apellido griego pero, al igual que su edad, el dato también es una suposición de su madre, porque tiene más aspecto de chino que de griego y, por parte de madre, tiene ascendencia irlandesa, skraeling y lascar. Tony no es un niño muy inteligente, pero posee una ternura torpe que a veces impulsa a su madre a darle un también torpe abrazo o un beso pegajoso en las mejillas. La pobre mujer suele estar demasiado borracha para lanzarse a esta conducta de una manera espontánea, pero suele reaccionar con afecto cuando es consciente de lo que ocurre.

En este momento Tony se encuentra merodeando por el mercado de Pie Street y tiene hambre. Está anocheciendo y en su casa no le darán de comer. Lleva un chelín en el bolsillo que le ha dado un soldado en pago por llevar una carta a su novia, pero Tony no tiene intención de malgastarlo en comida, ya que puede conseguirla a cambio de nada.

Así pues, deambula por el mercado, entre los puestos de ropa usada y los de los adivinos, vendedores de fruta y de pescado frito, con el daimonion en el hombro, un gorrión que observa con atención lo que ocurre a su alrededor. En cuanto alguno de los vendedores y su daimonion miran para otro lado, se oye un vivo gorjeo, la mano de Tony se extiende rápidamente y regresa a la holgada camisa con una manzana o un par de nueces y, finalmente, con una empanada caliente.

La vendedora lo ve, grita y entonces su daimonion, un gato, da un salto, pero el gorrión de Tony ya ha echado a volar y el propio Tony se encuentra a medio camino calle abajo. Lo acompañan maldiciones e improperios, aunque no hasta muy lejos. Deja de correr al llegar a la escalinata del oratorio de Santa Catalina, donde se sienta y saca el humeante y apabullado premio, que ha dejado un reguero de salsa en su camisa.

Alguien lo observa. Es una dama que lleva un largo abrigo de zorro amarillo y rojo, una bellísima dama cuyos oscuros cabellos brillan delicadamente bajo la sombra de la capucha forrada de pieles y que lo mira desde la puerta del oratorio, media docena de escalones más arriba que él. Tal vez en aquel momento ha terminado alguna ceremonia religiosa, porque la puerta, detrás de ella, está inundada de luz, se oye un órgano en el interior y la dama tiene en sus manos un breviario recamado de pedrería.

Tony no sabe que está siendo observado. Su rostro refleja satisfacción y está concentrado en la empanada. Tiene los dedos de los pies curvados hacia dentro y une sus plantas descalzas. Sentado, mastica y engulle mientras su daimonion se transforma en ratón y se atusa los bigotes.

El daimonion de la dama sale de detrás de su abrigo de piel de zorro. Su aspecto es el de un mono, aunque no el de un mono corriente: tiene un pelo largo y sedoso de color dorado oscuro y brillante. Con sinuosos movimientos, baja los escalones en dirección al muchacho y se sienta un escalón por encima de él.

En aquel momento el ratón presiente algo y vuelve a convertirse en gorrión, mueve ligeramente la cabeza a un lado y salta uno o dos escalones de piedra.

El mono observa al gorrión; el gorrión observa al mono.

El mono tiende lentamente la mano. Tiene una mano pequeña, negra, con unas uñas que son garras córneas perfectas y unos movimientos suaves e incitantes. El gorrión no sabe resistirse. Salta y vuelve a saltar hasta que, con un leve revoloteo, se traslada a la mano del mono.

El mono lo levanta, se lo acerca y lo mira muy de cerca antes de ponerse de pie y regresar contoneándose junto a su humana, mientras se lleva el daimonion gorrión. La dama inclina la cabeza fragante de perfume para hablar en un murmullo.

Y entonces Tony se vuelve, pero no puede hacer nada.

—¡Ratter! —grita, alarmado, con la boca llena.

El gorrión lanza un gorjeo. Debe de estar a salvo. Tony engulle lo que tiene en la boca y los mira fijamente.

—¡Hola! —le dice la hermosa señora—. ¿Cómo te llamas?

—Tony.

—¿Dónde vives, Tony?

—En Clarice Walk.

—¿De qué es esta empanada?

—De carne de buey.

—¿Te gusta el chocolate?

—¡Sí!

—Se da el caso de que tengo demasiado chocolate para mí sola. ¿Quieres acompañarme y ayudarme a terminarlo?

Ya está perdido. Estaba perdido en el mismo momento en que su daimonion, corto de alcances, saltó a la mano del mono. Sigue a la hermosa dama y al mono de dorada pelambre a través de Denmark Street y del muelle de Hangman y de la escalinata del rey Jorge hasta llegar a una puerta verde situada en la parte lateral de un alto almacén. La dama da unos golpes, la puerta se abre, entran, la puerta se cierra. Tony ya no volverá a salir nunca más... por lo menos, a través de aquella puerta. Y ya no volverá a ver a su madre. La pobre borracha se figurará que se ha escapado y, cuando se acuerde de él, pensará que ella tiene la culpa y aliviará su corazón con sus sollozos.

El pequeño Tony Makarios no fue el único niño atrapado por la señora del mono dorado. Tony encontró a una docena de niños más en la bodega del almacén, niños y niñas, ninguno mayor de unos doce años. De todos modos, como todos ellos tenían una historia parecida a la suya, ninguno estaba seguro de su edad. De lo que Tony no se dio cuenta, por supuesto, era de otro factor que tenían todos en común: ninguno de los niños que estaban en aquella bodega cálida y húmeda había alcanzado la edad de la pubertad.

La amable señora lo observó mientras el niño se acomodaba en un banco arrimado a la pared, y una sirvienta silenciosa le ofrecía un tazón de chocolate del cazo puesto sobre la cocinilla de hierro. Tony se comió el resto de la empanada y se tomó el líquido dulce y caliente sin fijarse demasiado en lo que le rodeaba, puesto que lo que le rodeaba tampoco se fijó demasiado en él: era demasiado pequeño para representar una amenaza y demasiado indiferente para prometer una gran satisfacción como víctima.

Otro niño se encargó de hacer la pregunta obvia:

—¡Oiga, señora! ¿Por qué nos tiene aquí encerrados?

Era un granujilla de aspecto duro, que llevaba el labio de arriba manchado de chocolate oscuro y tenía una rata negra y flaca como daimonion. La señora ya estaba cerca de la puerta, hablando con un hombre fornido que mostraba todas las trazas de un capitán de barco y, al volverse para contestar, su aspecto era tan angelical, iluminada por la siseante lámpara de nafta, que todos los niños enmudecieron.

—Necesitamos vuestra ayuda —respondió la señora—. No os importará ayudarnos, ¿verdad?

Nadie dijo esta boca es mía, de pronto todos se sentían intimidados. Ninguno había visto en su vida una dama como aquélla, tan grácil, tan dulce y tan amable que les hacía pensar que no merecían aquella suerte. Prescindiendo de lo que pudiera pedirles, pensaban concedérselo de mil amores con tal de que se quedara un rato más en su compañía.

Les explicó que tendrían que hacer un viaje. Disfrutarían de buena alimentación y buenas ropas y aquellos que quisiesen enviar noticias a sus familiares para informarles de que estaban bien, podrían hacerlo. El capitán Magnusson no tardaría en embarcarlos en su barco y, tan pronto como la marea fuera favorable, zarparían con rumbo al norte.

Pronto los que querían enviar noticias a su casa se sentaron alrededor de la bella señora y escribieron al dictado unas cuantas líneas. Después de garrapatear una torpe X al pie de la página, doblaron la hoja de papel, la metieron en un sobre perfumado y escribieron en él la dirección que ella les indicó. A Tony le habría gustado enviar noticias suyas a su madre, pero tenía una idea realista de la capacidad de lectura de su progenitora y no lo hizo. Tiró de la manga de piel de zorro de la señora y musitó que también a él le habría gustado comunicar a su madre a dónde iba y todas esas cosas, y la dama inclinó su espléndida cabeza sobre aquel cuerpecillo maloliente para oír mejor sus palabras, le acarició la cabeza y le prometió que haría llegar aquella noticia a su madre.

Los niños se apiñaron a su alrededor para despedirse de la señora. El mono dorado acarició a todos los daimonions de los niños y todos tocaron la piel de zorro para que les diera buena suerte, o porque les parecía que así la dama les infundía algo de su fuerza, esperanza o bondad, y ella les dijo adiós y los dejó bajo la custodia del arrojado capitán a bordo de una lancha de vapor que estaba en el malecón. El cielo estaba ahora oscuro, el río se había convertido en una hilera de luces titilantes. La señora permaneció en el malecón agitando la mano hasta que ya no pudo distinguir los rostros de los niños.

Después volvió a meterse dentro, con el mono de dorada pelambrera acurrucado en su pecho y, antes de apartarse del camino por el cual había venido, arrojó el fajo de cartas en el horno.

Era bastante fácil atraerse a los niños de los barrios pobres, pero al final la gente acabó por darse cuenta y la policía, aunque a desgana, decidió tomar cartas en el asunto. Durante un tiempo no hubo más encantamientos. Sin embargo, el rumor ya había empezado a correr y, poco a poco, fue cambiando, creciendo y difundiéndose y cuando, pasado un tiempo, desaparecieron algunos niños de Norwich, después de Sheffield y, finalmente, de Manchester, los habitantes de dichas ciudades, que sabían de las desapariciones ocurridas en otros lugares, añadieron las nuevas a la historia, con lo que ésta cobró más fuerza.

Así fue como nació la leyenda de que un enigmático grupo de hechiceros se llevaba misteriosamente a los niños. Había quien decía que el jefe del mismo era una hermosa dama, otros que era un hombre alto de ojos rojos, mientras que una tercera versión hablaba de un joven que hacía gracias y cantaba canciones a sus víctimas para inducirlos a que lo siguieran como corderitos.

En cuanto al lugar al que trasladaban a esos niños desaparecidos, las conjeturas que se hacían no concordaban. Algunos aseguraban que los llevaban al infierno, bajo tierra, al País de las Hadas. Otros, que los encerraban y los cebaban para comérselos después. Y unos terceros, afirmaban que los niños eran hechos prisioneros y vendidos como esclavos a los tártaros... Y otras cosas por el estilo.

Había, sin embargo, un detalle en el que todos estaban de acuerdo: el nombre de aquellos invisibles raptores. Era necesario que tuvieran un nombre, o de lo contrario no merecerían que se hiciese alusión alguna, y para muchos resultaba tan delicioso hablar de ellos, sobre todo cuando uno estaba tranquilo y seguro en casita o en el Jordan College. Sin que nadie supiera a ciencia cierta el motivo, el nombre que más sonaba era el de zampones.

—No estéis fuera hasta tarde porque se os llevarán los zampones.

—Tengo una prima en Northampton que conoce a una mujer a cuyo hijo se lo llevaron los zampones...

—Los zampones han estado en Stratford. Dicen que ahora vienen hacia el sur.

Y ocurrió lo inevitable:

—¡Juguemos a niños y zampones!

Eso le propuso Lyra a Roger, el pinche del Jordan College, que la habría seguido hasta el fin del mundo.

—¿Cómo se juega?

—Tú te escondes, yo te busco y, cuando te encuentro, te corto a trocitos, ¿comprendes?, como hacen los zampones.

—¡Y tú qué sabes sobre lo que hacen los zampones! A lo mejor no hacen eso.

—A ti te dan miedo —dijo Lyra—, se te nota.

—No es verdad. Para empezar, ni siquiera creo en ellos.

—Pues yo sí —afirmó Lyra, decidida—, pero no les tengo miedo. Yo actuaría tal como hizo mi tío la última vez que estuvo en el Jordan. Yo misma lo vi. Estaba en el salón reservado y había un invitado que era un maleducado y mi tío le echó una mala mirada y el hombre se quedó frito en el sitio. Vi cómo le salían espumarajos y saliva por la boca.

—¡Vamos, anda! —replicó Roger poniéndolo en duda—. En la cocina no comentaron nada de eso. Y además, tú no puedes entrar en el salón reservado.

—Claro que no. ¿Cómo quieres que a los criados les cuenten una cosa así? Pero yo he estado en el salón reservado y, de todos modos, mi tío siempre hace eso. Una vez lo hizo con unos tártaros que lo cogieron prisionero. Lo ataron y ya estaban a punto de sacarle las tripas cuando, al ver el primer hombre que se acercaba con el cuchillo, le echó una mirada y el hombre cayó muerto, entonces se acercó otro y va mi tío y repite lo mismo, hasta que al final sólo quedó uno. Mi tío le dijo que lo dejaba vivo si lo desataba y el hombre lo soltó, pero mi tío lo mató igual porque pensó que así le daba una lección.

A Roger le pareció menos verosímil eso que lo de los zampones, pero era una historia demasiado buena para no aprovecharla, por lo que jugaron a representarla y se turnaron para el papel de lord Asriel y el de tártaro moribundo, utilizando magnesia para simular los espumarajos.

Pero aquello no fue más que un entretenimiento, puesto que Lyra estaba empeñada en representar el papel de los zampones y engatusó a Roger a fin de que bajara a las bodegas donde se guardaba el vino, para lo cual se sirvieron de las llaves de repuesto que tenía el mayordomo. Gatearon juntos a través de las grandes bóvedas donde, bajo antiquísimas telarañas, reposaba el tokay y el canary, el borgoña y el brantwijn, todos los vinos del college. Por encima de sus cabezas se levantaban antiguos arcos de piedra, sostenidos por pilares cuyo grosor igualaba el de diez árboles juntos, debajo de sus pies tenían losas irregulares y a ambos lados se alineaban sobre los estantes, en gradas superpuestas, botellas y barriles. Resultaba fascinante. Olvidados nuevamente los zampones, los dos niños caminaron de puntillas de un extremo a otro sosteniendo una vela con dedos temblorosos, atisbando en los rincones más oscuros, con una sola pregunta en los pensamientos de Lyra, cada vez más acuciante: ¿a qué sabía el vino?

La respuesta era fácil. Lyra, pese a las encendidas protestas de Roger, cogió la botella más vieja, más retorcida y más verde que pudo encontrar y, como no sabía qué hacer para quitarle el tapón de corcho, le rompió el cuello. Agachados en el rincón más oscuro, fueron tomándose a pequeños sorbos el licor carmesí y embriagador, preguntándose en qué momento estarían borrachos y qué dirían cuando lo estuvieran. A Lyra no le gustaba mucho el sabor, si bien tenía que admitir que era magnífico y sutil. Lo más divertido de todo consistía en observar a sus dos daimonions, que parecían sentirse cada vez más aturdidos: tan pronto se revolcaban por el suelo como se ponían a reír de forma alocada y sin sentido, o cambiaban de forma para adoptar la de unas gárgolas, empeñados en ser cada uno más feo que el otro.

Finalmente, y casi de manera simultánea, los niños descubrieron qué significaba estar borracho.

—¿Y esto les gusta? —exclamó Roger, entre jadeos, después de vomitar generosamente.

—Sí —respondió Lyra, que se encontraba en el mismo estado—, y a mí también —añadió con empecinamiento.

Lyra no sacó nada en limpio de aquel episodio salvo que jugar a zampones podía conducir a situaciones interesantes. Recordaba las palabras de su tío en su última entrevista y comenzó a explorar el subsuelo, ya que, según le había dicho, lo que había sobre el mismo no era más que una pequeña parte de todo el conjunto. Como un enorme hongo cuyo sistema radical se extendiese a través de amplios espacios, el Jordan, porfiando por encontrar terreno en la superficie y chocando con el St. Michael's College a un lado, el Gabriel College a otro y la biblioteca universitaria detrás, empezó ya en la Edad Media a crecer bajo tierra. Debajo del Jordan, pues, y cubriendo un espacio de muchos centenares de metros a su alrededor, se había empezado a horadar la tierra creando en su interior túneles, pozos, bóvedas, bodegas y escaleras, hasta el punto de que casi había tanto aire bajo tierra como sobre ella. El Jordan College se levantaba sobre una especie de espuma pétrea.

Ahora que Lyra había conseguido disfrutar explorándolo, renunció a sus querencias habituales, aquellos Alpes irregulares que eran los tejados del college, a cambio de aquellas regiones abisales en las que penetraba en compañía de Roger. De jugar a zampones había pasado a darles caza, porque ¿a qué otra cosa podía parecerse aquella búsqueda recóndita, lejos de la vista de todos, realizada bajo tierra?

Un día, pues, ella y Roger bajaron a la cripta situada debajo del oratorio. Allí era donde estaban enterradas varias generaciones de rectores, cada uno metido en su ataúd de roble forrado de plomo, todos colocados en nichos excavados en los muros de piedra. Sus nombres figuraban en pétreas lápidas colocadas bajo el hueco correspondiente:

Simon Le Clerc, Rector 1765-1789 Cerebaton
Requiescant in pace

—¿Qué significa esto? —preguntó Roger.

—La primera parte es el nombre y la frase última está en latín. En medio figuran los años entre los cuales fue rector. El otro nombre debe de ser el de su daimonion.

Recorrieron la silenciosa bóveda y descubrieron otras inscripciones:

Francis Lyall, Rector 1748-1765 Zohariel
Requiescant in pace

Ignatius Cole, Rector 1745-1748 Musca
Requiescant in pace

Despertó el interés de Lyra que, en cada una de las placas de bronce, figurara el dibujo de un ser diferente: un basilisco, una mujer hermosa, una serpiente, un mono. Dedujo que se trataba de las imágenes de los daimonions de los difuntos. A medida que las personas se hacían adultas, sus daimonions perdían su poder de cambiar y adoptaban una forma fija, que conservaban de manera permanente.

—Estos ataúdes tienen esqueletos dentro —murmuró Roger.

—Carne podrida —le respondió Lyra también en un murmullo—, con lombrices y gusanos retorciéndose en las cuencas de sus ojos.

—A lo mejor aquí abajo hay fantasmas —continuó Roger, con un estremecimiento que le resultó agradable.

Después de la primera cripta encontraron un pasadizo flanqueado por estantes de piedra. Estaban divididos en compartimientos cuadrados y en cada uno de ellos había una calavera.

El daimonion de Roger, con el rabo entre las piernas, se estremeció a su lado y profirió una especie de aullido ahogado.

—¡Calla! —le dijo Roger.

Lyra no veía a Pantalaimon por ninguna parte, aunque sabía que descansaba en su hombro en forma de mariposa nocturna, probablemente también temblando de miedo.

Lyra alcanzó y levantó la calavera que tenía más cerca, después de sacarla con mucho cuidado de su lugar de descanso.

—¿Qué haces? —la amonestó Roger—. ¡No se pueden tocar!

Pero ella siguió dando vueltas en sus manos a la calavera y haciéndole caso omiso. De pronto, de la base del cráneo se desprendió un objeto alojado en un agujero, que cayó a través de sus dedos y golpeó el suelo con estrépito. Fue tal el susto de Lyra que faltó poco para que soltara la calavera.

—¡Es una moneda! —exclamó Roger buscándola—. ¡Aquí puede haber un tesoro!

La acercó a la vela y los dos la observaron con los ojos muy abiertos. Pero no era una moneda, sino un pequeño disco de bronce con un relieve toscamente grabado que representaba un gato.

—Como los de los ataúdes —dijo Lyra—. Debe de ser su daimonion.

—Mejor que lo dejes en su sitio —le recomendó, inquieto, Roger.

Lyra puso la calavera boca abajo, soltando el disco en el interior de su inmemorial lugar de descanso, antes de dejarla nuevamente en su compartimiento. Descubrieron que todas las demás tenían también una moneda-daimonion, lo que demostraba que aquel compañero de toda la vida seguía junto al ser humano después de su muerte.

—¿Quiénes debían de ser éstos en vida? —comentó Lyra—. Supongo que eran licenciados. Los únicos que están metidos en ataúdes son los rectores. Son tantos los licenciados que ha habido a lo largo de los siglos que no hay sitio para todos, por eso lo único que se conserva de ellos es la cabeza, ya que hay que reconocer que es lo más importante de su persona.

No encontraron zampones, pero las catacumbas que había debajo del oratorio tuvieron ocupados durante muchos días a Lyra y a Roger. Incluso pusieron en práctica una treta a costa de algunos licenciados difuntos, cambiando las monedas de sus calaveras para que tuvieran por compañeros a los daimonions que no les correspondían. Pantalaimon se puso tan nervioso al ver lo que hacían que se transformó en murciélago y comenzó a volar arriba y abajo profiriendo agudos chillidos y batiendo las alas en su cara, aunque Lyra hizo como quien oye llover. La broma resultaba tan fantástica que habría sido una tontería desperdiciarla. Después, sin embargo, tuvo que pagar su precio. Ya en la cama de su exigua habitación, situada en lo alto de la Escalera Doce, recibió la visita de unos espantosos fantasmas nocturnos y se despertó gritando al ver tres figuras vestidas con unas túnicas que, de pie junto a su cama, se señalaban con dedos huesudos, antes de bajarse la capucha, el cuello cercenado y sanguinolento, que ocupaba el lugar donde hubieran debido tener la cabeza. Sólo cuando Pantalaimon se convirtió en león y lanzó un rugido se hicieron atrás, confundiéndose con la materia de la pared hasta que lo único visible fueron sus brazos, sus manos callosas grises y amarillentas y, finalmente, sus dedos retorcidos. Después, nada. Lo primero que hizo Lyra por la mañana fue meterse corriendo en las catacumbas y volver a colocar las monedas-daimonion en el sitio correspondiente y suplicar después con un hilo de voz a las calaveras:

—¡Perdón! ¡Perdón!

Aunque las catacumbas eran mucho más grandes que la bodega donde se guardaba el vino, tenían también un límite. Cuando Lyra y Roger hubieron explorado todos sus rincones y llegado a la conclusión de que allí no había ningún zampón, desviaron su atención hacia otro sitio, aunque no antes de ser descubiertos por el intercesor, quien los llamó a capítulo y los hizo entrar en el oratorio.

El intercesor era un anciano regordete conocido como el padre Heyst. Su trabajo consistía en dirigir todas las ceremonias religiosas del college, además de rezar, predicar y confesar. Cuando Lyra era más pequeña el hombre se había interesado por su bienestar espiritual, pero había quedado confundido ante la astuta indiferencia de la niña y la falta de sinceridad de su arrepentimiento. Había decidido, pues, que no era prometedora desde el punto de vista espiritual.

Al oír que los llamaban por su nombre, Lyra y Roger se habían vuelto de mala gana y, arrastrando los pies, habían penetrado en la penumbra de aquel oratorio que olía a humedad. Unos cirios parpadeaban ante las imágenes de varios santos y, desde la galería del órgano, llegaba un débil y distante golpeteo, ya que se estaban llevando a cabo unas reparaciones. Un criado sacaba brillo al atril de latón. El padre Heyst les hizo una seña desde la puerta de la sacristía.

—¿De dónde venís? —les preguntó—. Os he visto dos o tres veces rondando por aquí. ¿Se puede saber qué os lleváis entre manos?

No había sombra de reprobación en su tono de voz, sino únicamente curiosidad. El daimonion del sacerdote hizo ondear su lengua de lagarto desde el hombro donde estaba posado.

Lyra repuso:

—Queríamos ver la cripta.

—¿Por qué?

—Los... los ataúdes. Queríamos ver los ataúdes —aclaró.

—Pero ¿por qué?

Lyra se encogió de hombros. Cuando la acuciaban demasiado, solía responder de esta manera.

—En cuanto a ti —prosiguió el padre dirigiéndose a Roger, cuyo daimonion agitó frenéticamente su rabo de terrier para ganarse su simpatía—, ¿cómo te llamas?

—Roger, padre.

—Si eres un criado, ¿dónde trabajas?

—En la cocina, padre.

—¿Y no tendrías que estar allí ahora?

—Sí, padre.

—Pues allí te quiero.

Roger dio media vuelta y echó a correr. Lyra arrastraba el pie de un lado a otro.

—En lo que a ti respecta, Lyra —continuó el padre Heyst—,

me complace que te intereses por las cosas del oratorio. Eres una niña afortunada por el hecho de tener tanta historia a tu alrededor.

—¡Ejem! —respondió Lyra.

—Lo que ya no me parece tan bien es la elección de tus compañeros. ¿Eres una niña solitaria?

—No —replicó ella.

—¿Echas, quizá, de menos el trato con otros niños?

—No.

—No me refiero a Roger, el pinche, sino a niños como tú, niños de noble cuna. ¿No te agradaría tener algún compañero de esa clase?

—No.

—O de otras niñas, tal vez...

—No.

—Mira, a ninguno de nosotros nos gustaría que te faltasen los placeres y entretenimientos que son normales en la infancia. Yo pienso a veces, Lyra, que la compañía de todos estos licenciados provectos debe hacerte sentir muy sola. ¿Es así?

—No.

El hombre daba golpecitos con los pulgares sobre sus dedos enlazados. Ya no sabía qué otra cosa preguntarle a aquella testaruda.

—Si hay algo que te preocupe —le dijo finalmente—, ten por seguro que puedes confiar en mí y explicármelo. Supongo que sabes que puedes hacerlo en cualquier momento.

—Sí —respondió Lyra.

—¿Rezas tus oraciones?

—Sí.

—Buena chica. Bueno, vete ya.

Con un suspiro de alivio que a duras penas logró disimular, Lyra dio media vuelta y se marchó. Puesto que no había encontrado a los zampones bajo tierra, Lyra volvió a lanzarse a la calle, donde se sentía como pez en el agua.

Ya casi habían dejado de interesarle los zampones cuando de pronto hicieron acto de presencia en Oxford.

La primera vez que Lyra oyó hablar de ellos fue cuando desapareció un niño pequeño de una familia giptana conocida.

Era la época en que se celebraba la feria de los caballos y la dársena del canal estaba llena de barcazas y botes de remolque, cargados de comerciantes y pasajeros, mientras los muelles que bordeaban el puerto de Jericó centelleaban con los arneses y resonaban con los golpes de los cascos y el griterío del regateo. A Lyra siempre le había gustado esa feria. Aparte de la oportunidad de procurarse un paseo a caballo aprovechando alguna bestia desatendida, se presentaban innumerables oportunidades de provocar jaleo.

Ese año había concebido un plan extraordinario. Inspirada por la captura de la barcaza del año anterior, quiso hacer esta vez un viaje propiamente dicho antes de que la expulsaran. Si ella y sus amigotes de las cocinas del college consiguieran llegar hasta Abingdon podrían causar estragos en la presa...

Pero aquel año no iba a haber guerra. Mientras se paseaba tranquilamente por el borde del astillero de Port Meadow bajo el sol matinal en compañía de un par de golfillos, al tiempo que se pasaban de uno a otro un cigarrillo que habían robado y exhalaban el humo de forma ostentosa, Lyra oyó una voz estridente que ya conocía.

—¿Y bien? ¿Se puede saber qué has hecho con él, imbécil papanatas?

Se trataba de una voz potente, una voz de mujer, pero una mujer con unos pulmones que estaban hechos de bronce y cuero. Lyra miró en seguida a su alrededor para intentar localizarla, puesto que sabía que se trataba de Ma Costa, que en dos ocasiones había dejado alelada a Lyra de un tortazo, pero que también le había dado pan caliente de jengibre en otras tres, y cuya familia era famosa por la majestuosidad y suntuosidad del barco que poseía. Entre los giptanos había príncipes, y Lyra sentía una gran admiración por Ma Costa, aunque había de ser cautelosa con ella durante un cierto tiempo, pues el barco que habían secuestrado era el suyo.

Uno de los compinches de Lyra cogió automáticamente una piedra al oír el griterío, pero Lyra le ordenó:

—Suéltala porque está que trina. Ésta es capaz de romperte la columna vertebral como si fuera una rama.

En realidad, Ma Costa parecía más angustiada que enfadada. El hombre al que se dirigía, un tratante de caballos, se encogió de hombros y extendió las manos.

—No lo sé —respondió—. No hace ni un minuto que estaba aquí y de pronto miro y había desaparecido. No sé dónde se ha metido...

—¡Pero él te estaba ayudando! ¡Era él quien tenía que sujetar tus malditos caballos!

—Sí, debería estar aquí, ¿no? Ha desaparecido en plena faena...

No pudo seguir, porque Ma Costa le pegó un soberano mamporro en un lado de la cabeza, seguido de una sarta de tacos y bofetadas hasta que el hombre se puso a gritar y acabó dándose a la fuga. Los demás tratantes de caballos que se encontraban en las inmediaciones prorrumpieron en sarcasmos y un potrillo juguetón se encabritó alarmado.

—¿Qué pasa? —exclamó Lyra dirigiéndose a un niño giptano que contemplaba la escena boquiabierto—. ¿Por qué está tan furiosa?

—Se trata de su hijo —explicó el pequeño—. Billy. Seguro que se imagina que se lo han llevado los zampones. Y a lo mejor es verdad. Yo no lo he visto desde...

—¿Los zampones? ¿Han venido a Oxford, entonces?

El niño giptano se volvió para llamar a sus amigos, que se encontraban todos con los ojos clavados en Ma Costa.

—¡La chica no lo sabe! ¡No sabe que los zampones están aquí!

Media docena de mocosos pusieron cara de burla y Lyra arrojó el cigarrillo al suelo al darse cuenta de que se avecinaba una riña. Todos los daimonions se pusieron en pie de guerra: cada niño contaba con la colaboración de colmillos, garras o cerdas erizadas, y Pantalaimon, despreciando la imaginación limitada de aquellos daimonions giptanos, se convirtió en un dragón grande como un galgo.

Pero apenas habían tenido tiempo de presentar batalla cuando intervino la propia Ma Costa en persona, pegando un manotazo a dos de los giptanos que los dejó fuera de combate y enfrentándose a Lyra como si fuera un boxeador profesional.

—¿Tú lo has visto? —le preguntó—. ¿Has visto a Billy?

—No —respondió Lyra—. Acabamos de llegar. Hace meses que no veo a Billy.

El daimonion de Ma Costa, un gavilán, revoloteaba sobre su cabeza en medio del aire diáfano, con sus fieros ojos amarillos moviéndose de aquí para allá sin un parpadeo. Lyra estaba asustada. No había nadie que se preocupara por el hecho de que un niño desapareciera durante unas horas y menos si era giptano: en el denso mundo giptano de los barcos, todos los niños eran preciosos y objeto de amor desmedido, si bien toda madre sabía que si su hijo desaparecía de pronto de su campo de visión, seguro que no se encontraba lejos de alguien que lo protegería instintivamente.

Pero allí estaba Ma Costa, reina de los giptanos, aterrada porque uno de sus hijos había desaparecido. ¿Qué pasaba?

Ma Costa miró como enceguecida por encima de las cabezas del grupo de niños y, dando la vuelta y tropezando con la multitud que se apiñaba en el muelle, se puso a llamar a su hijo con voces que parecían bramidos. Los niños se miraron entre sí, olvidado el odio ante el dolor de la mujer.

—¿Quiénes son esos zampones? —preguntó Simon Parslow, uno de los colegas de Lyra.

Respondió el primer niño giptano:

—Ya lo sabes, esos que roban niños por todo el país. Son piratas...

—¡Qué han de ser piratas! —le corrigió otro—. Son caníbales. Por eso los llaman zampones.

—¿Se comen a los niños? —preguntó Hugh Lovat, otro de los camaradas de Lyra, un pinche del St Michael.

—No se sabe —respondió el primer giptano—. Lo que pasa es que se los llevan y no hay quien vuelva a verlos nunca más.

—¡De eso ya estamos enterados! —intervino Lyra—. Hace meses que jugamos a niños y zampones, me apuesto lo que sea que empezamos a jugar a eso mucho antes que vosotros. Pero también me apuesto lo que queráis que no hay quien haya visto ninguno.

—Sí los han visto —afirmó un niño.

—¿Quién? —insistió Lyra—. ¿Los has visto tú? ¿Cómo sabes que no se trata de una sola persona?

—Charlie los vio en Banbury —explicó una niña giptana—. Fueron allí y se pusieron a hablar con una señora mientras uno de ellos se llevaba a su niño que estaba en el jardín.

—Sí —intervino inesperadamente Charlie, otro niño giptano—. ¡Yo lo vi todo!

—¿Cómo eran? —preguntó Lyra.

—Bueno... no es que los viera bien bien —aclaró Charlie—. Pero lo que vi fue el camión —se apresuró a añadir—. Llevan un camión blanco. Metieron al niño en él y se marcharon a toda velocidad.

—Pero ¿por qué los llaman zampones? —preguntó Lyra.

—Pues porque se los comen —replicó el primer niño giptano—. Nos lo dijeron en Northampton. Allí también han estado. A la niña ésa de Northampton le robaron a su hermano y ella explicó que, cuando los hombres se lo llevaban, le aseguraron que se lo comerían. Todo el mundo lo sabe. Se los zampan.

Una niña giptana que estaba por allí cerca se echó a llorar estrepitosamente.

—Es la prima de Billy —indicó Charlie.

—¿Quién fue el último que vio a Billy? —preguntó Lyra.

—Yo —gritaron media docena de voces—. Yo lo vi cuando sujetaba el caballo viejo de Johnny Fiorelli... Lo vi cuando estaba con el vendedor de manzanas de caramelo... Lo vi columpiándose en la grúa...

Después de recapacitar sobre todo aquello, Lyra llegó a la conclusión de que podía asegurarse que hacía menos de dos horas que habían visto a Billy.

—Así pues —concluyó Lyra—, durante las últimas dos horas tienen que haber estado aquí los zampones...

Todos miraron alrededor, temblando a pesar de la calidez del sol, del muelle atiborrado de gente y de los olores familiares a alquitrán, caballos y hojas de tabaco que flotaban en el aire. El problema era que nadie sabía qué aspecto tenían los zampones, cualquiera podía serlo, como hizo notar Lyra al aterrorizado grupo, cuyos miembros se encontraban ahora todos bajo su dominio, alumnos del college y giptanos por igual.

—Tienen que ser como la gente corriente, ya que de otro modo los descubrirían en seguida —explicó Lyra—. Si sólo se presentaran de noche, podrían tener cualquier aspecto pero, como salen también de día, han de tener por fuerza la apariencia de personas normales. O sea que cualquiera podría ser un zampón...

—No es verdad —replicó un giptano, aunque titubeando un poco—, porque yo los conozco a todos.

—Está bien, no ésos que tú conoces, pero sí otros —precisó Lyra—. ¡Busquémoslos, pues! ¡A ellos y a su furgoneta blanca!

Aquello desencadenó un gran revuelo. Varios buscadores más no tardaron en juntarse a los primeros y al poco rato como mínimo treinta niños giptanos hacían batidas de un extremo a otro de los muelles, entraban y salían de los establos, gateaban por las grúas y las torres de perforación de los astilleros, saltaban las vallas que delimitaban el amplio campo, se atropellaban de quince en quince a lo largo del viejo y tambaleante puente que atravesaba las verdes aguas y circulaban a todo correr por los estrechos callejones de Jericó, entre hileras de casuchas adosadas de ladrillo, hasta el gran oratorio de cuadradas torres de San Bernabé el alquimista. La mitad no sabían siquiera lo que buscaban y hasta se figuraban que podía ser una alondra, pero los más íntimos de Lyra estaban sobrecogidos de espanto y presa de recelos cada vez que descubrían a una persona solitaria en alguno de los callejones o la vislumbraban en la penumbra del oratorio. ¿Sería un zampón?

Por supuesto, no lo era. Finalmente, al no salirse con la suya y cerniéndose sobre todos ellos la sombra de la desaparición real de Billy, se dieron cuenta de que aquello no tenía nada de divertido. Cuando Lyra y los dos chicos del college se fueron de Jericó pues se acercaba la hora de cenar, vieron que los giptanos se habían reunido en el muelle cerca del lugar donde estaba amarrado el barco de los Costa. Algunas mujeres lloraban a grito pelado, mientras los hombres, rebosantes de odio, formaban grupos en torno a los cuales se agitaban sus daimonions, ya fuera elevándose en nervioso vuelo o refunfuñando en la sombra.

—Yo hubiera jurado que los zampones no se habrían atrevido nunca a venir hasta aquí —le dijo Lyra a Simon Parslow al atravesar el umbral del Jordan y entrar en el imponente vestíbulo.

—No —repuso Simon, aunque con un cierto titubeo—. Pero yo sé de una niña que ha desaparecido del Market.

—¿Quién? —preguntó Lyra. Aunque conocía a la mayoría de los niños del Market, no se había enterado del suceso.

—Jessie Reynolds, la hija del talabartero. Ayer no estaba en casa a la hora de cerrar y eso que sólo había salido para comprar un poco de pescado con que acompañar el té de su padre. Ni volvió, ni nadie ha vuelto a saber de ella, y eso que la buscaron por todo el Market y muchos sitios más.

—¡Y yo sin enterarme! —exclamó Lyra, indignada.

Tenía por una omisión deplorable de sus subordinados que no la hubieran informado inmediatamente de la noticia.

—Pero es que esto ocurrió ayer. Igual ya ha aparecido.

—Voy a preguntarlo —decidió Lyra ya en el vestíbulo dando media vuelta.

Pero apenas había empezado a cruzar la puerta, el portero la llamó a capítulo.

—Oye, Lyra, esta noche ya no sales. Son órdenes del rector.

—¿Por qué?

—Te he dicho que son órdenes del rector. Ha ordenado que, una vez que entrases, ya no volvieses a salir.

—Pues a ver si me coges —le soltó Lyra echándose a correr y sin dar tiempo al viejo a abandonar la puerta.

Pasó como una exhalación por la angosta callejuela que iba a desembocar al paseo donde los furgones descargaban mercancías para el mercado cubierto. Como ya estaba cerrado, quedaban pocos furgones, pero junto a la puerta central, enfrente de la tapia de piedra del St. Michael's College, había un grupito de muchachos que charlaban mientras fumaban un pitillo. Lyra conocía a uno de ellos, un chico de dieciséis años al que admiraba muchísimo porque era el que escupía a más distancia de cuantos había visto en su vida. Se acercó a él y se quedó esperando, muy modosita, a que advirtiera su presencia.

—¿Sí? ¿Qué quieres? —acabó por decirle al final.

—¿Ha desaparecido Jessie Reynolds?

—Sí. ¿Por qué?

—Pues porque hoy ha desaparecido un niño giptano.

—Los giptanos desaparecen siempre. Cuando hay una feria de caballos se las piran que es un contento.

—Y los caballos lo mismo —comentó uno de sus amigos.

—No, pero este caso es diferente, porque es un niño —explicó Lyra—. Lo hemos estado buscando toda la tarde y nos han dicho que los zampones se lo habían llevado.

—¿Los qué?

—Los zampones —repitió—. ¿O es que no has oído hablar de los zampones?

El nombre también era una novedad para los demás y, aunque no se abstuvieron de soltar unos cuantos comentarios cáusticos, prestaron atención a la noticia que traía Lyra.

—Los zampones... —intervino un conocido de Lyra que se llamaba Dick—. ¡Menuda estupidez! Estos giptanos no hacen más que decir estupideces.

—Hace un par de semanas comentaron que había zampones en Banbury —insistió Lyra— y que habían raptado a cinco niños y que ahora probablemente vendrían a Oxford a llevarse a los niños de aquí. Seguro que han sido ellos los que han cogido a Jessie.

—Ahora que me acuerdo —apuntó otro chico—, se ha perdido un niño en el camino de Cowley. Mi tía, la que vende pescado con patatas en el carromato, estuvo ayer allí y oyó hablar del caso... Comentó algo de un niño, sí, eso dijo... aunque yo no sé nada de zampones. Eso de los zampones me parece una paparrucha, no lo diréis en serio.

—¡Naturalmente que los hay! —afirmó Lyra—. Los giptanos los han visto y creen que se comen a los niños que atrapan y...

Se quedó callada a media frase porque de pronto se había acordado de algo. En aquella extraña velada que había pasado escondida en el salón reservado, lord Asriel había proyectado una filmina de un hombre que sostenía una varilla en la que penetraban unos haces de luz, junto al cual había una figurilla con menos luz a su alrededor. Había dicho que se trataba de un niño y alguien había preguntado si era un niño amputado, y su tío había respondido que no. Eso era lo que ahora le interesaba. Lyra recordaba que la palabra amputado significaba cortado.

Algo de pronto la sobresaltó: ¿dónde estaba Roger?

No lo había vuelto a ver desde la mañana...

De pronto se sintió sobrecogida de pánico. Pantalaimon, que en aquel momento había tomado forma de león en miniatura, pegó un salto a sus brazos y rugió por lo bajo. Lyra se despidió de los chicos junto a la puerta y se dirigió, andando despacio, a Turl Street, pero de pronto echó a correr como una loca hacia el Jordan College, tropezando con la puerta un segundo antes que el daimonion, convertido ahora en irbis.

El portero era un mojigato.

—He tenido que llamar al rector y contárselo todo —la avisó—, y no le ha gustado ni pizca. No querría estar en tu pellejo ni por todo el oro del mundo.

—¿Dónde está Roger? —preguntó Lyra.

—No lo he visto. Otro que andan buscando. Cuando el señor Cawston lo atrape, va listo.

Lyra fue corriendo a la cocina y se enfrentó con todo el grupo bullicioso, estrepitoso, envuelto en vapores y calor, que trabajaba en los fogones.

—¿Dónde está Roger? —gritó.

—¡Despeja, Lyra! Nosotros trabajamos.

—Pero ¿dónde está? ¿Ha aparecido o no?

Al parecer, era una cuestión que no interesaba a nadie.

Bernie, el repostero, intentó calmarla, pero a ella no había quien la consolara.

—¡Lo han cogido! Han sido esos malditos zampones, seguro que ellos lo han cazado y lo han matado. ¡Los odio! A ti, Roger no te preocupa...

—Lyra, Roger nos preocupa a todos...

—¡No es verdad! Si fuera verdad, dejaríais todos de trabajar e iríais a buscarlo ahora mismo. ¡Os odio!

—Puede haber infinidad de causas que expliquen que Roger no haya aparecido. Sé razonable. Nosotros tenemos que preparar la cena y servirla dentro de menos de una hora. El rector va a recibir a unos invitados en sus aposentos y comerán allí, lo que quiere decir que el primer cocinero deberá prepararlo todo en un santiamén para que la comida no esté fría y, suceda lo que suceda, Lyra, la vida ha de continuar. Estoy seguro de que Roger aparecerá...

Lyra dio media vuelta y salió corriendo de la cocina, tirando al pasar un montón de tapaderas de plata y haciendo como quien no oía los gritos de indignación que soltaron todos. Bajó corriendo las escaleras y atravesó el patio que había entre la capilla y la torre de Palmer para pasar al patio Yaxley, donde se levantaban los edificios más antiguos del college.

Pantalaimon corría delante de ella como leopardo en miniatura y, en un abrir y cerrar de ojos, subió la escalera hasta la parte más alta, donde se encontraba la habitación de Lyra. Ésta empujó la puerta, arrastró el desvencijado sillón junto a la ventana, la abrió de par en par y salió gateando por ella. Debajo mismo de la ventana había un canalón revestido de plomo que debía de tener como un palmo y medio de anchura y, así que consiguió ponerse de pie en el mismo, se volvió y comenzó a encaramarse por las toscas tejas hasta alcanzar el caballete del tejado. Una vez allí, abrió la boca y gritó a voz en cuello. Pantalaimon, que siempre que subía al tejado se convertía en pájaro, comenzó a volar en círculo a su alrededor lanzando gritos con ella.

El cielo de la tarde estaba inundado de colores: crema, albaricoque, melocotón, frágiles nubes cual pequeños helados suspendidos en un vasto cielo naranja. A su alrededor se erguían las agujas y torres de Oxford, situadas a su mismo nivel, no más altas, mientras que a este y oeste se extendían los verdes bosques de Château-Vert y White Ham. De algún lugar llegaban graznidos de grajos, sonidos de campanas y el potente latido de un motor de gasolina que venía de la parte de los Oxpen y que anunciaba el despegue del zepelín de la tarde con el correo real destinado a Londres. Lyra contempló cómo se elevaba por encima de la aguja de la capilla del St. Michael, primero del mismo tamaño que la yema de su dedo meñique al extender el brazo en toda su longitud, y después cada vez más minúsculo, hasta que por fin acabó convirtiéndose en un puntito en medio del cielo nacarado.

Volvió la vista para mirar abajo y observar el patio sumido en la penumbra, donde las negras figuras de los licenciados, revestidos con sus togas, ya empezaban a desfilar de uno en uno o de dos en dos hacia la cantina, mientras sus daimonions caminaban contoneándose o revoloteaban a su lado o se posaban, muy tranquilos, en su hombro. En el vestíbulo estaban todas las luces encendidas y Lyra vio que los ventanales de cristales emplomados comenzaban a iluminarse gradualmente, mientras un criado se movía entre las mesas y encendía las lámparas de nafta. El camarero hizo sonar la campana anunciando que faltaba media hora para la cena.

Aquél era su mundo y así quería que se mantuviese siempre, aunque aquel mundo había empezado a cambiar por la simple razón de que alguien robaba niños. Se sentó en el caballete del tejado y apoyó la barbilla en las manos.

—Mejor que lo rescatemos, Pantalaimon —le dijo Lyra.

Desde el interior de la chimenea donde estaba metido, respondió con su voz de grajo:

—Será peligroso.

—¡Claro! Lo sé.

—Recuerda lo que comentaron en el salón reservado.

—¿Qué?

—Una cosa sobre un niño del Ártico. Aquel que no atraía el Polvo.

—Dijeron que era un niño intacto... ¿Qué pasa?

—Que a lo mejor eso es lo que hacen con Roger y los giptanos y los demás niños.

—¿Qué?

—¿Qué quiere decir intacto?

—¡Y yo qué sé! Probablemente los cortan por la mitad. Me imagino que los convierten en esclavos. Así son de mayor utilidad. Allí seguramente hay minas, minas de uranio para la fabricación atómica. Es probable que se trate de eso. Si hicieran bajar a la mina a las personas mayores, se morirían, por esto utilizan niños, cuestan menos. Eso habrán hecho con él.

—Me parece...

Sin embargo habría que esperar a saber lo que pensaba Pantalaimon, porque alguien ya estaba gritando desde abajo.

—¡Lyra! ¡Lyra! ¡Ven ahora mismo!

Se oyeron unos golpes en el marco de la ventana. Lyra conocía aquella voz y aquella impaciencia: era la señora Lonsdale, la gobernanta. No había posibilidad de huir de ella.

Lyra, con el rostro tenso, se deslizó por el tejado y se dejó caer en el canalón; después volvió a trepar por la ventana. La señora Lonsdale estaba haciendo correr el agua en la jofaina desportillada con el acompañamiento de los gimoteos y el golpeteo de las tuberías.

—¡La de veces que te habré dicho que no subieras al tejado...! ¡Y ya ves! No tienes más que ver cómo te has puesto la falda... ¡asquerosa! Ahora mismo te la estás sacando y te lavas mientras yo te busco algo decente que ponerte, algo que no esté roto. ¿Por qué no sabrás comportarte como una niña limpia y aseada...?

Lyra estaba demasiado furiosa para preguntar por qué tenía que lavarse y vestirse. No había ninguna persona mayor que explicara el motivo de sus decisiones.

Se quitó el vestido por la cabeza, lo arrojó sobre la estrecha cama y comenzó a lavarse con desgana mientras Pantalaimon, ahora canario, se acercaba dando saltitos al daimonion de la señora Lonsdale, un impasible perro perdiguero al cual trataba inútilmente de importunar.

—¡Habráse visto cómo está ese armario! Hace semanas que no cuelgas la ropa. ¿No ves cómo la tienes de arrugada...?

Mira esto, mira aquello... ¡No, Lyra no quería mirar nada! Cerró los ojos y se restregó la cara con la delgada toalla.

—Tendrás que ponértelo todo tal y como está. No hay tiempo de planchar nada. ¡Bendito sea Dios, qué rodillas llevas! ¿Te das cuenta de cómo te las has puesto?

—No quiero ver nada —refunfuñó Lyra.

La señora Lonsdale le dio un manotazo en la pierna.

—¡A lavarse! —le ordenó, furiosa—. ¡A sacarte en seguida toda la mugre de encima!

—¿Por qué? —preguntó Lyra finalmente—. Yo nunca me lavo las rodillas. ¿Quién me las va a ver? ¿Por qué me las he de a lavar? Ni a ti ni al cocinero os importa un bledo Roger. Yo soy la única que...

La señora Lonsdale le dio otro manotazo en la otra pierna.

—¡Menos tonterías! Yo soy una Parslow, igual que el padre de Roger. Es primo mío segundo. ¿A que no lo sabías? No lo sabías porque no lo has preguntado en tu vida, señorita Lyra. Ni te pasó por las mientes. No me vengas con esas burradas de que no me preocupa el chico. ¿Cómo no va a preocuparme si Dios sabe que hasta me preocupo de ti, pese a que me das pocas razones para que lo haga, ni me lo agradeces siquiera?

Cogió el trozo de franela y restregó las rodillas de Lyra con tanta saña que le dejó la piel enrojecida, casi en carne viva. Pero limpia, eso sí.

—La razón de todo esto es que vas a cenar con el rector y sus invitados. Espero, y por Dios te lo pido, que sepas comportarte.

No hables más que cuando te dirijan la palabra, procura estar callada y mostrarte educada, sonríe con amabilidad y no digas «na» en lugar de «nada» si te hacen alguna pregunta.

Puso sobre la esquelética figura de Lyra el mejor vestido que encontró, tiró de él con fuerza, sacó una cinta roja de toda la maraña de chucherías guardadas en un cajón y peinó el cabello de Lyra con un cepillo de lo más áspero.

—Si me hubieran avisado con tiempo, te habría lavado el pelo, que bien lo necesitas. ¡Qué se le va a hacer! Con tal de que no te lo miren de cerca... ¡Así! Y manténte erguida. ¿Dónde tienes los zapatos nuevos de charol?

Cinco minutos después Lyra daba unos golpecitos en la puerta que se abría a los aposentos del rector, aquella vivienda majestuosa y un tanto fúnebre que daba al patio Yaxley, y que por la parte trasera miraba al jardín de la biblioteca. Pantalaimon, que para estar a la altura se había convertido en armiño, se restregaba contra la pierna de Lyra. Abrió la puerta el criado del rector, Cousins, cuya enemistad con Lyra venía de antiguo. Los dos sabían que lo de hoy era una tregua.

—La señora Lonsdale me ha dicho que me presentara aquí —explicó Lyra.

—Sí —replicó Cousins, haciéndose a un lado—. El rector está en el salón.

Le indicó la espaciosa estancia que daba al jardín de la biblioteca. En ella todavía brillaban los últimos rayos de sol que se colaban a través del espacio comprendido entre la biblioteca y la torre de Palmer, e iluminaban las sombrías pinturas y los objetos de plata oscura que coleccionaba el rector. Iluminaban también a los invitados, y Lyra se percató en seguida de la razón de que no cenaran en el comedor: tres de ellos eran mujeres.

—¡Oh, Lyra! —exclamó el rector—. ¡Qué contento estoy de que hayas venido! Cousins, ¿no tendrás algún refresco suave? Dama Hannah, me parece que no conoce a Lyra... es la sobrina de lord Asriel, ¿sabe usted?

Dama Hannah Relf era la directora de uno de los colleges femeninos, una señora de edad madura y cabellos grises cuyo daimonion era un tití.

Lyra le estrechó la mano de la manera más gentil que supo y fue presentada después a los demás invitados, que como Dama Hannah eran licenciados de otros colleges y personas totalmente irrelevantes. Por fin, el rector se acercó a la última invitada.

—Señora Coulter —dijo—, ésta es nuestra Lyra. Lyra, acércate a saludar a la señora Coulter.

—Hola, Lyra —saludó la señora Coulter.

Era una mujer joven y hermosa. Sus mejillas quedaban enmar-
cadas por una cabellera negra y brillante y tenía como daimonion
a un mono de pelo dorado.

4

EL ALETIÓMETRO

 *E*spero que querrás sentarte a mi lado durante la cena —le dijo la señora Coulter haciéndole un sitio a Lyra en el sofá—. No estoy acostumbrada a la etiqueta de los aposentos del rector. Tendrás que enseñarme qué cuchillo y qué tenedor debo utilizar.

—¿Es usted licenciada? —le preguntó Lyra.

Lyra miraba a las licenciadas con un desdén muy propio del Jordan. Aunque las había —¡pobres desgraciadas!—, no se podían tomar más en serio que los animales que hay que disfrazar para que actúen en una comedia. Por otra parte, la señora Coulter no era como las licenciadas que Lyra había visto hasta entonces y, por supuesto, no tenía nada que ver con las dos señoras ancianas y circunspectas que eran las otras dos invitadas a la cena. Lyra había hecho la pregunta esperando que la respuesta fuese un no, ya que la señora Coulter era tan seductora que había dejado a Lyra fascinada hasta el punto de no poder apartar los ojos de ella.

—La verdad es que no —respondió la señora Coulter—, sólo soy miembro del college de Dama Hannah, aunque gran parte de mi labor se desarrolla fuera de Oxford... Háblame de ti, Lyra. ¿Has vivido siempre en el Jordan College?

Lyra no tardó ni cinco minutos en ponerla al corriente acerca de su vida medio salvaje: sus excursiones favoritas por los tejados, la batalla de los Claybeds, aquella ocasión en que ella y Roger atraparon un grajo y lo asaron, el plan que urdieron para robar una barcaza a los giptanos y navegar hasta Abingdon, aparte de muchísimas cosas más. Incluso (aunque, eso sí, en voz baja y echando una mirada en derredor), le explicó la broma que ella y Roger habían hecho con las calaveras de la cripta.

—¡Y los fantasmas vinieron a mi cuarto sin las cabezas! Como no podían hablar, hacían unos ruidos extraños, una especie de gluglú, aunque comprendí al momento qué querían. Así es que al día siguiente bajé otra vez a la cripta y volví a colocar las monedas en su sitio. Seguro que, si no lo hubiera hecho, me matan.

—Eso significa que no te da miedo el peligro, ¿verdad? —dijo la señora Coulter en tono de admiración.

Ya estaban cenando y, tal como la señora Coulter esperaba que sucediera, se habían sentado juntas. Lyra hizo caso omiso del bibliotecario, sentado a su otro lado, y se pasó toda la cena hablando con la señora Coulter.

Cuando las señoras se retiraron a tomar café, Dama Hannah preguntó a Lyra:

—Dime, Lyra, ¿piensan enviarte a la escuela?

Lyra se quedó planchada.

—Pues... no sé na... nada.

Pero en seguida se apresuró a rectificar, como medida de seguridad:

—Probablemente no. No me gustaría meterlos en un aprieto —continuó Lyra, como apiadada—, ni que gastaran dinero en mí. Mejor que me quede a vivir aquí en el Jordan y así los licenciados pueden darme lecciones cuando tengan un rato libre. Como viven aquí, probablemente el trabajo que hacen es gratis.

—¿Tiene algún plan tu tío, lord Asriel, en lo que a ti respecta? —le preguntó la otra señora, una licenciada del otro college femenino.

—Sí —dijo Lyra—, eso creo, aunque no se trata de nada que tenga que ver con la escuela. La próxima vez que vaya al norte me llevará con él.

—Sí, recuerdo que me lo dijo —afirmó la señora Coulter.

Lyra parpadeó. Las dos licenciadas apenas lograron dominar un gesto de asombro, si bien sus daimonions, ya fuera por cortesía o porque estaban un poco en la luna, no hicieron otra cosa que lanzarse mutuamente una mirada furtiva.

—Lo conocí en el Real Instituto Ártico —prosiguió la señora Coulter—. Dicho sea de paso, es en parte gracias a este encuentro que hoy estoy aquí.

—¿También es usted exploradora? —le preguntó Lyra.

—Algo así. He estado varias veces en el norte. El año pasado pasé tres meses en Groenlandia haciendo observaciones de la Aurora.

Así era, para Lyra no había nada más ni existía nadie más. Observó a la señora Coulter con admiración y escuchó, arrobada y en silencio, sus historias de iglúes, cazas de focas y tratos con las brujas laponas. Las dos licenciadas no tenían nada interesante que contarle y permanecieron en silencio hasta que entraron los hombres.

Más tarde, cuando ya los invitados se disponían a marcharse, el rector dijo a Lyra:

—Quédate un momento. Me gustaría hablar un poco contigo. Ve a mi despacho, nena, siéntate y espérame.

Lyra, confusa, a la vez que fatigada y excitada a un tiempo, hizo lo que el rector le había ordenado. Cousins, el criado, la acompañó y, con toda intención, dejó abierta la puerta a fin de poder ver desde el vestíbulo lo que hacía, ya que estaba allí ayudando a ponerse las chaquetas a los invitados. Lyra observaba a la señora Coulter, aunque ésta no se fijó en ella. Después el rector entró en el despacho y cerró la puerta.

Se dejó caer pesadamente en la butaca colocada junto a la chimenea. Su daimonion se posó en el respaldo de la butaca y se sentó junto a su cabeza, con los ojos de párpados caídos fijos en Lyra. La lámpara siseaba levemente cuando el rector empezó:

—Así pues, Lyra, he visto que has hablado con la señora Coulter. ¿Te ha parecido interesante lo que te ha contado?

—¡Sí!

—Es una señora muy original.

—¡Es maravillosa! La persona más maravillosa que he conocido en mi vida.

El rector lanzó un suspiro. Con su traje negro y su corbata igualmente negra se parecía como una gota de agua a otra a su propio daimonion.

De pronto Lyra pensó que un día, a no tardar, sería enterrado en la cripta situada debajo del oratorio y algún artista grabaría la figura de su daimonion en la placa de latón que pondrían en su ataúd y que el nombre del daimonion compartiría con el suyo el espacio que le correspondiera.

—Hace mucho tiempo que buscaba el momento oportuno para charlar contigo, Lyra —continuó, pasados unos momentos—. Quería hacerlo de todos modos, pero parece que el tiempo va más aprisa que nuestros proyectos. Tú, querida niña, has estado a salvo aquí en el Jordan y me parece que has sido feliz. No ha sido fácil para ti obedecernos, pero nosotros te queremos mucho y la verdad es que te has portado bien. Tienes una manera de ser que destila bondad y posees una gran afabilidad, aparte de que eres muy decidida. Necesitarás de todas estas cualidades. En el ancho mundo las cosas siguen adelante y a mí me gustaría protegerte de... me refiero a que me gustaría que te quedases aquí en el Jordan... pero resulta que ya no es posible.

Lyra lo miró fijamente. ¿Quería decir que pensaban expulsarla?

—Sabías que llegaría un momento en que tendrías que ir a la escuela —prosiguió el rector—. Nosotros aquí te hemos enseñado algunas cosas, aunque ni bien ni tampoco de una manera sistemática. Nuestros conocimientos son de una naturaleza diferente. Tú necesitas saber cosas que los viejos no están en condiciones de enseñarte, sobre todo a la edad que tienes ahora. Seguramente ya te habrás dado cuenta de este particular. Por otra parte, no eres hija de criados y no estamos en condiciones de que te adopte ninguna familia de la ciudad. Podrían ocuparse de ti en algunas cosas, pero tú tienes necesidades diferentes. Mira, Lyra, lo que intento explicarte es que la parte de tu vida que pertenece al Jordan College ha tocado a su fin.

—No —exclamó Lyra—, yo no quiero irme del Jordan. Me gusta vivir aquí. Quiero pasar toda la vida en el Jordan.

—Los jóvenes os figuráis que las cosas son para siempre. Desgraciadamente, no es así. Lyra, dentro de muy poco tiempo, un par de años como máximo, serás una señorita, habrás dejado de ser una niña. Sí, serás una señorita. Y créeme, cuando llegue ese momento, el Jordan College será un lugar donde la vida se te haría muy difícil.

—¡Es mi casa!

—Ha sido tu casa hasta ahora, pero a partir de este momento tus necesidades son diferentes.

—Pero no necesito la escuela. ¡No quiero ir a la escuela!

—Necesitas compañía femenina, orientación femenina.

Aquella palabra —«femenina»— tenía para Lyra unas resonancias que le sugerían licenciadas y, sin querer, puso mala cara. ¡Pensar que podían exiliarla de la magnificencia del Jordan, del esplendor y la fama de su erudición, para enviarla a un sombrío pensionado de ladrillo de algún college situado en el extremo norte de Oxford, donde encontraría a unas chabacanas licenciadas que olían a col y a naftalina, como aquel par que había conocido en la cena!

El rector percibió la expresión de su rostro y también los ojos de turón de Pantalaimon, que parecían despedir rayos de luz roja.

—¿Y si encontrases a la señora Coulter? —le preguntó.

Al instante el pelaje de Pantalaimon cambió de color y pasó de aquel tono parduzco y áspero a un suave color blanco. Lyra abrió los ojos de par en par.

—¿Podría ser?

—Ella está en contacto en cierto modo con lord Asriel. Naturalmente tu tío está muy preocupado por tu bienestar y, así que la señora Coulter se enteró de tu existencia, en seguida brindó su ayuda. Por supuesto, no hay ningún señor Coulter, puesto que ella es viuda. Es muy triste, pero su marido murió de accidente hace unos años, o sea que tenlo presente antes de hacer más preguntas.

Lyra movió la cabeza afirmativamente y dijo:

—¿Y ella se ocuparía... se ocuparía realmente de mí?

—¿A ti te gustaría?

—¡Sí!

Lyra se puso tan contenta que casi no podía parar quieta un momento. El rector sonrió y, como era algo que no solía hacer casi nunca, la verdad es que tenía poca práctica. Cualquiera que lo hubiera visto (y Lyra no estaba en situación de advertirlo) habría dicho que era más bien una mueca de tristeza.

—Bueno, pues entonces la avisaremos para que venga y hablaremos del asunto —concluyó.

El rector salió de la habitación y regresó un minuto después acompañado de la señora Coulter. Lyra se puso de pie, demasiado excitada para seguir sentada. La señora Coulter entró sonriendo, el daimonion que la acompañaba mostró sus blancos dientes al soltar una risita traviesa. Cuando pasaba junto a Lyra para sentarse en una butaca, la señora Coulter le acarició ligeramente los cabellos y Lyra sintió que una corriente de calor circulaba por todo su cuerpo y hasta se ruborizó.

Así que el rector hubo servido un vasito de brantwijn a la señora Coulter, ésta dijo:

—Así pues, Lyra, yo seré tu tutora, ¿te parece bien?

—Sí —respondió Lyra con toda sencillez, ya que habría asentido a todo lo que le hubiera pedido.

—Necesito ayuda en mi trabajo.

—¡Puedo trabajar!

—Y a lo mejor tenemos que viajar.

—No me importa. Iré a donde sea.

—Pero podría resultar peligroso. Quizá debamos dirigirnos al norte.

Lyra se quedó muda de asombro. Al final pudo hablar:

—¿Pronto?

La señora Coulter se echó a reír y respondió:

—Es posible, pero has de saber que tendrás que trabajar de firme. Deberás estudiar matemáticas, navegación y geografía espacial.

—¿Me enseñará usted?

—Sí. Y tú me ayudarás a tomar notas y a poner mis papeles en orden y también en diversos trabajos de cálculo básico y otras cosas. Y como tendremos que ver a algunas personas importantes, habrá que procurarte vestidos bonitos. Tienes mucho que aprender, Lyra.

—No me importa. Quiero aprenderlo todo.

—Seguro que lo conseguirás. Cuando vuelvas al Jordan College serás una viajera famosa. Saldremos muy de mañana, con el zepelín de madrugada, o sea que mejor que te retires y te acuestes en seguida. Te veré a la hora del desayuno. ¡Buenas noches!

—Buenas noches —respondió Lyra y, recordando una de las escasas normas de buenas maneras que conocía, se volvió al llegar a la puerta y dijo—: Buenas noches, rector.

El rector se limitó a hacer una inclinación de cabeza y a responder:

—Que descanses.

—Y gracias —todavía añadió Lyra dirigiéndose a la señora Coulter.

Por fin se durmió, pese a que Pantalaimon, agitado por un extraño nerviosismo, no paraba un momento de moverse, hasta que Lyra tuvo que arrearle un manotazo y entonces se convirtió en erizo. Todavía estaba oscuro cuando la despertaron.

—Lyra... eh... no te asustes... despiértate, pequeña.

Era la señora Lonsdale. Llevaba una vela encendida en la mano, estaba agachada y le hablaba con voz tranquila, pese a retener a Lyra en su sitio con la mano que tenía libre.

—Escucha una cosa. El rector quiere verte antes de que vayas a desayunar con la señora Coulter. Levántate en seguida y ve ahora mismo a los aposentos del rector. Has de salir al jardín y dar unos golpes a las puertas ventanas de su estudio. ¿Lo has entendido?

Ya totalmente despierta, pero muy extrañada e intrigada, Lyra asintió con un gesto de la cabeza y se enfundó los pies descalzos en los zapatos que la señora Lonsdale le había dejado junto a la cama.

—No importa que ahora no te laves, te lavarás después. Ve abajo en seguida y sube al momento. Entretanto te preparé el equipaje y la ropa que tienes que ponerte. ¡Anda, aprisita!

El oscuro patio aún conservaba el frío de la noche. En lo más alto del cielo brillaban las últimas estrellas, pero por la parte de levante ya estaba apareciendo la luz que iría invadiendo gradualmente el firmamento sobre el comedor. Lyra salió corriendo al jardín de la biblioteca y se detuvo un instante en medio de aquella inmensa quietud; miró hacia lo alto y contempló las agujas pétreas de la capilla, la cúpula de un verde nacarado del edificio Sheldon, el cimborrio pintado de blanco que coronaba la biblioteca. ¡Ya no volvería a verlos! Se preguntó si los echaría de menos.

En la ventana del estudio se movió algo y de pronto brilló el momentáneo resplandor de una luz. Lyra recordó lo que le habían encargado que hiciese y dio unos golpecitos en el ventanal, que se abrió casi al momento.

—Buena chica —afirmó el rector—, entra rápido. En seguida terminamos.

Corrió la cortina delante de la puerta cristalera tan pronto como Lyra estuvo dentro. El hombre iba vestido, como siempre, de negro.

—¿O sea que no me voy? —preguntó Lyra.

—Sí, eso no puedo evitarlo —respondió el rector, y Lyra no advirtió en aquel momento lo extraño de lo que iba a decirle—. Lyra, voy a darte una cosa y tienes que prometerme que guardarás el secreto. ¿Lo juras?

—Sí —dijo Lyra.

Se dirigió al escritorio, abrió un cajón y sacó un paquetito envuelto en terciopelo negro. Al retirar la tela, Lyra vio algo que parecía un reloj grande de bolsillo o un reloj pequeño de pared. Era un disco grueso de latón y cristal. Igual podía ser una brújula que otra cosa parecida.

—¿Qué es? —preguntó Lyra.

—Un aletiómetro. Uno de los seis únicos que se han hecho en todos los tiempos, Lyra. Vuelvo a insistir: guarda el secreto. Mejor que ni la señora Coulter sepa que lo tienes. Tu tío...

—Pero ¿para qué sirve?

—Para decir la verdad. En cuanto a interpretarlo, tendrás que aprender tú misma. Y ahora vete porque ya está haciéndose de día, vuelve a tu habitación antes de que nadie te vea.

Plegó el terciopelo sobre el instrumento y le puso el paquete en la mano. A Lyra le sorprendió que fuera tan pesado. Después el rector colocó las manos a ambos lados de su cabeza y la retuvo suavemente un momento.

Lyra intentó levantar la vista para mirarlo, pero sólo pudo preguntarle:

—¿Querías decirme algo sobre tío Asriel?

—Hace unos años que tu tío hizo este presente al Jordan College. Él podría...

Antes de que tuviera tiempo de terminar la frase se oyeron unos golpes impacientes en la puerta. Lyra percibió un temblor involuntario en las manos del rector.

—Rápido, niña —le instó con voz queda—. Las potencias de este mundo son muy fuertes. Hombres y mujeres se mueven empujados por corrientes mucho más poderosas de lo que imaginas, corrientes que nos arrastran a todos en una misma marejada. Adiós, Lyra, vaya contigo mi bendición, niña, que te acompañe y procura ser discreta.

—Gracias, rector —respondió Lyra con aire obediente.

Con el paquetito apretado contra su pecho, abandonó el estudio por la puerta del jardín y, al volver un momento la cabeza, vio que el daimonion del rector la estaba vigilando desde el alféizar de la ventana. El cielo ahora estaba más diáfano, en el aire flotaba un leve frescor.

—¿Qué es eso que traes? —le preguntó la señora Lonsdale, cerrando de golpe la baqueteada maletita de Lyra.

—Me lo ha dado el rector. ¿No lo puedo meter en la maleta?

—Demasiado tarde. No querrás que vuelva a abrirla. Tendrás que guardarlo en el bolsillo del abrigo, sea lo que fuere. Anda, date prisa y baja a la despensa. No les hagas esperar...

Sólo después de haberse despedido de los pocos criados que quedaban arriba y de la señora Lonsdale se acordó de Roger; entonces se sintió culpable de no haber vuelto a pensar en él desde que conociera a la señora Coulter. ¡Qué rápido había ocurrido todo!

Ya estaba camino de Londres: nada menos que sentada junto a la ventana de un zepelín, con las afiladas zarpas de armiño de Pantalaimon clavadas en sus muslos mientras tenía las patas delanteras apoyadas en el cristal a través del cual estaba mirando. Al otro lado de Lyra se encontaba sentada la señora Coulter revisando papeles, aunque pronto los dejó a un lado para ponerse a charlar. ¡Qué brillante conversación! Lyra estaba como embriagada, aunque esta vez no por cosas relacionadas con el norte, sino con Londres, los restaurantes y salones de baile, las veladas en las embajadas o ministerios, las intrigas entre White Hall y Westminster. Lyra casi estaba más fascinada por todas aquellas cosas que por el cambiante paisaje que se divisaba debajo de la nave aérea. Lo que decía la señora Coulter estaba rodeado de un aura de madurez, algo que turbaba pero fascinaba a un tiempo: el perfume de la seducción.

El aterrizaje en los jardines de Falkeshall, el trayecto en barco a través del río ancho y turbio, el majestuoso racimo de mansiones del Embankment, donde un fornido empleado (una especie de portero cargado de condecoraciones) saludó a la señora Coulter e hizo un guiño a Lyra, la cual se limitó a observarlo con mirada inexpresiva...

Después el piso...

Lyra estaba boquiabierta.

A lo largo de su corta vida había visto muchas cosas bonitas: la belleza del Jordan College y la belleza de Oxford, ciudad grandiosa, pétrea y masculina. En el Jordan College había muchas cosas magníficas, pero no coquetería de ningún tipo. En el piso de la señora Coulter, en cambio, todo destilaba buen gusto. La casa estaba llena de luz, porque los amplios ventanales miraban al sur y las paredes estaban revestidas de papel a rayas doradas y blancas. Había también pinturas con marcos dorados, un espejo antiguo, candelabros de pared fantásticos, con sus luces ambáricas y sus pantallitas con volantes. También los cojines tenían volantes y había faldellines floreados en los raíles de las cortinas y una alfombra con un dibujo de hojas. Los ojos inocentes de Lyra parecían percibir en todas las repisas maravillosas cajitas de porcelana y figurillas de pastoras y arlequines.

La señora Coulter sonrió al verla tan admirada.

—Sí, Lyra —le dijo—, ¡hay tal cantidad de cosas que enseñarte! Quítate el abrigo y te acompañaré al cuarto de baño. Si quieres, puedes bañarte y después comeremos alguna cosa e iremos de compras...

El cuarto de baño era una maravilla más. Lyra estaba habituada a enjabonarse con áspero jabón amarillo en una bañera desportillada, donde el agua que salía del grifo era tibia en el mejor de los casos y a menudo estaba impregnada de óxido. Aquí, sin embargo, el agua estaba caliente, la pastilla de jabón era de color de rosa y despedía un agradable perfume, las toallas eran gruesas y de una suavidad que producía la impresión de estar tocando las nubes. En torno a los bordes del espejo matizado de una tenue coloración había unas lucecitas rosadas, por lo que cuando Lyra se miraba en él veía una figura suavemente iluminada pero del todo diferente a la de aquella Lyra que ella conocía.

Pantalaimon, que imitaba la forma del daimonion de la señora Coulter, estaba agachado en el borde de la bañera y no cesaba ni un momento de hacerle muecas. Lyra lo empujó y lo hizo caer en el agua jabonosa y de pronto se acordó del aletiómetro que tenía guardado en el bolsillo del abrigo. Lo había dejado en una butaca de la otra habitación y había prometido al rector que no diría nada sobre él a la señora Coulter...

Allí había algo que no cuadraba. La señora Coulter era una mujer amable e inteligente, pero Lyra había descubierto que el rector trató de envenenar a tío Asriel. ¿A cuál de los dos debía obedecer?

Se secó a toda prisa y corrió a la sala de estar, donde vio que su abrigo seguía en su sitio, por supuesto sin que nadie lo hubiera tocado.

—¿Estás a punto? —le preguntó la señora Coulter—. Pensaba ir a comer al Real Instituto Ártico. Soy una de las pocas socias femeninas, por lo que conviene aprovechar los privilegios de que disfruto.

Una caminata de veinte minutos las condujo a un edificio con la fachada de piedra, donde se acomodaron en un amplio comedor cuyas mesas estaban cubiertas con manteles impolutos y cubertería de plata y donde comieron hígado de cordero y tocino ahumado.

—El hígado de cordero es buenísimo —le dijo la señora Coulter—, lo mismo que el hígado de foca pero, a ser posible, no comas nunca hígado de oso en el Ártico. Está lleno de veneno y te mata en pocos minutos.

Mientras comían, la señora Coulter le hizo notar la presencia de algunos de los miembros de las otras mesas.

—¿Ves aquel anciano de la corbata roja? Es el coronel Carborn. Fue el que realizó el primer vuelo en globo sobre el Polo Norte. Y el hombre alto que está sentado junto a la ventana y que acaba de levantarse es el doctor Broken Arrow.

—¿Es un skraeling?

—Sí, fue el que trazó el mapa de las corrientes oceánicas del océano Glacial Ártico...

Lyra observó a todos aquellos grandes hombres con curiosidad y respeto. Eran hombres eruditos, de eso no cabía la menor duda, pero también eran exploradores. El doctor Broken Arrow sabía cosas de los hígados de oso que dudaba que pudiera saber el bibliotecario del Jordan College.

Después de comer, la señora Coulter le mostró algunas de las preciosas reliquias árticas de la biblioteca del Instituto: el arpón con que cazaron la gran ballena Grimssdur; la piedra con una inscripción grabada en una lengua desconocida que había sido encontrada en la mano del explorador lord Rukh, tras morir congelado en la soledad de una tienda de campaña; la yesca utilizada por el capitán Hudson en su famoso viaje a la Tierra de Van Tieren. La señora Coulter le iba explicando las anécdotas relacionadas con todos aquellos hechos y Lyra sintió que su corazón se llenaba de admiración ante aquellos héroes tan grandes, valientes y lejanos.

Después fueron de compras. Todo lo que ocurrió durante aquel día extraordinario supuso una nueva experiencia para Lyra pero, entre todas ellas, ir de compras fue la más fascinante. ¡La posibilidad de entrar en un inmenso edificio lleno de maravillosos vestidos, donde puedes probártelos y contemplarte en los espejos...! ¡Y menudos vestidos! Hasta entonces Lyra había recibido vestidos a través de la señora Lonsdale, muchos heredados y la mayoría remendados. Raras veces había tenido un vestido nuevo y, cuando se había presentado la ocasión, siempre había sido algo utilitario, nada que destacase por su apariencia, y no se le había dado nunca la posibilidad de elegir. Ahora, en cambio, la señora Coulter le aconsejaba una cosa, ensalzaba los méritos de otra y lo pagaba todo y más...

Cuando terminaron, Lyra estaba arrebolada y con los ojos irritados debido al cansancio. La señora Coulter ordenó que le enviaran a su casa el pedido de ropa y sólo se llevó una o dos cosas.

Después tomaron un baño de densa espuma perfumada. La señora Coulter entró en el cuarto de baño para lavarle los cabellos a Lyra y la manera cómo lo hizo no tenía nada que ver con aquella forma de rascar y restregar tan característica de la señora Lonsdale. Todo en aquella mujer resultaba suave. Pantalaimon observaba lleno de curiosidad hasta que la señora Coulter lo miró y, al darse cuenta de lo que ésta quería darle a entender, dio media vuelta y apartó modestamente los ojos de los misterios femeninos, al igual que el mono dorado. Hasta entonces no había tenido que apartar nunca los ojos de Lyra.

Después del baño tomó una bebida caliente a base de leche e infusión de hierbas, se puso un camisón nuevo de franela con flores estampadas que tenía los bajos rematados con un festón y se calzó unas zapatillas de piel de oveja de color azul celeste. Finalmente se acostó.

¡Qué cama tan muelle! La luz ambárica de la mesilla de noche era suavísima. Y en cuanto al dormitorio, no podía ser más confortable, con sus armarios, su tocador, su cómoda con cajones a la espera de nuevas ropas y una alfombra que cubría el suelo de pared a pared, aparte de unas bellísimas cortinas consteladas de estrellas, lunas y planetas. Lyra se acostó pero sentía el cuerpo tenso, demasiado cansada para dormir, aunque tan fascinada que prefería no hacerse preguntas.

Tan pronto como la señora Coulter le deseó buenas noches y salió, Pantalaimon le tiró suavemente de los pelos. Lyra lo apartó, pero él le murmuró al oído:

—¿Dónde está aquello?

Lyra supo al momento a qué se refería. Tenía colgado en el armario el derrengado abrigo; unos segundos más tarde volvía a estar en la cama, con las piernas cruzadas bajo la luz de la lámpara, observada muy de cerca por Pantalaimon mientras retiraba el terciopelo negro que envolvía el paquete y examinaba aquel aparato que le había dado el rector.

—¿Cómo dijo que se llamaba? —murmuró ella con un hilo de voz.

—Un aletiómetro.

De poco habría servido preguntar qué significaba aquella palabra. Sostenía su peso en las manos, el cristal frontal destellaba, el cuerpo de latón estaba exquisitamente trabajado. Se parecía mucho a un reloj o a una brújula, ya que tenía unas manecillas que señalaban puntos de la esfera, pero en lugar de las horas o los signos de la brújula, había dibujos, algunos pintados con extraordinario esmero, como sobre marfil y con el más fino y leve de los pinceles de marta. Dio varias vueltas a la esfera para examinarlos todos. Había un áncora, un reloj de arena coronado por una calavera, un toro, una colmena... en total treinta y seis dibujos. No tenía idea de lo que podían significar.

—Mira, hay una ruedecilla lateral —indicó Pantalaimon—, comprueba si la puedes hacer girar como si le dieras cuerda.

De hecho, había tres pequeñas protuberancias en forma de ruedecilla, cada una de las cuales hacía girar una de las tres manecillas cortas, las cuales se movían en torno a la esfera con una serie de suaves y gratos chasquidos. Cabía la posibilidad de regularlas de modo que señalasen cualquiera de los dibujos y, una vez en su sitio, cuando apuntasen al centro exacto de cada uno, ya no volvían a moverse.

La cuarta manecilla era más larga y más fina y daba la impresión de que estaba hecha de un metal más apagado que el de las otras tres. Lyra no podía dominar su movimiento, se movía como quería, igual que la aguja de una brújula, aunque no acababa nunca de fijarse.

—Metro significa medida —dijo Pantalaimon—, como termómetro. Nos lo dijo el capellán.

—Sí, pero ésta es la parte fácil —repuso Lyra en un murmullo—. ¿A ti qué te parece? ¿Para qué sirve esto?

Ninguno de los dos habría sabido decirlo. Lyra dedicó mucho tiempo a hacer girar las manecillas para señalar un símbolo u otro —el ángel, el casco, el delfín, el globo, el laúd, las brújulas, el cirio, el rayo, el caballo—, vigilando la larga aguja mientras oscilaba en su trayectoria constantemente errante y, a pesar de que todo aquello no le decía nada, se sentía intrigada y encantada a causa de la complejidad y del detalle. Pantalaimon se convirtió en ratón para poder estar más cerca y descansó sus diminutas garras en el borde, mientras los botones de sus ojos negros destellaban curiosidad al ver cómo la aguja se iba moviendo de un lado a otro.

—¿Qué crees que quiso decir el rector al hablar de tío Asriel? —preguntó Lyra.

—Que quizá tendríamos que guardar el aparato en lugar seguro y dárselo a él.

—¡Pero es que el rector intentó envenenarlo. A lo mejor era lo contrario. Quizá lo que quería hacernos entender era: no se lo digáis a él.

—No —aseguró Pantalaimon—, es de ella de quien debemos guardarnos.

Se oyeron unos suaves golpecitos en la puerta.

Se trataba de la señora Coulter.

—Lyra, yo de ti apagaría la luz. Estás cansada y mañana tenemos mucho que hacer.

Lyra había escondido el aletiómetro debajo de las mantas,

—De acuerdo, señora Coulter —respondió Lyra.

—Buenas noches, entonces.

—Buenas noches.

Se hizo un ovillo en la cama y apagó la luz. Antes de caer dormida, remetió el aletiómetro debajo de la almohada, por si acaso.

5

EL CÓCTEL

Durante los día siguientes, Lyra fue a todas partes con la señora Coulter, como si fuera su daimonion. La señora Coulter conocía a una gran cantidad de gente, que se reunía en muchos lugares diferentes. A veces, por la mañana, había una reunión de geógrafos del Real Instituto Ártico y Lyra asistía a la misma, modosa y atenta. Más tarde podía ocurrir que la señora Coulter quedara con un político o un clérigo y que comieran en un restaurante coquetón, que todos se mostraran encantados con Lyra y pidieran platos especiales para ella, gracias a lo cual la niña se enteraría del sabor que tenían los espárragos o las mollejas. Por la tarde podía haber más compras, ya que la señora Coulter estaba preparando la expedición y había que comprar pieles, chubasqueros y botas para protegerse del agua, así como sacos de dormir, cuchillos e instrumentos de dibujo que tenían encantada a Lyra. A veces iban a tomar el té y se reunían con algunas señoras, tan bien vestidas como la señora Coulter aunque menos guapas y también menos habilidosas. Eran mujeres que tenían tan poco que ver con las licenciadas, o las madres giptanas, o las criadas del college, que de ellas se habría podido decir que eran representantes de un nuevo sexo totalmente distinto, un sexo con cualidades y poderes tan peligrosos como la elegancia, el encanto y la gracia. Lyra iba elegantemente vestida en aquellas ocasiones y las señoras la mimaban y le daban entrada en conversaciones amables y elevadas, siempre en torno a ciertas personas, tales como un artista, aquel político de más allá o esos amantes de más acá.

Y al caer la noche, a veces la señora Coulter llevaba a Lyra al teatro, donde había siempre personas encantadoras con las que poder hablar o ser objeto de su admiración, ya que al parecer la señora Coulter conocía a toda la gente importante de Londres.

En los intervalos comprendidos entre estas otras actividades, la señora Coulter le enseñaba rudimentos de geografía y matemáticas. Los conocimientos de Lyra presentaban muchas lagunas en ese campo, eran como un mapamundi roído por ratones, ya que las enseñanzas que había recibido en el Jordan habían sido fragmentarias y desconectadas: se solía encargar de ellas un licenciado que acababa de recibir el título, quien la instruía en diferentes cosas a lo largo de una aburrida semana hasta que ella se «olvidaba» de aparecer, lo que no hacía más que redundar en un gran alivio para quien debía darle las lecciones. A veces el licenciado de turno se olvidaba de lo que supuestamente debía enseñarle y la sometía a detalladas explicaciones relativas a los estudios que él realizaba en aquel momento, fuera cual fuese el tema de que se tratase. No era extraño que sus conocimientos fueran fragmentarios. Sabía cosas acerca de los átomos y de las partículas elementales, así como de las cargas ambaromagnéticas y de las cuatro fuerzas fundamentales, como también de otras cuestiones de teología experimental, pero nada en cambio del sistema solar. El hecho es que, cuando la señora Coulter se dio cuenta de la situación y explicó a Lyra que tanto la Tierra como los otros cinco planetas daban vueltas alrededor del sol, la niña se echó a reír a mandíbula batiente.

Pese a todo, se sentía ávida de demostrar que sabía cosas y, cuando la señora Coulter le habló de electrones, dijo con voz autorizada:

—Sí, ya sé, son partículas cargadas negativamente, algo así como el Polvo, salvo que el Polvo no está cargado.

Así que la señora Coulter oyó estas palabras, su daimonion levantó la cabeza y todas las cerdas doradas de su cuerpo se le erizaron y quedaron tiesas, como si también estuvieran cargadas. La señora Coulter le puso una mano en la espalda.

—¿Polvo? —le preguntó.

—Sí, ese Polvo del espacio.

—¿Qué sabes tú del Polvo, Lyra?

—Pues que procede del espacio y que ilumina a las personas, siempre que dispongas de una cámara especial para verlo. No ocurre lo mismo con los niños, sin embargo. A los niños no los afecta.

—¿Y esto dónde lo has aprendido?

En aquel momento Lyra se dio cuenta de que había una poderosa tensión en la habitación, ya que Pantalaimon, en forma de armiño, se había subido a su regazo y temblaba violentamente.

—Eso lo saben todos los del Jordan —respondió Lyra de forma vaga—, he olvidado quién me lo enseñó. Creo que fue uno de los licenciados.

—¿En una de las lecciones?

—Sí, es posible. O a lo mejor me enteré por casualidad. Sí, me parece que fue así. Creo que este licenciado de que hablo era de Nueva Dinamarca, hablaba con el capellán sobre el Polvo y justo en aquel momento pasaba yo y, como el tema me pareció interesante, me fue imposible dejar de prestar oído. Las cosas ocurrieron tal como se las he contado.

—Ya comprendo —repuso la señora Coulter.

—¿Es cierto lo que dijo? ¿O lo entendí mal?

—Pues no lo sé, la verdad. Estoy convencida de que sabes mucho más que yo. Volvamos a los electrones...

Más tarde Pantalaimon le explicó:

—¿Sabes? Yo estaba detrás del daimonion de ella y he visto que se le erizaban todos los pelos y que ella lo agarraba con tanta fuerza que hasta se le han quedado blancos los nudillos. Tú no te has dado cuenta. El pelo ha tardado bastante en volver a la normalidad. Creía que el mono iba a abalanzarse sobre ti.

Sin duda era muy extraño, pero ninguno de los dos sabía qué pensar.

Finalmente hubo otras lecciones, que fueron administradas de una manera tan afable y sutil que ni lecciones parecían. Trataban de cómo había que lavarse el cabello, de cómo decidir que unos colores armonizaban con otros, de cómo negarse a algo de una manera tan educada que no pareciera que había ofensa de por medio, de cómo había que pintarse los labios, empolvarse la cara, perfumarse. Por supuesto que la señora Coulter no enseñó a Lyra de forma directa todas aquellas artes, pero se dio cuenta de que la niña la observaba cuando ella se maquillaba y se encargó de que supiera dónde dejaba sus cosméticos para darle ocasión de hacer experimentos y pruebas por cuenta propia.

Pasó el tiempo y el otoño comenzó a trocarse en invierno. De cuando en cuando Lyra se acordaba del Jordan College, aunque visto desde allí le parecía un lugar recoleto y tranquilo comparado con la vida agitada que ahora llevaba. Alguna vez pensaba en Roger y entonces se le despertaba una especie de inquietud, pero siempre había alguna ópera a la que había que asistir, un vestido nuevo que estrenar o alguna visita pendiente al Real Instituto Ártico. En seguida volvía a olvidarse del college.

Cuando hacía unas seis semanas que Lyra vivía con la señora Coulter, ésta decidió dar un cóctel. Lyra tenía la impresión de que celebraban algo, si bien la señora Coulter no comentó en ningún momento que se tratara de eso. Encargó flores, decidió con el suministrador qué canapés y bebidas eran precisos y pasó toda una tarde con Lyra ocupada en decidir a quién invitaría.

—Hay que invitar al arzobispo. No podemos excluirlo, a pesar de que es la persona más horriblemente convencional que conozco. Lord Boreal se encuentra en la ciudad en estos momentos, es una persona divertida. Está también la princesa Postnikova. ¿Te parece adecuado invitar a Erik Andersson? No sé si es el momento apropiado para captarlo...

Erik Andersson era el último bailarín de moda. Lyra no tenía la más mínima idea de lo que podía significar «captarlo», pero le encantaba tener la oportunidad de dar su opinión. Escribió todos los nombres que le fue dictando la señora Coulter, aunque con atroces errores ortográficos, y los tachó cuando la señora Coulter se pronunció después contra algunos personajes en cuestión.

Cuando Lyra se acostó, Pantalaimon murmuró desde la almohada:

—¡Ésta no irá al norte! Ésta nos tendrá siempre aquí. ¿Cuándo nos escapamos?

—Sí que nos llevará al norte —le murmuró a su vez Lyra—, lo que pasa es que a ti esa mujer no te gusta. ¡Pues ya es mala pata, porque a mí me encanta! Además, ¿por qué iba a enseñarnos navegación y todas estas cosas si no pensase llevarnos al norte?

—Para que no te impacientes, sólo por eso. La verdad es que a ti no te gustan ni pizca esos cócteles a los que tienes que asistir tan peripuesta. Te ha convertido en una especie de perrito faldero.

Lyra le volvió la espalda y cerró los ojos, pero sabía que Pantalaimon tenía razón. Aquella vida tan ordenada la tenía prisionera, atada de pies y manos, aun cuando transcurriese en medio del lujo. Habría dado cualquier cosa por pasar un día con sus amigos, los golfillos de Oxford, participar en una pelea en los Claybeds y hacer una carrera a lo largo del canal. El único motivo por el que continuaba guardando las formas y mostrándose atenta con la señora Coulter era aquel fascinante viaje al norte. A lo mejor allí encontraba a lord Asriel, a lo mejor él y la señora Coulter se enamoraban, se casaban y la adoptaban. Quizá entonces podría ir a rescatar a Roger de manos de los zampones.

A primera hora de la tarde en que se iba a celebrar el cóctel, la señora Coulter llevó a Lyra a un peluquero de moda, que le suavizó y onduló sus rubios y lacios cabellos, le limó y abrillantó las uñas e incluso le maquilló un poco los ojos y los labios para enseñarle cómo había que hacerlo. Después pasaron a recoger el nuevo vestido de fiesta que la señora Coulter le había encargado y a comprar unos zapatos de charol. Finalmente llegó la hora de volver al piso, arreglar las flores y vestirse.

—No, nena, de bolso de bandolera hoy nada —le dijo la señora Coulter al verla salir de su dormitorio con el bolso, radiante y consciente de que estaba muy guapa.

Lyra había adoptado la costumbre de ir a todas partes con el bolso de bandolera blanco colgado del hombro. Lo hacía para tener a mano el aletiómetro. La señora Coulter, que estaba ocupada arreglando un ramo de rosas excesivamente apretadas en un jarrón, vio que Lyra no se movía y miraba fijamente la puerta.

—¡Oh, por favor, señora Coulter! ¡Me encanta este bolso!

—Pero no dentro de casa, Lyra. Es absurdo ir con un bolso colgado del hombro cuando uno está en casa. Quítatelo en seguida y ven ahora mismo a ayudarme a colocar los vasos...

No fue tanto la brusquedad del tono como las palabras: «cuando uno está en casa» lo que hizo que Lyra opusiera una empecinada resistencia. Pantalaimon se trasladó en un vuelo al suelo, se convirtió inmediatamente en turón y arqueó el lomo junto a los blancos calcetines de Lyra. Animada por su actitud, Lyra insistió:

—Yo no veo que desentone y, además, es la única cosa que me gusta de todas las que llevo puestas. A mí me parece que queda bien...

No pudo terminar la frase, porque el daimonion de la señora Coulter saltó del sofá hecho una bola de pelos dorados y acogotó a Pantalaimon en la alfombra antes de que tuviera tiempo de moverse. Lyra profirió un grito de alarma, después de miedo y de dolor, mientras Pantalaimon se retorcía de un lado a otro, chillando y gruñendo, incapaz de desasirse del mono dorado. A los pocos segundos el mono lo tenía dominado: lo agarró por el cuello con su negra pata mientras con otras dos, igualmente negras, sujetaba los miembros inferiores del turón y asía con la cuarta una de las orejas de Pantalaimon, tirando de ella como si quisiese arrancárse-la. Producía horror ver, y más aún sufrir, la frialdad y la extraña fuerza exenta de rabia con que lo hizo.

Lyra, aterrada, lanzó un sollozo.

—¡No! ¡Por favor! ¡No nos hagas daño!

La señora Coulter levantó los ojos de las flores, donde los te-nía posados en aquel momento.

—Haz lo que te he dicho, entonces —le recomendó.

—¡Lo prometo!

El mono dorado soltó a Pantalaimon como si de pronto hu-biera dejado de interesarle la pelea. Pantalaimon voló en seguida hasta Lyra y ella se lo acercó a la cara, lo besó y le hizo unos mi-mos.

—¡Ahora mismo, Lyra! —ordenó la señora Coulter.

Lyra se volvió bruscamente de espaldas y se encerró en su ha-bitación dando un portazo, pero apenas acababa de hacerlo cuan-do la puerta volvió a abrirse. Tenía delante a la señora Coulter, a sólo dos palmos de distancia.

—Lyra, si vuelves a comportarte de esta manera tan basta y tan vulgar, te aseguro que nos pelearemos y que ganaré yo. Deja in-mediatamente el bolso, no me mires con el ceño fruncido ni de esta manera tan desagradable y no quiero oír nunca más un portazo; aunque yo no esté delante, no vuelvas a darlo en tu vida. Dentro de muy poco comenzarán a llegar los invitados y espero que tu com-portamiento sea perfecto, amable, encantador, inocente, atento y agradable en todos los aspectos. Lo deseo muy especialmente, Lyra, ¿me has entendido?

—Sí, señora Coulter.

—Entonces dame un beso.

Se agachó y le ofreció la mejilla. Lyra tuvo que ponerse de puntillas para besarla. Pudo apreciar lo suave que era la piel de la señora Coulter y el misterioso y levísimo perfume que emanaba, un perfume grato pero un poco metálico. Se apartó y dejó el bolso sobre el tocador antes de seguir a la señora Coulter hasta el salón.

—¿Qué te parecen las flores, encanto? —le preguntó la señora Coulter hablando ahora en un tono de voz amable, como si no hu-biera ocurrido nada—. Si las flores son rosas, es imposible equivo-carse, pero a veces se peca por exceso... ¿Han traído hielo suficien-te? Sé buena y ve a preguntar. Cuando las bebidas no se toman a la temperatura adecuada son horribles...

Lyra encontró sumamente fácil mostrarse amable y encantadora, aunque continuaba plenamente consciente de la contrariedad de Pantalaimon y del odio que le inspiraba el mono dorado. De pronto sonó el timbre y a los pocos momentos todo el salón se había llenado de señoras elegantemente vestidas y de atildados y distinguidos caballeros. Lyra se movía entre la concurrencia ofreciendo canapés o sonriendo con dulzura y dando amables respuestas cada vez que le hacían alguna pregunta. Se sentía una especie de perro faldero universal y, al hacerse esta reflexión para su capote, Pantalaimon extendió sus alas de jilguero y pió estrepitosamente.

Lyra notó que estaba contento porque había comprobado que tenía razón y a partir de aquel momento decidió ser un poco más reservada.

—¿A qué escuela vas, cariño? —le preguntó una anciana inspeccionando a Lyra con sus impertinentes.

—A ninguna —respondió Lyra.

—¿De veras? Yo me figuraba que tu madre te habría mandado a la misma escuela de ella. Un sitio muy bueno...

Lyra quedó perpleja hasta que se dio cuenta del error de la señora.

—¡No es mi madre! Yo sólo la ayudo, soy su secretaria particular —dijo dándose importancia.

—Ya comprendo. ¿Y quién es tu familia?

Antes de responder, Lyra volvió a reflexionar sobre lo que le convenía decir.

—Mis padres eran un conde y una condesa —le explicó—. Murieron los dos en un accidente aeronáutico... en el norte.

—¿Qué conde era tu padre?

—El conde Belacqua, hermano de lord Asriel.

El viejo daimonion de la dama, un guacamayo de color escarlata, balanceó el cuerpo apoyándose en una y otra pata como si estuviese hasta la coronilla de la conversación. La anciana comenzaba a fruncir el ceño movida por la curiosidad, por lo que Lyra, con una dulce sonrisa, se alejó de ella.

Pasó junto a un grupo de hombres y de una joven que estaban sentados en el sofá grande y cazó al vuelo la palabra Polvo. A aquellas alturas ya había tenido suficientes ocasiones de ser testigo del comportamiento de la sociedad para reconocer los flirteos entre hombres y mujeres y observó la escena con fascinación, aunque lo que más le fascinó fue la mención de la palabra Polvo, por lo que se entretuvo para escuchar. Los hombres tenían aspecto de licenciados; por la manera de preguntar de la joven, Lyra pensó que debía de ser una estudiante de algo.

—Fue descubierto por un moscovita... interrúmpanme si ya están enterados... —decía un hombre de mediana edad, bajo la mirada de admiración que le dirigía la joven—, un tal Rusakov, por eso las llaman, en su honor, Partículas Rusakov. Son partículas elementales que no se interfieren en modo alguno con las demás, muy difíciles de detectar, aunque lo curioso del caso es que parece que los seres humanos las atraen.

—¿En serio? —exclamó la joven con ojos como platos.

—Y lo más extraordinario del caso —prosiguió el hombre— es que algunos las atraen más que otros. Los adultos las atraen, los niños no. Por lo menos no mucho, hasta que llegan a la adolescencia. En realidad, ésta es la verdadera razón... —continuó bajando la voz, acercándose un poco más a la joven y poniéndole la mano en el hombro en actitud familiar—. Por eso se fundó la Junta de Oblación, como podrá confirmar nuestra anfitriona.

—¿De veras? ¿Está involucrada en la Junta de Oblación?

—No es que esté involucrada, sino que ella es la Junta de Oblación. Es un proyecto personal suyo...

El hombre iba a añadir algo más cuando descubrió a Lyra. La niña lo miraba fijamente, sin parpadear, y tal vez porque llevaba encima una copa de más o porque estaba demasiado ávido de impresionar a la joven, aseguró:

—Esta señorita está al corriente de todo, diría yo. Tú estás protegida frente a la Junta de Oblación, ¿verdad, cariño?

—Sí, por supuesto —repuso Lyra—, estoy protegida frente a todos los que están aquí. Donde yo vivía antes, en Oxford, había una enorme cantidad de cosas peligrosas: giptanos, por ejemplo, que se llevan a los niños y los venden a los turcos como esclavos. Y en Port Meadow, cuando la luna está llena, del convento de Godstow sale un hombre lobo. Yo a veces lo había oído aullar. Y están los zampones...

—A eso me refiero —remachó el hombre—. Así los llaman los de la Junta de Oblación, ¿no es verdad?

Lyra notó que Pantalaimon se había puesto repentinamente a temblar, pese a que, por lo demás, su comportamiento era intachable. Los daimonions de los adultos, un gato y una mariposa, al parecer no lo habían notado.

—¿Zampones? —preguntó la joven—. ¡Vaya nombre curioso! ¿Y por qué los llaman zampones?

Lyra estaba a punto de contarle una de aquellas historias que helaban la sangre y que a veces ella se inventaba para asustar a los niños de Oxford, pero el hombre se había puesto a hablar.

—Seguro que la Junta de Oblación tiene que ver en el asunto. En realidad, se trata de una idea muy antigua. En la Edad Media los padres entregaban sus hijos a la Iglesia para que fueran monjes o monjas. A los pobres desgraciados se les conocía con el nombre de oblatos, algo así como un sacrificio, un ofrecimiento o algo parecido. Fue la misma idea que presidió el asunto del Polvo... como seguramente debe de saber nuestra amiguita. ¿Por qué no hablas con lord Boreal? —sugirió directamente a Lyra—. Estoy seguro de que estará encantado de conocer a la protegida de la señora Coulter... Es aquél, el del cabello gris, con un daimonion en forma de serpiente.

Lo que quería en realidad era librarse de Lyra con el objeto de continuar la conversación de manera más íntima con su joven vecina. Lyra captó al momento sus intenciones. Pero parecía que la muchacha seguía interesada en Lyra, por lo que se quitó de encima al hombre para hablar con ella.

—Un momento... ¿Cómo te llamas?

—Lyra.

—Yo me llamo Adèle Starminster y soy periodista. ¿No podría hablar en privado contigo?

Como si el hecho de que la gente quisiera hablar con ella fuera la cosa más natural del mundo, Lyra se limitó a responder:

—Sí.

El daimonion de la mujer, que tenía forma de mariposa, se elevó en el aire y comenzó a revolotear a derecha e izquierda hasta que se balanceó para murmurar algo, tras lo cual Adèle Starminster sugirió:

—Vamos a sentarnos junto a la ventana.

Era el lugar favorito de Lyra, ya que desde él se divisaba el río y, a aquella hora de la noche, las luces de la orilla sur centelleaban por encima de los reflejos de las negras aguas de la marea alta. Una hilera de gabarras arrastradas por un remolcador remontaba el río. Adèle Starminster se acomodó y dejó espacio en los asientos almohadillados para que Lyra se sentara a su lado.

—El profesor Docker ha dicho que estás relacionada con la señora Coulter.

—Sí.

—¿De qué tipo de relación se trata? No eres hija suya ni nada parecido, porque de otro modo yo lo sabría...

—¡No! —respondió Lyra—, por supuesto que no. Soy su secretaria particular.

—¿Su secretaria particular? Te encuentro muy joven para este puesto. Me figuraba que estabas emparentada con ella o algo por el estilo. ¿Cómo es esa mujer?

—Muy inteligente —precisó Lyra.

De haberse desarrollado la conversación antes de aquella tarde habría dicho más cosas, pero ahora todo había cambiado.

—Me refiero al aspecto personal —insistió Adèle Starminster—. Quiero decir que si es simpática o impaciente, en fin, quisiera saber cómo es. ¿Vives aquí con ella? ¿Cómo es en privado?

—Muy amable —se empecinó en afirmar Lyra.

—¿Cuál es tu trabajo? ¿Cómo la ayudas?

—Hago cálculos y cosas parecidas, por ejemplo asuntos relacionados con la navegación.

—Ya comprendo. ¿De dónde eres? ¿Cómo te llamas?

—Me llamo Lyra y soy de Oxford.

—¿Y cómo fue que la señora Coulter te llevó con ella...?

Se calló de repente porque justo en aquel momento acababa de aparecer a su lado nada menos que la señora Coulter. Por la manera como Adèle Starminster la miró y por el vuelo agitado del daimonion alrededor de su cabeza, Lyra habría podido asegurar que aquella joven no había sido invitada a la fiesta.

—No sé cómo se llama usted —empezó la señora Coulter con voz tranquila—, pero no tardaré ni cinco minutos en averiguarlo y le aseguro que no volverá a trabajar en su vida como periodista. Y ahora, levántese sin hacer ruido y váyase. Y debo añadir que, quienquiera que sea la persona que la haya traído aquí, no dejará de sufrir las lógicas consecuencias.

La señora Coulter parecía cargada de una especie de fuerza ambárica, incluso su olor había cambiado: un olor caliente, como de metal al rojo vivo. Lyra ya lo había percibido anteriormente, pero ahora notaba que iba dirigido hacia otra persona y la pobre Adèle Starminster no tenía fuerzas para resistirlo. Su daimonion, posado en su hombro, se había quedado fláccido y movió sus espléndidas alas una o dos veces antes de caer desvanecido y hasta la propia mujer parecía incapaz de mantenerse totalmente erguida. Moviéndose con dificultad, encogida torpemente, se abrió paso entre la multitud de invitados que hablaban a voz en grito y atravesó la puerta del salón. Con una mano se agarraba el hombro, como si quisiera mantener en su sitio al daimonion, medio inconsciente.

—¿Y bien? —preguntó la señora Coulter a Lyra.

—No le he dicho nada importante —respondió Lyra.

—¿Qué te ha preguntado?

—Simplemente qué hacía y quién era, cosas así.

Al decir estas palabras, Lyra observó que la señora Coulter estaba sola, sin su daimonion. ¿Cómo era posible? Un momento más tarde, sin embargo, tenía al mono dorado a su lado y, alcanzándolo con la mano, lo cogió y se lo subió al hombro. Inmediatamente después pareció sentirse a gusto de nuevo.

—Si vuelves a encontrar a alguna persona que no haya sido invitada, me buscas y me lo dices, ¿entendido?

El perfume cálido y metálico se estaba esfumando. A lo mejor sólo había sido la imaginación de Lyra. Ahora percibía de nuevo el perfume habitual de la señora Coulter, olor a rosas, a humo de cigarrillo, el perfume de otras mujeres. La señora Coulter sonrió a Lyra de una manera que parecía decirle:

—Tú y yo entendemos este tipo de cosas, ¿verdad?

Y seguidamente se alejó para ir a departir con otros invitados.

Pantalaimon estaba murmurando unas palabras al oído de Lyra.

—Mientras ella estaba aquí, he visto que su daimonion salía de nuestro cuarto. Estaba espiando. Sabe lo del aletiómetro.

Lyra pensó que debía de tener razón, pero no podía hacer nada. ¿Qué había dicho el profesor sobre los zampones? Miró a su alrededor para localizarlo, pero cuando lo descubrió vio que el portero, vestido de criado para la velada, y otro hombre daban unos golpecitos a la espalda del profesor y le hablaban en voz baja, después de lo cual éste se quedó pálido y los siguió. La escena no duró más que unos segundos y se desarrolló con tal discreción que nadie se dio cuenta de nada. Lyra, sin embargo, se quedó angustiada y se sintió de pronto vulnerable.

Se paseó por los dos espaciosos salones en los que se celebraba la fiesta, prestando oído discreto a las conversaciones que se escuchaban a su alrededor, interesada en parte en el sabor de los cócteles que no estaba autorizada a catar y más impaciente a medida que transcurría el tiempo. No había advertido que nadie la vigilase hasta que el portero apareció a su lado y se inclinó para decirle:

—Señorita Lyra, el caballero que está junto a la chimenea tiene interés en hablar con usted. Es lord Boreal, se lo digo por si no lo sabía.

Lyra dirigió la vista hacia el otro lado de la sala y distinguió a un caballero de cabellos grises y de aspecto saludable que la estaba mirando y que, cuando sus ojos se encontraron, le hizo una inclinación con la cabeza y un ademán con la mano.

Aunque de mala gana, pero ahora un poco más interesada que antes, Lyra atravesó la sala.

—Buenas noches, nena —la saludó el hombre.

Tenía una voz suave pero autoritaria. La serpiente que era su daimonion, con su cabeza de malla y sus ojos esmeralda, resplandecía bajo la luz de la lámpara de cristal tallado adosada a la pared cercana.

—Buenas noches —respondió Lyra.

—¿Qué tal está mi amigo, el rector del Jordan?

—Muy bien, gracias.

—Supongo que fue muy triste para todos tener que despedirse de usted.

—Sí, así fue.

—¿La tiene muy ocupada la señora Coulter? ¿Qué tipo de cosas le enseña?

Como Lyra era una personita rebelde por naturaleza y de temperamento muy inquieto, no se dignó responder aquella condescendiente pregunta con la verdad ni con uno de aquellos rasgos fantasiosos tan suyos. En su lugar, se limitó a decir:

—Estudio cosas sobre las Partículas Rusakov y la Junta de Oblación.

Aquello pareció despertar de inmediato la atención del hombre y, de la misma manera que se dirige el haz de luz de un faro ambárico hacia un punto, toda su atención se centró en ella.

—¿Y si me contases todo lo que sabes? —le propuso.

—Están haciendo experimentos en el norte —le explicó Lyra, que empezaba a tener la sensación de que se estaba pasando—, semejantes a los del doctor Grumman.

—Sigue.

—Han obtenido ese tipo especial de fotograma que permite ver el Polvo y, cuando ves a un hombre, te das cuenta de que toda la luz incide sobre él y, en cambio, cuando se trata de un niño, no hay luz. O por lo menos hay poca luz.

—¿Te ha mostrado una fotografía como ésa la señora Coulter?

Lyra vaciló, ya que ahora no se trataba de mentir sino de algo más y en esto tenía poca práctica.

—No —respondió al cabo de un momento—, la vi en el Jordan College.

—¿Quién te la enseñó?

—Mi tío Asriel.

—¿Cuándo?

—La última vez que estuvo en el Jordan.

—Ya comprendo. ¿Y de qué otras cosas te has enterado? Antes has hablado de la Junta de Oblación, ¿no es eso?

—Sí, pero eso no se lo oí a él sino aquí.

Lo cual era verdad, según pensó ella.

Él la observaba muy de cerca y ella le devolvió la mirada con toda la inocencia que le fue posible mostrar. Por fin, el hombre hizo un gesto afirmativo con la cabeza.

—Entonces esto significa que la señora Coulter ha decidido que podías ayudarla en este trabajo. Muy interesante. ¿Ya has participado en él?

—No —respondió Lyra.

¿De qué diablos le estaba hablando aquel hombre? Pantalaimon, astutamente, había adoptado su forma más discreta, la de mariposa nocturna, lo que le permitía no traicionar sus sentimientos.

Lyra tenía la seguridad de mantener la inocencia de su expresión.

—¿Te ha contado lo que les ocurre a los niños?

—No, no lo ha hecho. Lo único que sé es lo del Polvo y creo que hay una especie de sacrificio.

Tampoco se trataba propiamente de una mentira, pensó Lyra, ya que no dijo en ningún momento que hubiera sido la señora Coulter quien se lo había explicado.

—Sacrificio es una palabra un poco dramática para referirse a lo que ocurre. Lo que se hace es tanto para su propio bien como para el nuestro. Y, por supuesto, todos van con la señora Coulter por su voluntad. Por eso es tan valiosa. Los niños tienen interés en tomar parte. ¿Qué niño sabría resistirse? Y si a ella se le antojara utilizarte a ti de la misma manera que a ellos, ni que decir tiene que yo estaría encantado.

El hombre le dedicó una de aquellas sonrisas tan parecidas a la de la señora Coulter, como indicándole que los dos estaban en el ajo. Lyra le devolvió la sonrisa por educación y se apartó de él para dar conversación a otra persona.

Tanto ella como Pantalaimon captaban el horror que cada uno sentía.

Lyra se moría de ganas de quedarse sola y de hablar con él, deseaba abandonar aquel piso, volver al Jordan College y a su destartalada habitación de la Escalera Doce, ver a lord Asriel...

Y como si se tratara de una respuesta a sus deseos, oyó pronunciar el nombre de su tío, lo que la indujo a acercarse a un grupo de personas que se encontraban allí cerca, con el pretexto de ofrecerles un canapé de la bandeja que estaba sobre la mesa. Un hombre que vestía la púrpura de obispo decía:

—... no, no creo que lord Asriel nos moleste durante un tiempo.

—¿Dónde ha dicho usted que se encuentra retenido?

—En la fortaleza de Svalbard, según me han informado. Parece que está custodiado por panserbjørne, es decir, osos acorazados. ¡Qué formidables criaturas! Mil años que viviera no le permitirían escapar de ellos. El hecho es que creo que el camino está despejado, casi despejado del todo...

—Los últimos experimentos han confirmado lo que yo había creído siempre... que el Polvo es una emanación del principio oscuro en sí y...

—¿Tiene algo que ver con la herejía de Zoroastro?

—Lo que antes se consideraba herejía...

—Y si pudiéramos aislar el principio oscuro...

—¿Ha dicho Svalbard?

—Osos acorazados...

—La Junta de Oblación...

—Los niños no sufren, de eso estoy seguro...

—Lord Asriel encarcelado...

A Lyra le bastaba lo que había oído. Dio media vuelta y, moviéndose con la misma cautela del Pantalaimon mariposa nocturna, se metió en su cuarto y cerró la puerta. El ruido de la fiesta llegaba amortiguado hasta allí.

—¿Y bien? —dijo Lyra en un murmullo, mientras Pantalaimon se transformaba en jilguero y se posaba en su hombro.

—¿Vamos a escaparnos? —preguntó él, muy bajito.

—Naturalmente, y si aprovechamos este momento en que hay tanta gente en la casa tardarán en darse cuenta.

—Él lo notará.

Pantalaimon se refería al daimonion de la señora Coulter. Cuando Lyra evocó su silueta dorada sintió miedo.

—Esta vez pienso plantarle cara —aseguró Pantalaimon con osadía—. Yo puedo transformarme, él no. Cambiaré tan rápidamente que no tendrá tiempo de reaccionar. Esta vez ganaré yo, ya lo verás.

Lyra asintió distraídamente con la cabeza. ¿Qué ropa se pondría? ¿Cómo podía vestirse para pasar inadvertida?

—Has de salir a espiar —le dijo Lyra en un murmullo—. En cuanto el terreno esté despejado, nos largamos. Tú vas de mariposa nocturna —añadió—. Recuérdalo, nos vamos así que estén distraídos...

Lyra entreabrió apenas la puerta y Pantalaimon se escapó por la rendija arrastrándose y destacando su color oscuro en contraste con la cálida luz rosada del corredor.

Mientras tanto, Lyra se enfundó precipitadamente los vestidos más cálidos que tenía y metió unos cuantos más en una de las bolsas de seda que le habían dado en la tienda de modas que había visitado aquella misma tarde. La señora Coulter le había entregado dinero a manos llenas y, aunque lo había despilfarrado, todavía le quedaban unos cuantos soberanos, que se guardó en el bolsillo del oscuro abrigo de lana.

Lo último que hizo fue envolver el aletiómetro en el trozo de terciopelo negro. ¿No lo había descubierto el abominable simio? Seguro que sí y seguro que se lo había dicho a la señora Coulter. ¿Por qué no lo habría escondido mejor?

Se acercó de puntillas a la puerta. Su habitación se abría al final del pasillo, por fortuna en el lugar más cercano al vestíbulo, y la mayor parte de los invitados estaban en las dos estancias más apartadas. Se oían voces que hablaban en voz alta, risas, la discreta descarga de agua de un retrete, el tintineo de vasos. De pronto, una débil vocecita de mariposa le musitó al oído:

—¡Ahora! ¡Rápido!

Lyra se escabulló de la habitación y se fue directa al vestíbulo y, en menos de tres segundos, ya había abierto la puerta del piso. Un momento después de cruzarla y habiéndola cerrado sin hacer ruido, acompañada de Pantalaimon convertido nuevamente en jilguero, corrió escaleras abajo y escapó.

6

LAS REDES DE LANZAMIENTO

Se alejó rápidamente del río porque el Embankment era ancho y estaba muy iluminado. Desde allí hasta el Real Instituto Ártico se extendía toda una maraña de estrechos callejones y, como era el único sitio que Lyra estaba segura de encontrar, atravesó aquel oscuro dédalo a toda prisa.

¡Si hubiera conocido Londres tan bien como conocía Oxford! En ese caso habría sabido qué calles tenía que evitar o dónde podía obtener comida de gorra o, mejor aún, a qué puertas podía llamar para que le dieran alojamiento. En aquella noche fría, las calles oscuras de los alrededores estaban llenas de bullicio y de vida secreta, cosas que le resultaban absolutamente desconocidas.

Pantalaimon se convirtió en gato montés y, con sus ojos penetrantes, exploró la oscuridad que lo rodeaba. De vez en cuando se detenía, erizaba los pelos y entonces ella se apartaba de la entrada en la que había estado a punto de meterse. La noche se encontraba plagada de ruidos: explosiones de risas de borracho, dos voces roncas que cantaban, el estruendo y el gimoteo de alguna máquina mal engrasada instalada en un sótano. Lyra caminaba como flotando a través de las calles, con los sentidos sumamente aguzados y entremezclados con los de Pantalaimon, procurando ampararse en la sombra y no salirse de los callejones más angostos.

De cuando en cuando debía atravesar una calle más ancha y mejor iluminada, donde los tranvías zumbaban y lanzaban chispas bajo sus cables ambáricos. Para cruzar las calles era preciso observar unas normas, si bien Lyra no las tenía en cuenta y, cuando alguien le gritaba, echaba a correr.

Era agradable volver a ser libre. Sabía que Pantalaimon, que trotaba a su lado con sus almohadilladas patas de gato montés, sentía la misma alegría de la libertad que ella, pese a que estar al aire libre quería decir estar metidos en el aire turbio de Londres, impregnado de humos y hollín, e inmersos en un ruido atronador. Dentro de poco tendrían tiempo de reflexionar acerca del significado de todo lo que habían oído en el piso de la señora Coulter, aunque todavía no había llegado el momento. Al final acabarían por encontrar un sitio donde dormir.

En un cruce próximo a la esquina en la que se levantaban unos grandes almacenes cuyas ventanas brillaban sobre la húmeda acera, había un puesto donde servían café. Era una especie de barraca sobre ruedas, provista de un mostrador y colocada debajo de un alerón de madera que se balanceaba como un toldo. En el interior brillaba una luz amarilla y de ella salía aroma de café. El dueño, vestido de blanco, estaba inclinado sobre el mostrador hablando con dos o tres clientes.

Era tentador. Hacía una hora que Lyra caminaba y la atmósfera era fría y húmeda. Con Pantalaimon convertido en gorrión, Lyra se acercó al mostrador y se puso de puntillas para llamar la atención del propietario.

—Tenga la bondad de ponerme una taza de café y un bocadillo de jamón —pidió Lyra.

—Es muy tarde para estar en la calle, amiguita —le dijo un caballero tocado con chistera y que llevaba una bufanda de seda blanca.

—Sí —respondió ella, mientras se volvía para echar un vistazo a aquel cruce de calles tan movido.

Un teatro cercano estaba vaciándose de gente y se formaban grupos alrededor del vestíbulo iluminado. Algunas personas paraban un taxi, otras se arrebujaban en sus abrigos. En dirección opuesta se abría la entrada de la estación de ferrocarril Chthonic, por cuya escalera subía y bajaba un tropel de gente.

—Ahí tienes, cariño —le indicó el vendedor que atendía el puesto de café—. Dos chelines.

—Pago yo, si me permite —dijo el del sombrero de copa.

Lyra pensó que no había razón para impedírselo. Ella podía correr con más rapidez que él, y posiblemente necesitaría el dinero más tarde. El hombre del sombrero de copa dejó una moneda en el mostrador y sonrió a Lyra. Su daimonion era un lémur y lo llevaba agarrado a la solapa, mirando fijamente a Lyra con sus ojos redondos.

Lyra pegó un mordisco al bocadillo y continuó observando el ajetreo de la calle. No tenía idea de dónde estaba, jamás había visto un plano de Londres, ni siquiera conocía las dimensiones de la ciudad ni a qué distancia se encontraba el campo.

—¿Cómo te llamas? —le preguntó el hombre.

—Alice.

—Un nombre muy bonito. Déjame que te eche un chorrito de esto en el café... te calentará...

Desenroscó el tapón de un frasco de plata.

—A mí esto no me gusta —dijo Lyra—. Prefiero el café solo.

—Seguro que en tu vida no has probado un coñac como éste.

—¡Y tanto que sí! Y lo puse todo perdido. Una vez me tomé una botella entera o poco le faltó.

—Como quieras —repuso el hombre, echando parte del contenido del frasco en su taza—. ¿Cómo es que vas sola por la calle?

—Tengo que encontrarme con mi padre.

—¿Quién es tu padre?

—Un asesino.

—¿Cómo?

—Le he dicho lo que es, un asesino. Es su profesión. Esta noche está haciendo un trabajito. Yo le llevo ropa limpia porque, cuando termina el trabajo, suele quedar de sangre hecho una lástima.

—¡Bah! Estás de broma...

—No, es verdad.

El lémur soltó un maullido apenas audible y, con gran cautela, gateó detrás de la cabeza del hombre y observó a Lyra desde allí. Ésta seguía tomando el café con aire impasible y terminó lo que quedaba del bocadillo.

—Buenas noches —saludó Lyra—. Veo que se acerca mi padre y, por su cara, noto que está de malas.

El hombre de la chistera echó una ojeada a su alrededor mientras Lyra huía hacia la multitud que se agolpaba frente al teatro. A pesar de que le habría encantado ver la estación Chthonic (entre otras cosas porque la señora Coulter le había dicho que no era para personas de su clase), tenía miedo de caer en una trampa al encontrarse bajo tierra. Estando al aire libre, podría correr por lo menos si el caso lo requería.

Cuanto más caminaba, más oscuras y más desiertas aparecían las calles. Chispeaba un poco pero, aún sin nubes, sobre el cielo de la ciudad se reflejaba demasiada luz para dejar ver las estrellas.

Pantalaimon tenía la impresión de que se dirigían hacia el norte, pero ¿quién habría podido asegurarlo?

Calles interminables con casitas de ladrillo, todas idénticas y con jardines tan pequeños que lo único que cabía en ellos era el cubo de la basura; fábricas grandes y adustas, encerradas en vallas de alambre, con una triste luz ambárica en lo alto de una pared y un vigilante nocturno dormitando junto a un brasero; de cuando en cuando, alguna capilla sombría cuya única diferencia con las fábricas era el crucifijo que ostentaba en el exterior. En un momento se le ocurrió abrir la puerta de uno de estos edificios, pero en la oscuridad surgió un gruñido de debajo de un banco que la hizo desistir del intento. Vio que el porche estaba lleno de figuras humanas durmiendo y huyó.

—¿Dónde dormiremos, Pan? —preguntó Lyra, mientras se esforzaba en seguir calle abajo, flanqueada de tiendas cerradas a cal y canto.

—En una entrada cualquiera.

—No quiero dormir en un sitio demasiado visible. Todas las entradas están abiertas.

—Aquí abajo hay un canal...

Pantalaimon atisbaba hacia abajo por el borde izquierdo de la carretera. Tenía razón: se veía agua iluminada apenas por una mancha de luz y cuando, con todas las precauciones, se acercaron a mirar, descubrieron la dársena de un canal, donde estaban atadas a los muelles alrededor de una docena de gabarras, algunas flotando altas en el agua, otras bajas y cargadas con grúas semejantes a horcas. En una ventana de una cabaña de madera brillaba débilmente una luz y de la chimenea metálica salía un jirón de humo; las únicas luces que había en los alrededores eran las situadas en lo alto de las paredes de la fábrica o en el puente de la grúa, que dejaban el nivel del suelo sumido en la oscuridad. En los muelles se amontonaban barriles de espíritu de carbón, pilas de grandes troncos redondos y rollos de cable recubiertos de caucho.

Lyra se acercó de puntillas a la choza y atisbó por la ventana. Había un viejo fumando en pipa ocupado en leer un periódico con ilustraciones y cuyo daimonion, un perro de aguas, se encontraba enroscado y dormido sobre la mesa. Mientras Lyra lo observaba, el hombre se levantó y fue a buscar una tetera ennegrecida que se calentaba en el hornillo de hierro, y vertió un poco de agua caliente en un tazón desportillado antes de volver a enfrascarse en el periódico.

—¿Le pedimos si nos deja entrar, Pan? —murmuró Lyra, pero Pantalaimon no estaba por la labor y tan pronto se transformaba en murciélago, como en lechuza, como volvía a ser un gato montés.

Lyra contagiada por el pánico de Pantalaimon, echó una mirada a su alrededor y de pronto los descubrió al mismo tiempo que él: dos hombres corrían hacia ella, cada uno por un lado, y el que se encontraba más cerca blandía una red.

Pantalaimon profirió un grito estentóreo y se abalanzó como el leopardo en que se había convertido sobre el daimonion del hombre que tenía más próximo, un zorro de aspecto fiero, haciéndolo retroceder hasta enredarse con las piernas del hombre. Éste lanzó un taco e hizo un regate a un lado, mientras Lyra salía disparada como una flecha en dirección a los espacios abiertos del muelle. Tenía que evitar a toda costa quedar acorralada en un rincón.

Pantalaimon, que ahora era un águila, se lanzó sobre ella y gritó:

—¡A la izquierda! ¡A la izquierda!

Lyra se desvió hacia aquel lado y, tras descubrir un espacio entre los barriles de espíritu de carbón y el final de un cobertizo de hierro ondulado, se lanzó hacia él como una bala.

¡Pero aquellas redes!

Percibió un silbido que cortaba el aire y algo le golpeó en la mejilla y le mordió con rabia, mientras unas asquerosas cuerdas impregnadas de brea le rozaban la cara, los brazos, se le enredaban en las manos y la retenían y ella caía gruñendo, pataleando y luchando, aunque inútilmente.

—¡Pan! ¡Pan!

Pero el daimonion en forma de zorro se abalanzó sobre el gato Pantalaimon; Lyra sintió el dolor en su propia carne y soltó un enorme sollozo al tiempo que se desplomaba. Un hombre la ató rápidamente con cuerdas, le amarró los miembros, el cuello, el cuerpo y la cabeza y la sujetó con fuerza contra el suelo mojado. Se sentía impotente, igual que una mosca atrapada por una araña. El pobre Pan, herido, se arrastró hacia ella, con el zorro torturándole la espalda y sin fuerzas siquiera para transformarse; el otro hombre estaba tumbado en un charco con una flecha atravesada en el cuello...

Todo el mundo se quedó inmóvil mientras el hombre que había atado las redes miraba perplejo al que permanecía tumbado.

Pantalaimon se sentó y parpadeó. Entonces se oyó un golpe sordo y el hombre de la red cayó entre ahogos y jadeos sobre Lyra, que profirió un grito de horror al ver que de su cuerpo manaba sangre.

Hubo pies que corrían y alguien apartó al hombre y se agachó sobre él; después otras manos levantaron a Lyra, un cuchillo cortó y tiró de los hilos de la red mientras iban cayendo uno tras otro, y ella se los arrancó lanzando escupitajos, y se libró de ellos para acudir junto a Pantalaimon y dedicarle unas cuantas carantoñas.

De rodillas, se volvió para observar a los que se acercaban. Se trataba de tres hombres de aspecto amenazador, uno armado con un arco y los otros dos con cuchillos y, cuando Lyra se volvió, el arquero retuvo el aliento.

—¿No eres Lyra?

Su voz le resultaba familiar, pero no pudo situarla hasta que el hombre avanzó y la luz más próxima incidió en su cara, al tiempo que el daimonion en forma de gavilán se posaba en su hombro. ¡Ah, sí! ¡Era un giptano! ¡Un auténtico giptano de Oxford!

—Tony Costa —dijo él—. ¿No lo recuerdas? Tú jugabas a veces con mi hermano pequeño Billy junto a los botes de Jericó antes de que los zampones se lo llevaran.

—¡Oh, Dios! ¡Mira, Pan, estamos a salvo! —exclamó Lyra con un sollozo antes de que otro pensameinto le viniera a la mente: aquél era el barco de los Costa, el que ella secuestró un día. ¿Y si se acordaban?

—Mejor que te vengas con nosotros —propuso él—. ¿Estás sola?

—Sí, me he escapado...

—De acuerdo, no hables ahora, no digas nada. Jaxer, traslada los cadáveres a la sombra. Kerim, echa una ojeada alrededor.

Lyra se puso de pie titubeante apretando a Pantalaimon, ahora gato salvaje, contra su pecho. Al darse cuenta de que retorcía el cuerpo para observar algo, siguió la dirección de su mirada; de pronto lo entendió y también ella sintió curiosidad. ¿Qué había ocurrido con los daimonions de los muertos? Se desvanecían, ésa era la respuesta; se desvanecían y disgregaban como átomos de humo, ya que lo que querían todos era mantenerse unidos a sus humanos. Pantalaimon cerró los ojos y Lyra se apresuró a seguir ciegamente a Tony Costa.

—¿Qué haces aquí? —le preguntó Lyra.

—¡Calma, nena! Bastante jaleo tenemos para que, encima, vengas tú y provoques más. Ya hablaremos en el barco.

La condujo hacia un puentecillo de madera situado en el mismo corazón de la dársena del canal. Los otros dos hombres remaban sigilosamente detrás de ellos. Tony rodeó el puerto y se dirigió a un embarcadero de tablones, desde el cual subió a bordo de una barcaza y dejó abierta de par en par la puerta de la cabina.

—Entra —le ordenó—. ¡Rápido!

Lyra le obedeció, no sin antes palpar el bolso (que no desamparaba nunca, ni siquiera dentro de la red) para asegurarse de que el aletiómetro seguía dentro. En el largo y estrecho camarote, a la luz de un farol que colgaba de un gancho, vio a una mujer fornida y gruesa de grises cabellos, sentada a una mesa delante de un periódico. Lyra reconoció a la madre de Billy.

—¿Y ésa quién es? —preguntó la mujer—. ¿No es acaso Lyra?

—Exactamente. Tenemos que ahuecar el ala. Hemos matado a dos hombres en la dársena. Nos figurábamos que se trataba de zampones, pero supongo que eran mercaderes turcos. Habían secuestrado a Lyra. Pero dejémonos de cháchara... ya hablaremos durante el viaje.

—Acércate, niña —dijo Ma Costa.

Lyra la obedeció entre contenta e inquieta, porque Ma Costa tenía unas manos como cachiporras y, además, ahora estaba plenamente segura de que aquél era el barco que ella había capturado junto con Roger y otros del college. Pero la dueña del barco puso las manos a ambos lados de la cara de Lyra, y su daimonion, un perrazo gris con pinta de lobo, se inclinó suavemente para lamer sumiso la cabeza de gato montés de Pantalaimon, a la vez que Ma Costa rodeaba a Lyra con sus enormes brazos y la apretaba contra su pecho.

—No sé a qué has venido, pero pareces agotada. Si quieres, échate en el camastro de Billy y te traeré una bebida caliente. Anda, túmbate un poquito, nena.

Daba la impresión de que le había perdonado la piratería o, por lo menos, la había olvidado. Lyra se deslizó sobre el banco almohadillado, colocado detrás de una mesa de pino cuya superficie había sido objeto de intenso fregoteo, mientras el sordo zumbido del motor de gasolina sacudía todo el barco.

—¿Adónde vamos? —preguntó Lyra.

Ma Costa acababa de colocar un cazo lleno de leche en el hornillo de hierro y removió la parrilla para avivar el fuego.

—Lejos de aquí. Y ahora, a callar. Mañana hablaremos.

Y no dijo más, sólo le dio a Lyra un tazón de leche caliente, para subir después a cubierta cuando el bote comenzó a ponerse en movimiento e intercambiar algunos murmullos ocasionales con los hombres. Lyra se tomó la leche a sorbos y levantó un ángulo de la cortina a través del cual vio desfilar rápidamente los muelles. Un minuto después estaba como un tronco.

Se despertó en una cama estrecha, acompañada de aquel reconfortante ruido sordo que parecía salir de las profundidades. Se sentó, se golpeó la cabeza, soltó unos cuantos tacos, tentó a su alrededor y se levantó lo más cuidadosamente que pudo. Una luz grisácea y atenuada le mostró otras tres literas, todas vacías y muy bien hechas, una debajo de la suya y las otras dos al otro lado de la reducida cabina. Al volverse de lado, comprobó que iba en ropa interior. Su vestido y el abrigo de lana peluda estaban doblados al pie de la litera junto con su bolsa. El aletiómetro seguía en su sitio.

Se vistió rápidamente y atravesó la puerta situada a un extremo para encontrarse en un camarote muy caliente porque en él había una estufa. Era la única. A través de las ventanas observó un remolino gris de niebla a cada lado, con sombras oscuras que aparecían de vez en cuando y que tanto habrían podido ser edificios como árboles.

Antes de que saliera a cubierta se abrió la puerta que daba al exterior y bajó Ma Costa, envuelta en un viejo abrigo de tweed en el que la humedad había prendido millares de minúsculas perlas.

—¿Has dormido bien? —le preguntó cogiendo una sartén—. Pues ahora quítate de en medio pues voy a prepararte algo para desayunar. Sal de aquí porque hay poco sitio.

—¿Dónde estamos? —preguntó Lyra.

—En el Canal Grand Junction. Tú no te metas en nada, nena, no quiero verte rondando arriba. Hay problemas.

Cortó un par de lonchas de jamón ahumado, las echó en la sartén y cascó un huevo para acompañarlas.

—¿Qué tipo de problemas?

—Ninguno que no podamos resolver, siempre que tú no metas las narices.

Ya no volvió a decir nada más hasta que Lyra hubo terminado de comer. Llegó un momento en que el barco aminoró la marcha y se oyó un golpe en uno de los costados, lo que provocó un gran alboroto de voces indignadas de los hombres, aunque de pronto alguna ocurrencia de uno de ellos hizo estallar a todos en carcajadas; las voces se acallaron y el barco continuó su marcha.

Poco después Tony Costa bajó al camarote. Como su madre, estaba cubierto de perlas de humedad; sacudió su sombrero de lana sobre la estufa para que se desprendieran y escupió.

—¿Qué vamos a decirle, Ma?

—Pregunta primero y explícate después.

Echó un poco de café en una taza de estaño y se sentó. Era un hombre fuerte, de rostro cetrino y, ahora que Lyra lo observaba a la luz del día, se dio cuenta de que tenía una expresión triste y a la vez severa.

—De acuerdo —dijo—. Ahora vas a explicarnos qué hacías en Londres, Lyra. Nosotros nos figurábamos que te habían raptado los zampones.

—No, yo vivía con aquella señora...

Lyra expuso desordenadamente toda la historia y fue ordenando todos los hechos como aquel que baraja unas cartas antes de disponerse a jugar. Lo contó todo salvo lo del aletiómetro.

—Y resulta que la última noche, en aquella fiesta, me enteré de lo que hacían de verdad y de que la señora Coulter era una zampona y de que pensaba servirse de mí para atrapar más niños. Y lo que ellos hacen es...

Ma Costa salió del camarote y se fue a la cabina. Tony aguardó a que se cerrara la puerta y continuó:

—Sabemos lo que hacen. Por lo menos lo sabemos en parte. De lo que sí estamos seguros es de que ya no vuelven. Se llevan a los niños al norte, a lugares muy remotos, y hacen experimentos con ellos. Al principio creíamos que les hacían pruebas de diferentes enfermedades y medicamentos, pero no había motivos para empezar esto así, de pronto, hace dos o tres años. Después se nos ocurrió pensar en los tártaros. Podía haber algún trato secreto en la zona norte de Siberia, porque los tártaros quieren ir al norte como todo el mundo a causa del espíritu del carbón y las minas de fuego y hace un montón de tiempo, antes de que se dijera nada de los zampones, que circulan rumores de guerra. Y nosotros nos figuramos que los zampones se camelaban a los jefes tártaros dándoles niños, porque es cosa conocida que los tártaros se los comen, ¿es verdad o no? Los cuecen en el horno y se los comen.

—¡No es posible! —exclamó Lyra.

—En serio que sí. Hay otras muchas cosas de que hablar. ¿Has oído hablar de los Nälkäinens?

—No, ni siquiera a la señora Coulter. ¿Se puede saber quiénes son? —preguntó Lyra.

—Pues una especie de fantasmas que vagan por aquellos bosques. Son del mismo tamaño que un niño y no tienen cabeza. Se mueven por la noche y, como te quedes dormido en el bosque, van, te cogen y ya no te sueltan nunca más. Nälkäinens es una palabra nórdica. También están los chupavientos, igualmente muy peligrosos. Éstos van de acá para allá a merced del viento. A veces te tropiezas con manadas de ellos flotando juntos o te los encuentras prendidos en una zarza. Tan pronto como te tocan, se te quita toda la fuerza. Son invisibles, sólo ves una especie de reflejo en el aire. También están los Que No Respiran...

—¿Y éstos quiénes son?

—Guerreros medio muertos. Una cosa es estar vivo y otra estar muerto, pero estar medio muerto es peor que cualquiera de las dos cosas. No pueden llegar a morir, y vivir está totalmente fuera de sus posibilidades. Vagan por siempre jamás. Les llaman los Que No Respiran debido a la situación en que se encuentran.

—Pero ¿por qué están así? —preguntó Lyra, que lo miraba con unos ojos como platos.

—Pues mira, los tártaros del norte les descerrajaron las costillas y les sacaron los pulmones. En esto son unos artistas porque saben hacerlo sin matar a la persona, pero como no pueden hacer trabajar los pulmones sin que los daimonions los bombeen a mano, respiran y no respiran, están entre la vida y la muerte, medio muertos, ¿comprendes? Sus daimonions tienen que andar bombeándolos de noche y de día, ya que de otro modo perecerían. He oído decir que a veces te tropiezas en el bosque con todo un pelotón de los Que No Respiran. Después están los panserbjørne. De éstos habrás oído hablar, supongo. La palabra significa osos acorazados. Son una especie de osos polares, pero...

—¡Sí! ¡De éstos sí he oído hablar! Anoche uno de los hombres me dijo que mi tío, lord Asriel, estaba prisionero en una fortaleza custodiada por osos acorazados.

—¿Sigue allí? ¿Qué hacía en aquella zona?

—Explorar. Pero por lo que dijo el hombre, no creo que mi tío pertenezca al bando de los zampones. Más bien imagino que están encantados de que se encuentre encarcelado.

—Bueno, pues como los que lo guardan sean los osos acorazados, seguro que no sale. Son como mercenarios. ¿Sabes qué quiere decir mercenarios? Son los que venden su fuerza al que les paga. Tienen manos como los hombres y han aprendido la habilidad de trabajar el hierro, especialmente el hierro meteórico, y fabrican grandes planchas, una especie de láminas, para cubrirse con ellas. Hace siglos que realizan incursiones contra los Skraelings. Son asesinos natos y carecen por completo de piedad. Pero cumplen su palabra. Si haces un trato con un panserbjýrne, puedes estar segura de que cumplirá su palabra.

Lyra se quedó reflexionando, asustada, sobre todos aquellos horrores.

—A Ma no le gusta oír hablar del norte —explicó Tony al cabo de unos momentos—, porque entonces piensa en lo que puede haberle ocurrido a Billy. Sabemos que se lo han llevado al norte, ¿sabes?

—¿Y cómo lo sabéis?

—Pues porque cazamos a un zampón y le hicimos cantar. Por eso estamos bastante enterados de todo lo que se llevan entre manos. Los de anoche no eran zampones, demasiado manazas para ser zampones. Si lo hubieran sido, los habríamos cogido vivos. Nosotros, los giptanos, hemos resultado los más perjudicados por ellos y ahora vamos a decidir juntos qué hacemos. Por eso estábamos anoche en la dársena, recogíamos todos los pertrechos porque vamos a una gran asamblea en los Fens, lo que nosotros llamamos una cuerda. Y yo me barrunto que lo que decidiremos será enviar una banda de rescate en cuanto nos informen de todo lo que saben los demás giptanos y reunamos todos nuestros conocimientos. Eso por lo menos es lo que haría yo si fuera John Faa.

—¿Quién es John Faa?

—El rey de los giptanos.

—¿En serio que vais a rescatar a los niños? ¿También a Roger?

—¿Quién es Roger?

—El pinche del Jordan College. Lo raptaron igual que a Billy, el día antes de que yo me fuera con la señora Coulter. Me juego lo que quieras a que, si me hubieran raptado a mí, él iría a rescatarme. Si vais a buscar a Billy, yo quiero ir con vosotros y rescatar a Roger.

Y para sus adentros pensó que también quería rescatar a tío Asriel, aunque sobre eso no dijo palabra.

7

JOHN FAA

*A*hora que Lyra tenía algo en que pensar, se sentía mucho mejor. Lo de ayudar a la señora Coulter había estado muy bien, pero Pantalaimon tenía razón. Ella allí no pintaba nada, no era más que una especie de perro faldero. En el barco de los giptanos, en cambio, podía trabajar de verdad, y ya se ocupaba Ma Costa de que así lo hiciera. Tenía que limpiar y barrer, pelar patatas, hacer el té, engrasar los cojinetes del eje de la hélice, mantener limpia de algas la trampilla de la misma, lavar los platos, abrir las compuertas, atar el barco en los postes de amarre. Al cabo de dos días se encontraba tan a gusto con aquella nueva vida como una giptana de nacimiento.

Lo que no advirtió fue que los Costa estaban constantemente atentos a cualquier signo de interés inusual que pudiera despertar Lyra entre la gente de la orilla. Aunque no lo supiera, ella era importante, y, con toda probabilidad, la señora Coulter y la Junta de Oblación la estarían buscando por doquier. En efecto, gracias a las habladurías de los bares que encontraban a lo largo de la ruta, Tony se enteró de que la policía había registrado casas, granjas, jardines y fábricas sin dar explicación alguna sobre su forma de proceder, aunque corrió la voz de que andaban buscando a una niña que había desaparecido, lo cual era bastante extraño teniendo en cuenta todos los niños desaparecidos a los que nadie buscaba. Tanto los giptanos como los lugareños estaban que echaban chispas y sumamente nerviosos, la verdad sea dicha.

Había otra razón para que los Costa estuvieran interesados en Lyra, aunque eso ella no lo sabría hasta unos días más tarde.

Adoptaron, pues, la costumbre de mantenerla escondida bajo cubierta cada vez que pasaban por delante de la cabina de algún vigilante de una esclusa o cuando entraban en una dársena del canal, como también siempre que era probable que encontrasen haraganes vagando por la orilla. En cierta ocasión atravesaron una ciudad donde la policía estaba registrando todas las embarcaciones que circulaban por el río, y había detenido el tráfico en ambas direcciones. Pero los Costa procedieron con igual cautela. Debajo de la litera de Ma había un compartimiento secreto, donde permaneció acurrucada Lyra durante dos horas mientras la policía revolvía todo el barco, por supuesto sin éxito alguno.

—Pero ¿por qué no me han encontrado sus daimonions? —preguntó Lyra después, a lo que Ma respondió mostrándole el revestimiento del espacio secreto: madera de cedro, que ejerce unos efectos soporíferos sobre los daimonions.

Pantalaimon, en efecto, había pasado el tiempo durmiendo plácidamente junto a la cabeza de Lyra.

Lentamente, con muchas paradas y rodeos, el barco de los Costa se fue acercando a los Fens, aquel espacio natural tan extenso que nunca se había acabado de trazar del todo, con enormes cielos e inacabables ciénagas, situado en la parte este de Anglia. El borde más alejado se confundía de forma indiferenciada con las caletas y ensenadas que formaba la marea en aquellos bajíos, mientras que por el otro lado el mar se mezclaba íntimamente con Holanda e incluso había zonas de los Fens que habían sido desecadas y rodeadas de diques por los holandeses, algunos de los cuales incluso se habían establecido en la zona. En consecuencia, la lengua de los Fens estaba entremezclada con el holandés. Había regiones, sin embargo, que no habían sido nunca desecadas, cultivadas ni habitadas y, en las zonas centrales más salvajes, donde culebreaban las anguilas y se congregaban las aves marinas, donde titilaban las misteriosas lucecillas de los pantanos y los merodeadores tentaban a los incautos viajeros encaminándolos a un destino fatal en los aguazales y marismas, los giptanos siempre se habían movido a placer.

Y ahora, a través de mil serpenteantes canales y caletas y arroyos, los barquitos giptanos iban haciendo camino hacia Byanplats, aquel único espacio de tierras ligeramente más elevadas en medio de centenares de kilómetros cuadrados de ciénagas y pantanos. Había allí un antiguo templo rodeado de viviendas permanentes, muelles, espigones y un mercado de anguilas. Cuando se convocaba un Byanroping, asamblea o reunión de giptanos, se congregaban tantas embarcaciones en aquellas aguas que se podía recorrer más de un kilómetro en cualquier dirección caminando por encima de las cubiertas, o eso decían los enterados. Los giptanos eran los amos de los Fens. Nadie más se atrevía a penetrar en ellos y, mientras los giptanos mantuvieran la paz y comerciaran razonablemente, los lugareños harían la vista gorda frente al incesante contrabando y las ocasionales reyertas. Si llegaba flotando a la costa el cadáver de un giptano o quedaba atrapado en la red de un pescador, ¡qué se le iba a hacer!, al fin y al cabo no era más que un giptano.

Lyra escuchaba fascinada las historias de los habitantes de los Fens, del gran perro fantasma Concha Negra, de los fuegos fatuos de las ciénagas que se desprendían de las burbujas del aceite de las brujas y, antes de llegar a los Fens, ya había empezado a considerarse giptana. Había olvidado su acento de Oxford y había empezado a adquirir el giptano, que completaba con palabras fen-holandesas. Ma Costa tuvo que refrescarle la memoria.

—Tú no eres giptana, Lyra. Con un poco de práctica, llegarías a pasar por giptana, pero hay muchas otras cosas aparte de la lengua. Dentro de nosotros hay honduras y poderosas mareas que son sólo nuestras. Nosotros somos gente de agua, mientras que tú, en cambio, eres de fuego. A lo que más te pareces es a una lucecita de las marismas, ése es el lugar que ocupas en el mundo giptano. Tienes aceite de hechicera en el alma. Eres engañosa, nena, eso es lo que eres.

Lyra se sintió ofendida.

—¡Pues nunca he engañado a nadie! Puedes preguntar...

Como era lógico, no había nadie a quien preguntar y Ma Costa se echó a reír, aunque, eso sí, con simpatía.

—Pero ¿es que no te das cuenta de que te hago un cumplido, patito mío? —le dijo. Y Lyra se sintió tranquilizada pese a no haberla entendido.

Llegaron al anochecer a los Byanplats, justo cuando el sol se ponía inundando de sangre el cielo. La isla baja y el Zaal mostraban su joroba a contraluz, al igual que los grupos de edificios de los alrededores; en el aire tranquilo se elevaban jirones de humo y de la multitud de embarcaciones que se apelotonaban en las inmediaciones salía olor a pescado frito, a humo de hoja de tabaco, a espíritu de jenniver.

Atracaron muy cerca del Zaal, en un punto de amarre que, según Tony explicó, había sido utilizado por la familia durante generaciones. En aquel momento Ma Costa tenía la sartén en el fuego y en ella chisporroteaban y siseaban un par de gruesas anguilas, y también se estaba calentando la olla para el puré de patatas. Tony y Kerim empezaron a untarse el cabello de grasa, después de lo cual se pusieron sus mejores chaquetas de cuero y se anudaron unos pañuelos azules de lunares al cuello. Con los dedos cargados de anillos de plata fueron a saludar a viejos amigos de los barcos vecinos y tomaron una o dos copas en la taberna más cercana. Regresaron con noticias importantes.

—Hemos llegado justo a tiempo. La Cuerda es esta noche. Y dicen en la ciudad, aunque no sé qué pensaréis de esto, dicen que la niña desaparecida está en un barco giptano y que aparecerá esta noche en la Cuerda.

Se echó a reír con estruendo, y revolvió los cabellos de Lyra. Cuanto más se iban adentrando en los Fens, de mejor humor estaba, como si aquella oscura adustez del rostro que mostraba no fuera más que una máscara. Lyra sintió que iba creciendo la excitación en su pecho, por lo que comió en un vuelo y lavó los platos antes de peinarse. Después se metió el aletiómetro en el bolsillo del abrigo y saltó a tierra junto con las demás familias que se disponían a subir la cuesta hasta el Zaal.

Se había figurado que Tony bromeaba, pero pronto hubo de descubrir que no era así o que ella tenía menos aspecto de giptana de lo que había creído, ya que muchas personas la miraban fijamente y los niños la señalaban con el dedo y, cuando llegaron a las grandes puertas del Zaal, caminaban solos, flanqueados a ambos lados por una multitud que se había apartado para observarlos y hacerles sitio.

Lyra comenzó a ponerse muy nerviosa. Se mantenía cerca de Ma Costa, y Pantalaimon se hizo todo lo grande que le fue posible y adoptó la forma de una pantera a fin de infundirle seguridad. Ma Costa subía trabajosamente la escalera, aunque con el aire digno de una persona a la que nada podría detener ni hacer marchar más aprisa, mientras Tony y Kerim caminaban orgullosamente, uno a cada lado de ella, igual que príncipes.

La sala estaba iluminada con lámparas de nafta, que brillaban esplendorosamente en los rostros y cuerpos de las personas que integraban la audiencia, pero dejaban en la sombra a los que estaban sentados en sitios más elevados. Los que iban entrando tenían que porfiar para hacerse lugar en el suelo, donde los bancos ya estaban llenos, pero las familias se comprimían para dejar espacio, los niños se sentaban en las rodillas de los mayores y los daimonions se acurrucaban a sus pies o se posaban fuera de la vista, sobre las ásperas paredes de madera.

En la parte frontal del Zaal había un estrado con ocho sillas de madera tallada. Cuando Lyra y los Costa encontraron espacio para permanecer de pie en un lado del vestíbulo (no quedaba sitio donde sentarse), surgieron ocho hombres de las sombras que había tras el estrado y se quedaron de pie delante de las sillas. Una oleada de excitación recorrió a la gente mientras se imponían mutuamente silencio y se empujaban para conseguir un sitio en el banco más próximo. Finalmente se hizo el silencio y siete de los hombres que estaban en el estrado se sentaron.

El que permaneció de pie aparentaba unos setenta años, aunque era alto y tenía un cuello fuerte y poderoso como un toro. Llevaba una chaqueta de lona lisa y una camisa a cuadros, como las que suelen llevar muchos giptanos y en él no había nada digno de destacar salvo su aire imponente de fuerza y autoridad. Si Lyra se dio cuenta de ello fue porque su tío Asriel también lo tenía, así como el rector del Jordan. El daimonion de este hombre era una corneja, muy parecida al cuervo del rector.

—Es John Faa, el señor de los giptanos de occidente —le murmuró Tony.

John Faa comenzó a hablar con voz profunda y lenta.

—¡Giptanos! Bienvenidos a la Cuerda. Estamos aquí para escuchar y también para decidir. Todos sabéis por qué. Aquí hay muchas familias que han perdido un hijo y algunas incluso dos. Se los han robado. Por supuesto que también a los de tierra adentro les roban los hijos. Sobre este particular no tenemos enfrentamiento alguno con ellos.

»Han circulado rumores sobre una niña y una recompensa. Vamos a decir la verdad para poner fin a las habladurías. El nombre de la niña es Lyra Belacqua y quien la busca es la policía. Han fijado una recompensa de mil soberanos para quien la entregue. La niña es de tierra adentro y está bajo nuestra custodia y continuará estándolo. Si alguien se siente tentado por esos mil soberanos ya puede buscarse un sitio que no esté en la tierra ni en el agua. Nosotros no pensamos entregarla.

Lyra sintió que desde la raíz de los cabellos hasta las plantas de los pies la recorría una oleada de calor. Pantalaimon se convirtió de nuevo en mariposa nocturna para pasar más inadvertido. Todos los ojos se volvían hacia ellos y Lyra podía mirar solamente a Ma Costa, ya que ella era la única capaz de tranquilizarla.

Pero John Faa ya había vuelto a tomar la palabra:

—Por mucho que hablemos, no cambiaremos las cosas. Si queremos cambiarlas, tenemos que actuar. Hay un hecho que quiero exponeros: los zampones, esos ladrones de niños, llevan a sus prisioneros a una ciudad situada en el lejano norte, en el país de las tinieblas que está allá arriba. No sé qué harán con ellos en aquellas tierras. Hay quien afirma que los matan, pero también se dicen otras cosas. Lo cierto es que lo ignoramos.

»Lo que sí sabemos es que, hagan lo que hagan, cuentan con la ayuda de la policía y el clero. Todos los poderes de la tierra les echan una mano. Recordadlo: ellos saben lo que pasa y les ayudan siempre que pueden.

»Lo que os voy a proponer no es fácil y por eso necesito vuestra aprobación. Mi propuesta es que enviemos una cuadrilla de combatientes al norte para que rescaten a esos niños y nos los traigan vivos. Propongo también invertir nuestro oro en esta empresa, así como toda la habilidad y el valor que podamos reunir. ¿Qué pasa, Raymond van Gerrit?

Un hombre de la asamblea había levantado la mano y John Faa se sentó para dejarlo hablar.

—Te pido perdón, lord Faa. Hay niños giptanos y niños de tierra adentro que están cautivos. ¿Tenemos que rescatarlos a todos?

John Faa se levantó para hablar.

—Raymond, ¿quieres decir que debemos vencer todos los peligros que supone llegar hasta un grupo de niños asustados y que, cuando los encontremos, hemos de decirles a unos que se vayan a sus casas y a otros que se queden donde están? No, yo te tengo en mejor opinión que eso. ¿Cuento con vuestra aprobación, amigos?

La pregunta los había cogido por sorpresa, ya que hubo un momento de vacilación, pero de pronto se oyó una especie de rugido que llenó la sala y hubo un batir de palmas, se agitaron puños en el aire, se alzaron voces en excitado clamor. Los que estaban en el estrado del Zaal se estremecieron. Desde los lugares oscuros donde se habían posado, se levantaron en bandada pájaros adormecidos, asustados y batiendo alas. Y cayó una lluvia de polvo.

John Faa dejó que el alboroto se prolongara un momento y después levantó la mano para volver a imponer silencio.

—Necesitaremos algo de tiempo para organizarlo. Quiero que

los cabezas de familia impongan un tributo y recojan un impuesto. Volveremos a encontrarnos dentro de tres días. Desde hoy hasta el momento que os digo hablaré con la niña que he mencionado antes y con Farder Coram e idearé un plan que os expondré cuando volvamos a reunirnos. Buenas noches a todos.

Su sola presencia, por su franqueza, su autoridad y su sencillez, bastaba para calmarlos. Así que la gente comenzó a cruzar las grandes puertas para adentrarse en el frío de la noche y dirigirse a sus barcas o a las atestadas tabernas de la pequeña población; Lyra preguntó a Ma Costa:

—¿Quién son los demás hombres del estrado?

—Los cabezas de las seis familias y el otro hombre es Farder Coram.

En seguida se echaba de ver quién era aquél al que se refería al decir el otro hombre, puesto que era el más viejo. Caminaba apoyándose en un bastón y durante el tiempo que permaneció sentado detrás de John Faa estuvo temblando como si tuviera tercianas.

—Ven —le dijo Tony—. Te llevaré junto a John Faa para que lo saludes. Llámale lord Faa. No sé qué te preguntará, pero dile la verdad.

Pantalaimon se había convertido ahora en gorrión y se posó, lleno de curiosidad, en el hombro de Lyra e hundió las uñas en la gruesa lana de su abrigo, mientras seguía a Tony a través de la multitud hasta el estrado.

Él la levantó. Sabiendo que todos los que quedaban en la sala la miraban con fijeza y consciente de aquellos mil soberanos que sabía que valía, de pronto Lyra se sonrojó y vaciló un momento. Pantalaimon se lanzó como una flecha sobre el pecho de Lyra y se convirtió en gato montés, acomodado en brazos de la niña y siseando levemente al tiempo que miraba a su alrededor.

Lyra sintió que una mano la empujaba y se adelantó en dirección a John Faa. Su aspecto era severo e imponente pero inexpresivo, más columna de piedra que hombre, aunque se agachó y le tendió la mano a Lyra. La de ésta casi desapareció entre las suyas.

—Bienvenida, Lyra —la saludó.

Al oírla tan cerca, aquella voz le sonó a Lyra como si toda la tierra retumbase. De no haber sido por Pantalaimon, se habría puesto muy nerviosa, aunque también contribuyó a que no lo estuviera el hecho de que la expresión pétrea de John Faa se dulcificara un poco. La trataba con extraordinaria gentileza.

—Gracias, lord Faa —respondió Lyra.

—Ven a la salita y hablaremos un poco —añadió él—. ¿Los Costa te dan buena comida?

—¡Oh, sí! Hemos comido anguilas para cenar.

—Espero que fuesen anguilas auténticas del Fen.

La salita era una habitación muy cómoda y en ella había una gran chimenea encendida, varios aparadores cargados de plata y porcelana y una mesa maciza y oscura, bruñida por el paso de los años, con doce sillas alrededor.

Los demás hombres del estrado habían desaparecido, pero se había quedado con ellos el viejo temblón. John Faa lo ayudó a acomodarse a la mesa.

—Siéntate a mi derecha —dijo John Faa a Lyra, mientras él se sentaba a la cabecera.

Lyra estaba enfrente de Farder Coram. Le asustaba un poco aquella cara suya de calavera y su continuo temblor, pero su daimonion era un hermoso gato de un color otoñal, de dimensiones macizas, que se paseó majestuosamente por la mesa con el rabo tieso e inspeccionó elegantemente a Pantalaimon, cuya nariz tocó un momento antes de aposentarse en el regazo de Farder Coram con los ojos entrecerrados y ronroneando suavemente.

De entre las sombras salió una mujer en quien Lyra no había reparado. Trajo una bandeja con vasos y la dejó junto a John Faa, hizo una reverencia y salió. John Faa vertió jenniver de una vasija de barro en unos vasitos pequeños para él y Farder Coram, y vino en otro para Lyra.

—O sea que te escapaste, ¿verdad, Lyra? —le preguntó John Faa.

—Sí.

—¿Y quién era la señora de la que escapaste?

—La llamaban señora Coulter y a mí me parecía simpática pero descubrí que era una zampona. Oí que alguien explicaba qué eran los zampones, los llamaban la Junta General de Oblación, pero ella era la que los mandaba, la idea había salido de su cabeza. Todos estaban trabajando en un plan, no sé muy bien cuál, pero tenían pensado que yo les ayudase a conseguir niños. Pero ellos no sabían...

—¿Qué es lo que no sabían?

—En primer lugar, no sabían que yo conocía a algunos de los niños que habían secuestrado: mi amigo Roger, que era el pinche del Jordan College, y Billy Costa y una niña que desapareció del mercado cubierto de Oxford. Y otra cosa más... hablaban de mi tío, lord Asriel. Oí que hablaban de sus viajes al norte, aunque yo no creo que él tenga nada que ver con los zampones. Yo había espiado al rector y a los licenciados del Jordan, me había escondido en el salón reservado, donde sólo pueden entrar ellos, y oí que hablaban de la expedición de mi tío al norte y de aquel Polvo que vio, y además él se había traído la cabeza de Stanislaus Grumman, en la que los tártaros habían hecho un agujero. Y ahora resulta que los zampones lo tienen encerrado no sé dónde y los que lo guardan son los osos acorazados. Y lo que yo quiero es rescatarlo.

Manifestaba tal aire de porfía y de decisión, y parecía tan pequeña comparada con el respaldo tallado del sillón donde estaba sentada, que los dos hombres no pudieron por menos de sonreír. Pero mientras la sonrisa de Farder Coram reflejaba una expresión vacilante, brillante, compleja, que aleteaba en su rostro como cuando el sol despeja las sombras de un día ventoso de marzo, la sonrisa de John Faa era despaciosa, cálida, sencilla y afable.

—Mejor que nos expliques lo que le oíste decir a tu tío aquella noche —la instó John Faa—. Y no te guardes nada, cuéntanoslo todo.

Así lo hizo Lyra, aunque más prolijamente que cuando se lo había referido a los Costa, y también con mayor sinceridad. Temía a John Faa y lo que más temía era su amabilidad. Cuando terminó, Farder Coram habló por vez primera. Tenía una voz rica y musical, con tantos matices como colores en la pelambrera de su daimonion.

—¿No le dieron ningún otro nombre a ese Polvo, Lyra? —preguntó.

—No, sólo lo llamaron Polvo. La señora Coulter me explicó de qué estaba formado, me dijo que eran partículas elementales, pero le dio el mismo nombre.

—¿Y ellos creen que haciendo lo que sea que hagan con los niños pueden descubrir más cosas sobre él?

—Sí, aunque no sé cuáles. Mi tío sí lo sabe... Me había olvidado de decirte una cosa. Cuando les mostró las filminas con el proyector les enseñó una que era la Rora...

—¿La qué? —preguntó John Faa.

—La Aurora —precisó Farder Coram—. ¿No es eso, Lyra?

—Sí, eso es. Y en las luces de la Rora se veía una cosa que parecía una ciudad: torres, iglesias, cúpulas y muchas más cosas. Se parecía un poco a Oxford, por lo menos fue ésa la impresión que me dio a mí. A tío Asriel le interesaba más esto, creo yo, pero el rector y los demás licenciados estaban más interesados en el Polvo, como la señora Coulter y lord Boreal y ellos.

—Ya entiendo —afirmó Farder Coram—. Todo esto es muy interesante.

—Y ahora, Lyra —dijo John Faa—, voy a decirte una cosa. Este Farder Coram que aquí ves es un hombre sabio, un vidente, él ya había anunciado lo que ocurriría con el Polvo y los zampones y lord Asriel y todo lo demás y también lo que pasaría contigo. Cada vez que los Costa o media docena de otras familias, ya que viene a ser lo mismo, iban a Oxford, volvían con alguna noticia. Alguna noticia sobre ti, nena. ¿Lo sabías?

Lyra negó con la cabeza. Comenzaba a estar asustada. Pantalaimon rezongaba muy por lo bajo y por eso no lo oía nadie, pero Lyra lo notaba porque tenía las yemas de los dedos hundidas entre su pelaje.

—¡Oh, sí! —continuó John Faa—, todo lo que tú hacías llegaba a oídos de Farder Coram.

A Lyra aquello no le cabía en la cabeza.

—¡Nosotros no lo estropeamos! ¡En serio! ¡No era más que un poco de barro! Y no llegamos nunca muy lejos...

—Pero ¿de qué estás hablando, si se puede saber? —preguntó John Faa.

Farder Coram se echó a reír. Cuando reía, dejaba de temblar, se le iluminaba el rostro y parecía más joven.

Pero Lyra no se reía y, con los labios temblorosos, respondió:

—Aunque encontramos el tapón, no llegamos a sacarlo. No fue más que una broma. Jamás lo habríamos hundido, ¡jamás!

John Faa también soltó una carcajada. Descargó con su manaza un puñetazo tan fuerte en la mesa que los vasos tintinearon, sus macizos hombros se estremecieron y tuvo que secarse las lágrimas que le resbalaban de los ojos. Lyra no había visto nunca cosa parecida, jamás había oído un bramido como aquél. Era como la risa de una montaña.

—¡Oh, sí! —exclamó cuando pudo volver a hablar—, también oímos comentar eso, pequeña. Me parece que desde entonces los Costa no han estado en parte alguna en la que no hubiera alguien que se lo recordara. La gente solía decirles: ten cuidado, Tony, vigila tu barco porque por estos andurriales hay niñas muy traviesas. La voz corrió por todos los Fens, nena. Pero no vamos a castigarte por eso. ¡Ni hablar! Puedes estar tranquila.

John Faa miró a Farder Coram y los dos viejos volvieron a

echarse a reír, aunque esta vez de forma más moderada. En cuanto a Lyra, se sintió satisfecha y segura.

Al final John Faa movió la cabeza de un lado a otro y volvió a ponerse serio.

—Lo que yo quería contarte, Lyra, es que te conocemos desde niña, desde que eras muy chiquitina. Ahora has de saber todo lo que nosotros sabemos. Ignoro qué te contarían en el Jordan College sobre tu origen, pero lo cierto es que ellos desconocen la verdad de la historia. ¿Te han dicho alguna vez quiénes fueron tus padres?

Lyra, ahora, estaba completamente desorientada.

—Sí —respondió—, me dijeron que yo estaba... me dijeron que... me dijeron que lord Asriel me había llevado allí porque mi padre y mi madre habían muerto en un accidente de aviación. Eso fue lo que me dijeron.

—¡Ah! ¿Así que te contaron eso? Pues mira, nena, voy a decirte la pura verdad. Y sé que lo es porque a mí me lo contó una giptana y los giptanos nunca mienten a John Faa y a Farder Coram. O sea que ahora vas a saber la verdad sobre ti, Lyra. Tu padre no murió en un accidente de aviación, porque tu padre es lord Asriel.

Lyra se quedó con la boca abierta.

—La cosa ocurrió de la manera siguiente —prosiguió John Faa—. Cuando Lord Asriel era joven hizo un viaje de exploración al norte y regresó de allí con una inmensa fortuna. Era un hombre lleno de vida, tan dado a enfurecerse como propenso a la pasión.

»Tu madre también era una mujer apasionada, pero no había nacido en cuna tan encumbrada como tu padre, lo que no quita que fuera una mujer inteligente. Parece que había seguido estudios universitarios y los que tuvieron ocasión de verla dicen también que era muy hermosa. Tu padre y ella se enamoraron en cuanto se conocieron.

»El problema es que tu madre ya estaba casada. Su marido era un político, miembro del partido del rey, y uno de sus consejeros más íntimos, un hombre de alcurnia.

»Y resultó que cuando tu madre descubrió que esperaba un hijo, tuvo miedo de decirle a su marido que el niño no era suyo y, así que nació, o mejor dicho así que naciste tú, se vio claramente que no había nada en tu aspecto que pudiese recordar a su marido, y sí a tu verdadero padre, por lo que tu madre consideró oportuno esconderte y decir que habías muerto.

»Así pues, te llevaron a Oxfordshire, donde tu padre tenía propiedades, y te confiaron a los cuidados de una nodriza giptana. Pero alguien le contó al marido de tu madre la verdad, lo que hizo que el hombre se pusiera inmediatamente en camino y revolviera la casita donde la giptana te había criado, sólo que ésta ya se había marchado a la casa grande. El marido, en un arrebato de pasión asesina, siguió sus pasos.

»Tu padre estaba ausente porque había salido de caza, pero fueron a informarle y regresó de inmediato con el tiempo justo para detener a aquel hombre, que ya estaba al pie de la gran escalinata. Si hubiera llegado un momento más tarde, habría forzado la puerta del minúsculo cuarto donde se escondía la giptana contigo, pero lord Asriel lo desafió, lucharon y lord Asriel lo mató.

»La giptana lo oyó y vio todo, Lyra, por eso lo sabemos.

»A consecuencia de todo esto hubo un importante pleito. Tu padre no es del tipo de hombres capaces de negar u ocultar la verdad y dejó en manos de los jueces la resolución del caso. Él había matado a un hombre, había derramado sangre, pero lo había hecho para defender su casa y a su hija contra un intruso. Por otro lado, la ley autoriza a un hombre a vengar la violación de su esposa, y los abogados del difunto alegaron que esto era precisamente lo que había hecho.

»Las deliberaciones se prolongaron durante semanas y se expusieron razones por uno y otro lado. Al final los jueces castigaron a lord Asriel, confiscaron sus propiedades y sus tierras y lo desposeyeron de todos sus bienes. ¡A él, que un día había sido más rico que un rey!

»En cuanto a tu madre, no quiso saber nada del asunto, ni tampoco de ti. Te volvió la espalda. La nodriza giptana me contó que en más de una ocasión se quedó impresionada al ver cómo te trataba, y que era una mujer altiva y desdeñosa. Igual la trataba a ella.

»Pero estabas tú. De haber ido las cosas de diferente manera, Lyra, es posible que hubieras sido criada como una giptana, ya que la nodriza te reclamó a los tribunales porque quería quedarse contigo, pero nosotros, los giptanos, tenemos poco predicamento ante la ley. El tribunal de justicia decidió que fueses recluida en un priorato, lo que se hizo: el de las Hermanas de la Obediencia, de Watlington. Pero tú de eso ya no te acuerdas.

»Sin embargo, lord Asriel no estaba conforme con la decisión. Resultaba que él odiaba a los priores, monjes y monjas y, como era un hombre que tenía la costumbre de saltarse las leyes, se presentó un buen día en el priorato y te sacó de allí. Su intención no era quedarse contigo ni tampoco entregarte a los giptanos; lo que hizo fue llevarte al Jordan College y desafiar a la ley a deshacer el entuerto.

»La ley, por fin, dejó las cosas tal como estaban. Lord Asriel volvió a dedicarse a sus exploraciones y tú te educaste en el Jordan College. La única cosa que dijo tu padre, es decir, la única condición que puso, fue que tu madre no volviera a verte jamás. Si alguna vez lo intentaba, había que avisarlo inmediatamente, ya que ahora todo el odio que anidaba en su naturaleza se había vuelto contra ella. El rector le prometió solemnemente que lo obedecería y así fue pasando el tiempo.

»Después surgió toda esta ansiedad despertada por el Polvo. En todo el país, en todo el mundo, hombres y mujeres sabios empezaron a preocuparse por la cuestión. A nosotros, los giptanos, aquel asunto nos traía sin cuidado, hasta que empezaron a quitarnos a los niños. A partir de entonces comenzó a interesarnos. Conseguimos conexiones en lugares que no llegarías a imaginar, entre ellos el Jordan College. Tú no lo sabías, pero había una persona que no te perdía de vista y que nos mantuvo informados durante todo el tiempo que estuviste allí. Esto lo hicimos porque estábamos interesados en todo lo tuyo y la giptana que te había cuidado no dejó un solo momento de preocuparse de ti.

—¿Y quién era esa persona que me me vigilaba? —preguntó Lyra.

De pronto se sentía terriblemente importante, a la vez que le extrañaba que todo lo concerniente a ella fuera objeto de curiosidad a tanta distancia.

—Un criado que trabajaba en la cocina, el repostero Bernie Johansen. Era medio giptano, estoy seguro de que no te lo habrías figurado nunca.

Bernie era un hombre amable y solitario, una de esas raras personas cuyo daimonion era del mismo sexo que el del humano al que acompañaba. Fue a Bernie a quien se fue a lamentar y en quien Lyra volcó su desesperación cuando secuestraron a Roger. ¡Y Bernie informaba de todo a los giptanos! Lyra estaba maravillada.

—En fin —continuó John Faa—, cuando te fuiste del Jordan College lo supimos inmediatamente. Ocurrió en un momento en que, por estar lord Asriel encarcelado, no pudo evitarlo. Pero nos acordamos de lo que le había hecho prometer al rector y también de que el hombre con quien había estado casada tu madre, el político al que mató lord Asriel, se llamaba Edward Coulter.

—¿La señora Coulter? —preguntó Lyra, estupefacta—. ¿Es mi madre?

—Lo es. Y si tu padre hubiera estado en libertad, ella jamás se habría atrevido a desafiarlo y tú seguirías en el Jordan, sin haberte enterado de nada. Pero que el rector te dejase marchar del college constituye para nosotros un misterio que no nos explicamos, puesto que precisamente él debía encargarse de tu custodia. Supongo que esa mujer debe de tener algún poder sobre él.

Lyra comprendió de pronto el extraño comportamiento del rector aquella mañana en que abandonó el college.

—Él no quería... —intervino Lyra, como intentando recordar exactamente lo ocurrido—. Él... bueno, yo tuve que ir a verlo aquella mañana antes de hacer ninguna otra cosa, sin decírselo a la señora Coulter... como si él quisiera protegerme de la señora Coulter...

Se quedó callada y miró fijamente a los dos hombres; de pronto decidió contarles toda la verdad de lo ocurrido en el salón reservado.

—Miren, además hay otra cosa. Aquella tarde que me escondí en el salón reservado descubrí que el rector quería envenenar a lord Asriel. Vi que echaba unos polvos en el vino y se lo advertí a mi tío, por lo que él volcó expresamente la licorera y así se derramó todo el vino. O sea que le salvé la vida. No entiendo por qué el rector quería envenenarlo si siempre fue tan amable con él. Después, la mañana que me fui del college, el rector me mandó recado de que fuese a verlo a su estudio y de que lo hiciera en secreto sin contárselo a nadie y dijo... —Lyra se calló, estaba devanándose los sesos para recordar exactamente qué le había dicho el rector, aunque no le sirvió de nada y al final acabó por mover negativamente la cabeza—. Lo único que entendí fue que él me daba algo y que tenía que guardarlo en un sitio secreto y no enseñárselo a la señora Coulter. Supongo que no importa que os lo cuente a vosotros...

Se tentó el bolsillo del abrigo de lana gruesa y sacó el paquetito envuelto en terciopelo. Lo dejó en la mesa y notó al momento que la curiosidad simple pero inmensa de John Faa se sumaba a la viva aunque vacilante inteligencia de Farder Coram para centrarse, juntas, sobre el paquete igual que proyectores de luz.

Farder Coram fue el que habló primero cuando Lyra retiró el envoltorio del aletiómetro.

—No habría imaginado nunca que pudiese volver a posar los

ojos en otro igual. Es un lector de símbolos. Oye, niña, ¿te explicó algo el rector acerca del aparato?

—No. Sólo me dijo que debería aprender yo sola a utilizarlo y que se llamaba aletiómetro.

—¿Y eso qué significa? —preguntó John Faa, volviéndose a su amigo.

—Es una palabra griega. Supongo que procede de *alétheia*, que significa verdad. Este aparato mide la verdad. ¿Has aprendido a servirte de él? —dijo dirigiéndose a Lyra.

—No. Lo único que he conseguido ha sido que las tres manecillas cortas señalen diferentes dibujos, pero no sé qué hacer con la larga. Gira en redondo. A veces, sin embargo, cuando estoy muy concentrada, consigo que la aguja larga vaya hacia un lado u otro ordenándoselo mentalmente.

—¿Cómo está hecho, Farder Coram? —preguntó John Faa—. ¿Y de qué modo se lee?

—Todos estos dibujos que ves alrededor del borde —respondió Farder Coram, sosteniendo delicadamente el aparato ante los ojos de John Faa, que lo miraba intensa y fijamente—, son símbolos y cada uno representa todo un conjunto de cosas. Mira, por ejemplo, el áncora. Su primer significado es esperanza, porque la esperanza es algo que te sujeta con fuerza igual que un áncora, a fin de que no cedas. El segundo significado es constancia. El tercer significado es un obstáculo inesperado, por tanto, prevención. El cuarto significado es mar. Y así sucesivamente hasta diez, doce, o a veces una serie interminable de significados.

—¿Y tú los conoces todos?

—Conozco algunos, pero para poder leer de verdad lo que indican necesito el libro. Yo he visto el libro y sé dónde está, pero no lo tengo.

—Volvamos a esto, pues —sugirió John Faa—. Sigamos con tu manera de leerlo.

—Dispones de tres manecillas que puedes mover a tu antojo —explicó Farder Coram— y que utilizas para hacer una pregunta. Señalando con ellas tres símbolos, puedes hacer cualquier pregunta que se te ocurra, porque hay diferentes niveles para cada una. Una vez establecida la pregunta, la otra aguja gira en redondo y señala otros símbolos, que te dan la respuesta.

—Pero ¿cómo sabe el aparato el nivel en que estás pensando cuando haces la pregunta?

—El aparato por sí solo no lo sabe. Únicamente funciona si la persona que hace la pregunta retiene los niveles en la mente. Debes conocer en primer lugar todos los significados y los hay a millares o más. A continuación tienes que ser capaz de retenerlos en la mente de manera serena, sin forzar la respuesta, y esperar a que la aguja se pare después de haberse estado moviendo un rato. Cuando haya recorrido todo su espacio, conocerás la respuesta. Tengo una idea de cómo funciona porque una vez vi a un sabio de Uppsala que manejaba el aparato, pero fue una sola vez. ¿Sabes que son rarísimos?

—Según me dijo el rector, sólo hay seis —precisó Lyra.

—Sea cual sea el número, la verdad es que hay pocos.

—¿Y no le dijiste nada a la señora Coulter, tal como te recomendó el rector? —preguntó John Faa.

—No, pero el daimonion de ella solía meterse en mi cuarto y estoy segura de que descubrió el aparato.

—Ya comprendo. Mira, Lyra, no sé si alguna vez conoceremos toda la verdad, pero a mi modesto entender creo que pasó lo siguiente. El rector recibió el encargo de lord Asriel de cuidar de ti y de mantenerte fuera del alcance de tu madre. Y eso fue lo que hizo por espacio de diez años o más. Después, los amigos que tenía la señora Coulter en la Iglesia la secundaron en la fundación de la Junta de Oblación, cuya finalidad ignoramos pero que le confiere tanto poder en su medio como pueda tener lord Asriel en el suyo. Tus padres son fuertes en su mundo y son también ambiciosos, mientras que el rector del Jordan te mantenía a ti en equilibrio entre los dos.

»Ahora el rector tiene un montón de cosas de que ocuparse. Su preocupación primordial es el college y el cuadro de profesores. En consecuencia, si ve que algo puede amenazar ese aspecto, tiene que actuar forzosamente para protegerlo. Por otra parte, en los últimos tiempos, Lyra, la Iglesia se ha vuelto mucho más autoritaria. Está constantemente metida en concilios y, Dios no lo quiera, pero incluso ya se está hablando de volver a implantar el Oficio de la Inquisición. Por eso el rector tiene que moverse con gran cautela entre todas estas potencias. Tiene que mantener el Jordan College al lado de la Iglesia, de otro modo no podría sobrevivir.

»Otra de las preocupaciones del rector eres tú, querida niña. Bernie Johansen fue siempre muy claro en este aspecto. Tanto el rector como los licenciados del Jordan te querían como si fueras hija suya. Habrían hecho cualquier cosa para mantenerte a salvo, no sólo porque se lo habían prometido a lord Asriel, sino porque era algo que salía espontáneamente de ellos. Así pues, si el rector te entregó a la señora Coulter después de haber prometido a lord Asriel que no lo haría, seguramente fue porque pensó que estarías más segura con ella que en el Jordan College a pesar de todas las apariencias. Y si quiso envenenar a lord Asriel, probablemente fue porque debió de pensar que lo que éste intentaba hacer no sólo pondría en peligro a los del college sino quizás a todos nosotros, me estoy refiriendo a todo el mundo. Me doy cuenta de que el rector es un hombre que se ve obligado a tomar decisiones terribles. Sean cuales sean, siempre perjudicarán a alguien aunque, si escoge lo adecuado, tal vez el daño será menor que si no lo hace. Que Dios me guarde de tener que tomar estas opciones.

»Por eso, cuando se vio forzado a dejarte marchar, te dio el lector de símbolos y te recomendó que lo guardases en lugar seguro. No sé qué debió de pensar que podías hacer con él. Teniendo en cuenta que no sabes leerlo, no comprendo cuáles eran sus intenciones.

—Me dijo que hacía años que tío Asriel había regalado el aletiómetro al Jordan College —explicó Lyra esforzándose en recordar—. Iba a añadir algo más cuando de pronto alguien llamó con los nudillos a la puerta y se vio obligada a callar. Me figuro que quizá quería mantenerme también apartada de lord Asriel.

—O quizá lo contrario —apuntó John Faa.

—¿A qué te refieres? —preguntó Farder Coram.

—Que quizá tenía el proyecto de pedir a Lyra que volviese junto a Lord Asriel, como para compensarlo por haber intentado envenenarlo. A lo mejor consideraba que lord Asriel ya no entrañaba ningún peligro. O que lord Asriel podía conseguir un cierto discernimiento a través de este instrumento que lo indujese a renunciar a sus propósitos. Si lord Asriel estaba prisionero, tal vez esto serviría para liberarlo. Mira, Lyra, mejor será que conserves este lector de símbolos y lo guardes en sitio seguro. Si has conseguido guardarlo hasta ahora, no me preocupa dejarlo en tus manos. Es posible que llegue un momento en que necesitemos consultarlo y deduzco que entonces será la ocasión de pedírtelo.

Dobló el terciopelo sobre él y se lo devolvió, deslizándolo sobre la mesa. Lyra habría querido hacerle un montón de preguntas, pero de pronto se sintió tímida ante aquel hombre imponente de ojillos penetrantes pero afables, hundidos entre los pliegues y arrugas de su piel.

Sin embargo, había una cosa que sí quería preguntarle.

—¿Quién fue la giptana que me crió?

—La madre de Billy Costa, por supuesto. Si no te lo ha dicho es porque yo no quería que lo supieses, pero ella sabe de lo que estamos hablando, o sea que no hay nada que ocultar.

»Y ahora mejor que vuelvas con ella. Tienes mucho en que pensar, niña. Dentro de tres días celebraremos otra Cuerda y entonces discutiremos todo lo que hay que hacer. Pórtate bien y buenas noches, Lyra.

—Buenas noches, lord Faa. Buenas noches, Farder Coram —dijo con toda cortesía, apretando el aletiómetro contra su pecho con una mano y recogiendo a Pantalaimon con la otra.

Los dos viejos la miraron con una amable sonrisa. Fuera, en la puerta de la sala de juntas, la estaba esperando Ma Costa y, como si no hubiera pasado el tiempo desde que naciera Lyra, la mujer la acogió entre sus poderosos brazos y la besó antes de dejarla en la cama.

8

FRUSTRACIÓN

L yra tenía que asimilar su nueva historia y eso no podía hacerlo en un día. Ver a lord Asriel como padre era una cosa, pero aceptar a la señora Coulter como madre no era tan fácil. Dos meses atrás la noticia la hubiera llenado de alegría, pero ese conocimiento en las actuales circunstancias la llenaba de confusión.

Sin embargo, como Lyra era Lyra, la inquietud no le duró mucho tiempo, ya que debía explorar la ciudad de Fen y dejarse maravillar por el contacto con los niños giptanos. No habían pasado tres días y Lyra ya era una experta en bateas (por lo menos a sus ojos) y había reunido a su alrededor a toda una cuadrilla de pilletes, a los que atraía contándoles historias de su poderoso padre, que se encontraba prisionero por causas injustas.

—Y hete aquí que una noche invitaron a cenar al embajador turco en el Jordan y resulta que era portador de órdenes del propio sultán para matar a mi padre, para lo cual llevaba un anillo en el dedo con una piedra hueca llena de veneno. Y cuando sirvieron el vino él hizo como si quisiera pasarle la copa a mi padre para poder echarle veneno dentro. Lo hizo con tanta presteza que nadie más se dio cuenta, pero...

—¿Qué clase de veneno era? —preguntó una niña de cara delgada.

—Un veneno de una serpiente turca especial —inventó Lyra—; se lo extraen atrayéndola con el son de una flauta y, cuando la tienen delante, le echan una esponja empapada de miel, entonces la serpiente la muerde y ya no puede sacar los colmillos de ella. Después cogen la esponja y exprimen el veneno. Pero resultó que mi padre había visto los manejos del turco y fue y dijo: Caballeros, quiero proponer un brindis de amistad entre el Jordan College y el College de Esmirna (que era el college al que pertenecía el embajador turco). Y como demostración de amistad, dijo, intercambiaremos las copas y cada uno beberá el vino del otro.

El embajador se quedó helado, porque por un lado no podía negarse a beber, ya que habría sido un insulto terrible y, por otro, tampoco podía tomarse el vino porque sabía que estaba envenenado. Se quedó pálido y desapareció de la mesa. Al volver los encontró a todos esperándolo y mirándolo fijamente. O sea que tenía que tomarse el veneno o confesar la verdad.

—¿Y qué hizo?

—Pues se lo tomó. Tardó cinco minutos en morir, pero ¡vaya cinco minutos los que pasó!

—¿Tú lo viste?

—No, porque en la Mesa Principal no se admiten chicas. Lo que vi fue su cuerpo cuando lo sacaron después. Tenía la piel marchita como una manzana pasada y parecía que los ojos le salían de las órbitas. De hecho, se los habían tenido que apretar para metérselos en su sitio...

Y así sucesivamente.

Entretanto la policía iba recorriendo los límites del país de Fen y llamando a todas las puertas, registrando desvanes y cobertizos, inspeccionando papeles e interrogando a todos cuantos aseguraban haber visto a una niña rubia. En Oxford los registros todavía eran más concienzudos. Revolvieron el Jordan College desde el cuarto trastero más polvoriento hasta el más oscuro de los desvanes y lo mismo hicieron en el Gabriel y en el St Michael, hasta que al final las autoridades de todos aquellos colleges elevaron una protesta conjunta reafirmando sus antiguos derechos. El zumbido incesante de los motores de gasolina de las naves aéreas que no paraban un momento de recorrer el cielo advertía a Lyra de que la andaban buscando. No se veían debido a que las nubes eran bajas y a que la ley obligaba a las naves aéreas a volar a una cierta altura sobre el país de Fen. Sin embargo, ¿cómo saber qué complejos artilugios de espionaje podían transportar? Lo mejor era esconderse así que los oía o ponerse el sombrero de hule para ocultar su llamativo cabello rubio.

Interrogó a Ma Costa acerca de todos los detalles de la historia de su nacimiento y los entretejió para formarse un tapiz mental más claro y preciso que todas las historias que imaginaba. Había revivido infinidad de veces la huida de la cabaña, el escondrijo en el armario, el desafío proclamado a voz en grito, el choque de las espadas...

—¿Espadas? ¡Santo Dios, niña, tú estás soñando! —exclamó Ma Costa—. El señor Coulter llevaba pistola y lord Asriel se la arrancó de la mano y lo tumbó de un empujón. Hubo dos disparos. No sé si lo recordarás, aunque deberías, pese a que eras pequeña. El primer tiro fue el de Edward Coulter, que recogió la pistola y disparó, y el segundo fue de lord Asriel, que le quitó el arma una vez más y la dirigió contra él. Le disparó entre los ojos y le saltó los sesos. Después, tan fresco como una rosa, va y me dice: «Salga, señora Costa, y llévese a la niña», porque tú no hacías más que gritar, tú y ese daimonion tuyo. Y entonces te levantó del suelo, te hizo saltar y te sentó sobre sus hombros, paseándose arriba y abajo más contento que unas pascuas a pesar de que tenía el muerto a sus pies, y pidió vino y me dijo que restregara el suelo con un estropajo.

Terminada la cuarta repetición de la misma historia, Lyra quedó perfectamente convencida de que ahora ya la recordaba con pelos y señales y hasta se prestaba a dar detalles acerca del color del abrigo del señor Coulter y de las capas y abrigos de pieles que estaban colgados del armario. Ma Costa se reía a mandíbula batiente.

Siempre que Lyra estaba sola cogía el aletiómetro y lo miraba y remiraba como hacen los enamorados con las fotos de su amada. ¿Así que cada imagen tenía diferentes significados? ¿Por qué no iba a desentrañarlos? ¿No era acaso la hija de lord Asriel?

Procurando tener presente lo que le había explicado Farder Coram, intentó centrar sus pensamientos en tres símbolos elegidos al azar e hizo girar las manecillas al objeto de que los señalasen. Descubrió que, si sostenía el aletiómetro en las palmas de las manos y lo contemplaba de una manera particularmente lenta, centrándose en él, la aguja larga comenzaba a moverse con más ímpetu. En lugar de divagar en torno a la esfera, se desplazaba suavemente de un dibujo a otro. A veces se paraba tres veces, a veces dos, a veces cinco o más y, pese a que Lyra no comprendía nada, le proporcionaba un entretenimiento más intenso y tranquilo que ninguno de los que había conocido hasta el momento. Pantalaimon se agachaba sobre la esfera, a veces como un gato, otras como un ratón, haciendo balancear la cabecita en torno a la misma al tiempo que iba siguiendo la aguja. Hubo una ocasión o dos en que ambos tuvieron como un atisbo de significado, como si un haz de luz hubiera atravesado de pronto las nubes para iluminar el majestuoso perfil de unas imponentes montañas cuya silueta se dibujase en la distancia... unas montañas lejanas, apenas sospechadas. Lyra se emocionó mucho en aquellos momentos, una emoción profunda como la que había sentido toda su vida al oír la palabra norte.

Así transcurrieron tres días, con muchas idas y venidas entre la multitud de barcos y el Zaal. Llegó después la noche de la segunda Cuerda. La sala estaba más atestada que la otra vez, si eso era posible. Lyra y los Costa llegaron a tiempo para sentarse en la parte frontal y, tan pronto como las luces vacilantes mostraron que el lugar ya estaba abarrotado de gente, John Faa y Farder Coram subieron al estrado y se sentaron a la mesa. John Faa no tuvo necesidad de imponer silencio con un gesto, se limitó a poner las manazas planas en la mesa y mirar a todas las personas que estaban congregadas abajo, lo que hizo que el vocerío fuera extinguiéndose.

—Bien —empezó—, habéis hecho lo que os he pedido, más de lo que esperaba. Y ahora voy a llamar a los cabezas de las seis familias y a pedirles que suban aquí, entreguen el oro y renueven sus promesas. El primero serás tú, Nicholas Rokeby.

Un hombre fornido y de barba negra subió al estrado y depositó sobre la mesa una pesada bolsa de cuero.

—Aquí está nuestro oro —dijo—. Y ofrecemos treinta y ocho hombres.

—Gracias, Nicholas —respondió John Faa.

Farder Coram tomó nota. El primer hombre se quedó detrás del estrado cuando John Faa llamó al siguiente, y después de éste al que venía a continuación. Todos fueron subiendo uno a uno, dejaron la bolsa en la mesa y declararon qué número de hombres podían aportar. Los Costa formaban parte de la familia Stefanski y, como es natural, Tony había sido uno de los primeros en ofrecerse. Lyra observó que su halcón se balanceaba de una pata a otra y desplegaba las alas al ver el dinero de Stefanski y oír la promesa de los veintitrés hombres que ponía a disposición de John Faa.

Una vez que los seis cabezas de familia se hubieron presentado, Farder Coram mostró el trozo de papel a John Faa, quien se puso de pie para dirigir de nuevo la palabra a la asamblea.

—Amigos, contamos con un contingente de ciento setenta hombres. Estoy orgulloso de poder agradecéroslo. En cuanto al oro, no dudo, a juzgar por el peso, que habéis hurgado en vuestros cofres, por lo cual también os quiero dar las gracias.

»Lo que vamos a hacer a continuación es esto. Fletaremos un barco y nos dirigiremos al norte; después buscaremos a los niños y los liberaremos. Por lo que sé, es muy posible que haya lucha. No es ni la primera vez ni tampoco será la última, pero hasta ahora nunca habíamos tenido que librar batalla con personas que raptasen a niños y por eso habremos de ser más taimados de lo habitual. Pero no pensamos regresar sin nuestros niños. ¿Quieres algo, Dirk Vries?

Se levantó un hombre y exclamó:

—Lord Faa, ¿sabes por qué razón han capturado a los niños?

—Hemos oído decir que se trata de una cuestión teológica. Están haciendo un experimento cuya naturaleza desconocemos. Si quieres que te diga la verdad, ni siquiera sabemos si eso les ocasionará algún daño. Pero cualquiera que sea el asunto de que se trate, bueno o malo, no tienen derecho alguno a salir de noche y a arrancar a los niños del seno de sus familias. ¿Y tú, Raymond van Gerrit?

El hombre que ya había hablado en la primera reunión se levantó ahora para intervenir de nuevo:

—Es sobre aquella niña, lord Faa, la que dijiste que andan buscando, la que está sentada en primera fila. Me he enterado de que a todas las personas que viven en los bordes de los Fens les registran la casa de arriba abajo a causa de ella. Y también que precisamente hoy hay una sesión en el Parlamento cuya finalidad es acabar con nuestros antiguos privilegios, y todo por culpa de esa niña. Sí, amigos —continuó el hombre, imponiéndose al rumor de murmullos ahogados—, van a aprobar una ley que acabará con nuestro derecho a movernos libremente dentro y fuera de los Fens. Pues bien, lord Faa, lo que queremos saber es lo siguiente: ¿quién es esa niña a causa de la cual podríamos llegar a encontrarnos en esta situación? No es giptana, por lo menos si me atengo a lo que oído. ¿Por qué una niña de tierra adentro tiene que hacernos correr un peligro tan grande?

Lyra levantó los ojos y observó la maciza figura de John Faa. El corazón le latía con tal fuerza que apenas consiguió escuchar las primeras palabras de su respuesta.

—Dilo claramente, Raymond, no te cortes —respondió John Faa—. Lo que tú quieres es que entreguemos a esa niña a las personas de las que huye, ¿no es eso?

El hombre seguía con el ceño fruncido, pero no replicó.

—Bueno, quizá lo quieras o quizá no —prosiguió John Faa—.

Pero vale la pena que reflexiones sobre si una mujer o un hombre necesitan una razón para hacer el bien. Esta niña es hija de lord Asriel, nada menos que de lord Asriel. Para los que lo hayan olvidado, fue lord Asriel quien intercedió con los turcos por la vida de Sam Broekman. Fue lord Asriel quien hizo que los barcos giptanos tuvieran paso libre a través de los canales que eran de su propiedad. Fue lord Asriel quien consiguió que se derogara el Proyecto de Ley Watercourse en el Parlamento, lo que repercutió en un beneficio generoso y duradero para todos nosotros. Y también fue lord Asriel quien luchó día y noche cuando se produjeron las inundaciones del 53 y quien se arrojó dos veces de cabeza al agua para salvar al joven Ruud y a Nellie Koopman. ¿Lo habíais olvidado? Pues se os tendría que caer la cara de vergüenza.

»Y ahora este mismo lord Asriel se encuentra prisionero en las regiones más remotas, más frías y oscuras que imaginarse pueda, cautivo en la fortaleza de Svalbard. ¿Tengo necesidad de deciros qué clase de seres lo guardan en aquellas regiones? Pues bien, nosotros tenemos a su hijita bajo nuestro cuidado y Raymond van Gerrit la querría entregar a las autoridades a cambio de un poco de paz y tranquilidad. ¿Te parece bien, Raymond? Levántate y responde, hombre.

Pero Raymond van Gerrit ya se había vuelto a hundir en su asiento y nada en el mundo lo habría podido hacer levantar. A través de la inmensa sala se oyó un leve siseo de desaprobación y Lyra sintió en su interior la misma vergüenza que debía de sentir el hombre, así como una profunda oleada de orgullo al pensar en la valentía de su padre.

John Faa volvió la cabeza y miró a los demás hombres que lo acompañaban en el estrado.

—Nicholas Rokeby, serás tu el responsable de encontrar un barco y pienso ponerte al frente de él así que zarpemos. Adam Stefanski, quiero que tú te hagas cargo de las armas y municiones y que organices la batalla. Roger van Poppel, tú te ocuparás de los demás aprovisionamientos, desde los alimentos hasta la ropa necesaria para hacer frente a las bajas temperaturas. Simon Hartmann, tú serás el tesorero y nos rendirás cuentas a todos sobre el adecuado reparto de nuestro oro. Benjamin de Ruyter, quiero que tú te dediques al espionaje. Son muchas las cosas que tenemos que descubrir y tú te encargarás de ello e informarás a Farder Coram al respecto. Michael Canzona, tú serás el responsable de coordinar la labor de los primeros cuatro jefes y de infomarme de todo y, si muero, serás tú quien me siga en la escala de mando y se haga cargo de la situación.

»He tomado las disposiciones de acuerdo con nuestras costumbres y si hay algún hombre o alguna mujer que no esté de acuerdo, puede manifestarse libremente al respecto.

Un momento después, una mujer se puso de pie.

—Lord Faa, ¿no piensas llevar a ninguna mujer en esta expedición para que se ocupe de los niños una vez que los hayamos encontrado?

—No, Nell, disponemos de muy poco espacio. Si conseguimos liberar a los niños, estarán mejor bajo nuestro cuidado que allí donde se encuentran en estos momentos.

—Pero supongamos que descubrís que no podéis rescatarlos sin contar con algunas mujeres disfrazadas de guardianas, de nodrizas o de lo que sea...

—Pues eso no se me había ocurrido, la verdad —hubo de admitir John Faa—. Lo consideraremos con más detenimiento cuando nos retiremos a parlamentar en la sala de juntas, te lo prometo.

La mujer se sentó y entonces se levantó un hombre.

—Lord Faa, según has dicho, lord Asriel se encuentra cautivo. ¿Forma parte de tu plan rescatarlo? Porque si es así y está en poder de los osos, según creo entender, necesitaremos bastante más de ciento setenta hombres. Y aunque lord Asriel es buen amigo nuestro, no sé si nadie nos ha pedido que lleguemos tan lejos.

—Adriaan Braks, no te falta razón. Lo que considero que hay que hacer es tener los ojos y los oídos bien abiertos y ver qué informes podemos recoger cuando lleguemos al norte. Tal vez podamos ayudarlo o tal vez no, pero puedes estar seguro de que no me serviré de lo que me habéis facilitado, hombres u oro, más que para localizar a nuestros niños y devolverlos a sus casas.

Se levantó otra mujer.

—Lord Faa, nosotros no sabemos qué pueden haber hecho los zampones con nuestros niños. Hemos oído rumores y muchas historias acerca de cosas horribles. Nos han hablado de niños sin cabeza, de niños cortados por la mitad y cosidos de nuevo y de cosas demasiado espantosas para ser descritas. No quisiera asustar a nadie, pero a todos nos han llegado este tipo de rumores y por eso quiero airearlos. Ahora bien, si descubrimos que estas cosas tan espantosas son verdad, lord Faa, espero que nos tomaremos la venganza que corresponde. Confío en que no dejarás que sentimientos de misericordia y de piedad refrenen tu mano y le impidan castigar, y si castiga, que lo haga con fuerza y aseste un golpe perdurable en el mismo corazón de maldad tan infernal. Estoy segura de hablar en nombre de cualquier madre que haya perdido a su hijo por culpa de los zampones.

Un fuerte murmullo de acuerdo recorrió el Zaal en cuanto la mujer se sentó al tiempo que una multitud de cabezas hacía ademanes de asentimiento.

John Faa aguardó a que se impusiera el silencio de nuevo y respondió:

—Nada detendrá mi mano, Margaret, salvo el discernimiento. Si refreno la mano en el norte, sólo será para descargarla con más fuerza en el sur. Atacar con un día de anticipación es tan erróneo como atacar a cien kilómetros de distancia. Por supuesto que hay mucha pasión en tus palabras pero, si cedéis a esta pasión, amigos, haréis lo que siempre os he advertido que debíais evitar: situar la satisfacción de los propios sentimientos por encima de la labor que hay que realizar. Esta labor consiste, en primer lugar, en rescatar y después en castigar. No existe gratificación alguna para los sentimientos frustrados. Nuestros sentimientos no cuentan para nada. Si rescatamos a los niños pero no castigamos a los zampones, habremos cumplido nuestra misión principal. Pero si castigamos a los zampones primero y, mientras nos dedicamos a eso, perdemos la oportunidad de rescatar a los niños, habremos fracasado.

»De una cosa puedes estar segura, Margaret. Cuando llegue el momento de castigar, les asestaremos tal golpe que sus corazones se sentirán débiles y temerosos. Les arrancaremos toda su fuerza. Los dejaremos arruinados e inútiles, vencidos, destrozados, rotos en mil pedazos y desperdigados a los cuatro vientos. Mi martillo está sediento de sangre, amigos. No ha probado la sangre desde que exterminé al campeón tártaro en las estepas de Kazashtan. Ese martillo ha estado soñando todo este tiempo colgado de mi barco, pero ya huele sangre en el viento que viene del norte. Anoche habló conmigo y me confesó esta sed que siente y yo le dije: falta poco, el momento no puede tardar. Margaret, puedes dudar de centenares de cosas, pero no de que el corazón de John Faa sea demasiado blando para golpear cuando considere llegado el momento. Y sabremos cuándo es el momento gracias al discernimiento, no bajo el impulso de la pasión.

»¿Hay alguien más que desee hablar? Que hable quien quiera.

Pero como ya nadie precisaba de más explicaciones, John Faa tomó la campana que utilizaba para cerrar las sesiones y la hizo sonar con fuerza y vigor, agitándola en lo alto y arrancándole unos repiques que llenaron todo el espacio y rebotaron en el techo.

John Faa y los demás abandonaron el estrado y se dirigieron a la sala de juntas. Lyra se sentía un tanto contrariada. ¿No pensaban dejarla entrar? Tony se echó a reír.

—Ellos tienen que organizarse —le explicó—. Tú ya has hecho la parte que te correspondía, Lyra. Ahora le toca el turno a John Faa y al consejo.

—¡Pero si yo no he hecho nada todavía! —protestó Lyra, siguiendo a los demás de mala gana fuera de la sala y a través del camino empedrado hasta el embarcadero—. Me escapé de la señora Coulter, pero eso no era más que el principio. ¡Lo que yo quiero es ir al norte!

—¿Sabes qué? —le dijo Tony—, te traeré un diente de morsa, eso es lo que haré.

Lyra frunció el ceño. Pantalaimon, por su parte, estaba muy ocupado haciendo muecas al daimonion de Tony, que tenía cerrados los ojos leonados con un gesto desdeñoso. Lyra se arrastró hasta el muelle, donde se reunió con sus nuevos compañeros, que hacían oscilar sobre las negras aguas luces colgadas de cuerdas para atraer a los peces de ojos saltones que nadaban lentamente y tratar de ensartarlos con estacas puntiagudas, aunque fallaban casi siempre.

Sin embargo los pensamientos de Lyra estaban con John Faa y la sala de juntas por lo que no tardó mucho en volver a emprender el camino empedrado en dirección al Zaal. Distinguió una luz encendida en la ventana de la sala de juntas. Estaba demasiado alta para ver a través de ella lo que ocurría, pero le llegaba rumor de voces que procedían del interior.

Subió la escalera que conducía a la puerta y llamó con fuerza cinco veces con los nudillos. Callaron las voces, una silla arañó el suelo y se abrió la puerta inundando de cálida luz de nafta la mojada escalera.

—¿Sí? —inquirió el hombre que la abrió.

Detrás de él, Lyra veía a los demás hombres sentados alrededor de la mesa, con sus bolsas de oro amontonadas, papeles y plumas, vasos y una jarra de jenniver.

—Quiero ir al norte —anunció Lyra, con voz tan fuerte que todos la oyeron—. Deseo ir con vosotros y ayudaros a rescatar a los niños. Es lo que me disponía a hacer cuando me escapé de casa de la señora Coulter. E incluso antes de eso ya me proponía rescatar a mi amigo Roger, el pinche del Jordan, que fue secuestrado. Si voy con vosotros puedo resultar muy útil. Sé navegar y hacer lecturas ambaromagnéticas de la Aurora y sé qué partes del oso son comestibles y un montón de cosas necesarias. Estoy segura de que lo lamentaréis si no me lleváis y descubrís después que precisáis de mí. Y como dijo aquella mujer, es posible que también necesitéis mujeres para que os ayuden... y niños incluso. No se sabe. O sea que, lord Faa, llévame contigo y perdóname por haber interrumpido vuestra charla.

Había entrado en la sala y todos los hombres y sus respectivos daimonions la miraban, algunos con aire divertido y otros no sin cierta irritación, aunque ella tenía los ojos clavados exclusivamente en John Faa. Pantalaimon se instaló en sus brazos y sus ojos de gato montés lanzaron verdes destellos.

John Faa respondió:

—Lyra, no queremos hacerte correr ningún peligro, o sea que no te engañes, niña. Quédate aquí, ayuda a Ma Costa y mantente a salvo. No tienes que hacer otra cosa.

—Pero si estoy aprendiendo a leer el aletiómetro, además. ¡Cada día lo veo más claro! A lo mejor os puede servir... ¡quién sabe!

John Faa hizo un gesto negativo con la cabeza.

—No —respondió—. Ya sé que tienes el corazón puesto en el norte, pero estoy convencido de que ni siquiera la señora Coulter pensaba llevarte con ella. Si quieres ver el norte tendrás que esperar a que se hayan terminado todos estos problemas. Y ahora vete.

Pantalaimon emitió un siseo como para imponer silencio, pero el daimonion de John Faa arrancó el vuelo del respaldo de la silla y se abalanzó sobre ellos con sus negras alas, no en actitud amenazadora, sino para recordarles que había que guardar las formas. Lyra giró en redondo mientras el grajo, tras revolotear sobre su cabeza, volvía junto a John Faa. La puerta se cerró tras ella con un chasquido definitivo.

—Nos iremos —dijo Lyra a Pantalaimon—. ¡Aunque nos lo impidan! ¡Nos iremos lo mismo!

9

LOS ESPÍAS

*E*n el curso de los días siguientes, Lyra tramó una docena de planes, que descartó seguidamente con impaciencia porque todos se reducían a tener que viajar de polizón, y ¿cómo iba a ir de polizón en un barco tan pequeño? Para que eso diera resultado, el viaje debería realizarse en una embarcación con todas las de la ley ya que Lyra conocía, merced a las historias que había oído, tretas eficaces para encontrar todo tipo de escondrijos en una nave de dimensiones normales: los botes salvavidas, la bodega, el pantoque... en el caso de que hubiera sabido qué era todo eso. Pero la realidad era que tenía que conseguir introducirse en un barco giptano primero, y después abandonar los Fens a la manera giptana.

Y aunque llegara a la costa por su cuenta, a lo mejor se metía en un barco equivocado, si bien tampoco habría estado nada mal esconderse en un bote salvavidas para despertar camino del Brasil.

Entretanto, ni de noche ni de día la abandonaba la fascinante idea de unirse a la expedición. No perdía de vista a Adam Stefanski y lo vigilaba cuando lo veía escoger a los voluntarios que debían hacer de combatientes. Acosaba a Roger van Poppel con sugerencias acerca del cargamento que debían llevar. ¡Que no se olvidase los lentes para la nieve! ¿Conocía el mejor sitio para conseguir mapas árticos?

El hombre al que Lyra se sentía más deseosa de ayudar era Benjamin de Ruyter, el espía, pero se había esfumado a primera hora de la mañana después de celebrada la segunda Cuerda y, como es natural, nadie podía decir dónde había ido ni cuándo volvería. A falta, pues, de disponer de otra persona mejor, Lyra se dedicó a Farder Coram.

—Me parece que no sería mala idea que te ayudase, Farder Coram —le sugirió Lyra—, puesto que seguramente sé más cosas de los zampones que nadie, ya que he tenido oportunidad de convivir con una persona de esta ralea. A lo mejor necesitas mi colaboración para desentrañar los mensajes del señor de Ruyter.

Apiadado de la niña al verla tan obstinada y desesperada, no se la sacó de encima. En lugar de ello, habló con ella y escuchó sus recuerdos de Oxford y de la señora Coulter y la observó mientras leía el aletiómetro.

—¿Dónde está el libro ese en el que figuran todos los símbolos? —le preguntó Lyra un día.

—En Heidelberg —respondió él.

—¿Hay un solo ejemplar?

—No sé si habrá más, pero yo no los he visto.

—Seguramente habrá otro en la biblioteca Bodley de Oxford —dijo Lyra.

A duras penas conseguía apartar los ojos del daimonion de Farder Coram, el más hermoso que había visto en su vida. Cuando Pantalaimon se convertía en gato era flaco, desastrado, un bicho de pelo áspero, mientras que Sophonax, ya que así se llamaba, tenía los ojos dorados y era elegante por encima de toda medida, el doble de grande que un gato de verdad y, además, con un pelaje muy abundante. Cuando lo iluminaba un rayo de sol, despedía matices y tonalidades de color dentro de la gama del marrón-castaño-hoja seca-avellana-oro-otoño-caoba que a Lyra le habría sido imposible precisar. Se moría de ganas de acariciar aquel pelo, de restregar las mejillas contra él, aunque por supuesto no llegó a hacerlo nunca, ya que rozar al daimonion de otra persona era la peor de las infracciones de la etiqueta que se podía cometer. Los daimonions se podían tocar entre sí, en cambio, y también pelearse, pero la prohibición del contacto hombre-daimonion era tan tajante que ni siquiera en el curso de una batalla un guerrero habría tocado al de su enemigo. Eso estaba manifiestamente prohibido. Lyra no recordaba que nadie se lo hubiera dicho; lo sabía por instinto, algo tan simple como que sentir náuseas era desagradable y estar cómoda, agradable. Así pues, aunque admirase el pelo de Sophonax y especulase incluso acerca del tacto que podía tener, jamás inició el más leve gesto en ese sentido ni pensaba hacerlo nunca.

Sophonax ofrecía un aspecto tan lustroso, tan sano y hermoso como Coram estragado y enfermizo. Lyra no sabía si estaba realmente enfermo o si había sufrido algún accidente que lo había dejado tullido, pero el hecho era que no podía andar sin apoyarse en dos bastones y que temblaba continuamente, como las hojas de los álamos. Sin embargo, tenía el cerebro despejado, claro y privilegiado, por lo que Lyra no tardó en apreciarlo por sus conocimientos y por la firmeza con que la orientaba.

—¿Qué significa, Farder Coram, el reloj de arena? —le preguntó Lyra refiriéndose al aletiómetro una mañana de sol en que los dos estaban en el bote—. Siempre se para en ese dibujo.

—Si te fijas con más detenimiento, seguro que encontrarás la clave. ¿Qué es esa cosa pequeña que tiene arriba?

Lyra frunció los ojos para fijarlos mejor.

—¡Una calavera!

—Entonces, ¿qué te parece que puede significar?

—Muerte... ¿Quiere decir muerte?

—Exactamente. O sea que en el repertorio de significados relativos al reloj de arena figura la muerte. De hecho, el primero es el tiempo y el segundo la muerte.

—¿Sabes qué he observado, Farder Coram? Que la aguja se detiene en ese dibujo la segunda vez que gira. En la primera vuelta experimenta una especie de titubeos, pero en la segunda se para. ¿Quiere esto decir que es el segundo significado?

—Probablemente. ¿Por qué lo preguntas, Lyra?

—Estoy pensando... —Se calló, sorprendida de haber hecho una pregunta sin advertirlo siquiera—. Ponía tres dibujos juntos porque... estaba pensando en el señor de Ruyter, ¿sabes?... Junté la serpiente, el crisol y la colmena para preguntar cómo le iba lo del espionaje y...

—¿Por qué esos tres símbolos?

—Porque pensé que la serpiente era astuta, como tienen que ser los espías, y el crisol podía significar conocimiento, que es lo que se destila, mientras que la colmena representaba un trabajo denodado, porque es sabido que las abejas son muy trabajadoras, o sea que del trabajo esforzado y de la astucia sale el conocimiento, ¿comprendes?, y éste es el trabajo que tiene que hacer el espía. Y entonces los indiqué con las manecillas y me hice la pregunta para mis adentros y la aguja se paró en muerte... ¿Crees de verdad que funciona, Farder Coram?

—Funciona a la perfección, Lyra; lo que ocurre es que no estamos seguros de si lo leemos bien. Se trata de un arte muy sutil y me pregunto si...

Antes de que tuviera tiempo de terminar la frase, llamaron de forma perentoria a la puerta y entró un giptano joven.

—Te ruego que me perdones, Farder Coram, pero acaba de llegar Jacob Huismans y está muy mal herido.

—Estaba con Benjamin de Ruyter —repuso Farder Coram—. ¿Ha ocurrido algo?

—No quiere hablar —respondió el joven—. Mejor será que vengas tú, Farder Coram, porque no durará mucho tiempo, está sangrando por dentro.

Farder Coram y Lyra intercambiaron una mirada de alarma y sorpresa, aunque no duró más que un segundo. Farder Coram se apresuró a acudir al lugar donde lo reclamaban, apoyándose en sus bastones, con toda la rapidez que le permitían sus piernas y con su daimonion avanzando delante de él. Lyra también los siguió saltando de impaciencia.

El joven los condujo a una barca amarrada al embarcadero de la remolacha azucarera, donde una mujer que llevaba un delantal de franela roja les abrió la puerta. Como Farder Coram vio que miraba a Lyra con aire de desconfianza, explicó:

—Interesa que la niña se entere de lo que diga Jacob, señora.

La mujer les franqueó la entrada y se quedó aparte, con su daimonion, una ardilla, posado silenciosamente en un reloj de madera. En una litera, cubierto con una colcha de patchwork, había un hombre tumbado que tenía el lívido rostro empapado de sudor y los ojos vidriosos.

—He llamado al médico, Farder Coram —dijo la mujer, temblando—, procura no ponerlo nervioso porque sufre unos dolores atroces. Hace unos minutos que ha llegado en el barco de Peter Hawker.

—¿Y dónde está Peter ahora?

—Está amarrando el barco. Él me ha dicho que te avisara.

—Muy bien. Y ahora, Jacob, ¿me oyes?

Los ojos de Jacob se volvieron hacia Farder Coram, sentado en la litera de enfrente, a dos palmos de distancia.

—Hola, Farder Coram —dijo en un murmullo.

Lyra observó su daimonion. Era un hurón y estaba muy quieto, colocado junto a su cabeza, agazapado pero no dormido, ya que tenía los ojos muy abiertos y tan vidriosos como los del hombre.

—¿Qué ha pasado? —preguntó Farder Coram.

—Benjamin ha muerto —fue la respuesta—. Él ha muerto y Gerard está prisionero.

Su voz era ronca y le faltaba resuello. Cuando dejó de hablar, su daimonion se desenroscó trabajosamente y le lamió la mejilla, lo que pareció darle fuerzas suficientes para proseguir:

—Íbamos a entrar en el Ministerio de Teología, porque Benjamin había oído de labios de uno de los zampones que apresamos que tenían allí su cuartel general y que todas las órdenes procedían de aquel sitio...

Volvió a callar.

—¿Apresasteis a unos zampones? —preguntó Farder Coram.

Jacob asintió y clavó los ojos en su daimonion. Era insólito que los daimonions hablasen a otros seres humanos que no fueran los suyos, aunque ocurría en ciertas ocasiones. El hurón explicó:

—Capturamos a tres zampones en Clerkenwell y les hicimos confesar para quién trabajaban, de dónde recibían las órdenes y otros detalles. No sabían en qué sitio metían a los niños, lo único que podían decir era que el lugar estaba en el norte de Laponia...

Tuvo que detenerse y se quedó jadeando breves instantes en los que su diminuto pecho no dejó de agitarse, hasta que pudo continuar.

—Entonces los zampones nos hablaron del Ministerio de Teología y de lord Boreal. Benjamin ordenó que Jacob y Gerard Hook se introdujeran en el Ministerio y que Frans Broekman y Tom Mendham averiguaran algo acerca de lord Boreal.

—¿Lo hicieron?

—Lo ignoramos porque no regresaron jamás. Mira, Farder Coram, ha sucedido lo mismo en todo lo que hemos hecho, ellos ya estaban informados antes de que empezáramos y lo único que sabemos es que a Frans y a Tom se los tragaron vivos así que se acercaron a lord Boreal.

—Volvamos a Benjamin —dijo Farder Coram, al notar que la respiración de Jacob se hacía más entrecortada y que cerraba los ojos a causa del dolor.

El daimonion de Jacob soltó un leve maullido entre angustiado y amoroso y la mujer avanzó uno o dos pasos y se llevó las manos a la boca, pero no habló y el daimonion prosiguió con voz casi inaudible:

—Benjamin, Gerard y nosotros fuimos al ministerio de White Hall. Encontramos una pequeña puerta lateral que no estaba tan celosamente guardada como las otras y nos quedamos fuera vigilando mientras ellos sacaban los cerrojos y se colaban en el interior. No hacía un minuto que habían entrado cuando oímos un grito de espanto y el daimonion de Benjamin salió volando, nos hizo una seña en demanda de ayuda y volvió a meterse dentro. Nosotros cogimos el cuchillo y lo seguimos, pero aquel lugar estaba oscuro y lleno de formas y sonidos extraños que nos aturullaban con sus temibles movimientos. Nos pusimos a buscarlos cuando de pronto oímos que arriba había un gran alboroto y percibimos un grito penetrante, al tiempo que Benjamin y su daimonion caían de una elevada escalera situada sobre nosotros y, aunque el daimonion hizo grandes esfuerzos y muchos revoloteos para sujetar a Benjamin, todo fue en vano; los dos se estrellaron contra el suelo de piedra y perecieron al momento.

»No llegamos a ver a Gerard, pero sí oímos la voz, que resonó sobre nuestras cabezas como un aullido y que nos dejó tan aterrados y sorprendidos que ni movernos pudimos. Después vino proyectada una flecha desde lo alto que se nos clavó en el hombro y se hundió en el interior de nuestras carnes...

La voz del daimonion se fue haciendo más débil al tiempo que se escapaba un gemido de la boca del herido. Farder Coram se inclinó y con sumo cuidado retiró el cobertor. Del hombro le salía el extremo rematado de plumas de una flecha hundida en una masa de sangre coagulada. El fuste y la punta habían calado tan hondo en el pecho del pobre desgraciado que la parte que asomaba no mediría más que unos quince centímetros. Lyra tuvo la sensación de que iba a desmayarse.

En el muelle resonaban voces y pasos.

Farder Coram se levantó y dijo:

—Aquí está el médico, Jacob. Ahora vamos a dejarte. Cuando te hayas repuesto hablaremos largo y tendido.

Al salir, oprimió el hombro de la mujer. Lyra se mantuvo cerca de él en el muelle porque ya se había congregado una multitud que no cesaba de murmurar y señalar con el dedo. Farder Coram ordenó a Peter Hawker que fuera en seguida a ver a John Faa y a continuación declaró:

—Lyra, tan pronto como sepamos si Jacob va a vivir o a morir, tendremos otra conversación sobre el aletiómetro. Tú ahora haz lo que quieras, niña, ya te llamaremos.

Lyra comenzó a vagar sola por aquellos andurriales hasta que al final se sentó en un cañaveral de la orilla y se dedicó a arrojar barro al agua. De una cosa estaba segura: no se sentía contenta ni orgullosa de saber leer el aletiómetro. La sensación era más bien de miedo. Aquel poder que impulsaba a la aguja a oscilar y a detenerse revelaba que se trataba de un ser inteligente.

—Me imagino que será un espíritu —dijo. Y por un momento tuvo la tentación de tirar aquel artefacto en medio del Fen.

—Si aquí dentro hubiera un espíritu yo lo vería —respondió Pantalaimon—. Como ocurrió con aquel fantasma de Godstow, yo lo vi y tú no.

—Espíritus los hay de muchas clases —exclamó Lyra, a la defensiva—. Tú tampoco puedes verlos todos. ¿Qué me dices de aquellos licenciados muertos y decapitados? ¿Recuerdas que yo los vi?

—No eran más que espectros nocturnos.

—No, no lo eran. Se trataba de espíritus de verdad y de sobra lo sabes; lo que pasa es que el que hace mover esta potente aguja no pertenece a la casta de espíritus de los que tú hablas.

—Y a lo mejor ni siquiera es un espíritu —insistió Pantalaimon, que seguía en sus trece.

—¿Qué otra cosa podría ser?

—Pues... podría ser... un conjunto de partículas elementales.

Lyra se lo tomó a chacota.

—¿Por qué no? —replicó Pantalaimon—. ¿No te acuerdas de aquella máquina lumínica que tenían en el Gabriel?

En el Gabriel College había un objeto sacro que conservaban en el altar mayor del oratorio y ahora, al recordarlo, Lyra se lo representó cubierto con un paño de terciopelo negro, parecido al que envolvía el aletiómetro. Lo había visto cierta vez que había acompañado a una ceremonia al bibliotecario del Jordan. En el momento más solemne de la invocación, el intercesor levantó el paño y mostró, en medio de la penumbra, una cúpula de cristal en cuyo interior había algo situado a demasiada distancia para que fuera posible distinguirlo con precisión, hasta que tiró de una cuerda que permitía arrollar una persiana y que dejó pasar un rayo de sol el cual fue a incidir precisamente en la cúpula en cuestión. Entonces se vio claramente de qué se trataba: era un objeto pequeño semejante a una veleta, con cuatro velas negras a un lado y una blanca al otro, que se pusieron a girar cuando la luz incidió en ellas. Según explicó el intercesor, servían para ilustrar una lección moral: la negrura de la ignorancia huía de la luz, mientras que la sabiduría de la blancura se precipitaba a abrazarla. Lyra aceptó sus palabras, aunque había que admitir que, cualquiera que fuera su significado, aquellas veletas giratorias eran una delicia, resultado todas ellas del poder de los fotones, según dijo el bibliotecario mientras volvían al Jordan.

Así pues, tal vez Pantalaimon tuviera razón. Si las partículas elementales eran capaces de hacer girar un aparato lumínico, sin duda también podían conseguir que se moviera la aguja. No obstante, no quedó completamente convencida.

—¡Lyra! ¡Lyra!

Quien la llamaba era Tony Costa, que le hacía señas desde el muelle.

—¡Ven, acércate! —le gritó—. Tienes que venir a ver a John Faa en el Zaal. ¡Corre, nena, es urgente!

Lyra encontró a John Faa con Farder Coram y los demás líderes, todos con semblante preocupado.

El que habló fue John Faa:

—Lyra, Farder Coram me ha dicho que sabes leer el instrumento. He de darte una mala noticia: el pobre Jacob acaba de morir. Veo que tendremos que llevarte con nosotros, en contra de mis deseos. Aunque es una decisión que me preocupa, parece que no hay otra alternativa. Así que hayamos enterrado a Jacob de acuerdo con nuestras tradiciones, emprenderemos el viaje. Me has entendido, ¿verdad, Lyra? Vienes con nosotros, aunque no es una ocasión para alegrarse ni regodearse. Nos esperan muchas complicaciones e innumerables peligros.

»Te pondré bajo la protección de Farder Coram. No te conviertas para él en molestia ni en riesgo, ya que de lo contrario caerá sobre ti todo el peso de mi cólera. Y ahora dejémoslo, explícaselo a Ma Costa y prepárate para partir.

Las dos semanas siguientes fueron las más ajetreadas de la vida de Lyra. Aunque ajetreadas, no pasaron deprisa, ya que hubo muchas esperas, tuvo que esconderse en armarios húmedos y atestados, contemplar a través de la ventana aquel paisaje, triste y empapado de lluvia que iba desfilando ante sus ojos, volver a esconderse, dormir junto a los gases que se escapaban del motor para despertarse con un dolor de cabeza capaz de enloquecer a cualquiera y, lo peor de todo, no estar autorizada a salir al aire libre para hacer una carrerita por la orilla, ni subir a cubierta, ni encargarse de las compuertas de las esclusas ni atrapar un cabo arrojado a través del lado de la compuerta para amarrar el barco.

Por supuesto, tenía que permanecer escondida. Tony Costa le habló de unos rumores que eran la comidilla de las tabernas de la orilla: se decía que andaban buscando por todo el país a una niña de rubios cabellos, con una gran recompensa para la persona que la descubriese y severos castigos para los que la tuvieran escondida. También circulaban curiosas habladurías, entre ellas la de que era la única niña que había escapado de manos de los zampones y que guardaba terribles secretos. Otro de los rumores aseguraba que no era un ser humano sino un par de espíritus en forma de niña y daimonion, enviados a este mundo por los poderes infernales con el fin de provocar grandes ruinas. Finalmente, otro afirmaba que no se trataba de una niña sino de un ser humano adulto, reducido a talla infantil por arte de magia y a sueldo de los tártaros, que había ido a espiar a los ingleses de buena voluntad y a preparar el terreno para una invasión tártara.

Lyra oyó todas estas historias, al principio divertida pero después con una sensación de abatimiento. ¿Sería posible que hubiera tanta gente que la odiaba y la temía? Se moría de ganas de escapar de aquel camarote exiguo que era como una caja. Se moría de ganas de estar en el norte, en aquellas dilatadas extensiones de nieve y bajo la deslumbrante Aurora. A veces deseaba encontrarse en el Jordan College, gateando con Roger por los tejados mientras el camarero anunciaba con la campana que faltaba media hora para cenar y ya empezaba a oírse todo el alboroto de la cocina, el chisporroteo de la comida, las voces de los criados... Eran momentos en que anhelaba ansiosamente que nada hubiera cambiado, que nada cambiase nunca, que ojalá ella hubiera continuado siendo aquella Lyra del Jordan College para siempre.

La única cosa que conseguía arrancarla del aburrimiento y de la irritación era el aletiómetro. Se dedicaba todos los días a leerlo, a veces con Farder Coram y a veces sola, y se daba cuenta de que cada día conseguía adentrarse más en aquel estado de serenidad en que el sentido de los símbolos se revelaban por sí solos y aquellas grandes cordilleras montañosas bañadas por la luz del sol emergían hasta hacerse visibles.

Porfiaba por explicar a Farder Coram qué sensación experimentaba.

—Es casi como hablar con personas a las que no acabas de oír del todo, sólo que te sientes bastante estúpida porque tienes la impresión de que son más inteligentes que tú, aunque no por eso se enfadan contigo ni muchísimo menos... ¡Saben un montón, Farder

Coram! ¡Es que casi lo saben todo! La señora Coulter era una mujer inteligente, sabía muchas cosas, pero este conocimiento es muy diferente... Es como cuando se comprende algo...

Él hacía preguntas específicas y ella buscaba las respuestas.

—¿Qué está haciendo la señora Coulter en estos momentos? —le decía él, al oír lo cual las manos de la niña se ponían inmediatamente en movimiento y entonces él le decía—: Dime qué haces.

—Pues mira, la Virgen es la señora Coulter y yo pienso en que también es *mi madre* cuando pongo aquí la manecilla; la hormiga quiere decir *trabajadora*... esto es fácil, es el significado principal; el reloj de arena tiene el de *tiempo* entre sus significados y, a una cierta distancia, está el significado de *ahora*. Lo que yo hago es fijar mi mente en este punto.

—¿Y cómo sabes dónde están esos significados?

—Es como si los viera o, mejor dicho, como si los sintiera. Es como bajar una escalera de noche, pones un pie en el escalón de abajo y sabes que después viene otro escalón. Pues bien, yo sitúo mi pensamiento abajo y hay otro significado, es como si presintiera lo que es. Después los junto todos. Es como una especie de truco, como cuando enfocas los ojos.

—Hazlo, pues, y veamos qué te dice.

Lyra le obedeció. La aguja larga comenzó a oscilar al momento, se detuvo, volvió a moverse, se detuvo de nuevo siguiendo una serie precisa de recorridos y de pausas. La sensación de gracia y poder era tal que Lyra se sentía como un pajarillo que estuviese aprendiendo a volar. Farder Coram, que observaba desde el otro lado de la mesa, anotó los lugares donde se paraba la aguja y observó a la niña que se apartaba el cabello de la cara y se mordía ligeramente el labio inferior, mientras sus ojos iban siguiendo al principio la aguja pero después, una vez establecido el recorrido, se fijaban en otro punto de la esfera. Aunque no en un punto cualquiera. Farder Coram era un jugador de ajedrez y conocía esa manera de mirar el juego que los jugadores de ajedrez tienen. Daba la impresión de que el jugador experto veía las líneas de fuerza e influencia que actuaban en el tablero, que seguía las importantes e ignoraba las insignificantes. Los ojos de Lyra se movían de la misma manera, según un campo magnético similar que ella podía percibir y él no.

La aguja se detuvo en el rayo, en el niño de pañales, en la serpiente, en el elefante y en una criatura cuyo nombre Lyra desconocía. Era una especie de lagarto de grandes ojos y con un rabo enroscado en la rama en que estaba posado. Repitió la misma secuencia una vez tras otra, mientras Lyra seguía observando.

—¿Qué significa este lagarto? —dijo Farder Coram, interrumpiendo su concentración.

—No le encuentro el sentido... Veo lo que dice, pero debo de interpretarlo mal. Creo que el rayo significa ira y el niño... creo que soy yo... Iba a encontrar sentido al lagarto pero como tú, Farder Coram, me has hablado, se me ha escapado. Mira, es como si estuviese flotando no se sabe dónde.

—Ya lo comprendo. Lo siento, Lyra. ¿Estás cansada? ¿Quieres parar un momento?

—No, no quiero parar —respondió la niña con las mejillas arreboladas y los ojos brillantes.

Evidenciaba signos de excitación e inquietud, agravados por el largo confinamiento en aquel sofocante camarote.

Farder Coram sacó la cabeza por la ventana. Estaba casi a oscuras y navegaban a lo largo de la última lengua de agua que se internaba tierra adentro antes de llegar a la costa. Las amplias prolongaciones de un estuario, de agua amarronada y burbujeante de espuma, se extendían bajo un cielo triste hasta llegar a un grupo distante de contenedores de espíritu de carbón, herrumbrosos y cubiertos de telarañas y tubos, al lado de una refinería de la que se elevaba perezosamente un espeso jirón de humo que se iba a unir a las nubes.

—¿Dónde estamos? —preguntó Lyra—. ¿Puedo salir un momento, Farder Coram?

—Esto es agua del Colby —le explicó él—. Estamos en el estuario del Cole. Cuando lleguemos a la ciudad nos detendremos en el Smokemarket e iremos andando hasta los muelles. Llegaremos dentro de una o dos horas...

Pero estaba anocheciendo y en la amplia desolación de la caleta no se movía nada salvo el barco en el que viajaban y una lejana gabarra que transportaba una carga de carbón y avanzaba hacia la refinería. Lyra estaba tan sofocada y fatigada y su encierro había sido tan prolongado que Farder Coram añadió:

—Bueno, supongo que no importa demasiado que te quedes unos minutos al aire libre, ya no digo para tomar el fresco, porque aquí no hace fresco alguno a menos que sople la brisa del mar, pero puedes sentarte en cubierta y así das una ojeada a tu alrededor hasta que estemos más cerca.

Lyra se levantó de un salto y Pantalaimon se convirtió al momento en gaviota, ávida de desplegar las alas y de moverlas al aire libre. Fuera hacía frío y, aunque iba bien abrigada, Lyra no tardó en empezar a temblar. Pantalaimon, por su parte, se lanzó al aire con un estentóreo graznido de placer y comenzó a piruetear, a hacer vuelos rasantes y a precipitarse tan pronto a la popa del barco como a la proa. Lyra estaba exultante, se ponía en la piel de Pantalaimon al verlo volar y lo incitaba mentalmente a entrar en competición con el cormorán, que era el daimonion del viejo timonel. Pero este último lo ignoró y se posó, soñoliento, en el timón, cerca de su hombre.

No se percibía vida alguna en aquella amarga y oscura ensenada, tan sólo se oía el persistente traqueteo del motor y el atenuado chapoteo del agua debajo de la proa rompiendo el amplio silencio. Había densas nubes que flotaban bajas y no prometían lluvia; el aire, debajo de ellas, estaba sucio de humo. Sólo la centelleante elegancia de Pantalaimon tenía algo de vida y alegría.

Al remontarse tras haberse zambullido, con las alas blancas desplegadas sobre el gris del cielo, una cosa negra chocó contra él y lo derrumbó. Cayó de lado en un aleteo de sorpresa y de dolor y Lyra lanzó un grito, sintiendo lo mismo violentamente. Hubo entonces otra cosa negra que se unió a la primera. No se movían como los pájaros, sino que parecían más bien escarabajos voladores, pesados y decididos, acompañando su vuelo con un zumbido monocorde.

Cuando Pantalaimon cayó y al mismo tiempo, retorciéndose, intentó abrirse camino hacia el barco y hacia los desesperados brazos de Lyra, aquellas cosas negras se abalanzaron sobre él, zumbando, rumoreando y con ánimo asesino. Lyra estaba casi enloquecida por el miedo de Pantalaimon y el suyo propio cuando de pronto pasó algo sobre su cabeza.

Era el daimonion del timonel y, aunque su vuelo resultaba torpe y pesado, Lyra advirtió que también era potente y rápido. El cormorán movió la cabeza de un lado a otro, hubo una agitación de alas negras, un estremecimiento de blancura y de pronto una cosa negra y pequeña cayó sobre el tejado alquitranado de la cabina a los mismos pies de Lyra, justo en el mismo momento en que Pantalaimon iba a parar a su mano extendida.

Antes de que Lyra tuviera tiempo de consolarlo, Pantalaimon adoptó su aspecto de gato salvaje y se abalanzó sobre aquel ser, derribándolo del borde del tejado, desde donde ya se arrastraba con la clara intención de escapar inmediatamente. Pantalaimon lo sujetó con firmeza gracias a sus garras afiladas como agujas y levantó los ojos al cielo que ya estaba oscureciendo, donde las negras alas del cormorán describían círculos cada vez más altos en busca de la otra extraña criatura. Poco después regresó a toda velocidad y lanzó un graznido al timonel, quien informó:

—Se ha ido. No dejes que éste se escape también. Toma...

Y arrojando al suelo el poso del tazón de estaño con el que bebía, se lo pasó a Lyra.

Ésta lo colocó al momento boca a bajo sobre aquel ser, que comenzó a zumbar y a gruñir como si fuera una máquina diminuta.

—Sujétalo bien —le recomendó Farder Coram, situado detrás de ella, después de lo cual se arrodilló y deslizó un trozo de cartulina debajo del tazón.

—¿Y esto qué es, Farder Coram? —dijo Lyra, que no paraba de temblar.

—Vayamos abajo a echar un vistazo. Vete con mucho cuidado, Lyra, y no lo sueltes.

Al pasar dirigió su mirada hacia el daimonion del timonel intentando darle las gracias, pero éste tenía los ojos cerrados. Se limitó, pues, a dárselas al timonel.

—Habrías debido quedarte abajo —fue todo lo que le respondió.

Lyra se metió en el camarote con el tazón, donde Farder Coram había encontrado un vaso de cerveza. Puso el tazón de estaño boca abajo sobre éste y después retiró la cartulina interpuesta entre ellos, lo que hizo que el espécimen cayera en el vaso. Lo levantó para observar cómodamente aquel animal que, como es lógico, estaba furioso.

Tenía la longitud aproximada del pulgar de Lyra y era de color verde oscuro, no negro. Sus élitros permanecían erectos, como una mariquita a punto de arrancar el vuelo, y batía con tal rabia las alas que éstas parecían apenas una mancha borrosa. Con sus seis patas, provistas de garras, escarbaba inútilmente en el liso cristal.

—¿Qué es esto? —preguntó Lyra.

Pantalaimon, que seguía siendo un gato montés, se agazapó en la mesa a un palmo de distancia, para contemplar con sus verdes ojos cómo iba dando vueltas y más vueltas dentro del vaso.

—Aunque le hicieras una disección completa, no encontrarías ningún tipo de vida en su interior —explicó Farder Coram—. No se trata de ningún animal ni de ningún insecto. Ya había visto antes una de estas cosas, pero nunca habría imaginado que pudiera encontrar otra igual tan al norte. Son cosas de África. Llevan dentro un mecanismo de relojería y, sujeto al resorte, hay un espíritu malvado con un encantamiento en su corazón.

—Pero ¿quién lo ha enviado?

—En este caso no es preciso leer los símbolos, Lyra; tanto tú como yo podemos adivinarlo fácilmente.

—¿La señora Coulter?

—¿Quién si no? No sólo ha explorado el norte, y el salvaje sur está lleno de cosas extrañas. La última vez que vi una de éstas fue en Marruecos. Son mortalmente peligrosas porque, mientras el espíritu permanece encerrado en su interior, no se detienen ni un momento y, cuando dejas el espíritu en libertad, está tan furibundo que mata lo primero que encuentra.

—Pero ¿su propósito cuál era?

—Pues espiar. He sido un imbécil total permitiendo que salieras. Debería haberte dejado interpretando los símbolos, sin interrumpirte.

—¡Ahora lo veo claro! —exclamó Lyra, excitada de pronto—. Aquella especie de lagarto significa *aire*. Ya me di cuenta, aunque no entendía el porqué, entonces traté de hacer averiguaciones y me perdí.

—¡Ah, ahora yo también lo veo! —dijo Farder Coram—. Porque no es un lagarto sino un camaleón y, si indica aire, es porque no comen ni beben, viven simplemente del aire.

—Y el elefante...

—Es África —concluyó Farder Coram—, ni más ni menos.

Se miraron. Cada revelación del aletiómetro los dejaba más estupefactos.

—Nos ha estado avisando acerca de estas cosas todo el tiempo —dijo Lyra—. Habríamos debido escucharle. Pero ¿qué podemos hacer con ella ahora, Farder Coram? ¿La matamos o qué?

—No sé qué podemos hacer, si no es mantenerla encerrada en una caja e impedirle que salga, porque de lo contrario se irá volando hasta donde está la señora Coulter y le dirá que te ha visto. ¡Maldita sea! Mira que soy imbécil, Lyra.

Se puso a revolver un armario y encontró dentro un bote de hojas de tabaco de unos ocho centímetros de diámetro. Lo habían utilizado para guardar tornillos, pero él lo vació y limpió con un paño el interior antes de invertir el vaso sobre él sin retirar la cartulina hasta que lo tuvo encajado sobre la boca.

Después de un momento de apuro en que el bicho sacó una

pata intentando escapar y empujó el bote con una energía sorprendente, consiguieron apresarlo y enroscar con fuerza la tapadera.

—Así que estemos instalados en el barco, pondré una soldadura alrededor para asegurarme de que está bien cerrado —dijo Farder Coram.

—Pero, dado que se trata de un mecanismo de relojería ¿no acabará por pararse?

—En un reloj normal ocurre así pero, como te he dicho, el espíritu que hay dentro lo mantendrá en marcha. Cuanto más luche por salir, más tenso estará y más potente será la fuerza. Y ahora vamos a sacarnos al tipejo este de delante...

Envolvió la lata en un paño de franela a fin de amortiguar aquel incesante zumbido y aquel bordoneo y la metió debajo de la litera.

Ya había oscurecido y Lyra miraba a través de la ventana contemplando las luces de Colby que se aproximaban. El aire denso se espesó hasta convertirse en una especie de bruma y, cuando amarraron en los muelles junto al Smokemarket, no pudo distinguir más que vagos y neblinosos contornos. La oscuridad se escalonaba en perlados velos gris plata que caían sobre los depósitos y las grúas, los puestos de madera y el edificio de granito de múltiples chimeneas del que tomaba nombre el mercado, donde el pescado permanecía colgado de día y de noche ahumándose entre las fragancias de la madera de roble quemada. Las chimeneas contribuían a la condensación del aire húmedo y pegajoso y daba la impresión de que las piedras del suelo desprendían aquel vaho tan grato que era una mezcla de olor a abadejo, a caballa y a arenque.

Lyra, cubierta con un impermeable y una gran capucha que ocultaba su llamativa cabellera, caminaba entre Farder Coram y el timonel. Los tres daimonions permanecían alerta, escudriñando las esquinas, mirando hacia atrás por si alguien les seguía, atentos al menor ruido de pasos.

Pero aparte de ellos mismos y sus humanos, no había nada más que ver. Los ciudadanos de Colby estaban todos encerrados en sus casas, seguramente tomando su jenniver junto a rugientes estufas. No encontraron a nadie hasta llegar al muelle, y la primera persona a quien vieron fue a Tony Costa, que estaba custodiando las puertas.

—¡Gracias a Dios que habéis llegado hasta aquí! —dijo en voz baja al tiempo que los dejaba pasar—. Acabamos de enterarnos de que le han disparado un tiro a Jack Verhoeven y hundido su barco y no había nadie que supiera dónde os encontrabais. John Faa ya está a bordo y a punto de zarpar.

A Lyra el barco le pareció inmenso: la chimenea en medio, la cámara del timón, el gran castillo de proa y el sólido cabrestante montado al lado de una escotilla recubierta de una lona; una luz amarilla que refulgía en las portillas y en el puente, la luz blanca en el tope y tres o cuatro hombres en cubierta ajetreados haciendo cosas que Lyra no podía ver.

Lyra se apresuró a subir por la pasarela delante de Farder Coram y miró a su alrededor llena de excitación. Pantalaimon se convirtió en mono y trepó por el cabrestante sin pérdida de tiempo, aunque Lyra le ordenó que bajase en seguida. Farder Coram quería que estuvieran dentro o abajo, según desee llamársele tratándose de una embarcación.

Tras bajar una escalera interior, había un saloncito donde John Faa se encontraba hablando discretamente con Nicholas Rokeby, el giptano a cuyo cargo se encontraba el barco. John Faa no tenía la costumbre de hacer las cosas a la ligera. Lyra esperaba que la recibiría con un saludo, pero John Faa terminó primero de dar las instrucciones pertinentes acerca de la marea y del pilotaje antes de prestar atención a los recién llegados.

—Buenas noches, amigos —saludó—. El pobre Jack Verhoeven ha muerto, posiblemente ya estaréis enterados. Y han capturado a sus muchachos.

—Nosotros también traemos malas noticias —anunció Farder Coram, al tiempo que le explicaba todo lo relativo al encuentro con los espíritus voladores.

John Faa meneó su enorme cabeza pero no le hizo ningún reproche.

—¿Y dónde está ahora ese ser? —preguntó.

Farder Coram sacó el antiguo bote de hojas de tabaco y lo dejó sobre la mesa. Salía un zumbido tan furioso de su interior que el bote empezó a desplazarse lentamente sobre la mesa.

—He oído hablar de demonios mecánicos, pero no he visto nunca ninguno —puntualizó John Faa—. Lo único que sé es que no hay manera de apaciguarlos ni de hacerlos cambiar de conducta. Tampoco sirve de nada lastrarlos con plomo ni echarlos al océano, puesto que viene un día en que el demonio se abre camino y va a por el niño que busca y da con él allí donde se encuentre. No, lo que debemos hacer es mantenerlos a raya y extremar la vigilancia.

Como Lyra era la única representante del sexo femenino que

iba a bordo, porque John Faa, después de pensárselo mucho, había decidido que no viajaran mujeres, tenía un camarote para ella sola. No se trataba de un camarote grande, eso por descontado, ya que era poco más que un armario con una litera y una portilla, que de hecho es el nombre adecuado para ojo de buey. Lyra metió sus escasas pertenencias en un espacio encajonado debajo de la litera y corrió arriba muy excitada para mirar apoyada en la barandilla cómo Inglaterra iba quedándose atrás, pero se encontró con que la mayor parte del país ya había desaparecido en la niebla antes de que ella se dispusiera a contemplarlo.

Pese a todo, el envite del agua bajo sus pies, el movimiento del aire, las luces del barco que brillaban vivamente en la oscuridad, el estruendo del motor, el olor a sal, a peces y a espíritu de carbón, eran de por sí sumamente excitantes. No tardó en sumarse a todo ello una nueva sensación, en el momento en que la nave hendió el oleaje del océano Germánico. Cuando llamaron a Lyra para que bajase y tomase unos bocados de la parca cena, descubrió que tenía menos hambre de lo que pensaba y decidió que lo mejor que podía hacer era tumbarse en la litera, aunque sólo fuera por consideración hacia Pantalaimon, ya que el pobre se encontraba verdaderamente enfermo.

Así fue como empezó el viaje al norte.

SEGUNDA PARTE

BOLVANGAR

10

EL CÓNSUL Y EL OSO

John Faa y los demás jefes de la expedición habían decidido que pondrían proa hacia Trollesund, principal puerto de Laponia. Las brujas tenían allí un consulado y John Faa sabía que, sin su ayuda, o por lo menos sin contar con su amigable neutralidad, sería totalmente imposible rescatar a los niños cautivos.

Al día siguiente expuso el plan a Lyra y a Farder Coram, aprovechando que el mareo de la primera había remitido bastante. El sol refulgía con vivos destellos y las verdes olas rompían contra la proa formando blancas corrientes de espuma. En cubierta, frente al soplo de la brisa y el mar convertido en un centelleo de luces y movimiento, apenas notaba el mareo y, ahora que Pantalaimon había descubierto los placeres de ser una gaviota y más tarde un petrel que volaba a ras de las olas, Lyra estaba demasiado entregada a aquella felicidad para regodearse en nostalgias propias de un marinero de agua dulce.

John Faa, Farder Coram y otros dos o tres hombres más se sentaron en la popa del barco, mientras el sol se ponía tras ellos, para hablar de los planes inmediatos.

—Farder Coram conoce a esas brujas de Laponia —informó John Faa— y, si no me equivoco, existe un compromiso entre ellos y nosotros.

—En efecto, John —intervino Farder Coram—. Se remonta a cuarenta años atrás, aunque eso no supone nada para una bruja, porque muchas viven varias veces ese periodo de tiempo.

—¿Qué ocurrió para que surgiera ese compromiso, Farder

Coram? —preguntó Adam Stefanski, el encargado de la tropa de combate.

—Le salvé la vida a una de ellas —explicó Farder Coram—. Cayó desde una gran altura cuando la perseguía un enorme pájaro rojo como no he visto otro en mi vida. Herida, se precipitó en las marismas y yo me dispuse a buscarla. Estuvo a punto de morir ahogada, pero la subí a bordo y abatí al pájaro de un tiro. ¡Lástima que cayera en aguas cenagosas, porque era grande como un aveto-ro y rojo como una llamarada!

—¡Oh! —exclamaron a coro los hombres, subyugados por la historia que acababa de contar Farder Coram.

—Pero cuando la subí al barco —prosiguió— me llevé el ma-yor susto de mi vida, pues resultó que aquella joven no tenía dai-monion.

Era como decir que no tenía cabeza. Sólo pensarlo repugna-ba. Los hombres se estremecieron y a sus daimonions se les eriza-ron los pelos, temblaron o lanzaron un áspero graznido, mientras los hombres trataban de apaciguarlos. Pantalaimon trepó por el cuerpo de Lyra y se refugió en su pecho, donde sus respectivos co-razones palpitaron al unísono.

—Por lo menos en apariencia —dijo Farder Coram—. Como había caído del cielo, me sobraban motivos para sospechar que era una bruja. De todos modos, era exactamente igual que una mucha-cha, más delgada que algunas y más hermosa que la mayoría, aun-que el hecho de verla sin daimonion me produjo una impresión es-pantosa.

—¿Pero tienen daimonions o no, las brujas? —preguntó uno de los hombres llamado Michael Canzona.

—Sus daimonions son invisibles, supongo —apuntó Adam Ste-fanski—. Estaba con ella, pero Farder Coram no lo vio.

—No, en esto te equivocas, Adam —repuso Farder Coram—. Su daimonion no estaba allí. Las brujas tienen más poder que no-sotros para separarse de sus daimonions. En caso de necesidad, pueden hacer que vuelen a través de las nubes o que se sumerjan en el fondo del océano. Y respecto a la bruja de la que hablamos, cuando hacía cosa de una hora que estaba descansando, apareció su daimonion volando por los aires, claro que fue porque él había notado que ella tenía miedo o se había herido. Y lo que yo creo, aunque ella no quiso admitirlo, es que aquel gran pájaro rojo que maté era el daimonion de otra bruja que estaba persiguiéndola. ¡Dios mío! ¡Cómo me puse a temblar cuando lo pensé! Tenía que haber reprimido la mano, tenía que haber tomado las medidas necesarias por mar y por tierra, pero ya estaba hecho. De todos modos, no hay duda de que le salvé la vida y ella supo reconocerlo y me dijo que la invocara si alguna vez tenía necesidad de su auxilio. En cierta ocasión me ayudó cuando los skraelings me hirieron con una flecha envenenada. También tuvimos otros contactos... Hace ya muchos años que no la veo, pero seguro que se acuerda de mí.

—¿Vive en Trollesund esta bruja?

—No, no. Las brujas viven en los bosques y en la tundra, no en los puertos de mar entre los hombres y las mujeres. Lo suyo es la naturaleza. Pese a ello, tienen un cónsul aquí y pienso enviarle recado, de eso podéis estar seguros.

Lyra estaba interesadísima en saber más cosas de las brujas, pero los hombres se habían puesto a hablar de combustibles y depósitos y ahora a ella le habían entrado ganas de ver el resto del barco. Se paseó por cubierta en dirección a proa y al poco rato ya había trabado amistad con un marinero de primera contra el cual se había dedicado a lanzar las pepitas de la manzana que había comido para desayunar. Era un hombre fuerte pero de carácter plácido y, después de haber soltado un taco dirigido a Lyra y haber sido objeto de otro de ella a modo de respuesta, se hicieron grandes amigos. Se llamaba Jerry. Siguiendo sus instrucciones, Lyra descubrió que, si se mantenía ocupada, se olvidaba de marearse y que hasta un trabajo tan prosaico como barrer la cubierta proporcionaba sus satisfacciones si se realizaba a la manera de los marineros. Esa idea hizo mella en Lyra y, en consecuencia, a partir de aquel momento dobló las mantas de la litera y dispuso sus cosas en el armario a la manera de los hombres de mar, utilizando la palabra «estibar» en lugar de la palabra «ordenar» para indicar estas actividades.

Después de dos días en el mar, decidió que aquella vida parecía hecha a propósito para ella. Era Lyra quien se ocupaba del barco, desde la sala de máquinas hasta el puente, y no tardó en llamar por el nombre de pila a todos los tripulantes. El capitán Rokeby le permitió que hiciera señales a una fragata holandesa dejando que tirara del mango del silbato de vapor; el cocinero toleró su colaboración a la hora de preparar la masa del budín de ciruela; y lo único que le impidió encaramarse al palo mayor para otear el horizonte desde la cofa fue una orden perentoria en contra emitida por John Faa.

Seguían rumbo al norte y cada día hacía más frío. Revolvieron los depósitos del barco en busca de hules que pudieran cortarse a la medida de Lyra, y Jerry le enseñó a coserlos, arte que ella aprendió con gusto, aunque era una habilidad que había menospreciado en el Jordan y evitado que la señora Lonsdale la instruyera en ella. Juntos fabricaron una bolsa impermeable para el aletiómetro, por si acaso Lyra caía al mar, según ella misma dijo, que podría llevar colgada de la cintura. Una vez bien afianzada la bolsa en su lugar, Lyra se asomaba a la barandilla, cubierta de hule y con el sueste calado, mientras el agua rociaba la proa y barría la cubierta. A veces volvía a sentirse mareada, especialmente cuando se levantaba viento y el barco cabeceaba locamente sobre aquellas olas entre grises y verdosas. Entonces Pantalaimon se encargaba de distraerla adoptando forma de petrel y volando a ras de las olas y ella, al verlo entregarse al viento y al agua, se identificaba con su ilimitado júbilo, lo que hacía que se olvidara de que tenía náuseas. De vez en cuando Pantalaimon intentaba incluso ser un pez y en cierta ocasión se unió a un banco de delfines, lo que para éstos no dejó de resultar sorprendente y agradable a un tiempo. Lyra tembló en el castillo de proa y se rió a carcajadas al ver a su querido Pantalaimon, potente y terso, saltando fuera del agua junto a media docena de formas grises y veloces. Era un placer, aunque no un placer simple, ya que estaban también en juego el miedo y el dolor. ¿Y si Pantalaimon decidía ser delfín en lugar de dedicarse a quererla a ella?

Su amigo, el marinero de primera, estaba al lado de Lyra y se entretuvo un momento ajustando la funda de lona de la escotilla delantera para contemplar al daimonion de la niña nadando y saltando entre los delfines. El suyo, una gaviota, tenía la cabeza escondida bajo el ala y se hallaba posada en el cabrestante. El marinero de primera comprendió lo que sentía Lyra.

—Recuerdo que la primera vez que fui al mar mi Belisaria no había adoptado todavía una forma definitiva. Yo era muy joven y ella adquirió el hábito de convertirse en marsopa. Temí entonces que deseara adoptar aquella forma para siempre. Conocí a un viejo marinero la primera vez que me embarqué al que no le resultaba posible bajar a tierra porque su daimonion era un delfín y no podía salir del agua. Era un marinero formidable, el mejor que he encontrado en mi vida, y habría podido hacer una fortuna con la pesca, si bien no le dio nunca por ahí. No fue feliz hasta que murió y fue enterrado en el mar.

—¿Por qué los daimonions tienen que adoptar una forma definitiva? —preguntó Lyra—. A mí me gustaría que Pantalaimon pudiera ir cambiando a su gusto. Y él piensa lo mismo.

—Sí, pero acaban estabilizándose, siempre es así. Constituye parte de su evolución. Llegará un momento en que te cansarás de sus cambios y entonces querrás que adquiera una forma fija para bien de él.

—¡No, eso nunca!

—Sí lo querrás. Tú necesitas crecer, como todas las niñas. Y además, la estabilidad tiene sus compensaciones.

—¿Cuáles?

—Pues saber qué clase de persona eres. Mira la vieja Belisaria. Es una gaviota, lo que quiere decir que yo también soy una especie de gaviota. No soy majestuoso, ni espléndido, ni hermoso, sino viejo y fuerte, puedo sobrevivir donde sea y encuentro siempre comida y compañía. Vale la pena saberlo. Cuando tu daimonion adquiera una forma definitiva, sabrás quién eres.

—Pero supongamos que tu daimonion adopta una forma que no te gusta.

—¡Pues te sientes frustrado! Sé de muchas personas a quienes les gustaría tener por daimonion a un león y en cambio tienen un caniche. Y hasta que no aprendan a contentarse con lo que son, siempre estarán quejosos. Es un desperdicio de sentimientos, ¿no te parece?

Lyra, sin embargo, no creía ni de lejos que ella llegara alguna vez a hacerse mayor.

Una mañana notaron todos que el aire olía diferente, que el barco se movía de una manera extraña, que se balanceaba con fuerza de un lado a otro en lugar de avanzar a base de ir sumergiéndose y elevándose. Lyra había subido a cubierta un minuto después de haberse despertado, y ahora se encontraba mirando ávidamente la tierra. Era una visión insólita, después de tanta agua, ya que aunque hacía pocos días que navegaban, Lyra tenía la impresión de que llevaba meses en el océano. Delante mismo del barco se erguía una montaña, flanqueada de verdor y coronada de nieve, y debajo de ella había una pequeña población con su puerto: casas de madera con tejados empinados, la aguja de una iglesia, grúas en el embarcadero y bandadas de gaviotas que llenaban el aire con su vuelo y sus graznidos. Olía a pescado, aunque ese olor se mezclaba con otros procedentes de la tierra: resina de pino, fango y un olor animal y almizcleño, además de otro, que era frío, neutro, natural y que tal vez fuera el de la nieve. Olía a norte.

Alrededor del barco retozaban focas, asomando sus caras de payaso sobre el agua antes de volver a sumergirse sin un chapoteo. El viento que convertía en rocío las olas de cresta de nieve era espantosamente helado y, además, parecía buscar en el abrigo de lana de Lyra la más mínima ranura para introducirse por ella, razón por la cual la niña no tardó mucho en notar que las manos le dolían y tenía la cara aterida. Pantalaimon, que había adoptado forma de armiño, le calentaba el cuello, pero el frío era tan intenso que no se podía estar mucho rato al aire libre sin hacer nada, ni siquiera para contemplar las focas, por lo que Lyra bajó rápidamente para dar cuenta de las gachas de avena del desayuno y dedicarse a mirar a través del ojo de buey de la cámara de abajo.

En el puerto el agua estaba tranquila y, cuando pasaron frente al sólido rompeolas, Lyra comenzó a sentirse vacilante debido a la falta del continuo movimiento del barco al que se había acostumbrado. Ella y Pantalaimon lo observaban todo ávidamente mientras la nave iba avanzando trabajosamente en dirección al muelle. Durante la hora que siguió a continuación el sonido del motor fue apagándose paulatinamente hasta convertirse en un tranquilo zumbido de fondo, mientras se oían voces que daban órdenes o formulaban peticiones, se lanzaban cabos, se bajaban pasarelas, se abrían escotillas.

—¡Venga, Lyra! —le dijo Farder Coram—. ¿Ya está todo empaquetado?

Lyra había empaquetado sus pertenencias en cuanto se había despertado y avistado tierra. Lo único que le faltaba para estar lista, era ir corriendo a la cabina y recoger la bolsa de la compra donde lo guardaba todo.

En cuanto bajaron a tierra ella y Farder Coram se dirigieron a la casa del cónsul de las brujas. No les costó mucho localizarla; la pequeña ciudad estaba como agazapada en torno al puerto y los únicos edificios que tenían unas ciertas dimensiones eran el oratorio y la casa del gobernador. El Cónsul-Brujo vivía en una casa de madera pintada de verde desde la cual se veía el mar y cuyo timbre resonó con estridencia en la quietud de la calle.

Un criado los introdujo en un saloncito y les trajo café. El cónsul en persona no tardó en hacer acto de presencia. Era un hombre gordo de rostro rubicundo, vestido con un sobrio traje negro; se llamaba Martin Lanselius. Tenía por daimonion a una serpiente, una culebrilla, cuyos ojos eran de un verde tan intenso y brillante como los suyos. No había en él ninguna otra cosa que recordara a un brujo, aun cuando Lyra no estaba demasiado informada del aspecto de las brujas.

—¿En qué le puedo ayudar, Farder Coram? —le preguntó.

—En dos cosas, doctor Lanselius. La primera es que tengo grandes deseos de ponerme en contacto con una bruja que conocí hace unos años, en el país Fen de Eastern Anglia. Se llamaba Serafina Pekkala.

El doctor Lanselius tomó nota con su lápiz de plata.

—¿Cuánto tiempo hace que estuvo en contacto con usted? —quiso saber.

—Hará unos cuarenta años, aunque creo que ella me recordará.

—¿Y de qué otro modo puedo serle de ayuda?

—Represento a algunas familias giptanas que han perdido a sus hijos y tenemos razones justificadas para creer en la existencia de una organización que se dedica a secuestrar niños, los nuestros y otros, y a llevarlos al norte con un propósito que ignoramos. Querría saber si usted o su gente han oído algo sobre el particular.

El doctor Lanselius iba tomando su café a pausados sorbos.

—Podría muy bien ser que nos hubieran llegado noticias de este tipo de actividades —respondió el hombre—. Como usted sabrá, las relaciones entre mi pueblo y la Gente del Norte son muy cordiales. Me pondría en un brete si tuviera que inventar una excusa para meterme en los asuntos que se llevan entre manos.

Farder Coram asintió con un gesto, como indicando que comprendía perfectamente su situación.

—Es lógico —comentó—. De encontrar la información que busco a través de otros medios, no me sería preciso acudir a usted. Ésta es la razón de que haya preguntado primero por esa señora bruja.

El doctor Lanselius hizo también un gesto de asentimiento para indicar a su vez que lo había comprendido. Lyra observaba todos aquellos manejos con una mezcla de incomprensión y respeto. Se daba cuenta de que allí había muchas cosas soterradas y que el Brujo-Cónsul estaba madurando una decisión.

—Muy bien —dijo—, por supuesto que lleva usted razón y se dará cuenta de que su nombre no nos resulta desconocido, Farder Coram. Serafina Pekkala es reina de un clan de brujas de la región del lago Enara. En cuanto a su otra pregunta, se da por sentado que la información no la ha obtenido por conducto mío.

—Perfectamente.

—Mire usted, en esta misma ciudad hay una rama de una organización llamada Northern Progress Exploration Company que hace como que busca minerales, pero que en realidad sigue instrucciones de otra cuyo nombre es Junta General de Oblación, con sede en Londres. Da la casualidad de que ha llegado a mis oídos que esta organización se dedica a la importación de niños. Se trata de un hecho que la gente de la ciudad no suele conocer, aparte de que el gobierno de Norroway tampoco está oficialmente informado del caso. Los niños no se quedan aquí mucho tiempo, ya que los trasladan a un lugar situado a una cierta distancia tierra adentro.

—¿Sabe usted a qué lugar, doctor Lanselius?

—No, si lo supiera, se lo diría.

—¿Y sabe lo que hacen con ellos?

El doctor Lanselius dirigió por vez primera una mirada a Lyra. Ésta se mantenía un poco apartada y en actitud imperturbable. El daimonion en forma de serpiente verde apartó la cabeza del cuello del cónsul, donde la tenía apoyada y, dejando asomar su lengua aleteante, le murmuró algo al oído.

—He oído pronunciar la frase «el proceso Maystadt» en relación con este asunto —prosiguió el cónsul—. Creo que la utilizan para no designar el hecho con el nombre que le corresponde. También he oído hablar de «intercisión», pero no sabría decir a qué se refiere la palabra.

—¿Hay algún niño en la ciudad en este momento? —preguntó Farder Coram.

Iba acariciando la piel de su daimonion, que permanecía alerta, sentado en su regazo. Lyra observó que había dejado de ronronear.

—No, creo que no —respondió el doctor Lanselius—. Hace una semana que llegó un grupo de unos diez y fueron trasladados anteayer a su destino.

—¿Ah, sí? ¿Hace tan poco tiempo? Entonces esto deja un resquicio de esperanza. ¿En qué viajaban, doctor Lanselius?

—En trineo.

—¿Y no tiene ni idea del sitio al que se dirigían?

—Escasísima. Es una cuestión que no nos interesa.

—Lo comprendo. Usted ha contestado muy bien a todas mis preguntas, señor, sólo me queda una más. Si usted estuviera en mi lugar, ¿qué pregunta haría al cónsul de las brujas?

Por primera vez, el doctor Lanselius sonrió.

—Le preguntaría dónde podría conseguir los servicios de un oso acorazado —respondió.

Lyra se incorporó y notó en sus manos que el corazón de Pantalaimon daba un salto.

—Tengo entendido que los osos acorazados están al servicio de la Junta de Oblación —exclamó Farder Coram, sorprendido—, o bien de Northern Progress Company o comoquiera que se llame.

—Uno, por lo menos, no lo está. Lo encontrará en el depósito de trineos situado al final de la calle Langlokur. De momento trabaja en este sitio, pero tiene una manera de ser que atemoriza a los perros y lo más seguro es que el trabajo no le dure mucho.

—Entonces, ¿quiere decir que es un renegado?

—Eso parece por las trazas. Se llama Iorek Byrnison. Usted me ha preguntado qué habría preguntado yo y yo se lo he respondido. Yo haría esto: aprovecharía la ocasión para utilizar un oso acorazado, aunque tuviera que ir a buscarlo mucho más lejos.

Lyra estaba muy inquieta en su asiento y no paraba un momento. Farder Coram, en cambio, que conocía la etiqueta que había que observar en visitas de este tipo, tomó de la bandeja otro pastelito de miel bien especiado. Mientras se lo comía, el doctor Lanselius se dirigió a Lyra.

—Según parece, tienes un aletiómetro —le comentó, provocando en Lyra una enorme sorpresa.

¿Cómo habría podido enterarse?

—Sí —respondió Lyra y después, incitada por un pellizco de Pantalaimon, añadió—: ¿Le gustaría echarle un vistazo?

—Me encantaría.

Hurgó con muy poca gracia en el zurrón de hule y le tendió el paquete envuelto en terciopelo. El hombre lo retiró y, sosteniéndolo con sumo cuidado, observó la esfera como el estudioso que examina un manuscrito raro.

—¡Qué exquisitez! —exclamó—. He visto otro ejemplar, aunque no de la misma calidad que éste. ¿Tienes los libros para su lectura?

—No —respondió Lyra, pero antes de que pudiera añadir nada más intervino Farder Coram.

—No, la lástima es que a pesar de que Lyra tiene el aletiómetro propiamente dicho, no hay manera de interpretar lo que dice —explicó—. Es un misterio semejante al de las manchas de tinta que utilizan los hindúes para leer el futuro. Y el libro situado a menor distancia del que tengo noticia está en la abadía de St. Johann, de Heidelberg.

Lyra comprendió por qué lo había dicho: no quería que el doctor Lanselius supiera que ella poseía facultades. Ésta, sin embargo, se dio cuenta de algo que pasó inadvertido a Farder Coram y fue la agitación que parecía haberse apoderado del daimonion del doctor Lanselius, por lo que comprendió al momento que no convenía fingir.

En consecuencia, añadió:

—De todos modos, yo sé leerlo.

Fue un comentario que parecía dirigido tanto al doctor Lanselius como a Farder Coram. Respondió el cónsul.

—Eso quiere decir que eres inteligente —comentó el primero—. ¿De dónde sacaste este aparato?

—Me lo dio el rector del Jordan College, de Oxford —repuso Lyra—. Doctor Lanselius, ¿sabe usted quién los hace?

—Dicen que surgieron en la ciudad de Praga —explicó el cónsul—. El estudioso que inventó el primer aletiómetro parece que intentaba descubrir la manera de medir las influencias de los planetas basándose en las ideas de la astrología. Quiso fabricar un artilugio que respondiese a la idea de Marte o de Venus, de la misma manera que una brújula responde a la idea del norte. En esto falló, aunque el mecanismo que inventó respondía evidentemente a algo, pese a que nadie sabía de qué se trataba.

—¿Y de dónde sacó los símbolos?

—Bueno, esto sucedía en el siglo diecisiete, una época en que los símbolos y los emblemas estaban en todas partes. Tanto los edificios como los dibujos eran concebidos para ser leídos como si de libros se tratase. Todo representaba algo y, si disponías del diccionario apropiado, hasta podías leer la misma naturaleza. No ha de sorprendernos, pues, encontrar a filósofos que usasen el simbolismo de su tiempo para interpretar conocimientos procedentes de una fuente misteriosa. Lo que ocurre es que durante dos siglos aproximadamente no se han utilizado en serio.

Devolvió el instrumento a Lyra y añadió:

—¿Puedo hacerte una pregunta? Si no dispones del libro de los símbolos, ¿cómo te las arreglas para leer el aparato?

—Dejo la mente en blanco y después es como mirar el agua. Hay que esperar a que los ojos encuentren el nivel adecuado, porque ese nivel es el único que está enfocado. Es algo así, más o menos —explicó Lyra.

—No me atrevo a pedirte que lo hagas —dijo el hombre.

Lyra miró a Farder Coram, ya que aunque estaba dispuesta a acceder, quería contar con su aprobación. El viejo hizo un gesto afirmativo con la cabeza.

—¿Qué quiere que pregunte? —inquirió Lyra.

—¿Qué intenciones tienen los tártaros en relación con Kamchatka?

No era difícil. Lyra hizo girar las manecillas en dirección al camello, que significaba Asia y que significaba tártaros; a continuación en dirección a la cornucopia, que significaba Kamchatka, por sus minas de oro; y a la hormiga, que significaba actividad y también propósito e intención. Después se quedó quieta, dejando que su mente enfocara los tres niveles de significado y se dispuso a esperar la respuesta, que llegó casi inmediatamente. La aguja larga se agitó sobre el delfín, el casco, el niño y el áncora, bailando entre ellas y sobre el crisol según un complicado esquema que los ojos de Lyra siguieron sin vacilar, pero que resultaba incomprensible para los dos hombres.

Después de completar los movimientos varias veces, Lyra levantó la cabeza y parpadeó, como quien sale de un trance.

—Simularán que la atacan, pero en realidad no lo harán, porque está demasiado distante y tendrían que alejarse demasiado —explicó Lyra.

—¿Podrías decirme cómo haces para leerlo?

—Uno de los significados más profundos de delfín es el juego o algo así como sentirse juguetón —explicó Lyra—. Sé que el sentido es éste porque se ha parado varias veces y ha quedado claro a este nivel y no en ningún otro. El casco significa guerra y, cuando están juntos los dos, quiere decir que hacen como que van a la guerra pero que no es en serio. En cuanto al niño, significa dificultad, quiere decir que les es difícil atacar y el áncora explica la razón: se encontrarían tan tirantes como la cuerda de un áncora. Yo lo veo de esta manera, ¿comprende usted?

El doctor Lanselius asintió.

—Es notable —añadió—, y te estoy muy reconocido. No lo olvidaré.

Después miró de una manera extraña a Farder Coram y de nuevo a Lyra.

—¿Puedo pedir una demostración más? —preguntó—. En el patio de atrás de esta casa encontrarás varios haces de nube-pino colgados de la pared. Serafina Pekkala se sirvió de uno, no de los demás. ¿Sabrías decir cuál?

—¡Sí! —exclamó Lyra, siempre dispuesta a hacer exhibiciones y, cogiendo el aletiómetro, se apresuró a ir al sitio que le había indicado el cónsul.

Tenía muchas ganas de ver nube-pino, porque sabía que las brujas lo utilizan para volar, y no lo había visto en su vida.

Aprovechando la salida de Lyra, el cónsul comentó:

—¿Sabe quién es esta niña?

—La hija de lord Asriel —repuso Farder Coram—. Y su madre es la señora Coulter, de la Junta de Oblación.

—Pero ¿sabe quién es, además?

El viejo giptano se vio obligado a hacer un gesto negativo con la cabeza.

—No —respondió—, no sé nada más, aunque sí que es una criatura inocente y fuera de lo común y que por nada del mundo le haría ningún daño. No entiendo cómo consigue leer ese instrumento, pero la creo cuando habla de él. ¿Por qué me lo ha preguntado, doctor Lanselius? ¿Qué sabe de ella?

—Hace siglos que las brujas me hablaron de esta niña —explicó el cónsul—. Como ellas viven tan cerca del lugar donde el velo entre los mundos es muy delgado, de cuando en cuando oyen murmullos inmortales en las voces de aquellos seres que van de un mundo a otro. Han hablado de una niña como ésta y dicen que tiene un gran destino que sólo puede ser alcanzado en otro sitio. No en este mundo, sino mucho más lejos. De no ser por esta niña, moriríamos todos. O eso dicen las brujas, por lo menos. Ella, sin embargo, debe cumplir con su destino en la más absoluta ignorancia del mismo, puesto que sólo gracias a esa ignorancia podremos salvarnos. ¿Me ha comprendido, Farder Coram?

—No —respondió Farder Coram—, y me sería imposible decir lo contrario.

—Significa que ella debe permanecer en libertad de cometer errores. Cabe esperar que no los cometa, pero nosotros no podemos guiarla. Me alegra haber podido conocer a esta niña antes de morir.

—Pero ¿cómo sabe que es ella el ser en cuestión al que usted se refiere? ¿Y qué significa eso de que hay seres que pasan entre los mundos? No consigo entenderlo, doctor Lanselius, aunque creo que usted es una persona sincera...

Antes de que el cónsul tuviera tiempo de responder, se abrió la puerta y entró Lyra con aire triunfante llevando una pequeño haz de pino.

—¡Es éste! —exclamó—. Los he probado todos y es éste, estoy segura.

El cónsul lo miró con atención e hizo un ademán afirmativo con la cabeza.

—¡Exacto! —respondió—. Bien, Lyra, esto es algo muy notable. Tienes la fortuna de poseer un instrumento como éste y deseo que te reporte suerte. Me gustaría que te quedaras con una cosa que voy a darte...

Cogió la gavilla en cuestión y rompió una rama.

—¿Volaba con esto? —preguntó Lyra, llena de respeto.

—Así es. No te puedo dar el haz entero porque me es indispensable para ponerme en contacto con ella, pero te bastará con la rama. Cuídala bien.

—Lo haré —respondió Lyra—, gracias.

Y se la guardó en la bolsa junto con el aletiómetro. Farder Coram tocó la rama de pino como esperando que le trajera suerte y Lyra descubrió en su cara una expresión que no había visto en su vida. Parecía que acababa de formular un deseo. El cónsul los acompañó hasta la puerta, donde estrechó la mano de Farder Coram y también la de Lyra.

—Espero que tengas éxito —le dijo a Lyra, quedándose junto al quicio de la puerta, afrontando el frío penetrante para ver cómo se perdían calle arriba.

—Él ya sabía, antes que yo, la respuesta en relación con los tártaros —explicó Lyra a Farder Coram—. El aletiómetro me lo ha dicho, pero yo he preferido callarlo. Era el crisol.

—Supongo que habrá querido ponerte a prueba, niña, pero has hecho bien mostrándote comedida, teniendo en cuenta que no estamos seguros de lo que realmente sabe. No obstante la indicación acerca del oso resultará muy útil. De otro modo no nos hubiéramos enterado.

Se dirigieron al depósito, compuesto de un par de edificios de cemento levantados en unos matorrales y tierras baldías donde proliferaban los hierbajos, entre pedruscos grises y charcos de barro helado. Un hombre hosco metido en un despacho les dijo que podían hablar con el oso así que terminara su horario laboral, que era a las seis, aunque debían ser puntuales, porque generalmente, cuando acababa, se iba directamente al patio de atrás del bar de Einarsson, donde le servían de beber.

Farder Coram acompañó a Lyra a la mejor tienda de vestidos de la ciudad, para proveerla de ropa adecuada para soportar el frío. Compraron una parka de piel de reno, porque el pelaje del reno es hueco y muy aislante, aparte de que la capucha estaba forrada de piel de glotón, muy útil porque escupe el hielo que se forma con la respiración. También compraron ropa interior y botas forradas de piel, así como guantes de seda para meterlos dentro de los mitones. Las botas y los mitones estaban hechos con la piel de las patas delanteras del reno, porque es más resistente que la del resto del cuerpo, mientras que las suelas de las botas eran de piel de foca barbuda, dura como cuero de morsa, aunque más ligera. Finalmente compraron una capa impermeable que le cubría completamente el cuerpo, hecha de intestino de foca y semitransparente.

Con todas aquellas prendas encima, una bufanda de seda alrededor del cuello y un gorro de lana que le tapaba las orejas, sobre el cual llevaba la enorme capucha echada para adelante, Lyra se sentía incómoda pero calentita. Había que tener en cuenta, sin embargo, que deberían viajar por regiones mucho más frías que aquélla.

John Faa había estado supervisando la descarga del barco y estaba ávido de conocer las palabras del Cónsul Brujo y más ávido aún de saber del oso.

—Tenemos que verlo esta misma noche —dijo—. ¿Has hablado alguna vez con un ser como ése, Farder Coram?

—Sí, y también he luchado con uno, afortunadamente no estaba solo. Hay que prepararse para tratar con él, John. Estoy seguro de que exigirá una cantidad exorbitante y de que será hosco y difícil de manejar, pero es preciso que nos hagamos con él.

—Por supuesto. ¿Y qué se sabe de tu bruja?

—Está muy lejos y actualmente es la reina de un clan —dijo Farder Coram—. Esperaba poderle enviar recado, pero tardaríamos mucho en recibir respuesta.

—Está bien, permíteme que te informe, pues, de lo que he descubierto yo, querido amigo.

John Faa estaba muriéndose de ganas de decirles una cosa. Había conocido a un explorador en el muelle llamado Lee Scoresby, que era oriundo de Nueva Dinamarca, Tejas, y daba la casualidad de que el hombre en cuestión poseía nada menos que un globo aerostático. Había proyectado unirse a una expedición que, habiendo fracasado por falta de recursos, no llegó a salir de Amsterdam, por lo que ahora se encontraba inactivo.

—¡Piensa en todo lo que podríamos hacer contando con la ayuda de un aeronauta, Farder Coram! —exclamó John Faa, frotándose las manazas—. Le he hecho firmar un contrato. Me parece que hemos dado en el blanco al decidir venir hasta aquí.

—Todavía habríamos dado más en el blanco si supiéramos a

dónde vamos —repuso Farder Coram, aunque nada podía aguar el entusiasmo de John Faa al verse otra vez en campaña.

Así que se hizo de noche y cuando se hubieron descargado sin problema los depósitos y el equipo, que se quedaron a la espera en el muelle, Farder Coram y Lyra recorrieron el punto buscando el bar de Einarsson. No les costó mucho dar con él: era un tugurio de cemento con un letrero de neón rojo que destellaba sobre la puerta y por cuyas ventanas cubiertas de escarcha, provocada por la condensación, salía ruido de voces.

Un camino lleno de hoyos llevaba a una puerta de plancha metálica que se abría al patio de atrás, donde un endeble cobertizo se sostenía precariamente en pie sobre el barro helado. La tenue luz que se filtraba a través de la ventana trasera del bar dejaba entrever una enorme figura de una tonalidad pálida, ligeramente agachada, entregada a mordisquear un mazacote de carne que tenía agarrado con ambas manos. Lo que a Lyra le pareció distinguir fue un hocico y un rostro manchados de sangre y unos ojillos negros y malévolos, además de una sucia masa de pelambre amarillenta y enmarañada. Mientras daba cuenta de la carne, dejaba escapar desagradables gruñidos y los ruidos propios de una sonora masticación, acompañada de sonoras succiones.

Farder Coram se quedó junto a la puerta y lo llamó:

—¡Iorek Byrnison!

El oso suspendió la colación. Parecía mirarlos, pero les habría sido imposible leer expresión alguna en su rostro.

—Iorek Byrnison —repitió Farder Coram—. ¿Puedo hablar contigo?

El corazón de Lyra palpitaba locamente, porque en la presencia del oso había algo que le hacía sentir la frialdad, el peligro, la fuerza bruta, aunque se trataba de una fuerza regida por la inteligencia, una inteligencia distinta a la de un ser humano, ya que los osos no cuentan con la compañía de los daimonions. Aquella extraña y ominosa presencia que mascaba carne no se asemejaba ni siquiera de lejos a nada de lo que Lyra hubiera podido imaginar, lo que inspiró en ella una profunda admiración y una gran piedad hacia criatura tan singular.

Soltó el muslo de reno en el suelo y se dejó caer sobre las cuatro patas para acercarse a la puerta. Después irguió su imponente corpachón de tres o más metros de altura, como para demostrar lo alto que era y para hacerles patente la inutilidad de una puerta como barrera protectora y les habló desde aquella altura.

—¿Qué pasa? ¿Quién eres tú?

Tenía una voz tan profunda que hacía temblar la tierra. El fétido olor que emanaba de su cuerpo lo invadía todo.

—Soy Farder Coram y pertenezco al pueblo giptano de Eastern Anglia. Y esta niña es Lyra Belacqua.

—¿Qué quieres?

—Queremos ofrecerte un trabajo, Iorek Byrnison.

—Ya tengo trabajo.

El oso volvió a caer de cuatro patas en el suelo. Resultaba muy difícil detectar expresividad alguna en su voz, ya que en ella no había ironía ni cólera pues era tan profunda como monocorde.

—¿Qué haces en el almacén de trineos? —preguntó Farder Coram.

—Reparo máquinas rotas y cosas de hierro. Levanto objetos pesados.

—¿Qué clase de trabajo es éste para un panserbjýrn?

—Un trabajo retribuido.

Detrás del oso se abrió ligeramente la puerta del bar y un hombre sacó una enorme jarra de arcilla y después levantó los ojos para mirarlos.

—¿Quiénes son ésos?

—Desconocidos —respondió el oso.

El hombre del bar parecía dispuesto a hacer otra pregunta, pero el oso se inclinó bruscamente hacia él y el hombre cerró la puerta, alarmado. El oso asió con sus zarpas el asa de la jarra y se la llevó a la boca. Lyra percibió al momento el penetrante olor de licor puro, que se difundió inmediatamente por la sala.

Después de tomar varios sorbos seguidos, dejó la jarra y se puso de nuevo a pegar mordiscos al trozo informe de carne, como olvidado de la presencia de Farder Coram y Lyra. Pero volvió a hablar en seguida.

—¿Qué clase de trabajo me ofrece?

—Lo más probable es que se trate de pelea —explicó Farder Coram—. Nosotros nos trasladamos al norte con la intención de localizar un lugar en el que están cautivos algunos niños. Cuando lo encontremos, tendremos que luchar para conseguir liberarlos y traerlos para acá.

—¿Y cuánto pensáis pagar?

—No sé qué ofrecerte, Iorek Byrnison. Si quieres oro, tenemos oro.

—No, nada de oro.

—¿Cuánto te pagan en el depósito de los trineos?

—La carne y la bebida que me dan aquí.

El oso quedó en silencio, soltó después el hueso roído y volvió a llevarse la jarra al hocico, dando cuenta de aquel fuerte alcohol como si fuera agua.

—Perdona que te haga una pregunta, Iorek Byrnison —continuó Farder Coram—, ¿qué te tiene atado a Trollesund y al bar de Einarsson cuando podrías llevar una vida libre y digna cazando en el hielo focas y morsas o ir a la guerra y obtener importantes ganancias?

Lyra notó que un estremecimiento le recorría la piel. Suponía que semejante pregunta, casi un insulto, tenía que sacar forzosamente de sus casillas a una criatura como aquélla, dotada de poco juicio, y no pudo por menos de admirar a Farder Coram por haberla hecho. Iorek Byrnison dejó la jarra y se acercó a la puerta para observar el rostro del viejo, pero Farder Coram no se arredró.

—Sé a quién andas buscando, tú vas tras los corta-niños —replicó el oso—. Anteayer se fueron de la ciudad para trasladarse más al norte, con más niños. Nadie te dirá nada sobre ellos, la gente cierra los ojos porque los corta-niños les dan dinero y buenos negocios. Pero como a mí los corta-niños no me gustan ni pizca, te contestaré como corresponde. Si permanezco aquí y bebo licor es porque los hombres de esta tierra me quitaron la coraza y sin coraza puedo cazar focas, pero no ir a la guerra. Yo soy un oso acorazado, para mí la guerra es el mar donde nado y el aire que respiro. Los hombres de esta ciudad me dan licores y me dejan beber hasta que me caigo de sueño, pero me han quitado la coraza. Como supiera dónde la tienen guardada, revolvería la ciudad entera con tal de recuperarla. Si quieres disponer de mis servicios, el precio que tienes que pagar es éste: devuélveme la coraza. Quiero mi coraza, entonces ya no necesitaré más alcohol.

11

LA CORAZA

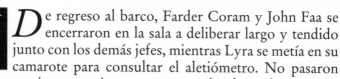*D*e regreso al barco, Farder Coram y John Faa se encerraron en la sala a deliberar largo y tendido junto con los demás jefes, mientras Lyra se metía en su camarote para consultar el aletiómetro. No pasaron cinco minutos sin que supiera exactamente dónde estaba escondida la coraza del oso y por qué razón sería difícil recuperarla.

Se preguntó si debía ir a la sala para informarles de lo que había averiguado, pero decidió esperar a que se lo preguntasen si querían saber algo. A lo mejor ya estaban enterados.

Se tumbó en la litera y se puso a pensar en aquel oso salvaje y poderoso, en cómo bebía aquel licor tan fuerte como si tal cosa y en la soledad que debía sentir metido en aquel sucio cobertizo. ¡Qué diferentes eran los humanos, con sus daimonions dispuestos siempre a hablar con ellos! En el silencio que reinaba en el barco, ahora inmóvil, sin el continuo crujido de los metales y las tablas o el zumbido del motor o el envite del agua en los costados del barco, Lyra fue sumiéndose gradualmente en el sueño, en compañía de Pantalaimon, dormido también en la almohada.

Se encontraba soñando con su padre, un hombre tan importante y encerrado en una cárcel cuando de pronto, sin razón alguna, se despertó. No tenía idea de la hora que era. El camarote estaba bañado en una luz muy tenue que ella tomó por la luz de la luna y que iluminó sus nuevas prendas de pieles, abandonadas en un rincón del camarote y en aquel momento envaradas a causa del frío. Apenas las vio, sintió el deseo de probárselas de nuevo.

Una vez que se las hubo puesto, decidió subir a cubierta, así que, un momento después, abría la puerta situada al final de la escalerilla y salía al aire libre.

Advirtió al momento que algo extraño ocurría en el cielo. Primero se figuró que eran nubes, movedizas y temblorosas como si estuvieran presa de nerviosa agitación, pero Pantalaimon le murmuró al oído:

—¡La Aurora!

Se quedó tan maravillada que tuvo que agarrarse a la barandilla para evitar un desvanecimiento.

La visión ocupaba por entero el cielo ártico y su inmensidad rayaba en lo inconcebible. Como si cayeran del mismo paraíso, unas inmensas cortinas de luz delicada pendían, temblorosas, en el espacio. Eran de una tonalidad verde pálida y rosa, tan transparentes como la más tenue de las gasas, y con el borde inferior de un color carmesí tan intenso y rabioso como los fuegos del infierno. Ondeaban y se agitaban, finísimas, con una gracia superior a la de la bailarina más experimentada. A Lyra hasta le parecía oír su rumor, un lejano y sibilante crujido. Su evanescente delicadeza le producía una sensación tan profunda como la que había sentido delante del oso. Estaba emocionada ante una visión tan hermosa que era casi sagrada, las lágrimas le escocían los ojos y aumentaban si cabe la descomposición de la luz, formando arco iris prismáticos. Al poco tiempo se dio cuenta de que había entrado en un trance parecido al que le provocaba la consulta del aletiómetro. Llena de serenidad, se le ocurrió que quizá los movimientos de la aguja del aletiómetro hacían resplandecer la Aurora. Incluso podía tratarse del Polvo. Lo pensó sin advertir que lo hacía, por lo que lo olvidó al instante y tan sólo lo recordó mucho más tarde.

Mientras permanecía sumida en aquella visión, le pareció vislumbrar detrás de los velos y ondulaciones de colores translúcidos la imagen de una ciudad: torres y cúpulas, templos y columnatas color de miel, amplios bulevares y parques bañados de sol. Aquella contemplación le produjo una sensación de vértigo, como si en lugar de mirar hacia arriba mirase hacia abajo y su vista salvase un abismo de tales dimensiones que resultara imposible cruzarlo jamás. Allá a lo lejos se extendía todo un universo.

Pero algo había conseguido cruzarlo y, mientras ella se esforzaba en enfocar los ojos hacia aquello que se movía, notó un desfallecimiento y un mareo, ya que aquella pequeña cosa en movimiento no formaba parte de la Aurora ni de aquel otro universo situado detrás de ella, sino que estaba suspendida en el cielo, volaba sobre los tejados de la ciudad. Cuando la distinguió claramente, ya estaba completamente despejada y la ciudad celeste había desaparecido.

Aquel ser volador fue acercándose y planeando en círculo sobre el barco con las alas desplegadas. Después se deslizó hacia abajo y, con vivos movimientos de sus vigorosas alas, se paró en las tablas de cubierta a pocos metros de Lyra.

A la luz de la Aurora la niña vio un gran pájaro, un ganso gris de singular belleza cuya cabeza estaba coronada por un destello de purísima blancura. No era, sin embargo, ningún pájaro, sino un daimonion, pese a que no había ningún ser humano a la vista salvo la propia Lyra, lo que hubo de llenarla de un extraño temor.

El pájaro dijo:

—¿Dónde está Farder Coram?

Súbitamente Lyra cayó en la cuenta de quién podía ser. Nada más y nada menos que el daimonion de Serafina Pekkala, la reina del clan, la bruja amiga de Farder Coram.

Lyra tartamudeó al responder:

—Yo... él... voy a buscarlo...

Dio media vuelta y se escabulló escaleras abajo hacia el camarote de Farder Coram y, tras abrir la puerta, habló y sus palabras sonaron en la oscuridad:

—¡Farder Coram! ¡Ha venido el daimonion de la bruja! ¡Está esperando en cubierta! Ha venido volando hasta aquí él solo... lo he visto llegar a través del cielo...

El viejo respondió:

—Dile que espere en la cubierta de popa, nena.

El ganso, con paso majestuoso, se dirigió a la popa del barco y, ya allí, dirigió una mirada a su alrededor, elegante y salvaje a un tiempo, dejando a Lyra tan llena de fascinado terror que tuvo la impresión de encontrarse delante de un fantasma.

Apareció entonces Farder Coram, envuelto en atuendo propio para el frío, seguido muy de cerca por John Faa. Los dos hombres hicieron una inclinación respetuosa, al tiempo que sus daimonions saludaban también al visitante.

—Te saludo, Kaisa —dijo Farder Coram—, y me alegra y enorgullece volver a verte. ¿Prefieres entrar o quieres quedarte al aire libre?

—Prefiero quedarme al aire libre, gracias, Farder Coram. Espero que no pases frío durante ese rato.

Ni las brujas ni sus daimonions tenían frío, pero sabían que era una sensación normal en los humanos.

Farder Coram lo tranquilizó explicándole que iban abrigados y preguntó:

—¿Cómo está Serafina Pekkala?

—Te envía sus saludos, Farder Coram; está muy bien y muy fuerte. ¿Quiénes son estas dos personas?

Farder Coram se las presentó. El daimonion-ganso miró intensamente a Lyra.

—He oído comentarios sobre esta niña —dijo—, las brujas hablan de ella. ¿O sea que habéis venido a hacer la guerra?

—Nada de guerra, Kaisa. A lo que hemos venido es a liberar a los niños que nos han arrebatado. Y espero que las brujas nos ayuden.

—Os ayudarán, pero no todas. Algunos clanes trabajan con los cazadores de Polvo.

—¿Son lo que vosotros llamáis Junta de Oblación?

—No tengo idea de lo que puede ser esa Junta. Yo hablo de cazadores de Polvo. Hace diez años que vinieron a nuestras regiones provistos de instrumentos filosóficos. Nos pagaron para que les dejásemos instalar estaciones en nuestras tierras y nos trataron con gran cortesía.

—¿Y ese Polvo qué es?

—Viene del cielo. Hay quien dice que ha existido siempre, pero otros afirman que hace poco tiempo que cae. Lo seguro es que cuando la gente se da cuenta de su existencia, se apodera de ella un pánico tal que no hay nada que pueda disuadirla en su intento de descubrir de qué se trata. Pero eso no es de la incumbencia de las brujas.

—¿Y ahora dónde están esos cazadores de Polvo?

—A cuatro días de aquí rumbo nordeste, en un sitio llamado Bolvangar. Nuestro clan no ha hecho ningún acuerdo con ellos y, debido a nuestras antiguas obligaciones contigo, Farder Coram, he venido a enseñarte a localizar a estos cazadores de Polvo.

Farder Coram esbozó una sonrisa y John Faa dio una palmada con sus manazas en señal de satisfacción.

—Gracias —le dijo al ganso—. Pero permíteme tan sólo una pregunta: ¿sabes algo más acerca de estos cazadores de Polvo? ¿Qué hacen en Bolvangar?

—Pues han levantado edificios de metal y cemento y también han construido cámaras subterráneas. Queman espíritu de carbón, que consiguen con grandes dispendios. Nosotros no sabemos qué hacen, pero en el lugar reina un ambiente de odio y miedo y no sólo en el lugar mismo sino incluso a muchos kilómetros a la redonda. Las brujas captan cosas que están fuera del alcance de los demás humanos. Los animales también se mantienen a distancia. Allí no vuelan pájaros y de allí han huido los lemmings y los zorros. Por eso el nombre de Bolvangar: los campos del mal, aunque ellos no le dan este nombre sino que lo llaman La Estación. Sin embargo, para los demás es Bolvangar.

—¿Y cómo se defienden?

—Cuentan con una compañía de tártaros del norte armados con fusiles. Son buenos soldados, pero carecen de práctica, ya que desde que fue construida la colonia no la ha atacado nunca nadie. Hay, además, una alambrada que rodea el recinto la cual está cargada de fuerza ambárica. Puede haber otros medios de defensa que desconocemos porque, como ya he dicho, a ellos nosotros no les interesamos.

Lyra se moría de ganas de hacer una pregunta y el daimonionganso lo sabía y la miraba como autorizándola a hacerla.

—¿Y se puede saber por qué hablan de mí las brujas? —preguntó.

—Por tu padre y por los conocimientos de otros mundos que tiene —replicó el daimonion.

Aquella respuesta dejó sorprendidos a los tres. Lyra miró a Farder Coram, quien le devolvió una mirada maravillada, y también a John Faa, cuya expresión parecía turbada.

—¿Otros mundos? —balbuceó—. Perdona, pero ¿a qué mundos te refieres? ¿A las estrellas?

—No, de hecho, no.

—¿O quizás al mundo de los espíritus? —preguntó Farder Coram.

—Tampoco.

—¿O a la ciudad que aparece entre las luces? —apuntó Lyra—. Es a ésa, ¿no?

El ganso volvió su poderosa cabeza hacia ella. Tenía los ojos negros, rodeados por una raya fina de color azul celeste puro, y su mirada era penetrante.

—Sí —respondió—. Hace miles de años que las brujas conocen otros mundos. Mundos que a veces se ven entre las Luces Boreales. No forman parte de este universo; ni siquiera las estrellas más lejanas forman parte de este universo, pero las luces nos muestran un universo totalmente diferente. No es que esté muy lejos, pero se interpenetra con éste. Aquí, en esta cubierta, hay millones de universos diferentes y todos se ignoran entre sí...

Levantó las alas y las desplegó antes de volver a cerrarlas.

—Aquí —continuó— he descubierto diez millones de mundos, pero ellos lo ignoran todo. Estamos tan cerca uno de otro como un latido del corazón lo está del siguiente, aunque jamás podamos tocar, ni ver, ni oír ninguno de estos mundos salvo en las Luces Boreales.

—¿Por qué allí? —preguntó Farder Coram.

—Porque las partículas cargadas de la Aurora tienen la propiedad de hacer sutil la materia de este mundo y permiten que veamos a través de ella durante breve tiempo. Las brujas lo saben desde siempre, aunque raras veces lo comentamos.

—Mi padre lo cree —comentó Lyra—. Lo sé porque se lo he oído decir y porque mostró unas fotos de la Aurora.

—¿Tiene esto algo que ver con el Polvo? —intervino John Faa.

—¿Quién sabe? —respondió el daimonion-ganso—. Lo único que puedo decir es que los cazadores de Polvo le tienen tanto miedo como a un veneno mortal. Por eso encarcelaron a lord Asriel.

—¿Por qué? —quiso saber Lyra.

—Consideran que quiere utilizar el Polvo para poder tender un puente entre este mundo y el que está más allá de la Aurora.

En la mente de Lyra se hizo la luz.

Oyó que Farder Coram decía:

—¿Y lo hace en realidad?

—Sí —respondió el daimonion-ganso—. Pero ellos piensan que no va a conseguirlo, porque el simple hecho de que crea en otros mundos ya basta para que lo tengan por loco. Pero ésa es la verdad y ésa es su intención. Y tiene una personalidad tan poderosa que hasta temen que sea capaz de trastocar sus planes, razón por la cual pactaron con los osos acorazados para que lo apresaran y lo tuvieran encarcelado en la fortaleza de Svalbard, con lo cual podrían obrar a sus anchas. Hay quien dice que ayudaron al nuevo oso-rey a conseguir el trono como parte del trato.

—¿Quieren las brujas que él tienda ese puente? —preguntó Lyra—. ¿Están con él o contra él?

—Es una pregunta muy difícil de contestar. En primer lugar, las brujas no están unidas. Entre nosotros existen diferencias de opinión. En segundo lugar, el puente de lord Asriel tiene que ver con una guerra que se libra en estos momentos entre ciertas brujas y otras fuerzas diferentes, algunas de las cuales están en el mundo espiritual. La posesión del puente, en caso de que llegase a tenderse, conferiría una gran ventaja. En tercer lugar, el clan de Serafina

Pekkala, que es mi clan, todavía no forma parte de ninguna alianza, pese a que se ejercen grandes presiones sobre nosotros para que nos declaremos en favor de uno u otro bando. La verdad es que se trata de cuestiones de alta política, nada fáciles de resolver.

—¿Y los osos? —quiso saber Lyra—. ¿En qué bando están?

—Los osos están en el bando de aquellos que les pagan. No les interesan en absoluto estas cuestiones, no tienen daimonions ni sienten la más mínima preocupación por los problemas humanos. Así, por lo menos, solían ser los osos, pero hemos sabido que su nuevo rey pretende cambiar sus antiguas costumbres... De todos modos, los cazadores de Polvo les han pagado para que aprisionaran a lord Asriel, razón por la cual lo mantendrán encerrado en Svalbard hasta que caiga la última gota de sangre del cuerpo del último oso vivo.

—¡Pero no de todos! —protestó Lyra—. Hay uno que no está en Svalbard. Es un oso marginado y vendrá con nosotros.

El ganso dirigió a Lyra otra de sus miradas penetrantes. Esta vez ella captó toda la frialdad que había en su sorpresa.

Farder Coram se revolvió, incómodo, y dijo:

—La verdad es que me parece que no será así, Lyra. Hemos sabido que tiene que cumplir su contrato como trabajador, no se encuentra en libertad de decidir, como nosotros imaginábamos, sino que está condenado. Hasta que haya cumplido, no tendrá libertad para venir con nosotros, sea con coraza o sin ella, aparte de que no la recuperará en su vida.

—Pero él nos ha contado que le habían tendido una trampa, que lo habían emborrachado y se la habían robado.

—Pues nosotros tenemos una versión diferente de la historia —repuso John Faa—. Lo que a nosotros nos han dicho es que es un pillo de mucho cuidado.

Lyra estaba tan exaltada que la rabia casi no la dejaba hablar.

—Si el aletiómetro me dice algo, sé que es verdad. Yo se lo he preguntado y me ha respondido que el oso nos ha contado la verdad, que lo engañaron, que los que mienten son ellos, no él. Yo creo en él, lord Faa. Farder Coram, tú también lo has visto y crees lo que dice, ¿verdad?

—Eso pensaba, nena; lo que pasa es que, a diferencia de ti, yo no estoy tan seguro de ciertas cosas.

—Pero ¿de qué tienen miedo? ¿Se figuran que irá por ahí matando a la gente tan pronto como recupere la coraza? ¡Si incluso ahora podría matar a docenas de personas si se le antojase...!

—Ya lo ha hecho —respondió John Faa—, si no ha matado a docenas, por lo menos ha matado a varias. Cuando le quitaron la coraza, se puso muy violento tratando de encontrarla. Sé que revolvió la comisaría, el banco y no sé cuántos sitios más y que hubo, como mínimo, dos hombres que perdieron la vida. Si no lo mataron fue por su maravillosa habilidad en el trabajo de los metales, ya que tenían intención de utilizarlo como operario.

—¡Como esclavo yo diría mejor! —exclamó Lyra, encendida—. ¡No tienen ningún derecho!

—En cualquier caso, podrían haberlo matado sólo por las muertes que perpetró, y en cambio no lo hicieron. Y lo contrataron para que trabajase en interés de la ciudad hasta que los hubiera resarcido por todos los daños y la sangre derramada.

—Mira, John —intervino Farder Coram—, yo no sé qué crees tú, pero yo estoy convencido de que no le van a devolver nunca la coraza. Y cuanto más tiempo lo tengan retenido, más furioso estará cuando la consiga.

—Pero si logramos devolvérsela, vendrá con nosotros y ya nunca más volverá a importunarlos —explicó Lyra—. Lo prometo, lord Faa.

—¿Y cómo podemos conseguirlo?

—Yo sé dónde está la coraza.

Se produjo un silencio, durante el cual los tres advirtieron que el daimonion de la bruja tenía los ojos clavados en Lyra. Los tres se volvieron hacia él, al igual que sus daimonions, que hasta entonces habían observado la extrema cortesía de mantener los ojos modestamente apartados de aquella criatura singular, presente allí sin su hermano.

—No debe sorprenderte —dijo el ganso— que el aletiómetro sea otra de las razones que hacen que hayas despertado el interés de las brujas, Lyra. Nuestro cónsul nos ha comunicado la visita que le has hecho esta mañana. Creo que ha sido el doctor Lanselius quien te ha hablado del oso.

—Sí, ha sido él —confirmó John Faa—. Lyra y Farder Coram han ido a visitarlo y él les ha hablado del oso. Tal vez sea verdad lo que dice Lyra, pero como sigamos inmiscuyéndonos en las leyes de esta gente no haremos otra cosa que pelearnos con ellos y lo que tendríamos que hacer, en cambio, es ir a Bolganvar, con oso o sin oso.

—Sí, lo que pasa es que tú no lo has visto, John —puntualizó Farder Coram—, y yo estoy con Lyra. Quizá deberíamos comprometernos en lo tocante a él. Podría influir en el resultado.

—¿Qué crees tú? —preguntó John Faa al daimonion de la bruja.

—Nosotros tenemos pocos tratos con los osos. Sus deseos nos resultan tan extraños como los nuestros pueden serlo para ellos. Si se trata de un marginado, podría resultar menos digno de confianza de lo que los osos suelen ser. Decidid por vosotros mismos.

—Lo haremos —afirmó John Faa con decisión—. Pero una cosa, ¿podrías decirnos cómo podemos ir a Bolvangar desde aquí?

El daimonion-ganso inició sus explicaciones. Habló de valles y colinas, del límite de los árboles y de la tundra, de la observación de los astros. Lyra le prestó atención unos momentos; después se echó en la tumbona de cubierta con Pantalaimon enroscado en torno al cuello, pensando en la maravillosa visión que aquel daimonion-ganso había traído consigo. Un puente entre dos mundos... ¡Algo mucho más espléndido que cualquiera de las cosas que hubiera llegado a imaginar! Sólo su padre podía haber concebido una cosa así.

Tan pronto como hubieran rescatado a los niños, Lyra iría a Svalbard con el oso y le llevaría el aletiómetro a lord Asriel, a fin de servirse de él para ayudar a liberarlo, construirían juntos el puente y serían los primeros en atravesarlo...

En algún momento de la noche John Faa debió de trasladar a Lyra a su litera, porque fue en ella donde se despertó. El tenue sol había llegado a la máxima altura que alcanzaría en el cielo, tan sólo la anchura de una mano por encima del horizonte. Así pues, debía de faltar poco para el mediodía. Pronto, cuando avanzaran más hacia el norte, ya no habría sol.

Lyra se vistió aprisa y corriendo y acudió a cubierta, donde no descubrió gran cosa. Se habían descargado todas las provisiones, se habían alquilado trineos y jaurías de perros y todo había quedado listo para la partida. Pero, aunque estaba todo a punto, nadie se movía. La mayoría de los giptanos se encontraban reunidos en un café lleno de humo situado frente al mar; sentados a las largas mesas de madera, comían pasteles muy especiados y bebían café cargado y muy dulce, bajo el silbido y el chisporroteo de algunas luces ambáricas antiguas.

—¿Dónde está lord Faa? —preguntó Lyra, tomando asiento junto a Tony Costa y sus amigos—. ¿Y Farder Coram? ¿Han ido a buscar la coraza del oso?

—Están hablando con el Sysselman, que es el nombre que dan aquí al gobernador. ¿Así que has visto a ese oso, Lyra?

—¡Sí! —respondió ella, y se puso a contar todo lo que sabía sobre el mismo.

Mientras hablaba, alguien cogió una silla y se unió al grupo congregado en torno a la mesa.

—¿O sea que has hablado con el viejo Iorek? —preguntó.

Lyra miró al recién llegado con sorpresa. Era un hombre alto y delgado, con un bigote negro y fino, unos ojillos azules y almendrados y una perenne expresión de regocijo, sardónica y distante. Aquel hombre la impresionó instantáneamente, aunque no habría sabido decir si le gustaba o le disgustaba. Su daimonion era una liebre de pelo raído y de aspecto tan duro como el de él.

Tendió la mano a Lyra y ésta se la estrechó con cierta cautela.

—Lee Scoresby —se presentó él.

—¡El aeronauta! —exclamó ella—. ¿Dónde está el globo? ¿Podré subir en él?

—Lo están desempaquetando. Tú debes de ser la famosa Lyra. ¿Cómo ha sido que te pusieras en contacto con Iorek Byrnison?

—¿Lo conoces?

—Peleé a su lado en la campaña Tunguska. Hace años que conozco a Iorek. Los osos son unos malos bichos, pero mucho cuidado porque éste es un caso. Digan, señores, ¿alguno de ustedes es aficionado a los juegos de azar?

Aunque nadie había visto de dónde la había sacado, tenía en las manos una baraja de cartas, que revolvió con ruidosos chasquidos.

—He oído hablar de lo dotada que es su gente para los naipes —iba diciendo Lee Scoresby, removiendo y cortando las cartas una y otra vez con una sola mano mientras extraía de las profundidades del bolsillo de la pechera un cigarro puro con la otra— y he pensado que no tendrían inconveniente en ofrecer a un sencillo viajero tejano la oportunidad de medirse con alguno de ustedes y de aventurarse en una guerra, aunque sea de cartulina. ¿Qué me dicen, señores?

Los giptanos se enorgullecían de su habilidad en el manejo de los naipes y más de uno se mostró interesado y acercó la silla a la mesa. Mientras se ponían de acuerdo con Lee Scoresby sobre el juego y el envite, su daimonion se tiró de la oreja al tiempo que miraba a Pantalaimon, quien comprendió inmediatamente el mensaje y de un salto se plantó a su lado convertido en ardilla.

El daimonion-liebre no sólo hablaba para Pantalaimon, sino

también para Lyra, por supuesto, así que ésta pudo oír que decía en voz baja:

—Ve a ver al oso y habla con él francamente. En cuanto sepan que la cosa va adelante, seguro que sacarán su coraza de donde sea.

Lyra se levantó llevándose el pastelito especiado sin que nadie lo advirtiera. Lee Scoresby ya estaba barajando las cartas y sus manos eran objeto de vigilancia por parte de muchos ojos desconfiados.

En aquella luz débil, que iba atenuándose apenas a lo largo de una tarde interminable, Lyra se abrió camino hacia el depósito de los trineos. Sabía lo que tenía que hacer, pero era algo que le producía inquietud y miedo al mismo tiempo.

El enorme oso se encontraba trabajando en el exterior del más grande de los cobertizos de cemento y Lyra se quedó, vigilante, junto a la entrada. Iorek Byrnison estaba desmontando un tractor provisto de motor de gasolina que había sufrido un choque; el metal que cubría el motor se veía retorcido y combado y uno de los patines había quedado doblado hacia arriba. El oso retiró el metal como si fuera cartón y lo hizo girar entre sus manazas como si quisiera comprobar su calidad, antes de sujetar un extremo con una de las patas traseras para enderezar después toda la plancha de modo que las abolladuras desaparecieron y quedó restablecida su forma original. Apoyándose en la pared, levantó todo el peso del tractor con una pata y lo colocó de lado antes de inclinarse para examinar el patín abollado.

Mientras lo hacía, descubrió a Lyra. Ésta se sintió presa de un acceso de pánico, tan imponente y extraño resultaba. Lyra lo atisbaba a través del cercado hecho con cadenas, situado a unos treinta metros de donde se encontraba el oso y no pudo evitar imaginarse lo fácil que sería para él cubrir esa distancia dando uno o dos saltos y arrancar el cercado como si de una mera telaraña se tratase, por lo que a punto estuvo de echar a correr y escapar. Pero Pantalaimon le gritó:

—¡Un momento! Déjame que hable yo con él.

Acababa de convertirse en una golondrina de mar y, antes de que ella tuviera tiempo de responder, ya había volado a través de la cerca y se había adentrado en el terreno cubierto de hielo que se extendía al otro lado. A una cierta distancia había una puerta abierta y Lyra podría haberlo seguido, pero se quedó allí como paralizada. Pantalaimon la miró y de pronto se transformó en tejón.

Lyra sabía qué se traía entre manos. Los daimonions no pueden apartarse más que unos pocos metros de los humanos a los que pertenecen y, si Lyra continuaba inmóvil junto a la verja y él seguía siendo un pájaro, no le resultaría posible acercarse al oso. Así pues, empezó a tirar de ella.

Lyra se sentía a disgusto, desamparada. Las garras de tejón de Pantalaimon se hundían en la tierra al tiempo que seguía avanzando. Cuando tu daimonion tira del vínculo que lo une a ti se experimenta una extraña sensación de tortura, se trata por una parte de un dolor físico y profundo en el pecho y por otra, de tristeza y amor inmensos. Lyra sabía que a Pantalaimon le ocurría lo mismo. Era algo que todo el mundo siente a medida que va creciendo, un tirón que intenta averiguar hasta qué punto puede llegar sin romperse y un retroceso acompañado de un intenso alivio.

Pantalaimon tiró un poco más.

—¡No, Pan!

Pero él continuó. El oso, inmóvil, los contemplaba. El dolor que Lyra sentía en el corazón fue haciéndose más y más insoportable, hasta que le subió por la garganta un profundo sollozo de ansiedad.

—¡Pan...!

Inmediatamente Lyra cruzó la puerta y se abrió paso trabajosamente a través del barro helado mientras Pantalaimon se transformaba en gato montés, saltaba a sus brazos y seguidamente los dos se abrazaban con fuerza profiriendo suspiros entrecortados, provocados por la infelicidad que habían padecido.

—Creía que tú...

—No...

—No sabía que fuera tan doloroso...

Lyra se secó las lágrimas con aire enfurruñado y se sorbió ruidosamente los mocos. Pantalaimon se acurrucó en sus brazos y entonces Lyra comprendió que preferiría morir antes que separarse de él y volver a sufrir aquella angustia. Se trataba de una sensación enloquecedora, tal era la pena y el terror que había sentido. Si ella muriera en cambio, seguirían estando juntos, como los licenciados enterrados en la cripta del Jordan.

Después la niña y su daimonion levantaron los ojos para mirar al oso solitario. Él no tenía daimonion alguno, estaba solo, siempre solo. A Lyra le acometió entonces un fuerte acceso de compasión y piedad por el oso y poco le faltó para acariciar su enmarañada pelambre, gesto frustrado tan sólo a causa de la fría ferocidad de sus ojos.

—Iorek Byrnison —le dijo Lyra.

—¿Qué?

—Lord Faa y Farder Coram han ido a ver si pueden recuperar tu coraza.

El oso no se movió ni dijo palabra. Era evidente que creía que tenían muy escasas posibilidades de encontrarla.

—Yo sé dónde está —le explicó Lyra— y a lo mejor, si te lo digo, incluso puedes ir a buscarla tú mismo. ¡Quién sabe!

—¿Cómo te has enterado?

—Poseo un lector de símbolos. Pensé que tenía que decírtelo, Iorek Byrnison, teniendo en cuenta cómo te engañaron. Yo esto no lo encuentro nada bien. No deberían haberlo hecho. Lord Faa hablará con el Sysselman, pero es probable que, por mucho que argumente, no quieran devolvértela. Así pues, si yo te digo dónde está, ¿vendrás con nosotros y nos ayudarás a rescatar a los niños que están en Bolvangar?

—Sí.

—Yo... —aunque no quería ser cotilla, no podía evitar la curiosidad, por lo que continuó—, yo había pensado que no entiendo por qué no te haces una armadura con tantos metales como tienes aquí, Iorek Byrnison.

—Porque no me serviría de nada. Mira —indicó, levantando la tapadera del motor con una pata, asomando una zarpa por la otra y cortando la tapadera como si utilizara un abrelatas—. Mi coraza está hecha de hierro celeste, yo mismo la hice. La coraza de un oso es su alma, de la misma manera que tu daimonion es la tuya. ¿Podrías desprenderte de él... —dijo señalando a Pantalaimon— y sustituirlo por una muñeca llena de serrín? En esto estriba la diferencia. Pero vayamos al grano, ¿dónde está mi coraza?

—Antes escúchame bien; tienes que prometerme que no te vengarás. Ellos se han portado muy mal robándotela, no obstante en este caso deberás reprimir tus deseos de desquitarte.

—De acuerdo, ¡nada de venganzas! Pero que no haya represalias tampoco por su parte cuando la recupere, ¿entendido? Porque si quieren pelea, morirán.

—Se encuentra escondida en la bodega de la casa del cura —le reveló Lyra—. El cura está convencido de que la coraza tiene un espíritu dentro e intenta conjurarlo y expulsarlo. Así que allí es donde está.

El oso se puso de pie sobre las patas traseras, la cara vuelta a poniente, de modo que, en medio de la oscuridad reinante, le quedaba iluminada por el último rayo de sol, que se la teñía de un vivo color amarillo. Lyra percibía la fuerza de aquel voluminoso ser, notaba que llegaba hasta ella en forma de oleadas de calor.

—Tengo que trabajar hasta el crepúsculo —explicó—. Así se lo he prometido al encargado. Todavía me faltan unos minutos para terminar.

—Pues aquí ya se ha puesto el sol —le indicó Lyra señalándolo, ya que estaba situada de modo que lo había visto desaparecer detrás del promontorio rocoso del sudoeste.

El oso se dejó caer sobre sus cuatro patas.

—Tienes razón —confirmó, ahora con su rostro sumido también en la oscuridad, como el de Lyra—. ¿Cómo te llamas?

—Lyra Belacqua.

—Entonces te debo un favor, Lyra Belacqua —repuso el oso.

Dio media vuelta y se alejó balanceándose, avanzando con tal rapidez a través del terreno helado que Lyra no alcanzaba a seguirlo ni siquiera corriendo. Corría, pese a todo, y Pantalaimon volaba delante en forma de gaviota para ver hacia dónde se dirigía el oso e indicar a Lyra el camino que debía tomar.

Iorek Byrnison salió del almacén y siguió por el estrecho callejón antes de entrar en la calle principal de la ciudad, pasar por delante del patio de la residencia del Sysselman, donde la izada bandera colgaba en la inmovilidad del aire y un centinela muy envarado se paseaba de un lado a otro, y finalmente descender la cuesta que se encontraba al final de la calle en la que vivía el brujo-cónsul. Justo en aquel momento el centinela se percató de que algo ocurría, pero cuando quiso prestar atención ya Iorek Byrnison había llegado a la esquina más cercana al puerto.

La gente se paraba a mirar o se apartaba para abrir paso a la precipitada marcha del oso. El centinela disparó dos tiros al aire y se lanzó cuesta abajo en persecución del oso, estropeando el efecto espectacular al resbalar por la helada pendiente y conseguir recuperar el equilibrio sólo al agarrarse a la barandilla más próxima. Lyra no estaba mucho más lejos. Al pasar por delante de la casa del Sysselman había visto unas cuantas figuras humanas que salían al patio para ver qué sucedía y hasta le pareció distinguir entre ellas a Farder Coram, pero ya había dejado la casa atrás y se había lanzado a todo correr calle abajo en dirección a la esquina a la que también había llegado ya el centinela en el curso de su carrera tras el oso.

La casa del cura era una de las más viejas del lugar, una casa construida con suntuosos ladrillos. Había que subir tres escalones para acceder a la puerta principal, que ahora colgaba de las bisagras hecha una ruina de madera astillada, mientras que del interior de la casa salían los crujidos y chasquidos que emitía la madera al resquebrajarse. El centinela, apuntando con el fusil, tuvo un momento de vacilación pero, al ver que los viandantes se paraban a mirar y que la gente que vivía al otro lado de la calle se asomaba a las ventanas, comprendió que tenía que actuar y disparó un tiro al aire antes de precipitarse al interior.

Al poco rato dio la impresión de que toda la casa se tambaleaba, se rompieron los cristales de tres ventanas y del tejado se desprendió una teja. Una sirvienta salió corriendo, aterrada, con su daimonion tras ella: una gallina que cloqueaba y batía estrepitosamente las alas, pisándole los talones.

En el interior de la casa resonó otro disparo y se oyó un profundo rugido que arrancó un grito de la sirvienta. Como propulsado por un cañón, el cura salió con la celeridad del rayo, acompañado de un pelícano, su daimonion, con mucho revuelo de plumas y en actitud de orgullo ofendido. Lyra oyó gritar órdenes y, al volverse, vio todo un escuadrón de policías armados que doblaban la esquina a toda marcha, unos con pistolas y otros con fusiles. No lejos de ellos aparecieron John Faa y la corpulenta y nerviosa figura del Sysselman.

Un estruendo de tablas desgarradas hizo que todos volvieran los ojos a la casa. Una ventana de la planta baja, que como es lógico suponer daba a la bodega, fue arrancada de cuajo con estallido de cristales y crujido de madera. El centinela que había seguido a Iorek Byrnison salió corriendo y se quedó delante de la ventana de la bodega con el fusil apoyado en el hombro, después voló en pedazos la ventana entera y Iorek Byrnison, el oso acorazado, saltó al exterior.

Sin la coraza era un ser formidable; con ella, aterrador. Tenía un color rojo de orín y estaba toscamente remachada, formada por grandes piezas y planchas de metal abollado y deslucido que chirriaban y rechinaban al encabalgarse unas sobre otras. El casco era puntiagudo como el hocico del oso y tenía unas rendijas para los ojos, aunque dejaba la quijada inferior al descubierto para morder y desgarrar.

El centinela hizo varios disparos y los policías también apuntaron sus armas, pero Iorek Byrnisson se limitó a sacudirse los proyectiles de encima como quien se sacude unas gotas de lluvia, después de lo cual procedió a embestir con mucho chirriar y resonar de metales sin dar tiempo al centinela a escapar y dejándolo abatido en el suelo. El daimonion del centinela, que era un perro esquimal, se abalanzó al cuello del oso, pero Iorek Byrnison le hizo el mismo caso que habría hecho a una mosca y, acercando al centinela hacia sí con ayuda de su enorme pata, se agachó y le oprimió la cabeza entre sus fauces. Lyra ya sabía exactamente lo que ocurriría a continuación: machacaría el cráneo del hombre igual que un huevo y seguiría a continuación una lucha encarnizada en la que habría más muertes y que no haría sino prolongar la espera. Y nunca conseguirían ser libres, ni con oso ni sin oso.

Sin pararse a pensarlo dos veces, Lyra se lanzó sobre el oso y le puso la mano en el único punto vulnerable de su coraza, la hendedura que quedaba entre el casco y la enorme plancha que le cubría los hombros, justo en el momento en que el oso agachaba la cabeza, aquel punto donde ella veía asomar los pelos entre amarillos y blancos junto a los bordes oxidados del metal. Allí fue donde Lyra hundió los dedos y donde al momento se lanzó Pantalaimon convertido en gato salvaje, agachado y a punto para defenderla. Pero Iorek Byrnison se había quedado inmóvil mientras los fusileros seguían disparando.

—¡Iorek! —le gritó Lyra con voz preñada de indignación—. ¡Escucha! Tú me debes un favor, ¿sí o no? Pues ahora mismo vas a pagármelo. Haz lo que yo te diga: no pelees con estos hombres, déjalos ya y huye conmigo. Te necesitamos, Iorek, no puedes quedarte aquí. Ven al puerto conmigo y no te vuelvas siquiera para mirar. Deja que Farder Coram y John Faa se encarguen de parlamentar, ellos saben hacerlo. Suelta a este hombre y vente conmigo...

El oso separó lentamente las quijadas. La cabeza del centinela, mojada, ensangrentada y con la piel de color ceniciento, golpeó en el suelo al caer el hombre sin sentido, mientras su daimonion se lanzaba sobre él para tranquilizarlo y acariciarlo y el oso se apartaba para seguir a Lyra.

Nadie más se movió. Contemplaron cómo el oso se alejaba de su víctima a petición de una niña que tenía un daimonion en forma de gato, y después se hicieron a un lado para dejar pasar a Iorek Byrnison, quien, con su pesado andar, tomaba junto a Lyra el camino del puerto.

Lyra, totalmente concentrada en el oso, no se detuvo a observar la confusión que dejaban detrás ni vio que, una vez desaparecidos, todas las personas daban rienda suelta al miedo y a la furia que les embargaba. Lyra caminaba al lado del oso, mientras Pantalaimon iba delante de los dos abriéndoles paso.

Así que llegaron al puerto, Iorek Byrnison inclinó la cabeza, se soltó el casco con ayuda de una pata y lo dejó caer en el suelo helado con un fuerte ruido. Adivinando que algo ocurría, los giptanos habían salido del café y, al resplandor proyectado por las luces ambáricas de la cubierta del barco, vieron cómo Iorek Byrnison se deshacía del resto de la coraza con varios encogimientos del cuerpo y la dejaba, hecha un montón de hierros, en el muelle. Sin mediar palabra con nadie, se zambulló después en el agua y desapareció en ella sin provocar un solo rizo en su superficie. Se había esfumado.

—¿Qué ha pasado? —preguntó Tony Costa al oír todo aquel vocerío de gritos enfurecidos que se acercaban de las calles de arriba, mientras los habitantes de la ciudad y los policías se dirigían al puerto.

Lyra se lo explicó lo más claramente que pudo.

—Pero ¿dónde se ha metido? —exclamó Tony Costa—. ¿Cómo es que ha dejado la coraza aquí en el suelo? Volverán a quedarse con ella en cuanto lleguen.

Lyra también se lo temía, ya que en seguida vio asomar por la esquina a los primeros policías, seguidos de otros más y, finalmente, del Sysselman, el cura y veinte o treinta mirones, además de John Faa y Farder Coram, que trataban de no rezagarse demasiado.

Pero toda aquella comitiva se detuvo de inmediato cuando los que la formaban vieron al grupo del muelle, puesto que entre ellos había un desconocido. Sentado en la coraza del oso, con el codo apoyado en la rodilla del lado opuesto, se veía la larguirucha figura de Lee Scoresby, que asía con la mano la pistola más larga que Lyra había visto en su vida y que, casualmente, apuntaba a la prominente barriga del Sysselman.

—Por lo que se ve, no habéis cuidado demasiado la coraza de mi amigo —dijo en tono de amigable conversación—. ¡Está muy oxidada! No me sorprendería que hasta hubiera sido carcomida por las polillas. No os mováis de donde estáis, quietos y tranquilos, y que nadie haga nada hasta que vuelva el oso con algún lubrificante. Mejor que os vayáis a vuestras casas a leer el periódico. Todo depende de vosotros.

—¡Miradlo, allí está! —exclamó Tony, indicando con el dedo una rampa situada en el extremo más apartado del muelle, por donde Iorek Byrnison salía en aquel momento del agua llevando a rastras una cosa oscura. Una vez en el muelle, lo primero que hizo fue sacudirse el agua de encima y proyectarla en todas direcciones, hasta que volvió a tener todos los pelos de punta otra vez. Se agachó después para agarrar con los dientes aquel objeto negro y lo arrastró hasta el lugar donde tenía la coraza. Era una foca muerta.

—Iorek —lo interpeló el aeronauta, que seguía allí con su aire indolente y mantenía la pistola apuntada hacia el Sysselman—. ¡Hola!

El oso levantó los ojos hacia él y emitió un breve gruñido, antes de desgarrar de un zarpazo a la foca. Lyra contempló fascinada cómo le arrancaba la piel, la dejaba aplanada en el suelo y le sacaba unas tiras de grasa, que restregó a continuación sobre su armadura, insistiendo particularmente en aquellos lugares donde las piezas encajaban unas sobre otras.

—¿Tú perteneces al bando de esta gente? —preguntó el oso a Lee Scoresby mientras seguía atareado con la faena.

—Claro. Los dos estamos a sueldo, Iorek.

—¿Dónde tienes el globo? —preguntó Lyra al tejano.

—Doblado y cargado en dos trineos —respondió el hombre—. Ahí viene el jefe.

John Faa y Farder Coram, junto al Sysselman, avanzaban por el muelle con cuatro policías armados.

—¡Oso! —le gritó el Sysselman, en tono perentorio y con voz áspera—. Te autorizo a que te vayas con ellos, pero déjame que te diga que, como vuelvas a aparecer por nuestro pueblo, no te trataremos con piedad.

Iorek Byrnisson no le hizo ni el más mínimo caso y continuó restregando la grasa de foca sobre su armadura, con tal atención y esmero que a Lyra le recordó la devoción que ella misma sentía por Pantalaimon. Como había dicho el oso, la coraza era su alma. El Sysselman y los policías se apartaron y lentamente los demás habitantes del lugar también dieron media vuelta y fueron alejándose, si bien unos pocos se quedaron a observar.

John Faa se llevó las manos a la boca y gritó:

—¡Giptanos!

Todos se encontraban preparados para ponerse en marcha. Desde el momento del desembarco se morían de ganas de emprender el camino. Los trineos ya estaban cargados, los perros tenían puestos los arreos.

John Faa dio la orden:

—¡Ha llegado el momento de partir, amigos! Estamos todos

reunidos y el camino despejado. Señor Scoresby, ¿lo tiene todo a punto?

—Más que a punto, lord Faa.

—¿Y tú, Iorek Byrnison?

—En cuanto me haya vestido —respondió el oso.

Ya había terminado de engrasar la coraza. Como no quería desperdiciar la carne de la foca, agarró con los dientes el cuerpo del animal y lo cargó en la parte trasera del trineo de Lee Scoresby, que era el más grande, antes de ponerse la coraza.

Fue sorprendente la maña con que lo hizo, sobre todo considerando que las planchas de metal tenían en algunas zonas un grosor de casi dos centímetros, lo que no le impidió moverlas ni colocarlas en el sitio correspondiente igual que si fueran de seda. No tardó ni un minuto y ahora no quedaba en ellas ni el más leve rastro de óxido.

Así pues, en menos de media hora, la expedición había emprendido rumbo al norte. Bajo un cielo poblado por millones de estrellas y una luna deslumbrante, los trineos se abrían camino dando tumbos y con gran estruendo, siguiendo las rodadas y deslizándose sobre las piedras hasta que por fin llegaron a la zona situada en las afueras de la ciudad donde ya sólo había nieve. Allí el estrépito se transformó en el rumor apenas audible del crujido de la nieve y el chasquido de la madera. En cuanto a los perros, comenzaron a avanzar a paso más vivo, con lo que la marcha se hizo más rápida y regular.

Lyra, envuelta con tal cantidad de ropa e instalada en la parte de atrás del trineo de Farder Coram, no tenía visibles más que los ojos, y le preguntó en un susurro a Pantalaimon:

—¿Ves a Iorek?

—Sí, va a todo correr junto al trineo de Lee Scoresby —replicó el daimonion mirando para atrás bajo su forma de armiño, al tiempo que se acomodaba de nuevo en la capucha de piel de glotón con la que se cubría Lyra.

Enfrente de ellos, sobre las montañas que miraban al norte, comenzaban a destellar y a temblar los pálidos arcos y rizos de las Luces Boreales. Lyra los miraba con los ojos entrecerrados, como en una ensoñada emoción de enorme felicidad al pensar que se dirigía a toda marcha hacia el norte bajo la Aurora. Pantalaimon luchaba contra aquella lasitud que invadía a Lyra, pero cuando se dio cuenta de que era demasiado intensa, decidió mantenerse acurrucado dentro de su capucha de pieles. Sólo cuando Lyra se despejó pudo decirle, aunque tal vez sólo se tratase de una marta, un sueño o algún espíritu local inofensivo, que algo iba siguiendo la marcha de los trineos, saltando ágilmente de rama en rama entre los pinos que crecían casi arracimados y que, si despertaba en él alguna inquietud, se debía únicamente a que quizá se tratase de un mono.

12

EL NIÑO PERDIDO

Viajaron durante varias horas antes de hacer una pausa para comer. Mientras los hombres encendían fuego y fundían nieve para aprovisionarse de agua y mientras Iorek Byrnison observaba a Lee Scoresby asando carne de foca a poca distancia, John Faa habló a Lyra.

—Lyra, ¿no podrías en estas condiciones leer el instrumento? —le preguntó.

Hacía bastante rato que la luna se había escondido y ahora la luz de la Aurora, aunque más brillante que la de la luna, era menos regular. No obstante Lyra poseía una vista muy aguda, así que hurgó entre las pieles que la cubrían y sacó el paquetito envuelto en terciopelo negro.

—Sí, puedo leerlo muy bien —respondió— y ahora ya sé lo que significan la mayoría de símbolos. ¿Qué quieres que pregunte, lord Faa?

—Quisiera saber más cosas acerca de cómo defienden ese sitio que se llama Bolvangar —explicó lord Faa.

Sin casi tener que pararse a pensar lo que hacía, Lyra se encontró moviendo con los dedos las manecillas para hacer que indicaran el casco, el forastero y el crisol y advirtió que sus pensamientos se fijaban en los significados adecuados como un complicado diagrama en tres dimensiones. La aguja comenzó a moverse en redondo, tan pronto retrocediendo como girando o avanzando, cual abeja que, con sus pasos de danza, transmite a la colmena lo que quiere decirle. Lyra observaba el instrumento con tranquilidad, contentándose con no entender nada al principio porque sabía que no tardaría en hacerlo. Dejó que fuera moviéndose hasta que estuvo segura del sentido.

—Es lo mismo que dijo el daimonion de la bruja, lord Faa. Hay un grupo de tártaros que custodian el lugar y para ello han colocado alambradas alrededor. En realidad no creen que vayan a ser atacados o eso dice el lector de símbolos. Pero, lord Faa...

—¿Qué pasa, niña?

—Me está comunicando algo más. En el próximo valle hay un pueblo situado junto a un lago donde la gente está acechada por un fantasma.

John Faa movió la cabeza con impaciencia y dijo:

—Eso ahora tiene poca importancia. En estos bosques hay espíritus de todas clases. Vuelve a hablarme de los tártaros. ¿Cuántos hay, por ejemplo? ¿De qué tipo de armas disponen?

Lyra hizo las preguntas de la manera que correspondía y dio la respuesta adecuada.

—Hay sesenta hombres armados con fusiles, aunque también disponen de armas más grandes, una especie de cañones. Además tienen lanzallamas. En cuanto a sus daimonions, todos son lobos. Eso dice el aparato.

La noticia sembró la inquietud entre los giptanos más viejos, es decir, los que habían participado en anteriores campañas.

—Los regimientos de sibirsks tienen a lobos daimonions —comentó uno.

Y John Faa añadió:

—Yo no los he visto más fieros. Tendremos que luchar como leones y pedir consejo al oso, que es un guerrero experimentado.

Lyra estaba impaciente e insistió:

—Pero, lord Faa, me parece... que ese fantasma es el fantasma de uno de los niños.

—Bien, en ese caso, Lyra, no sé qué se puede hacer. Sesenta fusileros sibirsks y lanzallamas... Señor Scoresby, acérquese un momento, ¿quiere?

Mientras el aeronauta se aproximaba al trineo para departir un momento, Lyra se escabulló y fue a hablar con el oso.

—Iorek, ¿habías hecho alguna vez este recorrido?

—Una vez —respondió con voz monocorde.

—Hay un pueblo aquí cerca, ¿no es verdad?

—Al otro lado de la montaña —precisó, con la mirada perdida entre los pocos árboles que se divisaban.

—¿Está lejos?

—¿Para ti o para mí?

—Para mí —respondió Lyra.

—Bastante, aunque no para mí.

—¿Tú cuánto tiempo tardarías en llegar?

—Podría ir y venir tres veces antes de que volviera a levantarse la luna.

—Pues mira, Iorek, escucha lo que voy a decirte. Ya sabes que dispongo de este lector de símbolos que me comunica cosas y ahora me ha dicho que tengo que resolver una cosa importante en ese pueblo, pero lord Faa no me permitirá ir. Él quiere que cumplamos nuestra misión rápidamente, y yo comprendo que eso es importante. Sin embargo, si no voy a ese pueblo y descubro de qué se trata, seguramente no nos enteraremos de lo que hacen los zampones.

El oso guardó silencio. Estaba sentado igual que un ser humano, con sus enormes patas en el regazo y sus ojos oscuros clavados en los suyos, mirándola por encima del hocico. Sabía que ella quería algo.

Habló Pantalaimon:

—¿No podrías llevarnos hasta allí y regresar después a tiempo de alcanzar los trineos?

—Claro que podría, pero he dado palabra a lord Faa de obedecerle a él y a nadie más.

—¿Y si él me da permiso? —preguntó Lyra.

—Entonces sí.

Lyra dio media vuelta y echó a correr a través de la extensión de nieve.

—¡Lord Faa! Si Iorek Byrnison me lleva al pueblo que está al otro lado de la montaña, podemos averiguar alguna cosa y unirnos más tarde a los trineos. Iorek conoce el camino —insistió Lyra—. No lo pediría si no fuera como lo que ya hice antes. ¿No recuerdas, Farder Coram, lo de aquel camaleón? Entonces no lo entendí, pero era verdad y no tardamos en descubrirlo. Pues ahora tengo la misma sensación. No entiendo exactamente lo que dice, pero sé que es importante. Iorek Byrnison conoce el camino, dice que podría ir y volver tres veces antes de la próxima luna y la verdad es que nadie podría protegerme mejor que él, ¿no te parece? Lo que pasa es que no me llevará sin el permiso de lord Faa.

Se produjo un silencio y Farder Coram lanzó un suspiro. John Faa tenía el ceño fruncido y la boca, enmarcada en la capucha de piel, denotaba una expresión severa.

Antes de que pudiera hablar, intervino el aeronauta:

—Lord Faa, si Iorek Byrnison acompaña a la niña, estará tan segura como con nosotros. Todos los osos son sinceros, pero es que además a Iorek lo conozco desde hace años y sé que por nada del mundo rompería su palabra. Si le encargas que se ocupe de Lyra, sé que lo hará, de eso puedes estar seguro. En cuanto a su rapidez, puede correr a paso ligero horas y horas sin cansarse.

—Pero ¿por qué no pueden ir unos cuantos hombres? —preguntó John Faa.

—Pues porque tendrían que ir andando —intervino Lyra—, ya que es imposible atravesar la montaña con un trineo. Iorek Byrnison puede correr por ese terreno más aprisa que ningún hombre y, como yo peso poco, no le dificultaré la marcha. Te prometo, lord Faa, te lo prometo muy en serio, que no me demoraré más de lo necesario, no diré nada sobre nosotros ni me pondré en peligro.

—¿Estás segura de que es necesario? ¿No te habrá jugado una mala pasada este lector de símbolos?

—No lo ha hecho nunca, lord Faa, ni creo que pudiera hacerlo.

John Faa se frotó la barbilla.

—Bueno, si todo sale bien, sabremos algo más de lo que sabemos ahora. Iorek Byrnison —le preguntó—, ¿estás dispuesto a hacer lo que solicita la niña?

—Haré lo que me ordenes, lord Faa. Si me dices que lleve a la niña, la llevaré.

—De acuerdo. Tendrás que llevarla a donde ella quiera y hacer lo que te pida. Lyra, tú estás a mis órdenes ahora, ¿entiendes?

—Sí, lord Faa.

—Pues ve a averiguar lo que sea y, cuando lo hayas descubierto, te das la vuelta y para acá otra vez. Iorek Byrnison, nosotros proseguiremos la marcha, o sea que tendrás que atraparnos.

El oso hizo un gesto de asentimiento con su enorme cabezota.

—¿Hay algún soldado en el pueblo? —le preguntó Iorek a Lyra—. ¿Necesitaré la coraza? Si no me la pongo iremos más deprisa.

—No —respondió Lyra—. De eso estoy segura, Iorek. Gracias, lord Faa, y te prometo que te obedeceré.

Tony Costa le dio un trozo de carne seca de foca y, con Pantalaimon dentro de la capucha convertido en ratón, Lyra trepó al prominente lomo del oso, se agarró de su pelaje con las manos enfundadas en los mitones y rodeó con las rodillas los estrechos pero musculosos flancos de Iorek. Tenía un pelo maravillosamente espeso y transmitía una sensación arrolladora de fuerza extraordinaria. Como si Lyra fuera leve como una pluma, Iorek se dio la vuelta y echó a correr al trote con un amplio balanceo, se dirigió hacia el cerro y desapareció entre los árboles más bajos.

Lyra tardó un tiempo en acostumbrarse al movimiento, pero después se dejó ganar por un regocijo desbocado. ¡Iba montada en un oso! La Aurora se cimbreaba sobre ellos formando arcos y bucles dorados y se sentían envueltos en un acre frío ártico y en el inmenso silencio del norte.

Las patas de Iorek Byrnison apenas emitían ruido alguno al avanzar a través de la nieve. Los árboles eran allí delgados y raquíticos, ya que se encontraban en el borde de la tundra, aunque en el camino abundaban las zarzas y los arbustos nudosos. El oso los arrancaba como si fueran telarañas y se abría camino a través de ellos.

Treparon por la baja montaña, entre afloramientos de piedra negra, y la comitiva que los seguía no tardó mucho en perderlos de vista. Lyra habría querido hablar con el oso y, de haberse tratado de un ser humano, seguro que no habría tardado en establecer vínculos familiares con él, pero era tan extraño, tan salvaje y frío que, por vez primera en la vida, se sentía intimidada. Así pues, mientras Iorek iba avanzando y sus enormes piernas se agitaban incansablemente, Lyra se acomodó al movimiento y guardó silencio. La niña pensó que tal vez el oso lo prefería así; quizás a ojos de un oso acorazado como aquél ella era como un cachorrillo parlanchín.

Lyra no había considerado previamente cómo podría ser aquella experiencia y, aunque la estimaba interesante, no dejaba de reconocer que era bastante incómoda. De hecho, era como cabalgar un oso. Iorek Byrnison avanzaba con gran celeridad, moviendo a un tiempo las dos patas de un mismo lado del cuerpo y balanceándose de un lado a otro de acuerdo con un ritmo potente y regular. Lyra no podía limitarse a permanecer sentada sobre el oso, sino que tenía que cabalgar activamente.

Llevaban ya una hora o más de viaje y Lyra se sentía envarada y dolorida, aunque profundamente feliz, cuando de pronto Iorek Byrnison aminoró la marcha hasta que se paró.

—Mira allá arriba —dijo.

Lyra levantó los ojos y se los secó con la parte inferior de la muñeca, ya que el frío era tan intenso que los ojos le lagrimeaban y le enturbiaban la vista. En cuanto se le hubo aclarado, se quedó con la boca abierta ante la visión que le ofrecía el cielo. La Aurora había empalidecido y se había transformado en un resplandor descolorido y tembloroso, pero las estrellas fulguraban como diamantes y, más allá de la inmensa y oscura bóveda constelada de luces, flotaban cientos y cientos de minúsculas formas negras que surgían tanto del este como del sur para confluir en el norte.

—¿Son pájaros? —preguntó Lyra.

—Son brujas —respondió el oso.

—¿Brujas? ¿Qué hacen?

—Tal vez se dirigen volando a la guerra. Jamás había visto tantas juntas.

—¿Conoces a alguna bruja, Iorek?

—He servido a algunas y también he luchado con otras. Si lord Faa las viera, seguro que se asustaría. Y si van volando en ayuda de tus enemigos, todos vosotros deberíais asustaros.

—Lord Faa no tendría miedo. ¿Lo tienes tú?

—Aún no. Y si lo tengo, me lo aguantaré. Pero deberíamos decirle lo de las brujas a Lord Faa, porque a lo mejor los hombres no las han visto nunca.

Ahora el oso se movía con mayor lentitud y Lyra seguía con los ojos clavados en el cielo hasta que el frío volvió a llenárselos de lágrimas y tuvo la sensación de que aquel cortejo innumerable de brujas que volaban hacia el norte no iba a acabarse nunca.

Por fin Iorek Byrnison se detuvo y dijo:

—Hemos llegado al pueblo.

Allá abajo, al pie de la desgarrada y escabrosa pendiente, había unas casas de madera arracimadas junto a una amplia extensión de nieve absolutamente plana que a Lyra le dio la impresión de un lago helado. La conjetura se vio confirmada por la presencia de un espigón de madera. No se encontraban más que a unos cinco minutos del lugar.

—¿Qué quieres hacer? —le preguntó el oso.

Lyra se dejó resbalar por la espalda de Iorek y, cuando estuvo en el suelo, tuvo dificultades para mantenerse de pie. Tenía la piel de la cara tirante a causa del frío y le temblaban las piernas, pero agarrándose a la piel del oso comenzó a dar enérgicas patadas en el suelo hasta que se sintió más fuerte.

—En este pueblo o quizá cerca de él, de eso no estoy segura, tiene que haber un niño o un fantasma —explicó Lyra—. Quiero llegar hasta él, localizarlo y, si puedo, devolvérselo a lord Faa. Yo me figuraba que se trataba de un fantasma, pero el lector de símbolos me dice algo que no consigo entender.

—Si está al aire libre, mejor hubiera hecho buscándose algún refugio —comentó el oso.

—No creo que esté muerto... —dijo Lyra, pese a que distaba mucho de poder asegurarlo.

El aletiómetro había indicado algo misterioso y antinatural que le había causado una cierta alarma. Pero ¿quién era ella? Era la hija de lord Asriel. ¿Y a quién tenía a sus órdenes? A un oso muy forzudo. ¿Cómo iba a tener miedo?

—Vamos a echar un vistazo —dijo Lyra.

Volvió a encaramarse al lomo de Iorek y el oso se lanzó por la escarpada pendiente, caminando con viveza y no lentamente como en el último momento. Los perros del pueblo olieron, oyeron o presintieron que se acercaban y se pusieron a aullar de manera espantosa, mientras un reno se movía nerviosamente de un lado a otro del cercado y sus cuernos crujían igual que ramas secas. En el aire tranquilo, los sonidos de cualquier movimiento, por leves que fueran, se oían a distancia.

Cuando llegaron a las primeras casas, Lyra miró a derecha e izquierda, escrutando la penumbra, puesto que la Aurora casi se había esfumado y todavía faltaba mucho para que apareciera la luna. Aquí y allá parpadeaba una luz bajo un tejado cubierto por una gruesa capa de nieve y a Lyra le pareció entrever algunos rostros lívidos tras los cristales de las ventanas. Suponía cuál debía de ser su sorpresa al descubrir a una niña montada en un gran oso blanco.

En el centro del pueblecito había una zona despejada junto al espigón, hasta donde se habían llevado a rastras unos cuantos botes, convertidos ahora en montones de nieve y ocultos debajo de ella. El alboroto de los perros era ensordecedor y, como esperaba Lyra que ocurriría, debía de haber despertado a todo el mundo. De pronto se abrió una puerta y asomó por ella un hombre empuñando un fusil. Su daimonion, un glotón, se plantó de un salto en el montón de leña que había junto a la puerta, con gran dispersión de nieve.

Lyra se dejó resbalar en seguida del lomo del oso y se interpuso entre el hombre y Iorek Byrnison, consciente de que había sido ella quien le había asegurado que no necesitaba llevar coraza.

El hombre habló en un idioma que Lyra no entendió, pero Iorek Byrnison le respondió en la misma lengua y el hombre profirió una exclamación de espanto.

—Cree que somos demonios —explicó Iorek a Lyra—. ¿Qué le digo?

—Pues dile que no lo somos, pero que tenemos buenos amigos que lo son. Y que buscamos... simplemente a un niño, un niño forastero. Díselo.

Tan pronto como el oso le hubo transmitido sus palabras, el hombre indicó a la derecha, como si se refiriese a un lugar lejano. Y dijo unas palabras muy rápidas.

Iorek Byrnison dijo:

—Pregunta si hemos venido a llevarnos a ese niño. Dice que ellos le tienen miedo, que han tratado de hacer que se fuera, pero que vuelve siempre.

—Contéstale que nos lo llevaremos, pero que no se han portado bien tratándolo de esa manera. ¿Dónde está?

El hombre lo explicó, acompañando sus palabras de gestos temerosos. A Lyra le daba miedo de que, por error, se le disparase el fusil, pero en cuanto hubo terminado de hablar se apresuró a meterse en la casa y cerró la puerta. Lyra vio rostros en todas las ventanas.

—¿Dónde está el niño? —preguntó Lyra.

—En la pesquería —respondió el oso dando media vuelta para dirigirse al embarcadero.

Lyra lo siguió. Estaba terriblemente nerviosa. El oso se encaminó a un estrecho cobertizo de madera, alzó la cabeza para averiguar a través del olfato qué camino debía emprender y, al llegar a la puerta, se detuvo y dijo:

—Aquí dentro.

El corazón de Lyra palpitaba con tal fuerza que apenas podía respirar. Levantó la mano para golpear la puerta y después, consciente de que su reacción era absurda, respiró profundamente antes de llamar, pero se dio cuenta de que no sabía qué decir. ¡Qué oscuro estaba todo ahora! Habría debido llevar una linterna...

Pero ya no había remedio y no quería que el oso notara que estaba asustada. Iorek había dicho que él se aguantaría el miedo, pues eso era también lo que ella debía hacer. Levantó la correa de piel de reno que sujetaba el pestillo y tiró con fuerza de la puerta para liberarla del hielo que la mantenía atrancada. Se abrió con un chasquido. Tuvo que retirar con el pie la nieve amontonada en los bajos de la puerta antes de conseguir abrirla. Pantalaimon no le servía de ninguna ayuda, ya que corría de un lado a otro en forma de armiño, blanca sombra sobre el blanco suelo, profiriendo gritos de pánico.

—¡Pan, por el amor de Dios! —dijo Lyra—. ¡Transfórmate en murciélago y utiliza tu vista por mí!

Pero no quería, como tampoco quería hablar. Lyra no lo había visto nunca de esa manera salvo una vez: aquella en que ella y Roger bajaron a la cripta del Jordan y cambiaron de sitio las monedas-daimonion metiéndolas en los cráneos que no les correspondían. Y ahora estaba todavía más asustado que ella. En cuanto a Iorek Byrnison, se había tumbado en la nieve, no lejos de ellos, y lo observaba todo en silencio.

—¡Venga, sal! —gritó Lyra con voz tan alta como le permitió su audacia—. ¡Sal de una vez!

No hubo respuesta. Abrió la puerta un poco más y Pantalaimon saltó a sus brazos, transformado en gato, y la instó repetidamente diciendo:

—¡Vete en seguida! ¡No te quedes aquí! ¡Oh, Lyra, vete ahora mismo! ¡Márchate en seguida!

Mientras trataba de mantenerlo a raya, se dio cuenta de que Iorek Byrnison se ponía de pie y, al volverse, descubrió una figura que bajaba a toda prisa por el camino que venía del pueblo y que llevaba una linterna.

Cuando estuvo lo bastante cerca para hablar, levantó la linterna y se la acercó para mostrar su cara: se trataba de un viejo con un rostro ancho y arrugado, cuyos ojos se perdían en un mar de surcos. Su daimonion era un zorro ártico.

Se dirigió a ellos y Iorek Byrnison explicó:

—Dice que no es el único niño de esta clase, que ha visto otros en el bosque. Algunos mueren en seguida y otros no. Éste es duro, pero le convendría morir.

—Pregúntale si puede prestarme la linterna —dijo Lyra.

El oso se lo dijo y el hombre se la pasó en seguida, asintiendo enérgicamente con la cabeza. Lyra comprendió que había bajado para prestársela y le dio las gracias por ello, a lo que él respondió volviendo a asentir y quedándose atrás, lejos de ella, de la cabaña y del oso.

Lyra pensó de pronto: ¿qué pasaría si el niño fuera Roger? Rezó fervorosamente para sus adentros pidiendo que no lo fuera. Pantalaimon, convertido nuevamente en armiño, estaba agarrado a ella, con sus pequeñas garras hundidas en su anorak.

Lyra levantó la linterna y se metió en el cobertizo, lo que le permitió descubrir qué estaba haciendo la Junta de Oblación y de qué naturaleza era el sacrificio que los niños debían realizar.

El niño se había acurrucado contra los palos de madera donde estaban colgados y puestos a secar los pescados una vez destripados, colocados en hileras y tiesos como si fueran de madera. Estaba agarrado a un trozo de pescado igual que Lyra a Pantalaimon, manteniéndolo asido con ambas manos contra su corazón. Sin embargo, aquel trozo de pescado seco era todo lo que poseía. No tenía daimonion; los zampones se lo habían extirpado. Era lo que se llamaba intercisión y él era un niño amputado.

13

ESGRIMA

u primer impulso fue dar media vuelta y echar a correr, ya que de otro modo se habría puesto enferma. Un ser humano sin un daimonion era como una persona sin rostro o con las costillas desgarradas y el corazón arrancado, es decir, algo que no era natural, algo misterioso que pertenecía al mundo de los espíritus nocturnos, no al desvelado mundo de los sentidos.

Por esto Lyra seguía asida a Pantalaimon, mientras la cabeza le daba vueltas y sentía un nudo en la garganta y, frío como la noche, un sudor enfermizo le humedecía la piel con una sensación todavía más fría.

—Ratter —dijo el niño—, ¿tienes a mi Ratter?

Lyra sabía a qué se refería.

—No —respondió con voz débil y asustada, puesto que así era cómo se sentía, y añadió—: ¿Cómo te llamas?

—Tony Makarios —contestó él—. ¿Dónde está Ratter?

—No lo sé... —fueron sus primeras palabras porfiando para no sucumbir a la náusea—. Los zampones...

Pero le fue imposible terminar la frase; Lyra tuvo que salir del cobertizo y sentarse sola en la nieve, aunque por supuesto no estaba sola, nunca lo estaba, ya que Pantalaimon la acompañaba siempre. ¡Qué sería de ella si se encontrara como aquel niño, separado de su Ratter! ¡No podía haber nada peor en el mundo! No pudo reprimir un sollozo, mientras Pantalaimon también se ponía a lloriquear y de los sentimientos de los dos nacía una enorme lástima, una gran piedad por aquel medio niño.

Después volvió a ponerse de pie.

—¡Venga! —exclamó con voz temblorosa—. ¡Sal, Tony! Vamos a llevarte a un sitio seguro.

Se notó un cierto movimiento en la pesquería e inmediatamente apareció junto a la puerta, agarrando todavía con las manos el pescado seco. Iba suficientemente abrigado, con prendas cálidas como un anorak de seda acolchada y unas botas de piel, pero tenían aspecto de ser de segunda mano y no se adecuaban a su talla. Visto a la luz exterior, procedente de los últimos jirones débiles de la Aurora, y con el resplandor del suelo cubierto de nieve, tenía un aire más desorientado y lamentable que al principio, a la luz de la linterna y acurrucado junto a los estantes de la pesquería.

El vecino del pueblo que había traído el farol se había retirado a unos metros de distancia y los llamó.

Iorek Byrnison interpretó sus palabras:

—Dice que tienes que pagar el pescado.

Lyra se sintió tentada de responderle al oso que lo matase, pero rectificó y dijo:

—Nos llevamos al niño. Me parece que pueden permitirse darnos un pescado a cambio.

El oso se lo explicó al hombre quien farfulló unas palabras, pero no discutió. Lyra dejó la linterna en la nieve y cogió al medio niño de la mano para conducirlo hasta donde estaba el oso. Caminaba como indefenso, sin mostrar sorpresa ni miedo alguno frente a aquella bestia blanca que tenía tan cerca y, cuando Lyra lo ayudó a sentarse en el lomo de Iorek, todo lo que comentó fue:

—No sé dónde está mi Ratter.

—Tampoco nosotros, Tony —le respondió Lyra—. Pero nosotros... nosotros castigaremos a los zampones. Te prometo que lo haremos. Iorek, ¿puedo sentarme también yo en tu espalda?

—Mi coraza pesa mucho más que unos niños —respondió el oso.

Así pues, Lyra se acomodó detrás de Tony y le indicó que se agarrara con fuerza a los largos pelos del oso, mientras Pantalaimon se instalaba dentro de su capucha, calentito, íntimo y rebosante de piedad. Lyra sabía que el impulso de Pantalaimon era salir de la capucha y hacer algunos mimos a aquel medio niño, lamerlo, acariciarlo, darle calor igual que habría hecho su daimonion, pero el gran tabú se lo impedía.

Atravesaron el pueblo y subieron hacia el cerro, mientras en los rostros de los vecinos de la localidad se pintaba todo el horror que sentían y al mismo tiempo una especie de alivio cargado de temor al ver a aquella criatura tan espantosamente mutilada que, por fortuna, desaparecía del pueblo gracias a aquella niña y al gran oso blanco.

En el corazón de Lyra la repulsión corría pareja con la compasión, aunque la última acabó ganando la partida. Rodeó, pues, con los brazos aquel exiguo pellejo a fin de que se mantuviera en su sitio. El viaje de vuelta hasta reunirse con toda la comitiva fue más frío, más dificultoso y más oscuro, aunque pese a todo pareció transcurrir más aprisa. Iorek Byrnison era incansable y Lyra cabalgaba sobre él de manera automática y ni un solo momento tuvo miedo de caer. Aquel cuerpo frío que tenía en sus brazos era tan ligero que en cierto modo su manejo resultaba fácil. Estaba sentado y se tenía muy erguido, sin moverse cuando el oso se movía, lo que en otro aspecto también dificultaba las cosas.

De vez en cuando el medio niño dejaba oír su voz:

—¿Qué dices? —preguntó Lyra.

—Decía que si sabrá dónde estoy.

—Sí, lo sabrá, te encontrará y nosotros la encontraremos. Ahora agárrate fuerte, Tony. Ya no debemos de estar lejos...

El oso avanzaba a medio galope. Lyra no se enteró de lo cansada que estaba hasta que alcanzaron a los giptanos que habían hecho un alto para que descansaran los perros. De pronto volvían a estar todos juntos: Farder Coram, lord Faa, Lee Scoresby, todos se precipitaron a ayudarlos, aunque se quedaron en silencio al ver a la otra figura que acompañaba a Lyra. El personajillo estaba tan envarado que no pudieron sacarle los brazos del cuerpo del oso y John Faa en persona tuvo que encargarse de abrírselos suavemente y de descabalgarlo.

—¡Bendito sea Dios! ¿Y éste quién es? —exclamó—. Pero, Lyra, ¿se puede saber qué es lo que has encontrado?

—Se llama Tony —consiguió farfullar, pese a que tenía los labios helados—. Y le han arrancado a su daimonion. Lo que hacen los zampones es eso.

Los hombres se hicieron atrás, aterrados de pronto, pero entonces, para sorpresa de Lyra, habló el oso como reconviniéndolos.

—¡Qué vergüenza para vosotros! ¡Pensad en lo que ha hecho esta niña! Quizá no tengáis más valor que ella, pero ¡qué vergüenza si demostráis menos!

—Tienes razón, Iorek Byrnison —exclamó John Faa, volviéndose para dar órdenes—. Azuzad el fuego y calentad un poco de sopa para la niña, mejor dicho, para los dos niños. Farder Coram, ¿está aparejada tu tienda?

—Sí, John. Llevadla a ella y le daremos un poco de calor...

—En cuanto al niño —dijo alguien—, que también coma y se caliente, aunque...

Lyra habría querido contarle a John Faa todo lo referente a las brujas, pero al verlos tan atareados y encontrarse ella tan cansada no comentó nada. Después de unos minutos de confusión, iluminados por la luz del farol y en medio del humo de la fogata y de las figuras que se movían continuamente de un lado a otro, Lyra sintió un ligero mordisco en la oreja, propinado por los dientes de armiño de Pantalaimon, y se despertó con la cara del oso a pocos centímetros de la suya.

—Las brujas —murmuró Pantalaimon—. He llamado a Iorek.

—¡Oh, sí! —farfulló—. Iorek, gracias por transportarme en ese viaje de ida y vuelta. Me he olvidado de hablar a lord Faa de las brujas; mejor que lo hagas tú.

Oyó responder al oso que estaba de acuerdo y acto seguido cayó profundamente dormida.

Cuando despertó, tuvo la sensación de encontrarse más cerca de la luz del día que en toda su vida. El cielo estaba empalidecido por la zona sudeste y en el aire flotaba una neblina gris a través de la cual los giptanos se movían como gigantescos fantasmas, cargando los trineos y poniendo arneses a los perros.

Lyra lo observaba todo acomodada en el trineo de Farder Coram, tumbada debajo de un montón de pieles. Pantalaimon se despertó mucho antes que ella y se transformó en un zorro ártico antes de tomar su forma preferida, la de un armiño.

Iorek Byrnison dormía echado en la nieve, la cabeza apoyada en sus enormes patas, pero Farder Coram estaba levantado y muy atareado y, tan pronto como vio aparecer a Pantalaimon, acudió cojeando junto a Lyra para despertarla del todo.

Ésta lo vio acercarse y se sentó a hablar con él.

—¡Farder Coram, ahora entiendo lo que antes no entendía! El aletiómetro insistía en «pájaro» y «no», lo cual no tenía sentido porque significaba «sin daimonion» y esto para mí era incomprensible... ¿Qué pasa?

—Lyra, lamento tener que darte esta noticia después de todo

lo que has hecho, pero hace una hora que el niño ha muerto. No se adaptaba, no paraba un momento en ningún sitio, llamaba constantemente a su daimonion, preguntaba dónde estaba, si vendría pronto y otras cosas por el estilo y se mantenía fuertemente agarrado a aquel trozo seco de pescado como si... Me cuesta explicártelo, nena, pero al final ha cerrado los ojos y se ha quedado quieto. Por vez primera parecía estar tranquilo, ya que por fin era como otro muerto cualquiera, privado de su daimonion por causas naturales. Han tratado de cavar un hoyo en el suelo para enterrarlo, pero la tierra está dura como el hierro. John Faa ha dado orden, pues, de hacer una fogata y van a incinerarlo para que sus restos no sean pasto de los carroñeros.

»Niña, tú has hecho una cosa muy digna y que denota bondad; estoy orgulloso de ti. Ahora sabemos de qué maldad son capaces estas personas, vemos más claro que nunca cuál es nuestro deber. Lo que debes hacer ahora es descansar y comer, porque es demasiado pronto para que puedas restablecerte en una noche y, teniendo en cuenta las temperaturas reinantes, tienes que comer para impedir que te debilites más...

Farder Coram no paraba de moverse de un lado a otro, colocaba las pieles en su sitio, ceñía la cuerda para tensar el cuerpo del trineo, desenmarañaba los arneses con sus manos.

—Farder Coram, ¿dónde está el cuerpo del niño? ¿Ya lo han incinerado?

—No, Lyra, está allí tendido.

—Me gustaría verlo.

No podían negárselo, Lyra había visto cosas peores que cadáveres y a lo mejor verlo la tranquilizaba. Así, acompañada de Pantalaimon, transformado en liebre blanca que trotaba alegremente a su lado, recorrió toda la hilera de trineos junto a los cuales unos hombres amontonaban leña.

El cadáver del niño estaba debajo de una manta a cuadros junto al camino. Lyra se arrodilló y levantó la manta con sus manos cubiertas por los mitones. Cuando un hombre ya iba a impedírselo, los demás movieron negativamente la cabeza.

Pantalaimon se acercó arrastrando la barriga por el suelo mientras Lyra contemplaba aquel pobre rostro destrozado. Se quitó el mitón y le tocó los ojos. Estaban fríos como el mármol. Farder Coram había estado en lo cierto: el pobre Tony Makarios no se diferenciaba en nada de cualquier ser humano al que la muerte separa de su daimonion. ¡Oh, qué horrible sería para ella si le arrebata-

211

sen a Pantalaimon! Recogió a su daimonion del suelo y lo abrazó contra ella, como si quisiera introducirlo en su corazón. Lo único que Tony poseía era aquel triste trozo de pescado...

Por cierto, ¿dónde estaba?

Bajó la manta para intentar encontrarlo y comprobó que había desaparecido. Se puso en pie de un salto y sus ojos chispearon con furia mientras observaba a los hombres que tenía a su alrededor.

—¿Dónde está el pescado?

Los hombres se quedaron estupefactos, sin saber a qué se refería, aunque era evidente que algunos de los daimonions sí lo sabían y por eso se miraban mutuamente. Uno de los hombres comenzó a hacer muecas como si estuviera a punto de soltar una carcajada.

—¡No te atrevas a reír! ¡Como te rías de él te rompo la crisma! Era la única cosa que poseía, un trozo de pescado seco, lo único que podía amar y mimar en lugar de su daimonion. ¿Quién se lo ha quitado? ¿Dónde ha ido a parar?

Pantalaimon se había transformado en irbis, como el daimonion de lord Asriel, y lanzaba gruñidos, aunque Lyra no se dio cuenta. Lo único que sabía distinguir en aquel momento era lo que estaba bien de lo que estaba mal.

—¡Cuidado, Lyra! —le advirtió uno—. ¡Ándate con mucho cuidado!

—¿Quién se lo ha quitado? —volvió Lyra a la carga, mientras el giptano daba un paso atrás ante lo apasionado de su furia.

—Yo no lo sabía —respondió el otro disculpándose—. Me figuraba que era algo que estaba comiendo y se lo he quitado de las manos por considerarlo más respetuoso. Eso es todo, Lyra.

—Entonces dime dónde está.

El hombre, bastante azarado, se explicó:

—Como he pensado que ya no le hacía falta, lo he echado a los perros. Te ruego que me perdones.

—Es él quien debe perdonarte, no yo —replicó Lyra, volviéndose a poner de rodillas junto al niño y descansando la mano en su mejilla helada.

De pronto se le ocurrió una idea y hurgó entre las pieles con que se cubría el cuerpo. Notó el azote del frío glacial al abrirse el anorak, pero a los pocos segundos tenía en las manos lo que buscaba: una moneda de oro que sacó del portamonedas antes de volver a arrebujarse en las pieles.

—Préstame el cuchillo —le dijo al hombre que había cogido el pescado y, cuando se lo dio, preguntó a Pantalaimon—: ¿Cómo se llamaba?

Pantalaimon, lógicamente, sabía a quién se refería y respondió:

—Ratter.

Con la moneda de oro en la mano izquierda, cubierta con el mitón, y sosteniendo el cuchillo como si fuera un lápiz, grabó en el metal el nombre del daimonion amputado.

—Espero que baste con esto, suponiendo que pueda darte el mismo trato que si pertenecieras al Jordan College —murmuró al oído del niño muerto, al tiempo que le forzaba las mandíbulas para separárselas y le introducía la moneda en la boca. Aunque difícil, consiguió hacerlo y también logró cerrárselas de nuevo.

Después devolvió el cuchillo al hombre y se adentró en el crepúsculo matutino para reunirse con Farder Coram.

Éste le dio un tazón de sopa que acababa de sacar del fuego y que Lyra consumió con avidez.

—¿Qué haremos con las brujas, Farder Coram? —preguntó Lyra—. No sé si tu bruja era una de ellas.

—¿Mi bruja? Yo no me hago tantas ilusiones, Lyra. Posiblemente iban a alguna parte. En la vida de las brujas hay muchos asuntos que nos son ajenos, intervienen en ella cosas que son invisibles para nosotros, misteriosas enfermedades que para nosotros no tendrían importancia alguna o se ven empujadas a guerras cuyos motivos están fuera de nuestro alcance o experimentan alegrías y penas que tienen que ver con la floración de plantas insignificantes que crecen en la tundra... Pero de veras que me habría gustado verlas volar, Lyra. ¡Cuánto habría disfrutado con un espectáculo como ése! Anda, termínate la sopa. ¿Quieres un poco más? Se está cociendo pan de puchero. ¡Vamos, niña, come porque no tardaremos en ponernos en camino!

La comida reanimó a Lyra y hasta el frío que tenía metido en el alma comenzó a fundirse. Estuvo presente con los demás en la ceremonia de cremación del medio niño en la pira funeraria e inclinó la cabeza y cerró los ojos mientras John Faa decía sus oraciones, después de lo cual los hombres rociaron el cuerpo con espíritu de carbón, le echaron unas cerillas y en pocos minutos quedó convertido en brasas.

En cuanto tuvieron la seguridad de que su cuerpo había quedado reducido a cenizas, se dispusieron a reemprender el viaje. Fue una jornada fantasmal. Muy temprano se puso a nevar y al poco tiempo el mundo estaba compuesto únicamente de las sombras grises de los perros que tenían delante, del bamboleo y chasquidos del trineo, del mordisco del frío y de todo un mar arremolinado de enormes copos de nieve que por el color apenas se distinguían del cielo y sólo eran levemente más claros que la nieve del suelo.

Los perros seguían corriendo a través de la nieve con los rabos enhiestos y el aliento convertido en vapor. Se dirigían al norte, cada vez más al norte, mientras iba y venía una especie de desvaído mediodía y el crepúsculo se desplegaba de nuevo alrededor del mundo. Se pararon a comer, a beber y a descansar en una quebrada entre montañas, con la intención además de orientarse, y mientras John Faa hablaba con Lee Scoresby acerca de la mejor manera de servirse del globo, Lyra se acordó de la mosca espía y preguntó a Farder Coram qué había ocurrido con la lata de hojas de humo dentro de la cual la había aprisionado.

—La tengo bien guardada —le aseguró él—. Está en el fondo de aquel petate, pero no se la puede ver; soldé el bote al embarcar, tal como dije. Para ser sincero, no sé qué haremos con ella, quizá podríamos tirarla en una mina de fuego, a lo mejor así nos librábamos de ella. Pero no te preocupes, Lyra. Mientras esté en mi poder, no hay nada que temer.

Así que se le presentó la oportunidad, metió el brazo en el petate de lona, tiesa a causa del frío, y sacó la minúscula lata. Todavía no la tenía en la mano cuando oyó el zumbido que hacía el bicho en el interior.

Mientras Farder Coram estaba de palique con los demás jefes, Lyra cogió la lata, la entregó a Iorek Byrnison y le explicó la idea que se le había ocurrido. Le vino a las mientes al recordar la facilidad con que cortaba el metal de la cubierta del motor con tanta facilidad.

Iorek atendió sus palabras, seguidamente cogió la tapadera de una caja de galletas y, dando muestras de su gran destreza, la convirtió en un pequeño cilindro plano. Lyra quedó maravillada al ver la habilidad de sus manos: a diferencia de la mayoría de osos, tanto él como los animales de su estirpe tenían el pulgar opuesto a los demás dedos, lo que les permitía asir los objetos y manipularlos, aparte de que Iorek poseía un sentido innato de la resistencia y flexibilidad de los metales, lo que significaba que le bastaba sopesarlos una o dos veces, doblarlos a uno y otro lado y ya podía trazar sobre ellos un círculo con las garras para marcar por donde quería doblarlos. Así procedió ahora, doblando los lados hacia dentro hasta formar un reborde y confeccionando después una tapadera para encajarla en él. Lyra le pidió dos recipientes de este tipo: uno del mismo tamaño que la lata original de hojas de humo y otro en el que pudiera meter ésta, además de una cantidad de cabellos y briznas de musgo y líquenes para disponer un lecho que amortiguase el ruido. Una vez cerrado tenía el mismo tamaño y forma que el aletiómetro.

Terminada la labor, Lyra se sentó junto a Iorek Byrnison mientras él se dedicaba a dar cuenta de un muslo de reno tan congelado que parecía de madera.

—Iorek —le preguntó Lyra—, ¿debe de ser duro eso de no tener un daimonion? ¿No te sientes solo?

—¿Solo? —replicó él—. Pues no lo sé. Todos dicen que aquí hace mucho frío. Yo no sé si hace frío o no, pero yo no lo tengo. Tampoco sé qué significa estar solo. Los osos somos solitarios por naturaleza.

—¿También los osos de Svalbard? —quiso saber Lyra—. Los hay a millares, ¿no es verdad? A mí me han dicho eso.

Iorek no respondió y se limitó a desgarrar el muslo por la articulación, con lo que produjo un ruido parecido al de una rama al desgajarse.

—Perdona, Iorek —agregó Lyra—, espero no haberte ofendido. Lo que me mueve a preguntar es la curiosidad. Y si los osos de Svalbard me inspiran más curiosidad es por mi padre.

—¿Quién es tu padre?

—Lord Asriel. Lo tienen prisionero en Svalbard, ¿sabes? Me parece que los zampones lo traicionaron y pagaron a los osos para que lo tuvieran prisionero.

—No lo sé porque yo no soy un oso de Svalbard.

—Creía que lo eras...

—No, hubo una época en que lo fui, pero ahora ya no. Me expulsaron para castigarme porque maté a otro oso. Por eso me privaron de mi categoría, de mis bienes y de mi coraza y me enviaron a vivir a la frontera del mundo humano y a luchar cuando encontrara un puesto en él o bien a trabajar empleando la fuerza bruta y a ahogar los recuerdos a base de alcohol.

—¿Y por qué mataste al otro oso?

—Por pura furia. Los osos tenemos medios para canalizar la furia por otros caminos que no sean la lucha contra nuestros semejantes, pero yo estaba fuera de mí, por eso lo maté y por esto me castigaron con toda justicia.

—Tú tenías riquezas y rango —dijo Lyra con admiración—.

¡Exactamente como mi padre, Iorek! A él le ocurrió lo mismo cuando yo nací. También mató a un hombre y le quitaron todas sus riquezas, aunque eso fue mucho antes de que lo hicieran prisionero en Svalbard. No sé nada de Svalbard, salvo que está situado muy al norte. ¿Está cubierto de hielo? ¿Se puede llegar allí a través del mar helado?

—Desde esta costa no. A veces el mar está helado en la parte sur, otras veces no. Te haría falta un bote.

—O un globo, quizá.

—Sí, un globo sí, pero entonces necesitarías viento favorable.

Iorek seguía royendo el muslo de reno y entretanto a Lyra se le ocurrió una idea loca al recordar todas aquellas brujas que había visto atravesar volando el cielo de noche, aunque no hizo ningún comentario al respecto. Se limitó a interrogar a Iorek Byrnisson acerca de Svalbard y escuchó ávidamente mientras él le hablaba de aquellos glaciares que iban deslizándose lentamente, de aquellas rocas y de aquellos témpanos de hielo donde vivían cientos y cientos de morsas de deslumbrantes colmillos, de aquellos mares donde proliferaban las focas, de aquellos narvales que hacían entrechocar sus largos y blancos colmillos sobre los hielos que cubrían las aguas, de aquella amplia y adusta costa bordeada de hierro, con acantilados de mil metros o más de altura, donde se posaban extrañas criaturas y desde los cuales se lanzaban en picado, de los pozos de carbón y de las minas de fuego, donde los osos herreros se dedicaban a martillear gruesas planchas de hierro hasta convertirlas en corazas...

—Si te quitaron la coraza, ¿de dónde sacaste la que tienes, Iorek?

—Me la hice yo en Nueva Zembla con metal celeste. Mientras no la tuve, fui incompleto.

—Esto quiere decir que los osos son capaces de fabricarse su alma... —apuntó Lyra, dándose cuenta de que en este mundo tenía mucho que aprender—. ¿Quién es el rey de Svalbard? —prosiguió—. ¿Tienen rey los osos?

—Sí, se llamaba Iofur Raknison.

Aquel nombre encendió una lucecita en la memoria de Lyra. Era un nombre que había oído en alguna parte, pero ¿dónde? No lo había pronunciado la voz de un oso ni tampoco la de un giptano. La voz que lo había nombrado era la de un licenciado, en tono preciso, pedante y vagamente arrogante, muy posiblemente una voz del Jordan College. Trató de recordar de nuevo. ¡Era una voz que conocía tan bien!

De pronto se acordó: había sido en el salón reservado y los licenciados estaban escuchando a lord Asriel. Quien había nombrado a Iofur Raknison había sido el profesor Palmerian. Había empleado la palabra panserbjýrne, una palabra desconocida para Lyra, que además tampoco sabía que Iofur Raknison fuera un oso. Pero ¿qué había dicho el hombre? El rey de Svalbard era vanidoso, susceptible al halago, pero había algo más... ¡ojalá hubiese podido recordarlo! Sin embargo, habían ocurrido tantas cosas desde entonces...

—Si tu padre está prisionero de los osos de Svalbard —declaró Iorek Byrnison—, no escapará. Allí no hay madera con la que poder fabricar una barca. De todos modos, dado que es un aristócrata, lo tratarán bien. Dispondrá de una casa donde vivir y de un criado que lo atienda, además de comida y combustible.

—¿No han sido nunca vencidos los osos, Iorek?

—No.

—¿Ni tampoco engañados, quizá?

Dejó de roer, la miró directamente y después añadió:

—No derrotarás nunca a los osos acorazados. Ya has visto mi coraza; mira ahora mis armas.

Soltó la carne y levantó las patas con las palmas para arriba para que Lyra las examinara. Cada cojinete negro estaba recubierto de una piel correosa de unos dos centímetros de grueso y las garras eran como mínimo tan largas como la propia mano de Lyra y, además, cortaban como cuchillos. Dejó que ella las acariciara, maravillada, con sus manos.

—Con un solo golpe podría machacar el cráneo de una foca —dijo Iorek— o romper el espinazo de un hombre o arrancarle un miembro. Y además, muerdo. Si no me hubieras parado los pies en Trollesund, habría machacado la cabeza de aquel hombre igual que una cáscara de huevo. Hasta aquí la fuerza, después viene la astucia. A un oso no hay quien lo engañe. ¿Quieres que te lo demuestre? Coge un palo y practiquemos la esgrima.

Ávida de ponerlo a prueba, Lyra desgajó una rama de un arbusto cargada de nieve, le arrancó todos los brotes laterales y comenzó a pegar estocadas a diestro y siniestro como si fuera una espada. Iorek Byrnison se sentó sobre sus cuartos traseros y se quedó a la espera con las patas delanteras en el regazo. Finalmente Lyra decidió lanzarse al ataque, aunque no quería herirlo ya que se mostraba tan pacífico. Así pues, hizo unos floreos, librándose a unas cuantas fintas a derecha e izquierda, aunque sin intención de lastimarlo, pero él no se movió. Lo repitió varias veces seguidas y él siguió sin moverse ni un centímetro. Por fin decidió atacarlo directamente, sin herirlo pero simplemente tocándole el estómago con el palo. Al momento el oso avanzó la pata y apartó el palo a un lado.

Sorprendida, Lyra probó de nuevo con igual resultado. Él se movía con mucha más rapidez y seguridad que ella. Lyra acabó por intentar herirlo de verdad, manejando el palo como un espadachín el florete, pero ni una sola vez consiguió tocarle el cuerpo. Parecía como si el oso adivinara sus intenciones; cuando intentó arremeter contra su cabeza, la enorme pata apartó el palo como si tal cosa y, cuando Lyra quiso hacer un amago, el oso no se movió siquiera.

Aquello exasperó a Lyra y la empujó a un furioso ataque, intentando pinchar, golpear, pegar y apuñalar, aunque no consiguió ni una sola vez esquivar aquellas patas. Parecían estar en todas partes, con el tiempo preciso para parar el golpe, justo en el lugar adecuado para neutralizarlo.

Al final se asustó y renunció. Llevaba tantas pieles encima que tenía el cuerpo cubierto de sudor, estaba sin aliento, se sentía agotada y el oso seguía sentado, impasible, en su sitio. Aun cuando Lyra hubiera dispuesto de una espada de verdad, provista de una punta asesina, él habría salido completamente ileso.

—Apuesto que hasta balas pararías —exclamó Lyra arrojando a un lado la rama—. ¿Cómo lo haces?

—No soy humano —respondió—. Por eso es imposible que un ser humano engañe a un oso. Adivinamos las tretas y los engaños y los visualizamos tan claramente como si viéramos brazos y piernas. Vemos las cosas de una manera que los seres humanos han olvidado. Pero tú sabes algo de esto, puesto que entiendes el lector de símbolos.

—No es lo mismo, ¿no te parece? —respondió ella, que ahora se sentía más nerviosa delante del oso que cuando lo había visto presa de la furia.

—Sí lo es —insistió él—. Los adultos no pueden leerlo, según tengo entendido. Frente a los seres humanos que quieren atacarme yo soy igual que tú con el lector de símbolos frente a las personas mayores.

—Sí, supongo que sí —admitió Lyra, un poco confusa y a contrapelo—. ¿Quiere esto decir que olvidaré su manejo cuando sea mayor?

—¡Quién sabe! Yo no he visto nunca a ningún lector de símbolos ni a nadie que sepa leerlo. A lo mejor es que tú eres diferente de los demás.

Volvió a ponerse con las cuatro patas en el suelo y continuó royendo la carne. Lyra se había soltado las pieles, pero había vuelto a arreciar el frío y tuvo que ceñírselas de nuevo al cuerpo. Visto en conjunto, el episodio resultaba inquietante. Lyra habría querido consultar el aletiómetro allí y entonces, pero hacía demasiado frío y, además, la estaban llamando porque había llegado el momento de reanudar la marcha. Cogió las cajas metálicas que había fabricado Iorek Byrnison, puso la que estaba vacía dentro del petate de Farder Coram y la que contenía la mosca espía junto con el aletiómetro en la bolsa que llevaba en el chaleco. Estaba contenta de reemprender la marcha.

Los jefes habían acordado con Lee Scoresby que, cuando hicieran la parada siguiente, inflarían el globo y él otearía desde el aire. Naturalmente, Lyra se mostraba ávida de volar con él y, como no podía ser de otro modo, eso estaba prohibido, pero lo acompañó con el trineo y lo acribilló a preguntas.

—Señor Scoresby, ¿cómo volará hasta Svalbard?

—Se necesitaría un dirigible con motor de gasolina o algo parecido a un zepelín o un buen viento del sur. Pero ¡qué diablos!, ni aún así me atrevería. ¿No has estado nunca en Svalbard? Es el sitio más desolado, más inhóspito y olvidado de la mano de Dios que imaginarte puedas, es el final de la nada.

—Estaba pensando que a lo mejor a Iorek Byrnison le gustaría volver...

—Lo matarían. Iorek está desterrado. Si pusiera las plantas en aquella tierra lo despedazarían vivo.

—¿Y cómo va a inflar el globo, señor Scoresby?

—Puedo hacerlo de dos maneras. Obtengo hidrógeno echando ácido sulfúrico sobre limaduras de hierro. Se recoge el gas que se desprende y se va llenando el globo gradualmente de esta manera. El otro procedimiento consiste en localizar una abertura en el gas de tierra cerca de una mina de fuego. Debajo de esta tierra hay una gran cantidad de gas y, además, petróleo de roca. Puedo conseguir gas a partir del petróleo de roca, en caso de que lo necesitase, como también a partir del carbón. Pero la forma más rápida es usar el gas de tierra. Si se encuentra una buena abertura, en una hora se puede llenar el globo.

—¿Cuántas personas puede llevar?

—Seis, como máximo.

—¿Podría llevar a Iorek Byrnison con su coraza?

—Ya lo hice una vez. En cierta ocasión lo rescaté del poder de los tártaros, cuando lo habían desterrado y pretendían dejarlo morir de hambre. Fue en la campaña de Tunguska. Acudí volando y me lo llevé. Parece fácil, pero no lo es, tuve que calcular el peso de nuestro amigo a ojo de buen cubero. Y después tuve que contar con gas del suelo que estaba debajo del fuerte de hielo que él se había hecho. Pero desde el aire pude ver qué tipo de terreno era y consideré que no había peligro alguno en excavar. Mira, para bajar tengo que soltar aire del globo y no puedo volver a elevarme si no dispongo de más. De todos modos, lo logramos, coraza incluida.

—Señor Scoresby, ¿usted sabía que los tártaros hacen agujeros en la cabeza de las personas?

—Por supuesto que sí. Hace miles de años que tienen esa costumbre. En la campaña de Tunguska capturamos a cinco tártaros vivos y tres de ellos tenían agujeros en el cráneo. Había uno que tenía dos.

—¿Se los hacen entre sí?

—Exactamente. Primero hacen un corte circular en la piel del cuero cabelludo, de modo que puedan levantar una especie de trampilla y dejar al descubierto el hueso. Después sacan un pequeño círculo de hueso del cráneo, lo hacen con un cuidado extremo para no dañar el cerebro y, finalmente, cosen el cuero cabelludo de modo que el agujero quede tapado.

—¡Yo me figuraba que lo hacían con los enemigos!

—¡No, ni pensarlo! Eso es un gran privilegio. Lo hacen para que los dioses puedan hablar con ellos.

—¿Ha oído hablar alguna vez de un explorador llamado Stanislaus Grumman?

—¿Grumman? ¡Naturalmente! Encontré a uno de su equipo una vez que volé sobre el río Yeniséi, hará de eso unos dos años. Se había ido a vivir con las tribus tártaras de la zona. A propósito, me parece que le habían hecho ese agujero del cráneo porque forma parte de una ceremonia iniciática, aunque el hombre que me lo contó no estaba demasiado enterado del asunto.

—Entonces... si era un tártaro honorífico, no habrían tenido que matarlo.

—¿Matarlo? ¿Lo mataron?

—Sí, yo vi su cabeza —declaró, orgullosa, Lyra—. La encontró mi padre y la vi cuando la mostró a los licenciados del Jordan College, en Oxford. Le habían arrancado el cuero cabelludo.

—¿Quién se lo había arrancado?

—Pues los tártaros, eso es lo que creyeron los licenciados... aunque quizá no fuera verdad.

—No podía ser la cabeza de Grumman —aseguró Lee Scoresby—. Seguro que tu padre engañó a los licenciados.

—Quizá sí —manifestó Lyra en tono reflexivo—. Tenía que pedirles dinero.

—¿Y se lo dieron al ver la cabeza?

—Sí.

—¡Menuda jugarreta la suya! Cuando una persona ve una cosa así se impresiona tanto que lo que menos quiere es examinarla de cerca.

—Sobre todo tratándose de licenciados —añadió Lyra.

—Esto tú lo sabes mejor que yo; pero, aun suponiendo que se tratara de la cabeza de Grumman, me juego lo que sea a que no fueron los tártaros quienes le arrancaron el cuero cabelludo. Se lo arrancan a los enemigos, no a su propia gente, y él era tártaro de adopción.

Lyra iba reflexionando sobre aquellas palabras mientras seguían la marcha. A su alrededor circulaban con gran rapidez corrientes cargadas de significado: los zampones y sus crueldades, su miedo al Polvo, la ciudad de la Aurora, su padre encerrado en Svalbard, su madre... ¿Dónde estaría ahora su madre? A esto siguió el aletiómetro, las brujas volando hacia el norte... y el pobre Tony Makarios y la mosca espía mecánica y la misteriosa habilidad de Iorek Byrnison en el arte de la esgrima...

Se durmió. Y hora tras hora, se encontraban más cerca de Bolvangar.

14

LAS LUCES DE BOLVANGAR

*E*l hecho de que los giptanos no hubieran visto a la señora Coulter ni oído nada acerca de ella tenía preocupados a Farder Coram y a John Faa más de lo que dejaban entrever a Lyra, aunque ignoraban que también ella estaba inquieta. Lyra temía a la señora Coulter, pensaba a menudo en ella y, mientras que lord Asriel ahora se había convertido en «un padre» para ella, era evidente que la señora Coulter no sería nunca «una madre». La razón de que así fuera obedecía al daimonion de la señora Coulter, el mono dorado, que había provocado el aborrecimiento de Pantalaimon y que, en opinión de Lyra, había curioseado sus secretos, de manera especial el del aletiómetro.

Lo más probable es que siguieran espiándola para capturarla; habría sido tontería pensar otra cosa. El asunto de la mosca espía lo demostraba, y quizás alguna cosa más.

Pero cuando uno de sus enemigos asestó un golpe, no fue la señora Coulter. Los giptanos habían planeado una parada y un descanso para los perros; tenían intención de reparar un par de trineos y preparar las armas necesarias para asaltar Bolvangar. John Faa esperaba que Lee Scoresby encontrase gas subterráneo para llenar el globo más pequeño (ya que al parecer tenía dos) e hiciera una ascensión para inspeccionar. Sin embargo, el aeronauta vigilaba las condiciones atmosféricas con la misma atención que un marinero; anunció que habría niebla y, por supuesto, tan pronto como se detuvieron cayó una niebla espesa. Lee Scoresby sabía que no vería nada desde el cielo, por lo que tuvo que contentarse con comprobar el buen estado de su equipo, pese a que todo estaba meticulosamente ordenado. De pronto, sin que mediara advertencia de ninguna clase, de la oscuridad surgió una lluvia de flechas.

Cayeron abatidos tres giptanos y el silencio en que murieron fue tal que nadie oyó nada. Sólo cuando se desplomaron sobre los arreos de los perros o se quedaron inesperadamente quietos, los hombres que tenían más cerca se dieron cuenta de lo que ocurría, aunque entonces ya era demasiado tarde porque les estaba cayendo encima una nube de flechas. Algunos levantaron la cabeza, aturullados por los ruidos irregulares y rápidos procedentes tanto de arriba como de abajo mientras en la madera o en la lona helada se iban incrustando las flechas.

El primero en reaccionar fue John Faa, quien gritó unas órdenes desde el centro de la hilera. Inmediatamente manos frías y miembros entumecidos se pusieron en movimiento para obedecerlo mientras seguían cayendo más flechas como una lluvia de proyectiles con remate mortal.

Lyra se encontraba a campo abierto y las flechas le pasaban por encima de la cabeza. Pantalaimon las oyó antes que ella y, convertido en leopardo, la empujó para que, ya en el suelo, quedara menos expuesta. Restregándose la nieve de los ojos, Lyra se volvió para ver lo que ocurría, puesto que a la semioscuridad reinante venía a añadirse la confusión y el alboroto. Oyó un poderoso rugido y el estrépito y chirrido de la coraza de Iorek Byrnison cuando saltó sobre los trineos con el cuerpo totalmente protegido y se perdió en el seno de la niebla, todo lo cual fue seguido de gritos, gruñidos, crujidos y desgarramientos, además de ruido de golpes, quejidos de terror y rugidos de furia desatada, mientras los ponía fuera de combate.

Pero ¿quiénes eran «ellos»? Lyra todavía no había visto la figura de ningún enemigo. Los giptanos parecían multiplicarse para defender los trineos, aunque Lyra se dio cuenta de que, al hacerlo, no hacían otra cosa que ofrecerse como blancos más seguros, aparte de que con las manos cubiertas con guantes y mitones no era nada fácil disparar sus fusiles. Sólo había oído cuatro o cinco tiros en respuesta al incesante repiqueteo de la lluvia de flechas. Entretanto los hombres iban cayendo minuto tras minuto.

¡Oh, John Faa!, no pudo por menos de pensar Lyra, angustiada. Esto no lo habías previsto y yo tampoco te he ayudado en nada.

Pero aquel pensamiento sólo duró un segundo, ya que oyó un

potente alarido de su Pantalaimon y algo —otro daimonion— se abalanzó sobre él y lo derribó, dejando al mismo tiempo a Lyra sin aliento, después de lo cual fue levantada por muchas manos que la sujetaron, contuvieron su llanto con mitones que olían a tigre, la fueron pasando de unos brazos a otros y, finalmente, volvieron a dejarla tendida sobre la nieve, donde sintió mareo, ahogo y dolor, las tres cosas a un tiempo. Le levantaron los brazos tendiéndoselos tan atrás que hasta le chasquearon los hombros y alguien le juntó las muñecas y le puso una capucha para cubrirle la cabeza y ahogar sus chillidos, ya que gritaba a más y mejor:

—¡Iorek! ¡Iorek Byrnison! ¡Ayúdame!

Pero ¿acaso la oía el oso? No habría podido asegurarlo. No paraban de moverla de acá para allá y después la estrujaron contra una superficie dura que comenzó a dar bandazos y golpes como si fuera un trineo. Hasta ella llegaban ruidos desaforados y confusos. Iorek Byrnison estaba demasiado lejos para que Lyra alcanzara a oír sus rugidos; después notó un traqueteo como si estuviera recorriendo un terreno accidentado, mientras se retorcía los brazos, permanecía con la boca tapada y, aún así, sollozaba de rabia y de miedo. Finalmente oyó extrañas voces que hablaban a su alrededor.

—¡Pan! —gritó casi sin aliento.

—¡Estoy aquí! ¡Sssss! Ahora te ayudo a respirar. ¡Quieta!

Con sus patitas de ratón le apartó la capucha para dejarle la boca libre y Lyra aspiró una bocanada de aire helado.

—¿Quiénes son? —murmuró Lyra.

—Parecen tártaros. Me parece que han herido a John Faa.

—No...

—Le he visto caer. Habría debido prever este ataque. Eso lo sabemos.

—¡Pero nosotros deberíamos haberle ayudado! ¡Si hubiéramos consultado el aletiómetro...!

—¡Calla! Finge que estás inconsciente.

Se oyó el chasquido de un látigo y el aullido de perros lanzados a la carrera. Por las sacudidas y los saltos de un lado a otro, Lyra habría podido asegurar que iban a toda velocidad y, pese a que se esforzó en identificar los ruidos de la batalla, no pudo oír más que una siniestra racha de disparos amortiguados por la distancia, y después el crujido de pasos tan pronto rápidos como lentos al pisar la nieve.

—Nos llevan con los zampones —dijo Lyra en un murmullo.

La primera palabra que acudió a su mente fue la de «amputación». Un miedo espantoso invadió todo su cuerpo, mientras Pantalaimon se acurrucaba junto a ella.

—Yo lucharé —afirmó él.

—También yo. ¡Los mataré!

—Lo hará Iorek cuando se entere. Los aplastará.

—¿A qué distancia estamos de Bolvangar?

Pantalaimon no lo sabía, aunque suponía que debían de encontrarse a menos de un día de distancia. Después de un viaje tan largo que le había provocado calambres por todo el cuerpo, aminoraron el paso y alguien le sacó la capucha.

Lyra levantó los ojos y contempló un rostro ancho de rasgos asiáticos, enmarcado en una capucha de glotón, iluminado por el parpadeo de una luz vacilante. En sus negros ojos brillaba un destello de satisfacción, sobre todo cuando Pantalaimon se escabulló del anorak de Lyra y descubrió sus blancos dientes de armiño al tiempo que emitía un bufido. El daimonion del hombre, que era un glotón voluminoso y pesado, le respondió con un gruñido que no arredró lo más mínimo a Pantalaimon.

El hombre levantó a Lyra para sentarla y le apoyó el cuerpo contra el costado del trineo, pero Lyra seguía inclinándose hacia un lado porque continuaba con las manos atadas a la espalda. El hombre, pues, optó por desatarle las manos y atarle los pies.

A través de la nieve que caía y de la espesa niebla que todo lo envolvía, Lyra vio que el hombre era muy fuerte, al igual que el conductor, y se dio cuenta de que mantenía muy bien el equilibrio en el trineo y se movía como en su casa en aquellas tierras, lo que no era el caso de los giptanos.

El hombre habló, pero Lyra no entendió palabra. Lo intentó con otra lengua pero obtuvo el mismo resultado. Finalmente le habló en inglés.

—¿Cómo te llamas?

Pantalaimon erizó los pelos en señal de advertencia y Lyra comprendió al momento lo que eso significaba. ¡Le quería dar a entender que aquellos hombres no sabían quién era ella! No la habían secuestrado por su relación con la señora Coulter y, en consecuencia, a lo mejor no estaban al servicio de los zampones.

—Lizzie Brooks —respondió ella.

—Lissie Broogs —repitió él—. Nosotros llevarte sitio bonito, gente simpática.

—¿Quiénes sois?

—Samoyedos, cazadores.

—¿Adónde me lleváis?

—Sitio bonito. Gente simpática. ¿Tienes panserbjýrn?

—Para protección.

—¡No sirve! ¡Ja, ja, oso no sirve! ¡Nosotros cogerte de todos modos!

Se echó a reír ruidosamente. Lyra se reprimió y no dijo nada.

—¿Quién ser aquellos hombres? —preguntó el hombre al poco rato señalando hacia atrás, al sitio de donde venían.

—Comerciantes.

—Comerciantes... ¿Qué clase?

—Pieles, licores —respondió Lyra—, hoja de humo.

—Vender hoja de humo y comprar pieles, ¿verdad?

—Eso.

El hombre dijo algo a su compañero, quien le respondió de forma escueta. El trineo seguía avanzando incesantemente y Lyra se acomodó mejor e intentó averiguar hacia dónde se dirigían. Sin embargo, la nevada era muy densa y el cielo estaba muy oscuro y en aquellos momentos Lyra tenía demasiado frío para seguir escrutando el paisaje, por lo que decidió tumbarse. Ella y Pantalaimon se captaban mutuamente los pensamientos y, aunque procuraban mantener la calma, el hecho de saber que John Faa había muerto... ¿Qué habría sido de Farder Coram? ¿Conseguiría Iorek matar a los otros samoyedos? ¿Lograrían dar con ella?

Por vez primera, empezó a compadecerse de sí misma.

Tras un buen rato, el hombre la cogió por el hombro, la sacudió toda y le dio una tira de carne de reno seca para que la masticara. Estaba rancia y dura, pero Lyra tenía hambre y sabía que aquello la alimentaba. Después de masticar unos momentos, comprobó que se sentía bastante mejor. Deslizó lentamente la mano entre las pieles para asegurarse de que el aletiómetro seguía en su sitio y seguidamente retiró con mucho cuidado la lata que contenía la mosca espía y se la introdujo en el interior de una de las botas, forrada de pieles. Pantalaimon, convertido en ratón, también se metió dentro de la bota y empujó la lata lo más abajo que pudo hasta que consiguió colocarla debajo del escarpín de piel de reno.

Así que la hubo colocado, Lyra cerró los ojos. El miedo que había pasado la había dejado exhausta y no tardó en sumirse en un plácido sueño.

Se despertó justo en el momento en que variaba el movimiento del trineo. De pronto el vehículo había adquirido una marcha más pausada y, así que abrió los ojos, vio destellos de luces que pasaban por encima de su cabeza. Eran tan deslumbrantes que tuvo que calarse la capucha antes de volver a mirar. Sentía todo el cuerpo entumecido y un frío terrible, pero consiguió incorporarse lo suficiente para ver que el trineo se lanzaba a toda velocidad entre una hilera de postes, en cuya parte superior había una rutilante luz ambárica. Apenas acababa de orientarse, cuando cruzaron una puerta metálica abierta, situada al final de un camino bordeado de luces que se abría a un amplio espacio parecido a una plaza de mercado al aire libre o a un ruedo dispuesto para exhibir alguna demostración lúdica o deportiva. El lugar era totalmente llano, suave y blanco, medía alrededor de cien metros de diámetro y estaba bordeado por una reja metálica muy alta.

El trineo se paró en el extremo opuesto de dicho ruedo. Se encontraban en el exterior de un edificio bajo o de una hilera de edificios bajos sobre los cuales iba acumulándose la nieve. Habría sido difícil asegurarlo, pero Lyra tuvo la impresión de que los edificios se conectaban a través de un sistema de túneles y de que éstos estaban ocultos por montones de nieve. A un lado, un sólido poste metálico le brindó una imagen familiar, aunque Lyra no habría podido decir qué le recordaba exactamente.

Antes de que tuviera tiempo de percatarse de la imagen, el hombre del trineo cortó la cuerda que le sujetaba los tobillos y la levantó desmañadamente mientras el conductor gritaba a los perros para que se estuvieran quietos. Se abrió la puerta del edificio situado a pocos metros de distancia, mientras sobre sus cabezas giraba una luz ambárica como un proyector que tratase de localizarlos.

El secuestrador de Lyra la empujó como quien muestra un trofeo, reteniéndola cautiva y pronunciando unas palabras. Una figura que llevaba un anorak acolchado de seda-carbón respondió en la misma lengua y en aquel momento Lyra descubrió sus rasgos. No era samoyedo ni tártaro, igual podría haber sido un licenciado del Jordan, pero la miró fijamente y observó de manera especial a Pantalaimon.

El samoyedo volvió a hablar y el hombre de Bolvangar preguntó a Lyra:

—¿Hablas inglés?

—Sí —respondió ella.

—¿Tu daimonion tiene siempre esta forma?

¡De todas las preguntas posibles, le hacía la más inesperada! Lyra no pudo hacer otra cosa que quedarse con la boca abierta.

Pero Pantalaimon respondió a su manera transformándose en halcón y lanzándose desde el hombro de Lyra sobre el daimonion del hombre, una gran marmota, que propinó un golpe rápido a Pantalaimon y le dedicó un escupitajo cuando éste pasaba delante de ella valiéndose de sus veloces alas.

—Ya lo he visto —concluyó el hombre en tono satisfecho, mientras Pantalaimon volvía al hombro de Lyra.

Los samoyedos parecían expectantes, mientras el hombre de Bolvangar asentía y se quitaba un mitón para buscar algo en el bolsillo. Sacó de él un portamonedas que se cerraba con unos cordones y contó una docena de gruesas monedas que puso seguidamente en manos del cazador.

Los dos hombres comprobaron la cantidad de dinero y acto seguido, después de haberse quedado la mitad cada uno, se lo guardaron cuidadosamente. Sin volver la vista atrás, subieron de nuevo al trineo, el conductor hizo chasquear el látigo y gritó una orden a los perros, que se lanzaron a toda velocidad a través del blanco ruedo, siguieron después la sucesión de luces y, tras acelerar la marcha, se desvanecieron en la oscuridad que se perdía a lo lejos.

El hombre abrió otra vez la puerta.

—¡Entra rápido! —ordenó—. Dentro hay buena temperatura y se está cómodo. No te quedes ahí fuera, en medio del frío. ¿Cómo te llamas?

Tenía acento inglés, si bien Lyra no habría podido precisar exactamente el lugar de dónde procedía. Hablaba como aquellas personas que había conocido en casa de la señora Coulter: gente lista y educada, gente importante.

—Lizzie Brooks —respondió Lyra.

—Pasa, Lizzie. Aquí nos ocuparemos de ti, no te preocupes.

La verdad era que el hombre tenía más frío que ella, pese a que Lyra se había quedado fuera mucho más rato. Parecía impaciente por volver a disfrutar de la temperatura del interior. Lyra decidió que actuaría con lentitud, como si fuera algo torpe y renuente, por lo que al cruzar el alto dintel y entrar en el edificio, lo hizo arrastrando los pies.

Había dos puertas, con un amplio espacio entre ellas para que no se perdiera demasiado aire caliente. Tan pronto como hubo atravesado la puerta interior, Lyra se encontró bañada en un calor que le pareció insoportable, por lo que se desabrochó las prendas de pieles y se bajó la capucha.

Se encontraban en una estancia de unos ocho metros cuadrados, con pasillos a derecha e izquierda y, enfrente, uno de esos mostradores de recepción propios de un hospital. Todo estaba abundantemente iluminado, con el destello característico de las superficies blancas y el acero inoxidable. Flotaban en el aire efluvios de comida, una comida conocida —tocino ahumado y café— y, por debajo de ese aroma, un leve y perpetuo olor a hospital. De las paredes circundantes salía un ligero zumbido, tan tenue que resultaba casi inaudible, uno de esos ruidos a los que uno tiene por fuerza que acostumbrarse si no quiere que lo vuelva loco.

Pantalaimon, convertido ahora en jilguero, le musitó al oído:

—Muéstrate estúpida y torpe. Compórtate como si fueras tonta de verdad.

Había allí personas adultas que se inclinaban para observarla: el hombre que la había hecho entrar, otro hombre que llevaba una bata blanca y una mujer con uniforme de enfermera.

—Inglesa —informó el primero—. Parece que eran comerciantes.

—¿Los cazadores de siempre? ¿La historia de siempre?

—Que yo sepa, se trata de la misma tribu. Enfermera Clara, ¿puede hacerse cargo de la niña?

—Por supuesto, doctor. Ven, cariño —le ordenó la enfermera, conminación que Lyra, obediente, siguió.

Entraron en un breve pasillo que tenía varias puertas a la derecha y una cantina a la izquierda, de la que salían ruido de cuchillos y tenedores, además de voces y de nuevos olores de comida. La enfermera aparentaba una edad similar a la de la señora Coulter, según dedujo Lyra, y tenía un aire despierto y a la vez neutro y sensato, en fin, una mujer capaz de coser una herida o de cambiar un vendaje, pero incapaz de contar una historia. Su daimonion (lo que produjo a Lyra un momentáneo y extraño escalofrío cuando lo advirtió) era un perrito blanco y trotón. Poco después no habría sabido explicar el motivo del escalofrío.

—¿Cómo te llamas, nena? —le preguntó la enfermera al tiempo que abría una pesada puerta.

—Lizzie.

—¿Sólo Lizzie?

—No, Lizzie Brooks.

—¿Cuántos años tienes?

—Once.

A Lyra siempre le habían dicho que era baja para su edad, aunque se trataba de una afirmación que no había entendido nunca. Era un hecho que no había afectado en nada su autoestima, aunque ahora había comprendido que podía explotarlo para fingir que Lizzie era tímida, nerviosa e insignificante, por lo que no dudó en encogerse un poco al entrar en la habitación.

Lyra esperaba que le preguntara de dónde venía y cómo había llegado hasta allí, preguntas para las cuales ya tenía la respuesta a punto. Sin embargo, a la enfermera no sólo le faltaba imaginación sino también curiosidad. Dado el escaso interés que mostraba la hermana Clara, se habría dicho que Bolvangar se encontraba situado en las afueras de Londres y que era un lugar al que no dejaban de llegar niños. Su gracioso daimonion trotaba junto a sus talones con el mismo aire de vitalidad e impasibilidad que ella.

Hizo pasar a Lyra a una habitación donde había un sofá, una mesa, dos sillas, un archivador, una vitrina de cristal con medicamentos y vendas y un lavabo. Apenas hubieron entrado, la enfermera le quitó el abrigo y lo dejó caer en el suelo resplandeciente.

—Haremos lo mismo con el resto de tu ropa, cariño —dijo a Lyra—, vamos a echarte un vistazo para comprobar que estás sana y fuerte, que no padeces congelación ni estás acatarrada y después te buscaremos un vestido limpio y más adecuado. También podrás ducharte —añadió, ya que Lyra hacía días que no se cambiaba de ropa ni se lavaba y, dado el calor reinante, el hecho era bastante evidente.

Pantalaimon aleteó como protestando, pero Lyra lo reprendió mirándolo con el ceño fruncido. Se acomodó, pues, en el sofá mientras Lyra era despojada, una por una, de todas las prendas que la cubrían, a pesar de que aquello la llenaba de vergüenza y de contrariedad. A pesar de ello, tuvo suficiente presencia de ánimo para disimular y actuar como si fuera torpe y sumisa.

—Y el cinturón para guardar el dinero, Lizzie —dijo la enfermera al tiempo que lo desataba con sus fuertes dedos.

Iba a dejarlo caer sobre el montón con las demás prendas de Lyra, pero interrumpió el gesto al notar el borde del aletiómetro.

—¿Y esto qué es? —preguntó desabrochando el hule.

—Una especie de juguete —respondió Lyra—. Es mío.

—Sí, no te lo quitaremos, encanto —le replicó la hermana Clara, retirando el terciopelo negro—. Es muy bonito, ¿verdad? Parece una brújula. ¡Venga, a la ducha! —continuó, dejando a un lado el aletiómetro y corriendo una cortina de seda-carbón que cubría un rincón.

De mala gana, Lyra se colocó debajo del agua caliente y se enjabonó el cuerpo mientras Pantalaimon esperaba posado en la barra de la cortina. Los dos sabían que Pantalaimon no debía mostrar una vivacidad excesiva, puesto que los daimonions de las personas torpes acostumbran a serlo también. Tan pronto como se hubo lavado y secado, la enfermera le tomó la temperatura y le examinó los ojos, las orejas y la garganta, le midió la estatura y la pesó antes de anotar los datos correspondientes en una tablilla. A continuación le entregó un pijama y una bata. Eran prendas limpias y de buena calidad, como el anorak de Tony Makarios, pero también como la ropa de Tony tenían aspecto de haber sido ya usadas. Lyra comenzaba a sentirse muy inquieta.

—Esto no es mío —dijo.

—No, nena, pero tu ropa necesita un lavado a fondo.

—¿Me la devolverán después?

—Eso espero. Sí, claro.

—¿Qué es este sitio?

—Se llama Estación Experimental.

No era la respuesta a su pregunta pero, así como Lyra lo habría manifestado abiertamente y habría exigido más información, consideró que no era propio que lo hiciera Lizzie Brooks. Por consiguiente, no puso objeción alguna a los vestidos y no dijo nada más.

—Quiero el juguete —pidió con un cierto empecinamiento cuando se hubo puesto la ropa.

—Cógelo, cariño —accedió la enfermera—. ¿Pero no preferirías un bonito osito de peluche? ¿O una hermosa muñeca?

Abrió un cajón lleno de juguetes anodinos que parecían objetos muertos. Lyra se obligó a ponerse de pie e hizo ver que reflexionaba un momento antes de elegir una muñeca de trapo y de mirada ausente. No había tenido nunca ninguna muñeca, pero sabía cuál era el gesto adecuado, por lo que la apretó con aire distraído contra su pecho.

—¿Y mi cinturón para guardar el dinero? —preguntó—. Me gustaría guardar mi juguete en él.

—Puedes hacerlo, guapa —respondió la enfermera Clara, que en aquel momento estaba rellenando un formulario de color de rosa.

Lyra se levantó el pijama ajeno y se ató la bolsa de hule alrededor de la cintura.

—¿Dónde están mi chaqueta y mis botas? —inquirió Lyra—. ¿Y mis mitones y demás cosas?

—Vamos a lavártelo todo —replicó la enfermera como una autómata.

De pronto zumbó un teléfono y la enfermera acudió a atenderlo, momento que aprovechó Lyra para agacharse y recuperar la otra lata, aquélla en la que estaba encerrada la mosca espía, que se guardó en la bolsa junto con el aletiómetro.

—Ven, Lizzie —dijo la enfermera, colgando el aparato—. Vamos a buscar un poco de comida, supongo que tendrás hambre.

Siguió a la enfermera Clara a la cantina, donde había una docena de mesas blancas y redondas cubiertas de migajas y de circulitos pegajosos que indicaban la presencia de vasos colocados sin ningún miramiento. En una mesilla de acero provista de ruedas descansaban platos y cubiertos sucios. No había ventanas y, para dar ilusión de luz y espacio, habían cubierto una pared con un enorme fotograma que mostraba una playa tropical con un cielo de un intenso color azul, blancos arenales y palmeras.

Un hombre que la había acompañado hasta allí, recogió una bandeja de una compuerta de servicio.

—Come —le ordenó.

Como no tenía intención de morirse de hambre, dio cuenta con fruición del estofado acompañado de puré de patatas. A continuación le sirvieron un cuenco de melocotones en almíbar y un helado. Mientras Lyra comía, el hombre y la enfermera hablaban tranquilamente en otra mesa y, cuando hubo terminado, la enfermera le llevó un vaso de leche caliente y retiró la bandeja.

Entonces se le acercó el hombre y se sentó delante de ella. Su daimonion, una marmota, no se mostraba indiferente ni impávido como el perro de la enfermera, sino que se instaló muy comedido en el hombro de su hermano observando y escuchando.

—¿Qué tal, Lizzie? —le preguntó—. ¿Has comido suficiente?

—Sí, gracias.

—Me gustaría que me dijeras de dónde vienes. ¿Puedes?

—De Londres —respondió Lyra.

—¿Y qué haces tan lejos de allí?

—He venido con mi padre —farfulló ella.

Mantenía bajos los ojos, evitando la mirada de la marmota y tratando de dar la impresión de que estaba a punto de llorar.

—¿Con tu padre? Ya comprendo. ¿Y qué hace tu padre en este rincón del mundo?

—Comerciar. Llevábamos una carga de hoja de tabaco de Nueva Dinamarca y queríamos comprar pieles.

—¿Tu padre iba solo?

—No, iba con mis tíos y algunos hombres más —respondió Lyra sin precisar nada con exactitud, ya que no sabía lo que le habría contado el cazador samoyedo.

—¿Y por qué te llevó en un viaje como ése, Lizzie?

—Pues porque hace dos años lo acompañó mi hermano y siempre andaba diciendo que la vez siguiente se me llevaría a mí y no me llegaba nunca el turno. Así es que yo no paraba de pedírselo, hasta que al final conseguí que me llevara.

—¿Cuántos años tienes?

—Once.

—Muy bien, Lizzie, pues hay que decir que eres una niña con suerte, porque estos cazadores que te han encontrado no habrían podido traerte a un sitio mejor.

—Ellos no me han encontrado —respondió Lyra con una cierta indecisión—. Ha habido una lucha... había muchos hombres... y tenían flechas...

—No creo que hayan ido así las cosas. Lo que yo pienso es que te has separado del grupo de tu padre y que te has perdido. Cuando estos cazadores te han encontrado, estabas sola y te han traído directamente aquí. Las cosas han ocurrido de esta manera, Lizzie.

—Yo he visto lucha —replicó la niña—. Han disparado flechas y... ¡Quiero estar con mi padre! —agregó gritando y echándose a llorar.

—Bueno, mientras él viene, estás a salvo —la consoló el médico.

—¡Pero yo he visto cómo disparaban flechas!

—¡Te lo ha parecido! Cuando el frío es muy intenso ocurren este tipo de fenómenos, Lizzie. Te has quedado dormida, has tenido una pesadilla y ya no distingues la realidad de lo que no lo es. No ha habido lucha, de eso puedes estar segura. Tu padre se encuentra sano y salvo y no tardará en venir porque éste es el único sitio edificado en muchos centenares de kilómetros. ¡Menuda sorpresa la suya cuando te encuentre sana y salva! Y ahora la enfermera Clara te llevará al dormitorio, donde encontrarás a otros niños y niñas que también se perdieron en estas soledades, exactamente igual que tú. Ya puedes irte. Mañana por la mañana volveremos a hablar.

Lyra se puso de pie y abrazó a la muñeca, mientras Pantalaimon se encaramaba a su hombro y la enfermera les abría la puerta para dejarlos salir.

Pasaron por más corredores y Lyra, además, se sentía tan cansada y tenía tanto sueño que no paraba de bostezar. ¡Si apenas podía levantar los pies del suelo, calzados con las zapatillas de lana que le habían dado! Pantalaimon estaba que se caía y tuvo que transformarse en ratón y acomodarse en el bolsillo de su bata. Lyra le pareció entrever una hilera de camas, caras de niños, una almohada... antes de sumirse en un profundo sueño.

Alguien la sacudía. Lo primero que hizo fue palparse la cintura: los dos recipientes de lata seguían en su sitio, no habían sufrido daño alguno. Quiso abrir los ojos, pero le resultaba imposible. ¡En su vida había tenido tanto sueño!

—¡Despierta! ¡Despierta!

Era un murmullo en el que participaba más de una voz. Con un esfuerzo indescriptible, como si tuviera que empujar una roca cuesta arriba por la pendiente de una montaña, debatiéndose contra el sueño, Lyra consiguió despertarse.

A la luz tenue de una bombilla ambárica muy débil, colgada de la puerta de entrada, vio a otras tres niñas apiñadas a su alrededor. Apenas alcanzaba a distinguirlas, porque le costaba enfocar los ojos, pero le pareció que aquellas niñas eran de su misma edad y que hablaban inglés.

—Ya se ha despertado.

—Le han dado píldoras para dormir. Seguramente...

—¿Cómo te llamas?

—Lizzie —farfulló Lyra.

—¿Va a llegar otro cargamento de niños? —preguntó una de ellas.

—No lo sé. Conmigo no ha venido nadie.

—¿De dónde te han sacado, entonces?

Lyra hizo de nuevo esfuerzos, esta vez para sentarse. No recordaba haber tomado ninguna píldora para dormir, pero era muy posible que se la hubieran dado con la bebida. Tenía la sensación de que su cabeza estaba como acolchada y sentía un leve dolor pulsátil en un punto situado detrás de los ojos.

—¿Dónde estamos?

—En ninguna parte. No nos lo dicen.

—Por lo general, cuando traen a algún niño, nunca viene solo...

—¿Qué les hacen? —consiguió articular Lyra, porfiando por despejarse mientras Pantalaimon hacía lo propio.

—No lo sabemos —respondió la niña que parecía llevar la voz

cantante, una niña alta, pelirroja, de movimientos bruscos y marcado acento inglés—. Nos toman medidas, nos examinan y...

—Miden el Polvo —dijo otra, ésta de cabello oscuro, regordeta y simpática.

—Eso tú no lo sabes —le replicó la primera.

—Sí, lo miden —intervino la tercera, que parecía un poco alicaída y hacía muchos mimos a su daimonion, un conejo—. Yo he oído lo que decían.

—Después se los llevan uno tras otro y ya no sabemos nada más, sólo que no vuelve ninguno —agregó la pelirroja.

—Hay un niño que cree... —apuntó la gorda.

—¡No, no se lo digas! —la interrumpió la pelirroja—. ¡Todavía no!

—¿Aquí también hay niños? —preguntó Lyra.

—Sí, cantidad de niños. Calculo que habrá unos treinta.

—¡Y más! —la corrigió la gordita—. Yo diría que hay cuarenta.

—Lo que pasa es que continúan llevándoselos —explicó la pelirroja—. Generalmente empiezan trayendo a un grupo, después el grupo va creciendo y a continuación los niños empiezan a desaparecer uno por uno.

—Son zampones —puntualizó la gorda—. Ya sabes... zampones. Les teníamos mucho miedo y al final nos cazaron...

Lyra estaba despertándose por momentos. Los daimonions de las otras niñas, a excepción del conejo, se habían reunido a escuchar en la puerta y no había nadie que levantase la voz por encima de un murmullo. Lyra les preguntó sus nombres. La pelirroja se llamaba Annie, la gorda y morena Bella y el nombre de la delgadita era Martha. Las niñas no sabían cómo se llamaban los niños, porque casi siempre mantenían a los dos sexos separados. La verdad era que no las trataban mal.

—Aquí se está bien —la informó Bella—, no hacemos casi nada, sólo algún examen de vez en cuando. También tienes que realizar ejercicios y después te toman las medidas, te comprueban la temperatura y otras cosas por el estilo. La verdad es que se pasa bastante aburrido.

—Salvo cuando viene la señora Coulter —precisó Annie.

Lyra tuvo que ahogar el grito que estuvo a punto de escapársele y Pantalaimon aleteó con tal fuerza que las otras niñas se dieron cuenta de su reacción.

—Está nervioso —les explicó Lyra, tratando de apaciguarlo—. Seguramente nos han dado algunas píldoras para dormir, como vosotras habéis dicho, porque estamos muy amodorrados los dos. ¿Quién es la señora Coulter?

—La que nos cazó a la mayoría de nosotros —explicó Martha—. Todos hablan de ella. Verla es una señal segura de que van a desaparecer más niños.

»Le gusta observar a los niños cuando se los llevan, le gusta ver qué hacen con nosotros. Hay un niño que se llama Simon que cree que nos matan y que la señora Coulter lo presencia cuando lo hacen.

—¿Que nos matan? —exclamó Lyra con un estremecimiento.

—Es muy probable, teniendo en cuenta que no hay ninguno que vuelva.

—También les interesan los daimonions —aseguró Bella—. Los pesan, los miden y cosas así...

—¿Tocan a vuestros daimonions?

—¡Oh, no, Dios mío! Lo que hacen es poner balanzas y el daimonion tiene que subirse a ellas y transformarse y ellos van tomando notas y sacan fotos. Y a ti te meten en la vitrina y te miden el Polvo, siempre lo mismo, no paran un momento de medir el Polvo.

—¿Qué polvo? —inquirió Lyra.

—Pues no lo sabemos —respondió Annie—. Algo que está en el espacio. No es polvo de verdad. Si no tienes el Polvo ése, todo va bien. Pero al final todo el mundo acaba teniendo Polvo.

—¿Sabes qué dice Simon? —declaró Bella—. Pues que los tártaros se hacen unos agujeros en la cabeza para que les entre ese Polvo.

—Sí, ¡qué va a saber él! —repuso Annie con aire desdeñoso—. Cuando vea a la señora Coulter, se lo preguntaré.

—¡No te atreverás! —exclamó Martha, admirada.

—¡Claro que me atreveré!

—¿Cuándo vendrá? —preguntó Lyra.

—Pasado mañana —respondió Annie.

Lyra sintió un aterrorizado sudor frío que le bajaba por la espina dorsal y Pantalaimon se le acercó. Tenía un día para localizar a Roger y para descubrir todo lo relacionado con aquel lugar. Después, a lo mejor podía escapar o conseguir que la rescataran. Si habían matado a todos los giptanos, ¿quién ayudaría a los niños a vivir en medio de la desolación de aquellos páramos helados?

Las niñas siguieron hablando, pero Lyra y Pantalaimon se acurrucaron en la cama y procuraron mantenerse calentitos, sabedores de que alrededor de aquella cama no había otra cosa que centenares de kilómetros de horror.

15

LAS JAULAS DE LOS DAIMONIONS

*L*yra tenía un talante que no la inclinaba a la preo-cupación, era una niña optimista y práctica y, por otra parte, nada imaginativa. De haber tenido imagina-ción, no habría creído en serio que fuera posible reco-rrer tan largo trecho para rescatar a su amigo Roger. O aun cuan-do lo hubiera pensado, habría dado inmediatamente con varias conclusiones que le hubieran demostrado que se trataba de una idea totalmente inviable. Tener práctica en mentir no quiere decir que uno posea imaginación. Hay muchos embusteros eficaces que carecen por completo de ella, lo que imprime precisamente a sus mentiras un aire de autenticidad a ojos de todo el mundo.

Así pues, ahora que se encontraba en manos de la Junta de Obla-ción, Lyra no se torturaba ni angustiaba pensando qué podía haber sido de los giptanos. Sabía que eran buenos luchadores y, aunque Pantalaimon decía que habían disparado contra John Faa, cabía la posibilidad de que se hubiera equivocado o, caso de no ser así, tal vez John Faa no hubiera sufrido heridas serias. Lyra consideraba que había sido mala pata caer en manos de los samoyedos, pero creía que los giptanos no tardarían mucho en acudir a rescatarla y, si ellos no podían, ya se encargaría de hacerlo Iorek Byrnison. Des-pués irían volando a Svalbard en el globo de Lee Scoresby y rescata-rían a lord Asriel.

Lyra lo veía así de fácil.

Así pues, al despertarse en el dormitorio a la mañana siguien-te, Lyra estaba llena de curiosidad y dispuesta a salir airosa de to-do lo que la jornada pudiera depararle. También se sentía ansiosa de ver a Roger y, sobre todo, de hacerlo antes de que él la viera a ella.

No tuvo que esperar mucho tiempo. Las enfermeras que se ocupaban de los niños, instalados en sus diferentes dormitorios, los despertaron a las siete y media de la mañana. Se lavaron, se vistieron y fueron juntos a la cantina a desayunar.

Allí estaba Roger.

Se encontraba sentado a una mesa junto a la puerta en compañía de otros cinco niños. La cola para llegar a la compuerta de servicio tenía que pasar junto a ellos, por lo que Lyra aprovechó la ocasión para dejar caer el pañuelo y agacharse a recogerlo junto a la silla de Roger, a fin de que Pantalaimon pudiera hablar con su daimonion, Salcilia.

Era un pinzón y aleteaba con tal fuerza que Pantalaimon tuvo que convertirse en gato y abalanzarse sobre él para inmovilizarlo y evitar que hiciera tanto ruido. Ese tipo de peleas y escaramuzas entre los daimonions de los niños eran moneda corriente, razón por la cual aquélla no atrajo mayor atención, si bien Roger se puso blanco como el papel. Lyra no había visto nunca a una persona tan pálida. Roger sostuvo la mirada arrogante pero disimulada que Lyra le dirigió y en seguida sus mejillas recobraron el color y en su rostro apareció una expresión de entusiasmo, alegría y esperanza. Sólo Pantalaimon, sacudiendo con firmeza a Salcilia, consiguió impedir que Roger lanzase un grito y se levantase de un salto para saludar a su compañera del Jordan.

Pero Lyra dejó vagar la mirada a lo lejos, fingiendo lo mejor que pudo una actitud desdeñosa, dirigiendo los ojos hacia sus nuevas amigas y dejando en manos de Pantalaimon la labor de explicarse. Las cuatro niñas recogieron sus bandejas con los copos de maíz y las tostadas y se sentaron juntas, ya que se habían asociado instintivamente, excluyendo cualquier posible intrusa a fin de evitar comadreos.

Es imposible conseguir que muchos niños permanezcan quietos largo tiempo en un sitio sin hacer algo. En muchos aspectos Bolvangar funcionaba como una escuela, con sus horarios y con actividades tales como gimnasia y «arte». Niños y niñas estaban separados salvo a la hora del recreo o durante las comidas, por lo que hasta media mañana, después de una hora y media de costura bajo las órdenes de una de las enfermeras, Lyra no tuvo ocasión de hablar con Roger. Pero debía hacerlo con naturalidad y en eso precisamente estribaba la dificultad. Todos tenían más o menos la misma edad, esa edad en que los niños hablan con los niños y las niñas con las niñas y unos y otras hacen alarde de ignorar a sus compañeros del sexo opuesto.

A Lyra se le presentó otra oportunidad en la cantina, cuando los niños volvieron a ella para beber algo y comer unas galletas. Lyra envió a Pantalaimon, en forma de mosca, a hablar con Salcilia en la pared próxima a su mesa mientras ella y Roger se mantenían muy tranquilos en sus respectivos grupos. Resultaba difícil hablar cuando la atención de tu daimonion está en otro sitio, por lo que Lyra adoptó un aire adusto y rebelde mientras se tomaba la leche a pequeños sorbos junto a sus compañeras. Escuchaba a medias el débil murmullo de la charla que sostenían los daimonions y no prestaba mucha atención a lo que decían las niñas, si bien en un momento dado oyó a una de rubios cabellos pronunciar un nombre que la obligó a incorporarse en su asiento.

El nombre en cuestión era Tony Makarios. Mientras la atención de Lyra se desplazaba hacia ese otro sector, Pantalaimon tuvo que abandonar un poco el cuchicheo que mantenía con el daimonion de Roger al tiempo que éste y Lyra atendían a lo que decía la niña rubia:

—No, yo sé por qué se lo llevaron —decía ella mientras varias cabezas se le acercaban para escuchar—. Fue porque su daimonion no cambiaba. Creyeron que tenía más edad de lo que parecía, aunque es cierto que no era muy pequeño. Pero el verdadero motivo de que su daimonion no se transformara muy a menudo era que el propio Tony no se paraba demasiado a pensar en nada. Sin embargo yo lo vi cambiar. Se llamaba Ratter...

—¿Por qué les interesan tanto los daimonions? —preguntó Lyra.

—No lo sabe nadie —respondió la rubia.

—Yo lo sé —intervino un chico que había estado escuchando—. Matan a tu daimonion para ver si tú también te mueres.

—Pero ¿por qué lo hacen tantas veces y con tantos niños? —preguntó uno—. Bastaría con una sola vez, ¿no os parece?

—Yo sí que sé lo qué hacen —interrumpió la primera niña.

Había acaparado la atención de todo el mundo, pero como no querían qué el personal se enterase de lo que estaban hablando, tuvieron que adoptar un aire despreocupado e indiferente a pesar de estar escuchando con apasionada curiosidad.

—¿Cómo lo sabes? —preguntó alguien.

—Pues porque yo estaba con él cuando vinieron a buscarlo. Estábamos en el cuarto de la ropa blanca —explicó.

Se quedó roja como la grana. Si esperaba que le gastaran bromas o le lanzaran alguna pulla se equivocaba de medio a medio. Todos estaban preocupados y no hubo ni siquiera una sonrisa.

La niña prosiguió:

—Estábamos en silencio y entonces entró la enfermera, aquella que habla muy bajo, y va y le dice a él: «Ven, Tony, sé que estás aquí, no vamos a hacerte ningún daño.» Y él entonces le dice: «¿Qué pasará?» Y ella le responde: «Te dormiremos y te haremos una operación sin importancia y después te despertarás y te quedarás tan campante.» Pero Tony no se lo creyó y va y dice...

—¡Los agujeros! —exclamó alguien—. ¡Te hacen un agujero en la cabeza, como los tártaros! Apuesto cualquier cosa a que es así.

—¡Anda, cállate! ¿Qué otra cosa dijo la enfermera? —preguntó alguien más.

En aquel momento había una docena o más de niños alrededor de la mesa, y sus daimonions, acuciados por las ganas de saber, se encontraban con los ojos como platos y en un estado de extrema tensión.

La niña rubia continuó:

—A Tony le preocupaba qué harían con Ratter. Y la enfermera le contestó: «Pues también se quedará dormido, el mismo tiempo que tú.» Y entonces Tony dijo: «Vais a matarlo, ¿verdad? Lo sé. Lo sabemos todos.» Y la enfermera respondió: «No es verdad. Se trata tan sólo de una operación sin importancia, un pequeño corte que ni te dolerá siquiera, pero te dormiremos para mayor seguridad.»

Toda la habitación se había quedado en silencio. La enfermera que se encargaba de la supervisión había salido un momento y la compuerta de la cocina estaba cerrada, por lo que no había nadie que pudiera escuchar desde allí.

—¿De qué corte se trata? —susurró un niño, muy asustado—. ¿Le explicó qué clase de corte era?

—No, lo único que le dijo fue: «Es una cosa para que te hagas mayor.» Y añadió que todo el mundo lo tiene y que ésta es la razón de que los daimonions de los mayores no cambien como los nuestros. Hacen un corte para que adquieran una forma que dure siempre y entonces ya eres mayor.

—Pero...

—Eso quiere decir que...

—Entonces, ¿a todas las personas mayores les han hecho ese corte?

—¿Qué pasa si...?

De pronto callaron todas las voces como si acabaran de practicar a todos el corte en cuestión y todos los ojos se dirigieron a la puerta. En ella se encontraba la enfermera Clara, indiferente, suave, demostrando toda la naturalidad del mundo y, a su lado, un hombre con bata blanca que Lyra no había visto anteriormente.

—Bridget McGinn —llamó el hombre.

La niña rubia se puso de pie temblando. Tenía a su daimonion, cuya forma era la de una ardilla, agarrado al pecho.

—¿Sí, señor? —respondió la niña con voz apenas audible.

—Termínate lo que estás bebiendo y la enfermera Clara te acompañará —dijo él—. Los demás podéis salir e ir a vuestras clases.

Los niños, obedientes, fueron amontonando los tazones en el carro de acero inoxidable antes de abandonar la sala en silencio. Nadie miró a Bridget McGinn salvo Lyra, que vio pintado un miedo espantoso en la cara de la niña rubia.

Pasaron el resto de aquella mañana haciendo ejercicio. En la Estación había un pequeño gimnasio, ya que habría sido una heroicidad hacer ejercicio al aire libre, en plena noche polar. Los niños, divididos en grupos, aguardaban su turno supervisados por una enfermera. Debían formar equipos y lanzar balones. Lyra, que nunca en la vida había practicado aquel tipo de juego, al principio estaba bastante desorientada. Sin embargo, como era rápida y atlética y poseía dotes de mando por carácter, no tardó en encontrar la manera de pasarlo bien. Los gritos de los niños, los chillidos y risotadas de los daimonions, llenaron el gimnasio y no tardaron en disipar los negros pensamientos de todos ellos, que era precisamente lo que pretendía el ejercicio.

A la hora de comer, cuando los niños volvieron a hacer cola en la cantina, Lyra oyó que Pantalaimon lanzaba un gorjeo de reconocimiento y, al volverse, vio a Billy Costa detrás mismo de ella.

—Roger me ha dicho que estabas aquí —le susurró.

—Va a venir tu hermano y John Faa y toda una cuadrilla de giptanos —le informó Lyra—. Te sacarán de aquí y te llevarán a casa.

El niño se puso tan contento que poco faltó para que se echara a gritar de alegría, pero tosió para ahogar el grito antes de que se le escapara.

—A mí llámame Lizzie —le recomendó Lyra—, ni se te ocurra llamarme Lyra. Y cuéntame todo lo que sepas, ¿entendido?

Se sentaron uno al lado del otro, cerca de Roger. A la hora de comer no era difícil hacerlo, ya que los niños pasaban más tiempo yendo y viniendo de las mesas a la compuerta de la cocina y la cantina estaba atestada de gente. En medio del ruido de cuchillos, tenedores y platos, Billy y Roger le contaron todo lo que sabían. Billy había oído decir a una enfermera que los niños que habían pasado por la operación solían ser trasladados a albergues situados más al sur, lo que explicaba por qué habían encontrado a Tony Makarios vagando por aquellos descampados. Pero Roger todavía tenía algo más interesante que comunicarle.

—He encontrado un escondrijo —declaró.

—¿Qué? ¿Dónde?

—¿Ves aquel cuadro...? —se refería al gran fotograma en el que aparecía representada una playa tropical—. Si miras el ángulo superior de la derecha, verás que en el techo hay un panel.

El techo consistía en unos grandes paneles de forma rectangular encajados en unas tiras metálicas. El ángulo del panel situado sobre el cuadro estaba un poco levantado.

—Me fijé y pensé que todos los paneles debían de ser iguales que éste —explicó Roger—, por lo que levanté algunos y comprobé que estaban todos sueltos. Lo único que hay que hacer es levantarlos. Yo y el chico aquél, antes de que se lo llevaran, movimos una noche los del dormitorio. Arriba hay espacio para meterse y arrastrarse a gatas...

—¿Hasta dónde puedes arrastrarte a través del techo?

—No lo sé, nosotros sólo nos movimos un poco, pero pensamos que, llegado el momento, podíamos escondernos ahí dentro, aunque probablemente nos encontrarían.

Pero Lyra no lo veía como un escondrijo sino como un camino. De momento era la mejor noticia que había recibido desde su llegada a aquel lugar. Sin embargo, antes de que pudieran continuar, un médico dio unos golpes a una mesa con una cuchara y comenzó a hablar.

—Oíd, niños —les dijo—, escuchad atentamente. De cuando en cuando tenemos que hacer un ejercicio fingiendo que hay un incendio. Es muy importante que vayamos vestidos adecuadamente y que despejemos el lugar sin dejarnos vencer por el pánico. Así pues, esta tarde vamos a realizar un ejercicio de simulacro de incendio. Cuando oigáis el timbre, debéis dejar lo que estéis haciendo y obedecer las órdenes de la persona mayor que tengáis más cerca. Recordad el sitio a dónde os lleve porque es el mismo al que deberéis ir en caso de que se produzca un incendio de verdad.

Lyra pensó que aquello estaba bien, que de momento era una idea.

Durante la primera parte de la tarde Lyra y otras cuatro niñas fueron sometidas a un examen de Polvo. Los médicos no les dieron ninguna información, pero no era difícil adivinar de qué se trataba. Las condujeron una tras otra a un laboratorio, lo que por supuesto les produjo mucho miedo. Lyra reflexionó que sería una crueldad morir sin poderlos castigar. Sin embargo, no parecía que de momento tuviesen intención de hacerles aquella operación.

—Queremos hacer algunas mediciones —les explicó el médico.

Habría sido difícil establecer una diferencia entre aquellas personas. Los hombres, con sus batas blancas, sus tarjetas colgadas y sus lápices, parecían todos iguales. En cuanto a las mujeres, con sus uniformes y aquella tranquila y extraña indiferencia que mostraban, parecían todas hermanas.

—A mí ya me examinaron ayer —dijo Lyra.

—Bueno hoy hacemos unas mediciones diferentes. Colócate sobre la plancha metálica... pero quítate primero los zapatos. Si quieres, puedes quedarte con el daimonion. Mira hacia delante... eso mismo, fíjate en la lucecita verde. Así, buena chica...

Hubo unos destellos. El médico le hizo volver la cabeza hacia el otro lado y después a derecha e izquierda y cada vez había algo que chasqueaba y destellaba.

—Muy bien. Ahora acércate a esta máquina y mete la mano en el tubo. No te hará ningún daño, te lo prometo. Extiende los dedos. ¡Eso mismo!

—¿Qué mediciones son ésas? —preguntó Lyra—. ¿Miden el Polvo?

—¿Quién te ha hablado del Polvo?

—Una niña, no sé cómo se llama. Me dijo que todos estamos aquí por lo del Polvo. Yo no tengo nada de polvo, eso creo por lo menos. Ayer me duché.

—Se trata de un polvo diferente, un polvo que no se ve a simple vista. Es un polvo especial. Cierra el puño... ¡Muy bien, lo haces muy bien! Si palpas aquí dentro encontrarás una especie de asa. ¿La has encontrado? No la sueltes. ¡Muy bien, lo estás haciendo estupendamente! Ahora pon la otra mano hacia este otro lado...

déjala descansar en este globo de bronce. Muy bien... esto es... Ahora notarás un poco de hormigueo, pero no tiene ninguna importancia, no es más que una corriente ambárica muy débil...

Pantalaimon, que había adoptado su forma más tensa y cauta, la de gato montés, comenzó a dar vueltas en torno al aparato con ojos que despedían rayos de luz, aunque a cada momento volvía junto a Lyra y se restregaba contra ella.

Lyra se había dado cuenta de que de momento no iban a hacerle ninguna operación y, segura de estar bien protegida tras aquel disfraz de Lizzie Brooks, se arriesgó a hacer una pregunta:

—¿Por qué separan a las personas de sus daimonions?

—¿Cómo? ¿Quién te ha dicho tal cosa?

—Esa niña que no sé cómo se llama. Me ha dicho que ustedes separan a las personas de sus daimonions.

—¡Vaya tontería!

Pero Lyra notó que se había puesto nervioso. Por esto continuó atosigándolo:

—Van llevándose a los niños uno detrás de otro y ya no vuelven nunca. Hay quien dice que los matan y hay quien dice otra cosa; esta niña me ha contado que los amputan...

—Nada de esto es verdad. Cuando nos llevamos a algún niño es porque ha llegado el momento de trasladarlo a otro lugar. Los niños crecen. Me temo que esta amiguita tuya se asusta sin motivo. Olvídate de todo lo que te ha explicado y no te entretengas en pensar en estas cosas. ¿Cómo se llama tu amiga?

—Yo llegué ayer, no conozco el nombre de nadie.

—¿Cómo es esa niña?

—No me acuerdo. Me parece que tiene el cabello castaño... castaño claro, quizá... no lo recuerdo muy bien.

El médico se acercó a la enfermera y le comentó algo en voz baja. Mientras hablaban, Lyra se fijó en sus daimonions. El de la enfermera era un pajarillo muy gracioso, tan primoroso e indiferente como el perro de la enfermera Clara, mientras que el del médico era una gran mariposa nocturna. Ninguno de los dos se movió, pese a que estaban despiertos, ya que los ojos del pájaro brillaban y las antenas de la mariposa se movían lánguidamente, aunque no estaban tan animados como habría cabido esperar de ellos. Quizá se debía a que no sentían angustia ni tampoco curiosidad.

Por fin volvió el médico y prosiguieron el examen; los pesaron a ella y a Pantalaimon por separado, la examinaron a través de una pantalla especial, contaron las pulsaciones de su corazón y la colocaron debajo de un pequeño pulverizador que emitía un siseo y despedía un olor a aire fresco.

Mientras estaban realizando una de las pruebas, comenzó a sonar un timbre, que persistió durante un buen rato.

—Es la alarma de incendio —indicó el médico con un suspiro—. Muy bien. Lizzie, sigue a la enfermera Betty.

—Tiene todas sus prendas de abrigo abajo, doctor, en el dormitorio. No puede salir de esta manera. ¿No cree que primero debemos ir a buscar su ropa?

El hombre estaba contrariado porque sus experimentos habían sido interrumpidos e hizo chasquear los dedos para exteriorizar su irritación.

—Supongo que ésta es una de las cosas que la práctica nos enseñará a resolver —comentó—. ¡Vaya fastidio!

—Ayer, cuando llegué —apuntó Lyra con un atisbo de esperanza—, la enfermera Clara dejó el resto de mis cosas en un armario de la habitación donde me hizo el examen, la que está al lado. Podría ponerme esa ropa.

—¡Buena idea! —exclamó la enfermera—. ¡Venga, rápido!

Con secreto placer, Lyra se apresuró a seguir a la enfermera y a recuperar sus pieles, sus pantalones y sus botas, y se lo puso todo rápidamente mientras la enfermera se vestía de seda carbón.

Después salieron a toda prisa. En el amplio ruedo situado delante del grupo principal de edificios, se arremolinaban alrededor de un centenar de personas entre adultos y niños, algunos excitados, otros irritados, muchos simplemente desorientados.

—¿Veis? —observó uno de los adultos—. Vale la pena ensayarlo para descubrir el caos que se armaría en caso de que hubiera un fuego de verdad.

Alguien tocó un pito y agitó los brazos, pero nadie le hizo demasiado caso. Lyra vio a Roger y le hizo una seña. Éste tiró de la manga de Billy Costa e inmediatamente los tres se unieron al torbellino de niños que corrían.

—Nadie lo notará si echamos un vistazo ahora —dijo Lyra—. Tardarán mucho en contarnos a todos y siempre podemos decir que seguíamos a alguien y que nos perdimos.

Esperaron hasta que la mayoría de las personas mayores estuvieron distraídas y entonces Lyra recogió un puñado de nieve y, haciendo con ella una bola poco apretada, la arrojó un poco al azar sobre los niños. Un momento después, todos los niños hacían lo mismo y el aire se llenaba de bolas de nieve. Las risas infantiles ahogaban los gritos de los adultos, que trataban de recuperar el dominio del grupo, circunstancia que aprovecharon los tres niños para escabullirse por una esquina y desaparecer en menos tiempo del que se tarda en contarlo.

La nieve era tan densa que les impedía moverse con rapidez, aunque el hecho no importaba demasiado puesto que nadie les seguía. Lyra y sus compañeros treparon sobre el tejado curvo de uno de los túneles y se encontraron en un extraño paisaje lunar cubierto de hoyos y montículos, vestido de blanco bajo un cielo negro e iluminado tan sólo por los reflejos de las luces que bordeaban el ruedo.

—¿Qué buscamos? —preguntó Billy.

—No sé, nos limitamos a mirar —respondió Lyra dirigiéndose a un edificio achaparrado y cuadrado que quedaba algo aparte de los restantes, con una luz ambárica de escasa intensidad en la esquina.

El alboroto que llegaba de atrás era tan intenso como siempre, aunque más distante. Resultaba evidente que los niños estaban aprovechando al máximo aquel rato de libertad y Lyra esperaba que la conservasen todo el tiempo posible. Se apresuró, pues, a rodear el perímetro del edificio cuadrado en busca de una ventana. El tejado se elevaba a poco más de dos metros del suelo y, a diferencia del resto de edificios, carecía del túnel techado que podía conectarlo con el resto de la Estación.

No había ventanas, pero sí una puerta. Sobre ella, un rótulo con letras rojas advertía: RIGUROSAMENTE PROHIBIDA LA ENTRADA.

Lyra puso la mano en el pomo de la puerta pero, antes de que tuviera tiempo de girarlo, Roger exclamó:

—¡Mira! ¡Un pájaro! O...

En ese caso la palabra «o» expresaba duda, puesto que la criatura que se arrojó en picado desde el cielo negro no era ningún pájaro sino un ser que Lyra ya había visto en otra ocasión.

—¡Es el daimonion de la bruja!

El ganso batió sus enormes alas y levantó una ráfaga de nieve al posarse en el suelo.

—¡Te saludo, Lyra! —le dijo—. Aunque no me hayas visto, te he seguido hasta aquí. Esperaba a que salieses al exterior. ¿Qué ha pasado?

Lyra le puso rápidamente al corriente de lo sucedido.

—¿Dónde están los giptanos? —preguntó Lyra al pájaro—. ¿Cómo está John Faa? ¿Se han librado de los samoyedos?

—La mayoría han salido bien librados. John Faa está herido, pero no de gravedad. Los hombres que te secuestraron eran cazadores y criminales que suelen atacar a los viajeros y que, solos, viajan más rápidamente que en grandes grupos. Los giptanos todavía están a un día de distancia.

Los dos niños miraban, sorprendidos, a aquel daimonion en forma de ganso, extrañados ante la familiaridad que mostraba con Lyra. Nunca hasta entonces habían visto a un daimonion que no acompañara a un ser humano y sabían poca cosa de brujas.

Lyra les dijo:

—Mirad, vosotros mejor que vayáis a vigilar, ¿qué os parece? Billy, tú por ese lado y tú, Roger, por ese otro. Nosotros terminamos en seguida.

Se alejaron e hicieron lo que les había mandado, mientras Lyra volvía a ocuparse de la puerta.

—¿Por qué quieres entrar ahí dentro? —le preguntó el ganso.

—Para ver lo que hacen. Separan... —Lyra bajó la voz—. Separan a las personas de sus daimonions, mejor dicho, a los niños. Y he pensado que a lo mejor realizan la operación aquí dentro. Sea lo que sea, aquí hacen algo y quiero saber qué es. Lo que pasa es que la puerta está cerrada con llave...

—Yo puedo abrirla —afirmó el ganso mientras batía una o dos veces las alas proyectando nieve contra la puerta al hacerlo, momento en que Lyra oyó que giraba algo en la cerradura.

—Ten mucho cuidado al entrar —le aconsejó el daimonion.

Lyra tiró de la puerta hacia la nieve y se coló dentro. El ganso la acompañó. Pantalaimon estaba muy excitado y muerto de miedo, aunque no quería que el daimonion de la bruja se diera cuenta de su estado, por lo que voló hasta el pecho de Lyra y se acurrucó entre las pieles.

Tan pronto como sus ojos se habituaron a aquella luz, Lyra comprendió por qué Pantalaimon estaba tan asustado.

En unos estantes adosados a las paredes había una serie de jaulas de vidrio en las que estaban encerrados los daimonions de los niños amputados. Eran formas fantasmales de gatos, pájaros, ratones u otros animales, todos muy asustados y pálidos como la cera.

Al daimonion de la bruja se le escapó un grito de angustia y Lyra abrazó a Pantalaimon contra ella y le recomendó:

—¡No mires! ¡No mires!

—¿Dónde están los niños de estos daimonions? —preguntó el ganso temblando de rabia.

Lyra, muy asustada, le explicó su encuentro con el pequeño Tony Makarios y miró por encima del hombro a los pobres demonios enjaulados, con el cuerpo proyectado hacia delante y el rostro lívido presionado contra el vidrio. Se oían gemidos de pena y de dolor. A la tenue luz de una bombilla ambárica de escasa potencia vio que en cada una de las jaulas había una cartulina con un nombre y se fijó que la que rezaba «Tony Makarios» estaba vacía. Había otras cuatro o cinco también vacías y con un nombre.

—¡Quiero sacar a esos pobres desgraciados de ahí dentro! —dijo Lyra con furia—. Voy a romper el cristal y a liberarlos...

Miró a su alrededor buscando algo que le permitiera llevar a cabo sus designios, pero allí no había nada. El daimonion-ganso la detuvo:

—¡Espera! —le ordenó.

Se trataba del daimonion de una bruja, tenía muchos más años que ella y era más fuerte, por lo que Lyra se vio obligada a obedecerle.

—Tenemos que hacer que esa gente crea que se olvidó de cerrar la puerta con llave y de asegurar las jaulas —explicó—. Si ven cristales rotos y huellas en la nieve, ¿cuánto tiempo imaginas que podrás esconderte? Tenemos que aguantar hasta que vengan los giptanos. Ahora vas a hacer exactamente lo que te indique: coge un puñado de nieve y, cuando yo te lo diga, sopla un poco en cada caja por turno riguroso.

Lyra salió corriendo al exterior. Roger y Billy seguían de guardia y del ruedo todavía llegaba ruido de gritos y risas, puesto que apenas habían transcurrido unos minutos.

Cogió un doble puñado de nieve en polvo y se dispuso a hacer lo que el ganso le había ordenado. Tras soplar un poco de nieve en cada jaula, el ganso emitió un chasquido ahogado y el pestillo frontal se abrió de golpe.

En cuanto todas las jaulas estuvieron abiertas, Lyra levantó la parte frontal de la primera, de la que salió la escuálida forma de un gorrión que agitaba las alas pero no pudo echar a volar, y se desplomó en el suelo. El ganso se inclinó cariñosamente sobre él y lo tocó suavemente con el pico. El gesto lo convirtió en ratón, titubeante y confuso. Pantalaimon se le acercó de un salto para consolarlo.

Lyra entretanto no perdía el tiempo y a los pocos minutos todos los daimonions estaban en libertad. Algunos trataban de hablar y se apiñaban a sus pies y hasta intentaban meterse en sus medias, pero lo único que los retenía era el comedimiento. Lyra sabía muy bien lo que les pasaba: a aquellos desgraciados les faltaba el calor de los cuerpos humanos a los que pertenecían. Como habría hecho Pantalaimon en sus condiciones, se morían de ganas de arrimarse al latido de un corazón.

—¡Y ahora, rápido! —la conminó el ganso—. Lyra, tienes que salir corriendo de aquí y mezclarte con los demás niños. ¡Ten valor! Los giptanos vienen todo lo rápido que pueden. Tengo que ayudar a estos pobrecitos a que encuentren a sus humanos... —Y acercándose un poco más añadió—: De todos modos, ya no volverán a formar nunca más un todo con los suyos. Han quedado separados para siempre. Jamás había visto una desgracia como ésta... No te preocupes por las huellas que has dejado en el suelo, yo me encargaré de borrarlas. ¡Date prisa...!

—¡Oh, por favor! ¡Antes de que te vayas! Las brujas... vuelan, ¿verdad? ¿No fue un sueño verlas volar la otra noche?

—No, claro, ¿por qué lo dices?

—¿Y podrían tirar de un globo?

—Por supuesto que sí, pero...

—¿Va a venir Serafina Pekkala?

—No hay tiempo para explicar la política que siguen las naciones de las brujas. Aquí están involucrados muchos poderes y Serafina Pekkala debe custodiar los intereses de su clan. Puede suceder, sin embargo, que lo que ocurra aquí forme parte de lo que ocurre en otro sitio. Lyra, tú eres más útil dentro. ¡Y ahora corre!

Lyra echó a correr y Roger, que estaba observando con ojos como platos los pálidos daimonions que se escabullían fuera del edificio, avanzó detrás de ella a través de la densa nieve.

—¡Son daimonions... como los de la cripta del Jordan!

—Sí, calla y no le cuentes nada a Billy. ¡No se lo cuentes a nadie! ¡Venga, vamos!

Tras ellos, el ganso agitaba con fuerza las alas pues iba echando nieve sobre las huellas que dejaban al andar. Cerca de él, los daimonions extraviados se apiñaban o huían, profiriendo gritos desesperados que traducían el sentimiento de privación y las ansias que sentían. Así que las huellas quedaron cubiertas, el ganso se volvió y congregó a su alrededor a aquellos desvaídos seres. Después que les hubo hablado, uno por uno fueron adquiriendo forma de pájaro, aunque se veía muy claro el enorme esfuerzo que les costaba. Cuando todos quedaron transformados siguieron al daimonion de la bruja como pajarillos recién nacidos, ahora agitando las alas, ahora cayendo o echándose a correr tras él a través de la nieve. Finalmente, con grandes dificultades, arrancaron el vuelo. Se elevaron formando una línea dentada, pálidos y espectrales en contraste con la negrura del cielo, y poco a poco consiguieron ganar altura, a pesar de que algunos se encontraban muy débiles y su vuelo era errabundo y otros, faltos de voluntad, caían aleteando. Pero el enorme ganso gris revoloteaba a su alrededor y los animaba dándoles algún ligero golpecito o guiándolos suavemente, hasta que se perdieron en la profunda oscuridad.

Roger dio un codazo a Lyra.

—¡Rápido! —le dijo—. ¡Ya están casi a punto!

Dando trompicones se reunieron con Billy, que les hacía señas desde la esquina del edificio principal. Los niños estaban cansados o tal vez era que los adultos habían recuperado una cierta autoridad, ya que ahora todos formaban una hilera irregular junto a la puerta principal, donde se empujaban y forcejeaban. Lyra y sus dos compañeros se apartaron de la esquina y se mezclaron con el resto de los niños, pero antes de hacerlo Lyra les dio instrucciones:

—Que corra la voz entre los demás niños: hay que prepararse para escapar. Tienen que averiguar dónde se guardan sus ropas de calle y estar en condiciones de recuperarlas y de huir en cuanto les demos la señal. Y que guarden el secreto, ¿entendido?

Billy asintió con la cabeza y Roger preguntó:

—¿Cómo será la señal?

—La alarma de aviso de incendio —repuso Lyra—. Cuando sea el momento, la oirán todos.

Los niños esperaban a que terminaran de contarlos. Si alguien de la Junta de Oblación hubiera tenido algo que ver con una escuela, habría organizado mejor las cosas. Como no habían sido distribuidos en grupos, cada niño tenía que aguardar a que se revisara la lista entera que, por supuesto, no estaba confeccionada por orden alfabético; y ninguno de los adultos tenía idea de cómo se realizaban este tipo de controles. En consecuencia, la confusión era mayúscula, y sin embargo no se escapaba nadie.

Lyra observaba y sacaba conclusiones. Se dio cuenta de que no eran demasiado eficientes y de que pecaban de negligentes en muchos aspectos: refunfuñaban durante los simulacros de incendios, no sabían dónde había que guardar las ropas de calle y no conseguían que los niños formasen una cola ordenada, fallos todos que Lyra estaba dispuesta a aprovechar en beneficio propio.

Cuando ya casi habían terminado, se produjo otra distracción que, desde el punto de vista de Lyra, fue la peor de todas.

Tanto ella como todos los demás niños captaron el ruido y hubo muchas cabezas que se volvieron y exploraron la oscuridad del cielo tratando de descubrir el zepelín, cuyo motor de gasolina dejaba oír claramente su latido gracias a la quietud del aire.

El único hecho afortunado era que venía de la dirección opuesta a aquélla hacia la cual había volado el ganso gris. Pero era el único consuelo. No tardó en hacerse visible, circunstancia que vino acompañada de un murmullo de excitación procedente de todo el grupo. Su silueta panzuda, lisa y plateada, se deslizaba por encima de la hilera de luces mientras las suyas destellaban proyectándose hacia abajo desde la proa y la barquilla suspendida del fuselaje.

El piloto redujo la velocidad e inició la complicada operación de ajustar la altura. Lyra comprendió entonces para qué servía aquella sólida torre: sin duda se trataba de la torre de amarre. Mientras los adultos hacían entrar a los niños, que giraban la cabeza hacia atrás y no paraban de señalar con el dedo, la tripulación de tierra se apresuró a subir las escaleras de la torre y se dispuso a atar los cables de amarre. Los motores rugían, la nieve del suelo se levantaba en remolinos y, a través de las ventanas de la cabina, se distinguían los rostros de los pasajeros.

Lyra levantó los ojos y distinguió una imagen, la identidad de la cual no ofrecía duda alguna. Pantalaimon, que seguía agazapado contra su cuerpo, se convirtió en gato montés y lanzó un bufido de odio: acababa de descubrir la mirada escrutadora y llena de curiosidad de la hermosa cabeza de la señora Coulter con su daimonion, el mono dorado, sentado en su regazo.

16

LA GUILLOTINA DE PLATA

 *L*yra escondió la cabeza inmediatamente protegiéndosela con la capucha de piel de glotón y se escabulló a través de la puerta de doble batiente junto con los demás niños. Tiempo tendría de preocuparse cuando llegase el momento de enfrentarse con ella; de momento le quedaba otro problema por resolver: esconder las pieles en un sitio donde fueran después fáciles de encontrar sin necesidad de pedir permiso a nadie.

Pero, afortunadamente, la confusión que reinaba en el interior era tan grande —debido a que los adultos se apresuraban a despejar el terreno para que los pasajeros del zepelín pudieran apearse del mismo—, que nadie se preocupaba demasiado de la vigilancia. Lyra se desembarazó del anorak, las medias y las botas e hizo con todo ello un hatillo lo más pequeño que pudo antes de abrirse paso a empujones a través de los atestados corredores hasta su dormitorio.

Acto seguido arrastró un armario hasta un rincón, se encaramó sobre él y empujó la placa del techo. Tal como le había dicho Roger, el panel se levantó y, en el hueco que apareció, embutió las medias y las botas. Después, pensándolo mejor, se sacó el aletiómetro de la bolsa y lo metió en el bolsillo interior del anorak antes de proceder también a esconderlo.

Acto seguido bajó de un salto del armario y le susurró a Pantalaimon:

—Debemos hacernos los tontos hasta que nos encontremos con ella y, cuando la veamos, decirle que nos han secuestrado. No hay que decir ni una palabra acerca de los giptanos y, de manera especial, nada sobre Iorek Byrnison.

Ahora Lyra se había dado cuenta, suponiendo que no lo hubiera descubierto antes, de que todo el miedo de que era capaz confluía en la señora Coulter, de la misma manera que la aguja de una brújula se ve atraída por el polo. Todo lo que Lyra había visto, incluida la espantosa crueldad que suponía la intercisión, le resultaba soportable, puesto que Lyra era fuerte, pero el mero hecho de pensar en aquella expresión dulce, aquella voz suave y aquel mono dorado y juguetón bastaban para revolverle el estómago, hacerla empalidecer y provocarle náuseas.

Sabía, sin embargo, que los giptanos se acercaban y se esforzaba en hacerse a esa idea, en pensar en Iorek Byrnison. Se decía que no debía sucumbir, por lo que se dirigió a la cantina, de donde salía mucho ruido.

Los niños formaban cola para recoger algo caliente que beber, algunos todavía vestidos con sus anoraks de seda-carbón. No hablaban de otra cosa que del zepelín y de su pasajera.

—Era ella... con el mono...

—¿También a ti te capturó ella?

—Sí, me dijo que escribiría a mi madre y a mi padre, pero estoy seguro de que nunca...

—No sabíamos que lo que hacían aquí era matar niños, no nos dijo nada sobre esto.

—El mono todavía es peor... cogió a mi Karossa y por poco la mata... a mí me entró una flojera...

Todos estaban tan asustados como Lyra. Ésta encontró a Annie y a los demás y se sentó.

—Oíd —dijo—, ¿sabéis guardar un secreto?

—¡Sí!

Los tres rostros se volvieron hacia ella, intrigados y expectantes.

—Tengo un plan para escapar —empleó Lyra con voz tranquila—. Van a venir unas personas que nos llevarán, ¿comprendéis? Tardarán un día en llegar. Menos quizá. Lo único que hay que hacer es prepararnos para cuando se oiga la señal, coger la ropa de invierno inmediatamente y salir zumbando. No se os ocurra esperar, simplemente echad a correr. Lo que pasa es que, como no tengáis los anoraks, las botas y lo demás, os vais a morir de frío.

—¿Cuál será la señal? —preguntó Annie.

—Alarma de incendio, como esta tarde. Todo está organizado. Tenéis que informar a todos los niños, pero no ha de saberlo ninguna persona mayor. Y entre éstas, quien menos debe saberlo es ella.

La esperanza y la excitación les brillaban en los ojos y la recomendación de Lyra circuló a través de toda la cantina. Lyra se dio cuenta de que el ambiente había cambiado. Cuando estaban al aire libre los niños se encontraban rebosantes de energía y ávidos de jugar, pero el hecho de haber visto a la señora Coulter había hecho que se dejaran invadir por un miedo histérico. Ahora, sin embargo, había decisión y propósito en lo que decían. Lyra estaba maravillada ante el efecto que podía provocar la esperanza.

Atisbó con disimulo a través de la puerta abierta, dispuesta a ocultar su presencia ante la más mínima señal de peligro, puesto que se oían voces de personas mayores y la propia señora Coulter se hizo visible un momento, al asomar la cabeza y sonreír a aquellos niños tan alegres, ocupados en dar cuenta de sus bebidas calientes y de los pasteles, abrigaditos y bien alimentados. Casi instantáneamente un ligero estremecimiento recorrió la cantina en pleno, mientras los niños se quedaban quietos y en silencio, con la vista clavada en ella.

La señora Coulter sonrió y desapareció sin decir palabra. Poco a poco volvió a reanudarse la conversación.

—¿Dónde se reúnen para hablar? —preguntó Lyra.

—Probablemente en la sala de conferencias —respondió Annie—. Una vez nos metieron en esa sala —añadió, refiriéndose a que la llevaron dentro con su daimonion—. Había unas veinte personas mayores, un hombre dio una serie de explicaciones y yo tuve que aguantar mecha y hacer lo que me decía, como por ejemplo apartarme de mi Kyrillion y ver cuál era la distancia máxima a la que podíamos mantenernos separados. Después el tío me hipnotizó y me hizo otras cosas... Es una habitación muy grande, con muchas sillas y mesas y un pequeño estrado. Está detrás del despacho frontal. Seguro que pretenden hacerle creer que lo del simulacro del incendio ha funcionado a las mil maravillas. Me parece que tienen tanto miedo de esa mujer como nosotros...

Lyra pasó el resto del día junto a las demás niñas, observando, hablando muy poco y procurando pasar inadvertida. Hicieron ejercicio, clase de costura, cenaron y jugaron en el salón: una habitación espaciosa pero desangelada, con unos cuantos tableros de diferentes juegos, algunos libros bastante baqueteados y una mesa de ping-pong. En un determinado momento, Lyra y sus compañeros advirtieron que funcionaba una tenue señal de alarma, puesto que los adultos comenzaron a moverse de aquí para allá, a formar grupos y a hablar entre ellos con mucha ansiedad y nerviosismo. Lyra dedujo que habían descubierto la fuga de los daimonions y que no salían de su sorpresa.

Sin embargo, la señora Coulter no volvió a aparecer, lo que no dejaba de ser un alivio. Cuando llegó la hora de acostarse, Lyra consideró que era el momento oportuno de conferenciar con las demás niñas.

—Oíd una cosa —les dijo Lyra—, ¿llevan algún control durante la noche para comprobar si estamos durmiendo?

—Una sola vez —la informó Bella—. Lo único que hacen es pasearse con una linterna, pero en realidad no se fijan mucho.

—Muy bien, pues voy a echar un vistazo. Un chico me ha dicho que hay una escapatoria posible a través del techo...

Les dio más detalles y, sin esperar a que terminara de explicarse, Annie exclamó:

—¡Yo te acompaño!

—No, mejor que no vengas porque si sólo falta una no se nota tanto. Siempre podríais decir que os habíais quedado dormidas y que no sabéis dónde estoy.

—Pero si yo fuera contigo...

—... sería más fácil que nos cogieran a las dos —concluyó Lyra.

Sus dos daimonions se miraban mutuamente, Pantalaimon en forma de gato montés y el Kyrillion de Annie en forma de zorro. Estaban temblando. Pantalaimon profirió un bufido bajo y suave y enseñó los dientes, mientras Kyrillion se quedaba aparte y se atusaba el pelo con aire despreocupado.

—De acuerdo, pues —respondió Annie con resignación.

Era habitual que, cuando los niños se peleaban, sus respectivos daimonions arreglasen las diferencias y uno aceptase el dominio del otro. Sus humanos se acomodaban a la solución sin resentimiento alguno, por lo que Lyra sabía que Annie la obedecería.

Todas las niñas metieron ropa dentro de la cama de Lyra para simular el bulto de su cuerpo y aparentar que seguía allí y juraron que, llegado al caso, dirían que no sabían nada del asunto. Después Lyra pegó la oreja a la puerta para averiguar si venía alguien, se subió al armario, levantó el panel y se encaramó al interior.

—No digáis ni palabra —recomendó en un hilo de voz a las tres niñas que tenían la mirada fija en ella.

Después volvió a colocar sigilosamente el panel en su sitio y echó una mirada alrededor.

Estaba agachada en el interior de un angosto canal metálico sostenido por una estructura de vigas y puntales. Como los paneles del techo eran ligeramente translúcidos, se filtraba algo de luz desde abajo y, gracias a aquel débil resplandor, Lyra pudo ver que aquel estrecho espacio, aproximadamente de medio metro de altura, se extendía en todas direcciones a su alrededor. Estaba lleno de conducciones y tubos metálicos y no habría sido difícil perderse en él, pero si seguía la parte metálica, evitaba apoyar su peso en el panel y procuraba no hacer ruido, podría recorrer toda la Estación de un extremo a otro.

—Es como cuando estábamos en el Jordan, ¿verdad, Pan? —le comentó a su daimonion en un murmullo—, el día aquel en que curioseamos el salón reservado.

—De no haber sido por aquello, ahora no estaríamos aquí —le respondió el daimonion también en un murmullo.

—Entonces me corresponde a mí arreglarlo, ¿no te parece?

Se estrujó las meninges tratando de deducir qué dirección aproximadamente debía emprender para trasladarse hasta el techo de la sala de conferencias e inició el recorrido, un recorrido que distaba mucho de ser fácil. Tenía que moverse a gatas, apoyándose en las manos y rodillas, ya que el espacio resultaba tan escaso que ni siquiera podía avanzar agachada y de cuando en cuando se veía obligada a comprimirse debajo de un enorme conducto cuadrado o a pasar por encima de los tubos de la calefacción. Los canales metálicos a través de los cuales se arrastraba seguían, a lo que parecía, la parte superior de las paredes internas y, dadas las circunstancias, permanecer en su interior le producía una reconfortante sensación de seguridad bajo los pies. Sin embargo, eran muy estrechos y tenían rebordes agudos y cortantes que le lesionaban los nudillos y las rodillas y no tardó mucho en sentir todo el cuerpo magullado, entumecido y sucio de polvo.

Con todo, tenía una idea bastante clara de dónde se encontraba y distinguía el bulto oscuro de las pieles que había dejado apelotonadas sobre su dormitorio y que le servirían de punto de referencia para regresar. Sabía si una habitación estaba vacía porque veía los paneles oscuros, y de cuando en cuando oía voces procedentes de abajo y se paraba a escuchar, pero siempre se trataba de sirvientas que trabajaban en la cocina o de enfermeras que estaban en la habitación que Lyra, por sus referencias del Jordan, dedujo que debía de ser una sala común. Como no decían nada interesante, decidió proseguir su camino.

Por fin llegó a la zona donde suponía que, según sus cálculos, debía de encontrarse la sala de conferencias; con toda seguridad, se trataba de un lugar donde no había tubos, ya que los conductos del aire acondicionado y de la calefacción bajaban por un extremo y todos los paneles del amplio espacio rectangular estaban iluminados de manera uniforme. Acercó la oreja al panel y oyó un murmullo de voces masculinas adultas, lo que vino a confirmarle que se encontraba en el sitio adecuado.

Tras escuchar atentamente, se abrió camino hasta encontrarse lo más cerca posible de las personas que hablaban. Después se tendió cuan larga era en el canal metálico e inclinó lateralmente la cabeza para no perder palabra.

Hasta ella llegaba ruido de cubiertos o de vidrio contra vidrio chocando al servirse las bebidas, lo que quería decir que se trataba de una reunión en la que aprovechaban para cenar. Le pareció oír cuatro voces diferentes, incluida la de la señora Coulter. Las otras tres eran voces de hombre. Tuvo la impresión de que hablaban de los daimonions que se habían fugado.

—Pero ¿quién es la persona encargada de supervisar ese departamento? —preguntó la voz cantarina de la señora Coulter.

—Un estudiante dedicado a investigación que se llama McKay —respondió uno de los hombres—, aunque hay mecanismos automáticos que impiden que ocurran estas cosas...

—Pero que no han funcionado —objetó ella.

—Con todos mis respetos, le diré que han funcionado, señora Coulter. McKay asegura que dejó bien cerradas las jaulas cuando salió del edificio hoy a las once cien. En cualquier caso, la puerta exterior no pudo quedarse abierta, porque él entró y salió por la puerta interior, como hace normalmente. Hay que utilizar un código en el ordenador que controla todos los cierres y en la memoria del mismo ha quedado constancia de que se sirvió de él. De no haberlo hecho, habría sonado la alarma.

—Pues la alarma no sonó —continuó la señora Coulter.

—Sonó. Por desgracia sonó cuando estaban todos fuera, ocupados en el simulacro de incendio.

—Pero cuando usted volvió a entrar...

—Por desgracia, las dos alarmas están en el mismo circuito, un fallo del diseño que habrá que corregir. Esto quiere decir que, cuando se desconectó la alarma después del simulacro, también quedó desconectada la alarma del laboratorio. Pero incluso entonces habría sido posible captarla, debido a las comprobaciones habituales que se hacen cada vez que se modifica la rutina, pero resultó, señora Coulter, que entonces usted llegó inesperadamente y, como recordará, ordenó que todo el personal del laboratorio se reuniera inmediatamente en su despacho. En consecuencia, nadie volvió al laboratorio hasta después de transcurrido un tiempo.

—Ya comprendo —respondió fríamente la señora Coulter—. En este caso, seguramente los daimonions se fugaron durante el simulacro de incendio propiamente dicho. Esto amplía la lista de sospechosos y abarca a todas las personas adultas que trabajan en la Estación. ¿Había considerado este punto?

—¿No ha considerado la posibilidad de que el autor puede haber sido un niño? —apuntó alguien más.

La señora Coulter guardó silencio y el segundo hombre continuó:

—Todas las personas adultas tenían que realizar una tarea, todas las tares requerían su plena atención y se llevaron a cabo todas. No existe posibilidad alguna de que un miembro del personal abriera la puerta. ¡Ninguna! O sea que o bien se trata de una persona de fuera que ha penetrado aquí con la intención específica de hacerlo o que uno de los niños se las ha ingeniado para abrirse paso hasta el lugar en cuestión, ha abierto la puerta y las jaulas y ha vuelto después a la parte frontal del edificio principal.

—¿Y cómo lo averiguarán? —preguntó la señora Coulter—. Pero no, pensándolo mejor, prefiero que no me lo cuente. Entienda, doctor Cooper, que no lo critico con ánimo de censurar. Tenemos que andarnos con grandes precauciones. Ya constituye un fallo mayúsculo que las dos alarmas se encuentren en el mismo circuito y esto hay que corregirlo inmediatamente. ¿El funcionario tártaro encargado de la custodia no podría colaborar en sus investigaciones? Lo digo como simple sugerencia. A propósito, ¿dónde estaban los tártaros durante el simulacro de incendio? ¿No se les había ocurrido esta posibilidad?

—Sí, también hemos pensado en ello —respondió el hombre hablando con cautela—. El guardián se encontraba muy ocupado haciendo la ronda, todos los guardianes. Y llevan registros muy minuciosos.

—Estoy segura de que hacen todo cuanto está en su mano —concluyó la señora Coulter—, pero la situación es ésta. Una verdadera lástima. De momento dejemos esta cuestión. Háblenme del nuevo separador.

Lyra sintió un estremecimiento de pánico, ya que aquello sólo podía significar una cosa.

—¡Ah, sí! —exclamó el doctor, que pareció aliviado al ver que la conversación tomaba otros derroteros—, supone un verdadero avance. Con el primer modelo no acabábamos de superar totalmente el riesgo de que el paciente muriera a causa de la conmoción, pero en este aspecto hemos mejorado considerablemente.

—Los skraelings lo hacían mejor a mano —intervino uno que todavía no había dicho esta boca es mía.

—Llevan siglos de práctica —apuntó otro.

—Durante un tiempo la única opción viable fue el desgarramiento —volvió a la carga el que llevaba la voz cantante—, por muy traumática que resultara para los operadores adultos. No sé si lo recuerda, pero tuvimos que despedir a unos cuantos por razones de angustia relacionadas con la tensión emocional. La primera innovación fue el uso de la anestesia combinada con el escalpelo ambárico Maystadt. Conseguimos reducir la muerte por conmoción operatoria por debajo del cinco por ciento.

—¿Y el nuevo instrumento? —preguntó la señora Coulter.

Lyra estaba temblando. Sentía que la sangre le palpitaba en los oídos, mientras Pantalaimon, en forma de armiño, se apretaba en su costado y le decía en un murmullo:

—¡Uf, Lyra, no lo harán... no dejaremos que lo hagan...!

—Sí, fue un curioso descubrimiento realizado por el propio lord Asriel el que nos dio la clave del nuevo método. Descubrió que había una aleación de manganeso y titanio que tenía la propiedad de separar al daimonion del cuerpo humano correspondiente. A propósito, ¿qué ha sido de lord Asriel?

—Quizá ustedes no se hayan enterado de la noticia, pero sobre lord Asriel pesa una sentencia de muerte diferida —explicó la señora Coulter—. Una de las condiciones de su exilio en Svalbard fue la de que renunciara por completo a su obra filosófica. Por desgracia, se las arregló para conseguir libros y material y llevó sus investigaciones heréticas hasta el extremo de que ya suponía un auténtico peligro permitir que continuara viviendo. De todos modos, parece que el Tribunal Consistorial de Disciplina ya ha empezado a debatir la cuestión de la sentencia de muerte y es probable que se cumpla. Y ahora, doctor, ¿querrá decirme cómo funciona su nuevo instrumento?

—Sí, sí, claro. ¿Ha dicho usted sentencia de muerte? ¡Santo Dios... cuánto lo siento! Con respecto al nuevo instrumento, estamos investigando qué ocurre cuando se practica la intercisión al paciente en estado de conciencia, lo que no podía hacerse con el proceso Maystadt. Así pues, hemos hecho una especie de guillotina, según la llamarían algunos. La hoja de la misma está hecha de un metal que es una aleación de manganeso y titanio, el niño se coloca en un compartimiento... una especie de cabina... de una tela metálica de esa aleación, y al daimonion se le encierra en un compartimiento similar que está conectado con el primero. Siempre que exista conexión, subsiste el vínculo. Pero cuando cae la hoja entre los dos, corta inmediatamente el enlace. A partir de ese momento hay dos entes separados.

—Me gustaría verlo —indicó la señora Coulter—, y pronto, espero. Ahora estoy cansada y creo que voy a acostarme. Mañana quiero ver a todos los niños y entonces descubriremos cuál de ellos abrió la puerta.

Hubo ruido de sillas que se retiraban, frases de cortesía y una puerta que se cerraba. Después Lyra oyó que los demás volvían a sentarse y continuaban hablando, aunque en voz más baja.

—¿En qué anda metido actualmente lord Asriel?

—A mí me parece que tiene una idea absolutamente diferente de la naturaleza del Polvo. En eso radica la cuestión. El caso es que es un hombre absolutamente herético y que el Tribunal Consistorial de Disciplina no puede permitir otra interpretación que la autorizada. Por otra parte, él quiere experimentar...

—¿Experimentar? ¿Con el Polvo?

—¡Cuidado! No hable tan alto...

—¿Creen que ella presentará un informe desfavorable?

—No, no. A mí me parece que usted le ha planteado muy bien la cuestión.

—Pero es que la actitud de esta mujer me preocupa...

—No se referirá a la filosófica, supongo.

—Evidentemente. Me refiero a su interés personal. No me gusta la palabra, pero es que lo encuentro casi repulsivo.

—La calificación es un poco fuerte.

—Supongo que recuerda los primeros experimentos, cuando estaba tan interesada en separar los cuerpos...

Lyra no lo pudo reprimir: se le escapó una exclamación al mismo tiempo que se le tensaba todo el cuerpo, recorrido por un estremecimiento, lo que hizo que el pie le chocara contra un montante.

—¿Qué ha sido eso?

—Ha venido del techo...

—¡Rápido!

Se oyó ruido de sillas que se retiraban a un lado, de pies que corrían y de una mesa arrastrada. Lyra intentó escabullirse, pero había muy poco espacio y, antes de que tuviera tiempo de distanciarse unos metros, alguien levantó de pronto el panel del techo situado al lado mismo de ella y se encontró frente a frente con el rostro sorprendido de un hombre. Estaban tan cerca que Lyra le vio todos los pelos del bigote. El hombre parecía tan sorprendido como ella, aunque él tenía más libertad de movimientos y pudo meter la mano por el hueco y agarrarla por el brazo.

—¡Una niña!

—No la deje escapar...

Lyra hundió los dientes en su manaza cubierta de pecas. El hombre lanzó un grito, pero no la soltó, ni siquiera al ver que le sangraba. Pantalaimon gruñó y escupió, aunque no sirvió de nada, porque el hombre era mucho más fuerte que ella y comenzó a tirar hasta que la otra mano de Lyra, agarrada desesperadamente al montante, se vio obligada a aflojar la presión y la niña se medio derrumbó en la habitación.

Pese a todo, no profirió ningún grito. Quedó colgada del borde agudo de metal, agarrada por las piernas y luchando cabeza abajo, arañando, mordiendo, golpeando y escupiendo con furia rabiosa. Los hombres jadeaban y gruñían a causa del dolor o del esfuerzo, pero no paraban de tirar.

De pronto la abandonaron todas las fuerzas.

Era como si una mano ajena se hubiera introducido allí donde no tenía derecho a estar mano alguna y le arrancase algo profundo e íntimo. Se sintió débil, mareada, trastornada, asqueada, enervada por la conmoción.

¡Uno de los hombres tenía retenido a Pantalaimon!

Había agarrado al daimonion de Lyra con sus manos humanas y el pobre Pan estaba temblando, casi fuera de sí, tal era el horror y la repugnancia que sentía. Era un gato montés de pelo deslucido por la debilidad y en el que se reflejaban destellos de alarma ambárica... Estaba proyectado hacia su Lyra y ella tendía ambas manos hacia él...

Estaban inmovilizados, presos.

Lyra sentía aquellas manos... Era algo absolutamente prohibido... Era algo que no se podía hacer... Bajo ningún concepto...

—¿Estaba sola?

Un hombre escudriñó el hueco del techo.

—Parece que sí...

—¿Quién es?

—La nueva.

—La de los cazadores samoyedos...

—Sí.

—No habrá sido ella quien... los daimonions...

—No tendría nada de extraño, aunque no puede haberlo hecho sola, ¿verdad?

—Deberíamos decir...

—Me parece que sería mejor echar tierra sobre este asunto, ¿no cree?

—Estoy de acuerdo. Mejor que ella no sepa nada.

—Pero ¿qué podemos hacer entonces?

—Lo que importa es no juntarla con los demás niños.

—¡Imposible!

—En mi opinión sólo nos queda una posibilidad.

—¿Ahora?

—Tiene que ser ahora. No podemos dejarlo para mañana, porque entonces ella querrá verlo.

—Podríamos hacerlo nosotros mismos. No hay necesidad de involucrar a nadie.

El hombre que parecía estar al mando, el que no retenía ni a Lyra ni a Pantalaimon, se dio unos golpecitos en los dientes con la uña del pulgar. Sus ojos no paraban un momento, se movían rápidamente de un lado a otro, parpadeaban, iban de aquí para allá. Por fin asintió.

—Ahora, hágalo ahora mismo —dijo—, ya que de otro modo esta niña cantará. Por lo menos la conmoción lo impedirá. No recordará quién es, qué ha visto, qué ha oído... ¡Vamos ya!

Lyra no podía hablar, a duras penas respiraba, por lo que se dejó llevar a través de la Estación, recorrió largos corredores desiertos, pasó por habitaciones en las que sólo se oía el zumbido de la energía ambárica, atravesó dormitorios donde los niños dormían con sus daimonions posados en la almohada, compartiendo sus sueños, y entretanto no perdía de vista a Pantalaimon éste no apartaba los ojos de ella y los dos no dejaban un momento de mirarse.

Después se encontraron ante de una puerta que se abría mediante una gran rueda, se oyó un silbido producido por el aire y de pronto se hallaron dentro de una cámara vivamente iluminada, alicatada con baldosas blancas y acero inoxidable, todo deslumbrante por igual. El miedo que Lyra sentía era casi físico, fue realmente un dolor físico el que experimentó cuando vio que la empujaban a ella y a Pantalaimon hacia una gran jaula de tela metálica de plata, sobre la cual estaba suspendida una gran cuchilla también de plata destinada a separarlos por siempre jamás.

Por fin encontró voz para gritar. El grito arrancó sonoros ecos de las brillantes superficies, pero la pesada puerta se cerró con un silbido. Por mucho que gritara y por tiempo que pasase, de allí no saldría sonido alguno.

Pantalaimon, sin embargo, gracias a una serie de contorsiones, había conseguido liberarse de aquellas odiosas manos y tan pronto era un león como un águila; los atacaba con agresivas garras y batía furiosamente las grandes alas. Después se transformaba en lobo, en oso, en turón, abalanzándose, gruñendo, golpeando sucesivamente, pasando por toda una serie de transformaciones demasiado rápidas de registrar y sin cesar un momento de saltar, volar, hacer fintas de un lado a otro al tiempo que sus torpes manos se agitaban y golpeaban el aire vacío.

Pero ellos también tenían sus daimonions, como es lógico. No eran dos contra tres, sino dos contra seis. Un tejón, un mochuelo y un babuino se dedicaban a inmovilizar a Pantalaimon, mientras Lyra les gritaba:

—¿Por qué? ¿Por qué lo hacéis? ¡Ayudadnos! ¡No colaboréis con ellos!

Decía todo aquello al tiempo que daba puntapiés y mordía con más rabia que nunca, hasta que el hombre que la retenía comenzó a resollar y la soltó un momento. Estaba libre y Pantalaimon saltó sobre ella como la chispa de un rayo, ella lo apretó contra su amoroso pecho y él hundió sus garras de gato montés en la carne de Lyra, aunque a ella le supo a gloria cada punzada de dolor.

—¡Nunca! ¡Nunca! ¡Nunca! —gritó Lyra, mientras retrocedía contra la pared para defender a Pantalaimon de la muerte de los dos.

Pero aquellos tres hombres brutales volvieron a abalanzarse sobre ella y Lyra ya no fue más que una niña aterrada, conmocionada, a la que arrebataron a Pantalaimon mientras a ella la empujaban a un lado de la jaula de tela metálica y a él se lo llevaban, debatiéndose aún, a la otra. Entre los dos había una barrera de tela metálica, pero Pantalaimon aún seguía formando parte de Lyra, todavía estaban unidos. Por espacio de un segundo o más aún seguiría siendo el alma querida de Lyra.

Pese a los jadeos de los hombres, pese a sus propios sollozos, pese al estridente aullido de su daimonion, Lyra oyó un zumbido y vio a uno de los hombres, al cual le sangraba la nariz, manipular una batería de pulsadores. Los otros dos levantaron los ojos y los de Lyra siguieron su mirada. La enorme y pálida hoja de plata se alzaba lentamente y captaba el resplandor de la luz. El último momento de la vida de Lyra sería con mucho el peor de toda su existencia.

—¿Qué ocurre?

Era una voz suave y musical: su voz. Todo quedó en suspenso.

—¿Qué hacéis? ¿Quién es esta niña...?

Si no continuó la frase fue porque justo en aquel momento reconoció a Lyra. A través de las lágrimas que empañaban sus ojos, Lyra vio que la mujer se tambaleaba, se apoyaba en un banco y que su rostro, normalmente tan hermoso y compuesto, aparecía de pronto demacrado y sobrecogido por el horror.

—Lyra... —consiguió articular.

El mono dorado se apartó repentinamente de su lado y sacó a Pantalaimon a empellones de la jaula de tela metálica donde estaba metido, mientras Lyra conseguía salir por su cuenta. Pantalaimon logró liberarse de las solícitas patas del mono y se lanzó en brazos de Lyra.

—¡Nunca, nunca! —insistía en decir Lyra hundiendo la cara en la piel de Pantalaimon mientras él apretaba su corazón palpitante contra el de la niña.

Abrazados como estaban, parecían supervivientes de un naufragio que hubieran ido a parar a una costa solitaria en la que no podían hacer otra cosa que temblar. Lyra oyó confusamente que la señora Coulter hablaba con los hombres, aunque se sintió incapaz de interpretar el tono de su voz. Después abandonaron aquella odiosa habitación, mientras la señora Coulter conducía a Lyra y la sostenía a lo largo de un corredor, después del cual encontraron una puerta, un dormitorio, un perfume especial que flotaba en el aire y una luz suave.

La señora Coulter la acompañó cariñosamente a la cama. El brazo de Lyra apretaba con tal fuerza a Pantalaimon que se sentía sacudida por temblores. Justo en aquel momento una mano le acarició con ternura la cabeza.

—Mi querida niña —dijo con dulce voz—, ¿cómo has venido a parar aquí?

17

LAS BRUJAS

*L*yra gemía y temblaba, incapaz de dominarse, parecía como si acabasen de sacarla de un agua tan helada que casi le había congelado el corazón. Tenía a Pantalaimon junto a la piel desnuda, metido dentro de la ropa, feliz de volver a estar con ella, pero consciente todo el tiempo de la presencia de la señora Coulter, ahora ocupada preparando una bebida, y sobre todo del mono dorado, cuyos dedos duros y pequeños habían recorrido rápidamente todo el cuerpo de Lyra en un momento en que el único que podía notarlo era Pantalaimon, que sabía también que llevaba colgada de la cintura la bolsa de hule con todo su contenido.

—Siéntate, cariño, y tómate esto —dijo la señora Coulter, rodeando a Lyra con el brazo y ayudándola a incorporarse.

Lyra se tensó inmediatamente, pero se distendió así que Pantalaimon le infundió aquel pensamiento: sólo estamos a salvo cuando fingimos. Lyra abrió los ojos y se dio cuenta de que estaban llenos de lágrimas y, para sorpresa y vergüenza suya, se echó a llorar.

La señora Coulter hizo unas cuantas exclamaciones llenas de comprensión y puso la bebida en manos del mono mientras secaba los ojos de Lyra con un pañuelo perfumado.

—Llora cuanto quieras, amor mío —dijo con voz muy dulce, lo que indujo precisamente a Lyra a suspender el llanto en cuanto le fue posible. Se esforzó, pues, en reprimir las lágrimas, apretó los labios y ahogó los sollozos que todavía le sacudían el pecho.

Pantalaimon seguía a la carga: ¡engáñalos, engáñalos! Después se convirtió en ratón y se alejó de la mano de Lyra para olisquear tímidamente la bebida que sostenía el mono en la mano. Era inocua, se trataba simplemente de una infusión de manzanilla, nada más. Después se encaramó al hombro de Lyra y le murmuró:

—Bébetela.

Lyra se incorporó y, cogiendo la taza caliente con ambas manos, fue tomando alternativamente sorbos de la bebida y soplando para que se enfriase. Mantenía los ojos bajos. Le era preciso fingir de forma más convincente que en toda su vida.

—Lyra, querida niña —murmuró la señora Coulter acariciándole el cabello—. ¡Y yo que creía que te había perdido para siempre! ¿Qué ha ocurrido? ¿Te perdiste o alguien te raptó del piso?

—Sí, esto —murmuró Lyra.

—¿Quién fue?

—Un hombre y una mujer.

—¿Eran invitados de la fiesta?

—Supongo que sí. Me dijeron que usted necesitaba una cosa que estaba abajo, y cuando fui a buscarla me cogieron, me llevaron y me metieron en un coche. Pero aproveché una parada para escaparme a toda prisa y desaparecer y ya no pudieron volver a atraparme. Pero yo no sabía dónde estaba...

Se le escapó otro sollozo, aunque más débil, y fingió que esta vez lloraba apiadada de su propia historia.

—Entonces comencé a ir de aquí para allá, perdida, tratando de encontrar el camino hasta que estos zampones me cogieron... Me metieron en una furgoneta junto con otros niños y me llevaron a no sé qué sitio, un edificio muy grande y yo tampoco sabía dónde estaba.

Cada segundo que pasaba, cada frase que decía le infundía un poco más de valor. Y ahora que hacía una cosa que era difícil y familiar a la vez y nunca predecible del todo, llamada mentira, volvía a sentir una especie de seguridad, aquella misma sensación de extrañeza y de dominio que le proporcionaba el aletiómetro. Tenía que andarse con mucho cuidado para no soltar algo imposible a ojos vistas, debía mostrarse imprecisa en ciertas cosas e inventar detalles plausibles en relación con otras; en resumen, un trabajo de artista.

—¿Cuánto tiempo te tuvieron en ese edificio? —preguntó la señora Coulter.

El viaje de Lyra a través de los canales y el periodo de tiempo que había pasado con los giptanos habían durado semanas. Debía, pues, circunscribirse a este periodo. Se inventó un viaje con los zampones a Trollesund seguido de una fuga, explayándose en detalles relativos a las cosas que había observado en la ciudad. Dijo que había trabajado como criada para todo en un bar de Einarsson y a continuación para una familia de campesinos de tierra adentro, hasta que fue secuestrada por los samoyedos y trasladada a Bolvangar.

—Y ellos iban a... iban a cortar...

—Calla, cariño, calla. Ahora mismo voy a averiguar qué ha pasado.

—Pero ¿por qué querían hacerlo? ¡Yo no he hecho nada malo! A todos los niños les da mucho miedo lo que ocurre aquí dentro, aunque nadie sabe exactamente en qué consiste. Pero es algo horrible, lo más horrible de este mundo... ¿Por qué lo hacen, señora Coulter? ¿Por qué son tan crueles?

—Cuidadito, cuidadito... tú estás a salvo, ¿verdad, cariño? A ti no te ocurrirá nada malo. Ahora que sé que estás aquí, no tienes nada que temer, jamás en la vida volverás a estar en peligro. Mira, Lyra, a ti nadie te hará ningún daño, nadie te perjudicará en nada...

—¡Pero se lo harán a los demás niños! ¿Por qué?

—¡Ay, querida niña...!

—Es por lo del Polvo, ¿no es verdad?

—¿Eso te han dicho? ¿Te lo han dicho los médicos?

—Los niños lo saben, no hablan de otra cosa, aunque nadie está seguro de lo que es. ¡Han estado a punto de hacerlo conmigo! ¡Usted tiene que decírmelo! ¡No tiene ningún derecho a guardar el secreto! ¡Ahora ya no!

—¡Ay, Lyra, Lyra! Son ideas muy difíciles de entender... me refiero al Polvo y a todas esas cosas. No son cuestiones que incumban a los niños. Pero los médicos lo hacen por el bien de los niños, cariño. El Polvo es una cosa perjudicial, una cosa mala, una cosa espantosa y terrible. Tanto las personas mayores como sus daimonions están tan contaminados por ese Polvo que ya es tarde para ellos. Ya no tienen remedio... Pero si a los niños se les hace una operación rápida, se supone que quedan salvados. Ya nunca más se les volverá a pegar el Polvo y serán felices y estarán contentos y...

Lyra pensó en el pequeño Tony Makarios y, presa de náuseas, se inclinó hacia delante al notar una arcada. La señora Coulter se apartó echándose atrás.

—¿Estás bien, pequeña? Anda, ve al cuarto de baño...

Lyra tragó saliva y se restregó los ojos.

—Usted no está en el derecho de hacernos esto —afirmó—. Déjenos tranquilos. Me apuesto lo que quiera a que lord Asriel no lo permitiría si se enterara. Si él tiene ese Polvo y usted también lo tiene y lo mismo el rector del Jordan o cualquier otra persona mayor, seguramente se debe a que es una cosa buena. Cuando yo salga de aquí se lo explicaré a todos los niños del mundo. Y otra cosa, si esa operación fuera tan bien, ¿por qué no ha dejado que me la hicieran a mí? Si se tratara de algo bueno, habría permitido encantada que me lo hicieran.

La señora Coulter movió negativamente la cabeza y en su rostro apareció una sonrisa triste.

—Querida niña —le explicó—, hay algunas cosas que son buenas pero que nos hacen daño y, como es natural, a veces son perturbadoras para otros si le perturban a uno... Pero eso no significa que vayan a separarte de tu daimonion. ¡Tu daimonion sigue ahí! Aquí hay muchas personas mayores que han pasado por esta operación. Yo creo que las enfermeras parecen felices, ¿no encuentras?

Lyra parpadeó. Súbitamente comprendió aquella extraña impavidez y falta de interés que demostraban las enfermeras, aquella especie de sonambulismo de sus daimonions trotones.

Pensó, sin embargo, que lo mejor era no decir nada y mantener cerrada la boca.

—Mira, cariño, a nadie le pasaría nunca por la cabeza hacer una operación a un niño sin someterlo antes a una prueba. ¡Y nadie soñaría siquiera en separar a un niño de su daimonion! La única cosa que se le hace es un pequeñísimo corte y a partir de aquel momento ya no hay otra cosa que felicidad. ¡Felicidad para siempre! Tu daimonion es para ti un amigo y un compañero maravilloso mientras eres joven pero, cuando llegas a la pubertad, una edad que ya estás a punto de alcanzar, los daimonions te transmiten una gran cantidad de pensamientos y de sentimientos muy desagradables y eso es precisamente lo que hace que el Polvo penetre en el interior. Gracias a una rápida operación realizada antes de que esto suceda, se alejan para siempre las complicaciones. Y tu daimonion sigue contigo... sólo que queda desconectado de ti. Se convierte en... un cachorrillo encantador. ¡El mejor cachorrillo del mundo! ¿No te gustaría tener un cachorrillo?

¡Menuda embustera estaba hecha! ¡Qué desfachatez la suya al contarle todas aquellas mentiras! Y aunque Lyra no hubiera sabido que se trataba de mentiras (estaba lo de Tony Makarios, lo de los daimonions enjaulados), la habría odiado con la misma rabiosa pasión. ¡Pensar que el compañero de su alma, el amigo de su corazón, podía quedar separado de ella y reducido a un cachorrillo trotón! Lyra sentía tal odio que la abrasaba, mientras Pantalaimon, en sus brazos, se convertía en turón, la más fea y agresiva de todas sus formas, y gruñía por lo bajo.

Pero guardaron silencio. Lyra sostenía a Pantalaimon apretado entre sus brazos y dejaba que la señora Coulter le acariciase el cabello.

—Tómate la manzanilla —le recomendó la señora Coulter suavemente—. Vamos a prepararte una cama aquí dentro. No hay necesidad de que vuelvas a compartir el dormitorio con las otras niñas, ahora que he recuperado a mi secretaria. ¡A mi favorita! La chica mejor del mundo. Debes saber que pusimos todo Londres patas arriba para tratar de encontrarte. La policía escudriñó todas las poblaciones del país. ¡Te echaba tanto de menos! No sabes lo feliz que soy ahora que te tengo de nuevo...

El mono dorado estaba merodeando incansablemente, tan pronto subido a la mesa agitando el rabo, como acercándose a la señora Coulter y cuchicheándole algo al oído, como paseándose de un lado a otro con el rabo enhiesto. Con su proceder traicionaba la impaciencia de la señora Coulter hasta que, por fin, ésta ya no pudo seguir disimulando por más tiempo.

—Mira, Lyra —le dijo—, tengo entendido que el rector del Jordan te entregó una cosa antes de que te fueras del college, ¿no es verdad? Te dio un aletiómetro. Lo que pasa es que él no podía regalártelo porque no era suyo, simplemente lo tenía bajo su custodia. El hecho es que se trata de algo demasiado valioso para que pueda llevarse de aquí para allá, ya que sólo hay dos o tres aparatos como éste en el mundo. Supongo que el rector te lo daría con la esperanza de que fuera a parar a manos de lord Asriel y sé que te pidió que no me comentaras nada al respecto, ¿no es así?

Lyra torció la boca.

—Sí, ya me doy cuenta de que es así. Pero no importa, porque tú no me has contado nada, ¿verdad? O sea que no has roto tu promesa. Pero escucha, cariño, es preciso ocuparse de ese aparato de la forma que se merece. Se trata de un objeto tan raro y tan delicado que no podemos dejar que corra ningún riesgo.

—¿Y por qué no puede guardarlo lord Asriel? —preguntó Lyra sin dar su brazo a torcer.

—Por las cosas que hace lord Asriel. Tú sabes que lo han desterrado porque tiene malas intenciones y una mente muy retorcida. Necesita el aletiómetro para coronar sus planes y lo último que se puede consentir es que caiga en su poder. Por desgracia, el rector del Jordan estaba equivocado, pero ahora que lo sabes será mejor que me lo entregues a mí, ¿no te parece? Te ahorrarás la molestia de tenerlo que llevar encima de un lado a otro y las preocupaciones que supone tener que ocuparse del aparatito... debe de haber sido un engorro para ti y motivo de inquietud pensar qué utilidad podía tener un artilugio como éste...

Lyra se preguntó dónde habría aprendido aquella mujer a ser tan lista y seductora.

—Así es que, en el caso de que ahora lo llevases encima, podrías permitirme que le echara una mirada. Lo has puesto en ese cinturón, ¿verdad? Sí, muy bien pensado, un sitio muy adecuado para guardarlo...

La señora Coulter ya tenía las manos en la falda de Lyra y desataba la recia bolsa de hule. Lyra permanecía tensa. El mono dorado estaba agachado a un extremo de la cama, tembloroso de ansiedad, las manos pequeñas y negras junto a la boca. La señora Coulter le sacó el cinturón a Lyra y desabrochó la bolsa. Su respiración era jadeante a causa de la emoción. Retiró el terciopelo negro, lo desplegó y en su interior encontró la caja de hojalata que había hecho Iorek Byrnison.

Pantalaimon volvía a ser un gato y también tenía el cuerpo en tensión, como dispuesto a saltar. Lyra levantó las piernas, se apartó de la señora Coulter y puso los pies en el suelo; parecía a punto de echar a correr si el caso lo requería.

—¿Y esto qué es? —preguntó la señora Coulter, como divertida ante lo que contemplaban sus ojos—. ¡Vaya caja curiosa! ¿Lo guardaste aquí para tenerlo en lugar seguro? ¿Qué es todo ese musgo? Esto quiere decir que has andado con mucho cuidado, ¿verdad? ¡Vaya, otra lata metida dentro de la anterior! ¡Y encima, soldada! ¿Quién ha hecho esto, nena?

Estaba demasiado interesada en abrirla para aguardar respuesta. Tenía un cuchillo en el bolso con gran cantidad de aditamentos y de él extrajo una hoja que introdujo en la tapadera.

Inmediatamente la habitación se llenó de un furioso zumbido.

Lyra y Pantalaimon estaban inmóviles. La señora Coulter, entre extrañada y curiosa, empujó la tapadera hacia arriba y el mono dorado se inclinó a mirar el interior.

Después, en menos tiempo del que tarda en contarse, la negra forma de la mosca espía salió violentamente de la lata y se estrelló contra la cara del mono.

Éste lanzó un grito, retrocedió y, como es lógico, también lastimó a la señora Coulter, que profirió un quejido de dolor y de miedo al igual que el mono, y entonces aquel diablo mecánico se abalanzó sobre ella, subiéndole por el pecho y el cuello y echándose sobre su cara.

Lyra no titubeó ni un momento. Pantalaimon dio un salto hacia la puerta y ella se lanzó tras él inmediatamente, la abrió de par en par y salió como alma que lleva el diablo, más aprisa de lo que había corrido en toda su vida.

—¡Alarma de incendio! —chillaba Pantalaimon mientras volaba delante de Lyra.

Ésta vio un botón en un ángulo de la pared y rompió el cristal que lo protegía dándole un puñetazo desesperado. Després continuó corriendo en dirección a los dormitorios y, de camino, aporreó otra alarma y otra más, debido a lo cual comenzó a aparecer gente por los pasillos que miraban a uno y otro lado buscando el fuego.

Ya cerca de la cocina, Pantalaimon le infundió una idea y Lyra se precipitó dentro. Un momento más tarde había abierto todas las espitas de gas y arrojado una cerilla al quemador más próximo. A continuación cogió un saco de harina de un estante y golpeó con él el borde de una mesa, lo que hizo que se reventara y se esparciera el polvo blanco, ya que había oído decir que la harina tenía la propiedad de estallar cuando se la manipulaba de aquella manera cerca de una llama.

Salió a toda velocidad de la cocina y siguió hacia su dormitorio. Ahora los pasillos estaban a rebosar de niños que corrían de un lado a otro, muy excitados porque había empezado a circular entre ellos la palabra «fuga». Los mayores se dirigieron en seguida a los almacenes donde se guardaba la ropa, llevando con ellos a los más pequeños. Los adultos intentaban dominar la situación, pero nadie sabía qué pasaba. No se oían más que gritos, todos se empujaban, chillaban y se daban empellones.

Lyra y Pantalaimon se escabullían entre la multitud como peces, siempre camino del dormitorio. Así que llegaron a él, oyeron detrás un ruido sordo que sacudió todo el edificio.

Las demás niñas habían desaparecido del dormitorio y la sala estaba vacía. Lyra arrastró el armario hasta el rincón, se encaramó sobre él, sacó las pieles que tenía escondidas en el techo y las tanteó para comprobar si el aletiómetro seguía en su sitio. Sí, allí estaba. Se embutió en las pieles, se echó la capucha sobre la cara y Pantalaimon, que se había transformado en gorrioncillo y la esperaba junto a la puerta, le gritó:

—¡Ahora!

Lyra salió corriendo. Tuvo la suerte de encontrar a un grupo de niños que habían podido localizar ropa de abrigo y que se precipitaban corredor adelante en dirección a la puerta principal, donde se unió a ellos, sudorosa y con el corazón palpitante, sabiendo que la única alternativa que le quedaba era escapar o morir.

Pero encontraron el camino cortado. El fuego de la cocina se había propagado rápidamente y ya fuera por causa de la harina o del gas, se había derrumbado parte del tejado. Todos se encaramaban a los puntales y a las vigas retorcidas, donde les esperaba la mordedura del aire helado. El olor a gas era muy intenso. Hubo otra explosión, ésta más fuerte que la primera y más cercana. La ola expansiva derribó a varias personas y el aire se llenó de gritos de miedo y de dolor.

Lyra porfiaba por encaramarse, mientras Pantalaimon gritaba:

—¡Por aquí, por aquí!

Sus gritos se confundían con los gritos y aleteos de los otros daimonions y Lyra entretanto trepó por los escombros. Se respiraba un aire helado, por lo que esperaba que los niños hubieran encontrado ropa de abrigo. De poco habría servido escapar de la Estación si había que morir de frío.

Se había declarado un verdadero incendio. Al subir al tejado, bajo el cielo nocturno, vio lenguas de fuego que lamían los bordes de un gran agujero al lado del edificio. Junto a la entrada principal había un tropel de niños y adultos, pero ahora los adultos estaban más agitados y los niños tenían más miedo, mucho más miedo que antes.

—¡Roger! ¡Roger! —gritó Lyra, en tanto Pantalaimon, con ojos tan despiertos como los de un mochuelo, le respondió ululando que también él lo había visto.

Al cabo de un momento se encontraron.

—¡Diles a todos que me sigan! —le gritó Lyra al oído.

—¡No vendrán! ¡Tienen pánico!

—Cuéntales lo que les hacen a los niños antes de que desaparezcan. Los separan de sus daimonions con un cuchillo enorme. Cuéntales todo lo que has visto esta tarde... todos los daimonions que hemos soltado. Cuéntales lo que será de ellos si no huyen de aquí.

Roger estaba horrorizado, boquiabierto, pero se repuso y fue a toda prisa hacia el grupo más próximo de niños indecisos. Lyra hizo lo mismo y, así que corrió la voz, algunos niños comenzaron a gritar y, llenos de miedo, agarraron con fuerza a sus daimonions.

—¡Seguidme! —les gritó Lyra a todos—. ¡Están a punto de venir a rescatarnos! ¡Tenemos que salir del recinto! ¡Vamos, corred!

Los niños la oyeron, la siguieron y, atravesando la cerca, se dirigieron hacia el camino de luces, acompañados por el crujido de la nieve bajo las botas.

Detrás de ellos se oían los gritos de las personas mayores, mientras se derrumbaba otra parte del edificio. El aire se llenaba de centellas y las llamas crepitaban con ruido de ropa desgarrada, aunque por encima de éste había otro ruido, espantosamente cercano y violento. Lyra no lo había oído nunca, pero lo reconoció al momento: era el alarido de los daimonions de los guardianes tártaros, los lobos. Notaba una debilidad que la invadía de la cabeza a los pies y había muchos niños que, presa del miedo, daban media vuelta y tropezaban hasta que acababan por detenerse porque, corriendo a medio galope, incansable y rápido, se acercaba el primero de los guardianes tártaros, con el fusil calado, junto a algo grisáceo y saltarín, el daimonion que lo acompañaba.

A éste le siguió otro y otro más. Todos iban cubiertos de malla acolchada y no tenían ojos... o por lo menos no se les veían detrás de las rendijas de sus yelmos. Los únicos ojos visibles eran las bocas redondas y negras de los cañones de los fusiles y los llameantes ojos amarillos de los lobos, sus daimonions, que fulguraban sobre la baba que les goteaba de las fauces.

Lyra titubeó. No habría soñado siquiera hasta qué punto podían ser aterradores aquellos lobos. Y ahora que sabía con qué indiferencia la gente de Bolvangar violaba el gran tabú, procuraba no pensar en aquellos dientes que babeaban...

Los tártaros se formaron en línea para impedirles el acceso a la avenida de luces, mientras sus daimonions avanzaban junto a ellos, disciplinados y ordenados. Un minuto después se había formado una segunda línea, ya que estaban llegando muchos más y, detrás de ellos, muchos más aún. Lyra, desesperada, pensó: los niños no pueden luchar contra los soldados. Aquello no era como las batallas que organizaban en los Claybeds de Oxford, en las que lanzaban pelotas de barro contra los niños que incendiaban ladrillos.

¡O quizá sí era como aquellas batallas! Recordaba que había arrojado un puñado de barro a la ancha cara de un niño de los que incendiaban ladrillos y que él se había abalanzado sobre ella. El niño en cuestión se había detenido para sacarse toda aquella porquería de los ojos y entretanto los de la ciudad habían saltado sobre él.

Lyra había tenido los pies en el barro. Ahora los tenía en la nieve.

Igual que había hecho aquella tarde, pero ahora más en serio, se agachó para recoger un puñado de nieve y lanzárselo al soldado más próximo.

—¡A los ojos! —vociferó mientras le arrojaba más nieve.

Se le unieron otros niños y entonces al daimonion de uno de ellos se le ocurrió la idea de volar como un vencejo junto a la bola de nieve y orientarla directamente a los ojos del blanco propuesto... Todos se sumaron y a los pocos momentos los tártaros tropezaban, escupían, soltaban tacos y trataban de sacarse la nieve acumulada en los ojos.

—¡Adelante! —gritó Lyra al tiempo que se lanzaba hacia la puerta que se abría al camino de luces.

Los niños se apelotonaron detrás de ella, todos juntos, esquivando las demoledoras mandíbulas de los lobos y se precipitaron con toda la rapidez que les permitían las piernas a través de la avenida y hacia la atractiva oscuridad que se vislumbraba a distancia.

Desde atrás les llegó un grito áspero que procedía de un oficial que acababa de dar una orden y al momento los cerrojos de muchos fusiles se movieron al unísono, después se oyó otro grito y ya todo fue tenso silencio, y en medio de él sólo se oía el golpeteo de los pies de los fugitivos y los jadeos de su respiración.

Estaban apuntando: no fallarían.

Sin embargo, antes de que pudieran disparar, uno de los tártaros soltó un jadeo ahogado y otro profirió un grito de sorpresa.

Lyra se detuvo y, al volverse, vio a un hombre tumbado en la nieve con una flecha coronada por una pluma gris clavada en la espalda. El hombre se contorsionaba, se retorcía, tosía sangre, mientras los demás soldados miraban a su alrededor, a derecha e izquierda, como tratando de averiguar quién había disparado aquella flecha, aunque sin ver ningún arquero.

De repente llegó del cielo otra flecha que, tras describir una trayectoria recta, abatió a un hombre al que alcanzó en la cabeza. El hombre cayó desplomado. El oficial lanzó un grito y todos levantaron los ojos y escrutaron la negrura del cielo.

—¡Brujas! —exclamó Pantalaimon.

Y brujas eran: formas negras, angulosas y elegantes, que volaban a gran altura, emitiendo un siseo y un silbido con el aire que se colaba a través de las ramas de nube pino en las que cabalgaban. Mientras Lyra las contemplaba, una de ellas se precipitó hacia abajo y disparó una flecha. Otro hombre cayó abatido.

Los tártaros, entonces, apuntaron los fusiles hacia arriba y comenzaron a disparar a la oscuridad, sin apuntar a nada que no fueran sombras, nubes, mientras sobre ellos llovían flechas a más y mejor.

Pero el oficial que estaba al mando, dándose cuenta de que los niños se estaban alejando por momentos, dio orden a un escuadrón para que saliera en su busca. Algunos niños gritaron, después fueron más, hasta que dejaron de avanzar y dieron la vuelta llenos de confusión, aterrados por aquella monstruosa sombra que se precipitaba sobre ellos desde la oscuridad, más allá del camino de luces.

—¡Iorek Byrnison! —gritó Lyra, con el pecho a punto de estallar de alegría.

El oso acorazado al lanzarse al ataque parecía no ser consciente de nada, salvo de lo que le prestaba ímpetu. Saltó junto a Lyra, desdibujado como una nebulosa, y arremetió contra los tártaros, provocando la dispersión de soldados, daimonions y fusiles, que salieron proyectados por todos lados. Después se paró y giró en redondo, lleno de fuerza ágil y atlética, y asestó dos golpes soberanos, uno a cada lado, a los dos guardas que tenía más cerca.

Un daimonion en forma de lobo saltó sobre él y el oso lo atacó cuando todavía estaba en el aire. Una llama de fuego brotó de su cuerpo al caer en la nieve, donde se quedó silbando y lanzando aullidos antes de desvanecerse. El ser humano al que acompañaba murió en el acto.

El oficial tártaro, enfrentado a aquel doble ataque, no titubeó un momento. Hubo un largo y agudo grito de órdenes, mientras la fuerza se dividía en dos, una que se encargaría de mantener a raya a las brujas y otra más numerosa cuya misión era acabar con el oso. Aquellos soldados demostraban una bravura sorprendente. Hincaban una rodilla en el suelo en grupos de cuatro y disparaban los fusiles como quien hace prácticas de tiro, sin moverse ni un centímetro cuando la imponente mole de Iorek se abalanzaba sobre ellos. Un momento después, yacían muertos en el suelo.

Iorek atacó de nuevo, retorciéndose a un lado, golpeando, gruñendo, aplastando, mientras a su alrededor volaban las balas cual moscas o avispas y lo dejaban incólume. Lyra instó a los niños a que se dirigieran a la oscuridad que se extendía más allá de las luces. Debían huir porque, por muy peligrosos que fueran los tártaros, mucho más peligrosos aún eran los adultos de Bolvangar.

Así pues, Lyra gritó, hizo señas y empujó a los niños con la intención de hacerlos avanzar. A medida que las luces que se encontraban detrás de ellos iban proyectando sus largas sombras en la nieve, Lyra se dio cuenta de que la profunda oscuridad de la noche ártica y su limpia frialdad conmovía su corazón, y que avanzaba hacia ella para amarla, al igual que hacía Pantalaimon, transformado ahora en una liebre que disfrutaba de su capacidad de propulsión.

—¿Adónde vamos? —preguntó uno.

—¡Aquí no hay más que nieve!

—Hay un equipo de rescate a punto de llegar —les explicó Lyra—. Vienen cincuenta giptanos o más. Seguro que habrá algún pariente vuestro. Todas las familias giptanas han perdido a algún niño, por eso todas enviarán a alguien.

—Yo no soy giptano —alegó un niño.

—No importa, te recogerán lo mismo.

—¿Adónde me llevarán? —preguntó otro en tono quejumbroso.

—A casa —respondió Lyra—. Por eso estoy aquí precisamente, para rescatarte, y ahora vendrán los giptanos para llevaros a todos a vuestra casa. No tenemos más que avanzar un poco más y en seguida los encontraremos. El oso iba con ellos, o sea que no pueden andar muy lejos.

—¿Habéis visto al oso? —observó un niño—. Cuando ha golpeado al daimonion, el hombre ha caído muerto como si acabasen de tocarle el corazón, ni más ni menos.

—No sabía que se pudiera matar a los daimonions —comentó otro.

Ahora hablaban todos; la excitación y el alivio les había soltado la lengua. Con tal de que continuaran moviéndose, no importaba que hablasen.

—¿Es verdad todo lo que dicen sobre las cosas que hacen aquí? —preguntó una niña.

—Sí —respondió Lyra—. Jamás habría pensado que pudiera ver a nadie sin su daimonion. Pero de camino, encontramos a un niño solo, sin daimonion, aunque él seguía reclamándolo y quería saber dónde estaba y si lo recobraría alguna vez. Se llamaba Tony Makarios.

—¡Lo conozco! —exclamó uno, al que se sumaron otros—. Se lo llevaron hará una semana...

—Lo separaron de su daimonion —declaró Lyra, sabiendo que aquello había de afectarlos mucho—. Y cuando lo encontramos al cabo de un tiempo, murió. Los daimonions que habían sido separados estaban metidos en unas jaulas dentro de un edificio cuadrado.

—Es verdad —afirmó Roger—. Y durante el simulacro de incendio, Lyra los soltó a todos.

—¡Sí, yo los vi! —confirmó Billy Costa—. Primero no sabía lo que eran, pero después vi que se escapaban volando con aquel ganso.

—Pero ¿por qué lo hacen? —preguntó un niño—. ¿Por qué separan a los niños de los daimonions? ¡Es un tormento! ¿Por qué lo hacen?

—Por el Polvo —apuntó uno en tono dubitativo.

Pero el otro niño se echó a reír despreciativamente.

—¡El Polvo! —exclamó—. ¡Eso del Polvo no existe! Se lo han inventado. No me lo creo.

—¡Mirad! —interrumpió otro—. ¡Fijaos en lo que le pasa al zepelín!

Todos volvieron la vista atrás. Más allá del brillo de las luces, donde la lucha continuaba, la gran longitud de la nave espacial ya no flotaba libremente amarrada al mástil, sino que el extremo libre se inclinaba hacia abajo. Más allá se elevaba un globo de...

—¡Es el globo de Lee Scoresby! —gritó Lyra batiendo palmas de alegría con las manos cubiertas por mitones.

Los demás niños se quedaron perplejos. Lyra los hizo avanzar, al tiempo que se preguntaba cómo habría conseguido el aeronauta llevar tan lejos el globo. Era evidente su intención, ¡qué buena idea había tenido llenando el globo con el gas que había allí; de ese modo podrían escapar al tiempo que impedían su persecución!

—¡Venga, no dejéis de moveros ni un momento, ya que de lo contrario os quedaréis congelados! —les recomendó Lyra, porque había visto que algunos niños estaban temblando y quejándose del frío, mientras sus daimonions también se lamentaban con sus voces finas y estridentes.

Aquello irritó a Pantalaimon que, en forma de glotón, pegó una dentellada a uno de ellos, una ardilla que, tendida sobre la espalda de una niña, se quejaba lastimosamente.

—¡Métete en su abrigo! —le gruñó Pantalaimon—. ¡Hazte más grande y caliéntala!

El daimonion de la niña, asustado, se precipitó al interior del anorak de seda-carbón.

El inconveniente era que sus anoraks no calentaban tanto como las pieles, por muy rellenos que estuvieran de fibras huecas de seda carbón. Algunos de los niños parecían bejines ambulantes a causa de su abultada figura, pero su atuendo había sido confeccionado en fábricas y laboratorios muy alejados del frío y la verdad es que no conseguían paliarlo. Las pieles de Lyra, en cambio, estaban raídas y exhalaban un olor apestoso, pero calentaban.

—Si no encontramos pronto a los giptanos, no creo que aguanten mucho tiempo —murmuró Lyra a Pantalaimon.

—Ordénales que no dejen de moverse —le respondió él también en un murmullo—. Como se tumben en el suelo, están perdidos. Recuerda lo que dijo Farder Coram...

Farder Coram le había contado a Lyra muchas historias acerca de sus viajes al norte, al igual que la señora Coulter, suponiendo que las de esta última fueran ciertas. De todos modos, los dos coincidían en un punto: uno no se podía quedar parado ni un solo momento.

—¿Hasta dónde debemos seguir? —preguntó un niño.

—Nos hace caminar para que nos muramos —comentó una niña.

—Mejor estamos aquí fuera que allí encerrados —terció otro.

—¡Yo no diría tanto! En la Estación había buena temperatura, teníamos comida, bebidas calientes... teníamos de todo.

—¡Pero se ha incendiado!

—¿Qué haremos aquí? Nos moriremos de hambre...

La cabeza de Lyra bullía de preguntas abstrusas, que flotaban a su alrededor como brujas, veloces e inaprensibles, y en algún lugar, más allá de donde ella podía llegar, sentía algo así como un esplendor y una emoción que no comprendía en absoluto.

Pero eso le proporcionaba una oleada de fuerza que le permitió salvar a una niña de una tormenta de nieve, empujar a un niño que estaba rezagándose y recomendar a todos:

—¡No os detengáis! ¡Seguid las huellas del oso! Él viene con los giptanos, o sea que el camino nos llevará hasta el sitio donde se encuentran. ¡No paréis un momento de caminar!

Comenzaban a caer grandes copos de nieve que no tardarían en cubrir el rastro de las pisadas de Iorek Byrnison. Ahora que ya no veían las luces de Bolvangar y que del resplandor del fuego no restaba más que un débil fulgor, la única luz era la que procedía de la tenue radiación que emanaba la tierra cubierta de nieve. Densas nubes oscurecían el cielo, no había luna ni Luces Boreales pero, al observar con más atención, los niños descubrieron el surco profundo que Iorek Byrnison había dejado en la nieve. Lyra animaba, obligaba con amenazas, pegaba a algunos, llevaba en brazos a otros, soltaba tacos, empujaba, arrastraba, levantaba tiernamente cuando era necesario, mientras Pantalaimon, juzgando por el estado en que veía al daimonion de los niños, le indicaba qué era recomendable hacer en cada caso.

Lyra no cesaba un momento de repetirse que los llevaría allí donde fuera necesario. He venido aquí a buscarlos y me los llevaré como sea.

Roger seguía su ejemplo, mientras Billy Costa abría el camino porque tenía una vista más aguda que nadie. Pronto la nevada fue tan espesa que tuvieron que agarrarse entre sí para evitar perderse y Lyra pensó que tal vez convendría que todos se tumbaran muy juntitos para mantener el calor... hasta podían excavar hoyos en la nieve...

De pronto oyó ruidos. En algún lugar zumbaba un motor, no el golpeteo sordo de un zepelín, sino algo más fuerte, como el murmullo de un avispero que tan pronto se acercaba como se alejaba.

Y también aullidos... ¿Eran perros? ¿Los perros de los trineos? El rumor era distante y difícil de identificar con seguridad porque estaba como acolchado por millones de copos de nieve, al tiempo que pequeñas ráfagas de viento lo arrastraban de aquí para allá. Debía de tratarse de los perros de los trineos giptanos o quizá de los espíritus agrestes de la tundra o de aquellos daimonions liberados que lloraban por los niños perdidos.

Lyra veía cosas... en la nieve no había luces, ¿verdad? A lo mejor eran fantasmas... a menos que hubieran caminado describiendo un círculo y ahora volvieran tropezando a Bolvangar.

Sin embargo, éstos eran rayos amarillentos como los de una linterna, no el fulgor blanco de las luces ambáricas. A medida que avanzaban, el aullido se oía cada vez más cerca y, antes de que pudiera tener la seguridad de si estaba o no soñando, Lyra ya se encontraba entre figuras familiares y unos hombres cubiertos de pieles la levantaban en volandas: el poderoso brazo de John Faa la alzó del suelo mientras Farder Coram se reía de pura felicidad. A través de la ventisca, los giptanos subían a los niños a los trineos, los cubrían con pieles, les daban carne de foca para masticarla.

También estaba allí Tony Costa, abrazando a Billy y después pellizcándolo suavemente y volviéndolo a abrazar y a zarandear, tanta era su alegría. Y Roger...

—Roger viene con nosotros —dijo Lyra a Farder Coram—. Yo quería salvarlo a él antes que a nadie. Volveremos al Jordan. ¿Qué es este ruido...?

Volvía a oírse aquel zumbido, aquel motor, como si se tratase de una mosca espía enloquecida pero diez mil veces más grande que la otra.

De pronto Lyra recibió un golpe que la dejó espatarrada en el suelo, sin que Pantalaimon pudiera defenderla, porque el mono dorado...

La señora Coulter...

El mono dorado estaba luchando con Pantalaimon, mordiéndolo, arañándolo, mientras el pobre desgraciado cambiaba tan rápidamente de forma que resultaba difícil distinguirlo y no paraba de defenderse, tan pronto pinchando, como azotando, como desgarrando. La señora Coulter, entretanto, con el rostro enmarcado por las pieles y pintada en él una emoción muy intensa, arrastró a Lyra a la parte trasera de un trineo motorizado, agresión a la que Lyra se resistió con tanto ahínco como su propio daimonion. La nieve era tan densa que parecían estar metidas en una ventisca privada, mientras los faros ambáricos del trineo sólo permitían ver los enormes copos que caían arremolinados a pocos centímetros de distancia.

—¡Auxilio! —clamó Lyra a los giptanos, inmersos en aquella nieve cegadora que les impedía percibir lo que sucedía—. ¡Ayudadme! ¡Farder Coram! ¡Lord Faa! ¡Oh, Dios mío, ayudadme!

La señora Coulter gritó una orden en la lengua de los tártaros del norte. Todos acudieron entre los remolinos de la nieve, todo un pelotón de tártaros, armados con fusiles y con los lobos que tenían por daimonions gruñendo junto a ellos. Cuando su jefe vio que la señora Coulter se debatía, levantó a Lyra con una sola mano igual que se levanta a una muñeca y la empujó al trineo, donde quedó tumbada y aturdida.

Chocó un fusil y después otro, mientras los giptanos acababan de percatarse de lo que sucedía. Sin embargo, disparar a un blanco invisible es peligroso cuando no distingues siquiera dónde está tu propio bando. Los tártaros, formando un grupo apretado en torno al trineo, podían disparar a voluntad pese a la nieve, pero los giptanos no se atrevían a disparar por miedo a herir a Lyra.

¡Oh, qué amargura la de Lyra! ¡Qué cansancio!

Todavía ofuscada, con la cabeza zumbando, se incorporó para encontrar a Pantalaimon aún luchando desesperadamente con el mono, con sus mandíbulas de glotón hincadas en un brazo dorado, ahora ya no empeñado en cambiar, sólo persistiendo inflexiblemente en su forma. ¿Y quién era ése?

¿No era Roger?

Sí, lo era y golpeaba con saña a la señora Coulter con los puños y los pies, asestándole golpes con la cabeza pero sólo para ser abatido por un tártaro, que se lo sacó de encima como quien esquiva una mosca. Todo resultaba fantasmagórico: blanco, negro, un rápido aleteo verde que enturbiaba la visión, sombras dentadas, luz fulgurante...

Un gran remolino apartó las cortinas de nieve y de la zona despejada saltó Iorek Byrnison, con estruendo y chirrido de hierro contra hierro. Un momento después aquellas grandes quijadas se cerraron a derecha e izquierda, una zarpa desgarró una cota de malla, dientes blancos, hierro negro, pieles rojas y húmedas...

Entonces algo la empujó con fuerza hacia arriba, cada vez más arriba, y ella arrastró consigo a Roger, arrancándolo de las manos de la señora Coulter y apretándolo enérgicamente, en tanto que el daimonion de cada niño se convertía en un pájaro de voz estridente que aleteaba asustado ante aquel inmenso batir de alas que se desplegaba a su alrededor y entonces Lyra distinguió en el aire junto a ella a una bruja, una de aquellas sombras elegantes, negras y angulosas, que venían de lo más alto del aire, aunque ya lo bastante cerca para poder tocarla, y vio después un arco en las manos desnudas de la bruja y cómo ejercitaba sus brazos pálidos y desnudos, pese a lo gélido del ambiente, tensando la cuerda y seguidamente lanzando una flecha directa a la rendija para los ojos de una capucha tártara de malla, amenazadora y situada a sólo un metro de distancia...

Y la flecha partió rápidamente y se le clavó en la espalda, con la mitad fuera de la misma, mientras su daimonion-lobo, que estaba iniciando un salto, se desvanecía antes de llegar a caer en el suelo.

¡Arriba! Suspendidos en el aire, Lyra y Roger se vieron atrapados y arrastrados hasta encontrarse agarrados con sus débiles dedos a una rama de nube pino en la que la joven bruja estaba sentada, tensa, en gracioso equilibrio, y después se inclinó hacia abajo y hacia la izquierda, hasta que vieron algo enorme e inminente que se acercaba y que resultó ser el suelo.

Cayeron en la nieve, justo al lado de la barquilla del globo de Lee Scoresby.

—¡Salta dentro! —le gritó el tejano—, y también tu amigo. ¿Habéis visto al oso?

Lyra se dio cuenta de que tres brujas sostenían una cuerda atada alrededor de una roca, que anclaba la magnífica capacidad de la bolsa de gas a la tierra.

—¡Métete dentro! —gritó Lyra a Roger, encaramándose por encima del borde de la barquilla, recubierto de cuero, para ir a dar en un montón de nieve que había en el interior.

Inmediatamente después Roger caía sobre ella y acto seguido se oía un fuerte ruido, algo a medio camino entre un rugido y un gruñido y que hacía retemblar el suelo.

—¡Venga, Iorek! ¡A bordo, compañero! —le gritó Lee Scoresby, y el oso saltó por encima de uno de los costados produciendo un alarmante crujido de mimbre y madera al doblarse.

De pronto un remolino de aire más ligero apartó a un lado la neblina y la nieve y, en el repentino espacio que se abrió, Lyra pudo distinguir todo lo que ocurría alrededor de ellos. Lo que vio fue una cuadrilla de asaltantes giptanos a las órdenes de John Faa, dispersando la retaguardia tártara y barriéndola hacia las ruinas calcinadas de Bolvangar; vio a los demás giptanos ayudando a un niño tras otro a acomodarse en los trineos y arrebujándolos con las pieles; vio a Farder Coram buscando algo afanosamente a su alrededor, apoyado en su bastón y acompañado de aquel daimonion suyo color de otoño dando saltos por la nieve, mirando tan pronto hacia un lado como hacia otro.

—¡Farder Coram! —le gritó Lyra—. ¡Aquí arriba!

El viejo la oyó y se volvió, maravillado, y lo que contempló fue el globo tirando de la cuerda y pugnando por elevarse y a las brujas reteniéndolo hacia abajo, y también a Lyra agitando frenéticamente la mano desde la barquilla.

—¡Lyra! —exclamó—. ¿Estás bien, nena? ¿Estás bien?

—¡No puedo estar mejor! —le respondió ella—. ¡Adiós, Farder Coram! ¡Adiós! ¡Lleva a todos estos niños a su casa!

—¡Seguro que lo haré! ¡Buen viaje, niña... buen viaje, cariño...!

Y justo en aquel mismo momento el aeronauta hizo un ademán con el brazo y las brujas soltaron la cuerda.

El globo se levantó inmediatamente y salió proyectado hacia arriba a través del aire plagado de nieve y a una velocidad que a Lyra le parecía increíble. Un instante después la tierra desaparecía tragada por la niebla y ellos seguían subiendo, más rápido, más rápido, cada vez más rápido. Lyra pensó que ni un cohete podría haber abandonado la tierra a tal velocidad. Lyra estaba tumbada en el suelo de la barquilla, agarrada a Roger, sintiendo que la fuerza de la aceleración la empujaba hacia abajo.

Lee Scoresby lanzaba gritos de entusiasmo, se reía a carcajadas y profería alaridos salvajes como todo tejano cuando lo pasa en grande. Iorek Byrnison, entretanto, iba desmontando con toda tranquilidad su coraza, desenganchando con sus diestras zarpas todas las conexiones y separando las piezas antes de dejarlas recogidas en un montón. En un punto del exterior, la agitación y el silbido del aire a través de las agujas de nube pino y de los vestidos de las brujas les indicaban que éstas los acompañaban en las alturas.

Poco a poco Lyra fue recuperando el aliento, el equilibrio y el latido normal de su corazón. Se sentó y miró a su alrededor.

La barquilla era mucho más grande de lo que pensaba. Alrededor de los bordes de la misma había anaqueles para los instrumentos filosóficos, montones de pieles en el suelo y aire embotellado, además de toda una variedad de objetos demasiado pequeños o difíciles de identificar dada la densa niebla a través de la cual seguían ascendiendo.

—¿Esto es una nube? —preguntó Lyra.

—Claro que lo es. Cubre a tu amigo con unas cuantas pieles si no quieres verlo transformado en carámbano. Si ahora hace frío, dentro de un rato hará más.

—¿Cómo nos habéis encontrado?

—Las brujas. Hay una bruja que quiere hablar contigo. Cuando salgamos de esta nube, nos orientaremos un poco y entonces podremos sentarnos a charlar un rato.

—Iorek —dijo Lyra dirigiéndose al oso—. Te agradezco mucho que hayas venido.

El oso gruñó y se dispuso a lamerse la sangre que tenía pegada a los pelos. Debido a su peso, la barquilla se inclinaba hacia el lado donde estaba él, aunque el hecho no tenía importancia. Roger lo miraba con recelo, pero Iorek Byrnison le hacía menos caso que a un copo de nieve. Lyra se contentaba con agarrarse con fuerza al borde de la barquilla, que le llegaba justo debajo de la barbilla cuando estaba de pie, y con observar maravillada los remolinos de la nube.

Pocos segundos después el globo salió totalmente de aquella nube y, remontándose a mayor altura, subió vertiginosamente y penetró en el espacio.

¡Qué vista aquélla!

Justo sobre sus cabezas, el globo se hinchaba formando una enorme curva. Sobre ellos y, enfrente, la Aurora aparecía llameante, más radiante y magnífica que nunca. Los rodeaba prácticamente por todos lados, casi como si formasen parte de ella. Inmensos celajes incandescentes temblaban y se dividían como movidos por alas de ángeles; cascadas de gloria luminiscente se desplomaban desde invisibles peñascales y al caer formaban lagunas de aguas arremolinadas o quedaban suspendidas igual que gigantescas cataratas.

Lyra estaba absorta ante aquella visión; después miró hacia abajo y lo que vieron sus ojos aún fue más maravilloso.

Hasta donde alcanzaba la vista, llegando al mismo horizonte en todas direcciones, se extendía sin interrupción un revuelto mar de blancura. Aquí y allá se levantaban o abrían suaves picos y vaporosas simas, aunque su aspecto general era el de una sólida masa de hielo.

Y a través de ella ascendían pequeñas sombras negras, ya aisladas, ya en grupos de dos o más, figuras angulosas de extrema elegancia: eran las brujas montadas en sus ramas de nube pino.

Volaban con gran rapidez, sin esfuerzo alguno, elevándose y dirigiéndose al globo, inclinándose a uno y otro lado para dirigir el rumbo. Una, la arquera que había salvado a Lyra de manos de la señora Coulter, volaba al lado mismo de la barquilla, por lo que Lyra tuvo ocasión de verla claramente por vez primera.

Era joven, más que la señora Coulter, y muy hermosa además, con ojos verdes y brillantes. Como todas las brujas, iba vestida con jirones de seda negra, pero no llevaba pieles, capucha ni mitones. Daba la impresión de que no notaba el frío. Ceñía su frente una simple guirnalda de flores rojas e iba montada en la rama de nube pino como si ésta fuera un corcel y parecía cabalgar a un metro de distancia de la escrutadora mirada de Lyra.

—¿Lyra?

—¡Sí! ¿Eres Serafina Pekkala?

—La misma.

Ahora Lyra comprendía por qué la amaba Farder Coram, por qué la bruja le había destrozado el corazón, aun cuando no supo ninguna de aquellas cosas hasta aquel momento. Él estaba haciéndose viejo, viejo y destrozado; ella, en cambio, seguiría siendo joven por espacio de generaciones.

—¿Tienes el lector de símbolos? —le preguntó la bruja con una voz tan parecida al rumor cantarino de la propia Aurora que Lyra apenas pudo captar el sentido a causa de su dulzura.

—Sí, lo tengo en el bolsillo. Está a salvo.

Un gran aleteo anunció otra llegada y al momento ya se deslizaba a su lado: era el ganso gris, su daimonion. Pronunció unas breves palabras y después voló en un amplio círculo alrededor del globo al tiempo que continuaba ascendiendo.

—Los giptanos han asolado Bolvangar —explicó Serafina Pekkala—. Han matado a veintidós guardianes y a nueve miembros del personal y han incendiado el resto de lo que todavía quedaba en pie. Van a destruirlo completamente.

—¿Y la señora Coulter?

—Ni rastro.

Profirió un grito estridente y pronto se vio rodeada de más brujas, que también volaron hacia el globo.

—Señor Scoresby —lo interpeló—. ¡La cuerda, por favor!

—Señora, le estoy muy agradecido. De momento seguimos remontándonos. Supongo que todavía continuaremos subiendo otro ratito. ¿A cuántas de ustedes necesitaremos para que nos arrastren hacia el norte?

—Nosotras somos fuertes —dijo por toda respuesta.

Lee Scoresby estaba colocando un rollo de cuerda recia a la anilla de hierro recubierta de cuero donde se unían las otras cuerdas que pasaban por encima de la bolsa del gas, y de la cual estaba suspendida la barquilla. Una vez bien afianzada, tiró del otro extremo e inmediatamente seis brujas se precipitaron a cogerlo y comenzaron a remolcarlos al tiempo que dirigían las ramas de nube pino hacia la estrella polar.

Cuando el globo comenzó a moverse en aquella dirección, Pantalaimon se posó en el borde de la barquilla transformado en golondrina de mar. El daimonion de Roger salió a mirar, pero volvió a esconderse en seguida, ya que Roger, al igual que Iorek Byrnison, no tardó en dormirse. El único que estaba despierto era Lee Scoresby, ahora muy tranquilo, mascando un purito delgado y observando los instrumentos.

—Así pues, Lyra —comenzó Serafina Pekkala—, ¿sabes por qué vas a ver a lord Asriel?

Lyra quedó sorprendida por la pregunta.

—Para llevarle el aletiómetro, ¡claro! —respondió.

Se trataba de un hecho tan obvio que ni siquiera se lo había planteado, por lo evidente. Después recordó el primer motivo, tan lejano que casi lo había olvidado.

—O... para ayudarlo a escapar. ¡Eso es! Vamos a ayudarlo a escapar.

Pero justo cuando lo dijo le sonó absurdo. ¿Escapar de Svalbard? ¡Imposible!

—Por lo menos lo intentaremos —añadió con voz resuelta—. ¿Por qué?

—Pues porque creo que debo explicarte ciertas cosas —repuso Serafina Pekkala.

—¿Sobre el Polvo?

Era lo primero que quería saber Lyra.

—Sí, ésta entre otras, pero ahora estás cansada y el vuelo será largo. Hablaremos cuando te despiertes.

Lyra bostezó. Fue uno de esos bostezos que pueden llegar a desencajar las mandíbulas, salido directamente de los pulmones como un estallido y que duró casi un minuto o ésa fue la impresión que le produjo, y pese a que Lyra se resistió, se vio incapaz de hacer frente a aquella oleada de sueño. Serafina Pekkala pasó la mano por encima del borde de la barquilla y tocó los ojos de Lyra y cuando ésta se derrumbó en el suelo Pantalaimon se puso a revolotear y a saltar, se transformó en armiño y se arrastró hasta el lugar donde dormía habitualmente, aquel hueco junto al cuello de Lyra.

La bruja fijó la marcha de la escoba a una velocidad regular junto a la barquilla mientras emprendían rumbo norte en dirección a Svalbard.

TERCERA PARTE

SVALBARD

18

NIEBLA Y HIELO

*L*ee Scoresby cubrió a Lyra con unas cuantas pieles y ella se acurrucó junto a Roger. Los dos se quedaron dormidos mientras el globo se dirigía al polo. El aeronauta comprobaba de vez en cuando los instrumentos, masticaba el purito, ya que no podía fumárselo teniendo tan cerca hidrógeno inflamable, y se arrebujaba en las pieles con que se cubría.

—Esa pequeña es una personita muy importante, ¿verdad? —comentó después de transcurridos unos minutos.

—Más de lo que ella cree —respondió Serafina Pekkala.

—¿Quiere esto decir que nos espera otra persecución armada? Comprenderá que hablo como un hombre práctico que se gana la vida. No puedo permitirme el lujo de pelear ni de que me hagan pedazos sin acordar por adelantado alguna compensación a cambio. No quisiera rebajar la categoría de esta expedición, señora, pero John Faa y los giptanos me han pagado una cantidad que basta únicamente para cubrir el tiempo de trabajo y el desgaste normal del globo. Nada más. No cubre el seguro de guerra. Y permítame que le diga otra cosa, señora: cuando desembarquemos a Iorek Byrnison en Svalbard será como una declaración de guerra.

Escupió con la mayor delicadeza posible un trozo de hoja de tabaco por encima del borde de la barquilla.

—O sea que me gustaría saber con qué puedo contar si hubiera mutilaciones y peleas —concluyó.

—Es posible que haya lucha —admitió Serafina Pekkala—, pero usted ya tiene experiencia en estas lides.

—Sí, en el caso de que me paguen, pero resulta que yo me figuraba que esto no era más que un contrato de transporte y la factura que presenté obedecía a este criterio, pero resulta que ahora, después de toda esta pelea, no puedo por menos de preguntarme hasta qué punto se extiende mi responsabilidad en la cuestión de los transportes. Y me digo, por ejemplo, si tengo que arriesgar mi vida y mi equipo en una guerra entre osos o si esta niña tiene enemigos en Svalbard de genio tan vivo como los de Bolvangar. Y si lo menciono es sólo como tema de conversación.

—Señor Scoresby —replicó la bruja—, no sabe cuánto me gustaría responder a su pregunta. Lo único que puedo decirle es que todos, seres humanos, brujas, osos y demás ya estamos enrolados en una guerra, aun cuando no todos lo sabemos. Tanto si corre peligros en Svalbard como si sale incólume, usted es un recluta, alguien que anda metido en las armas, un soldado.

—Bueno, a mí esto me parece un poco precipitado. Creo que un hombre debe tener la opción de empuñar o no las armas.

—Mire, tiene en esto la misma capacidad de elección que en el hecho de haber nacido.

—Pero a mí me gusta decidir —repuso él—. Me gusta escoger los trabajos que hago y los sitios a donde voy, las cosas que como y los compañeros que elijo y con los que me entretengo a hablar. ¿No desearía tener la posibilidad de elegir, aunque sólo fuera para variar?

Serafina Pekkala se quedó pensativa y después respondió:

—Quizá no hablamos de lo mismo cuando hablamos de elegir, señor Scoresby. Las brujas no tienen nada propio, razón por la cual no tenemos interés alguno en conservar cosas de valor ni en hacer beneficios y, en lo que se refiere a elegir entre dos cosas, cuando la vida de una dura varios centenares de años sabes que todas las oportunidades que has tenido volverán a presentarse de nuevo. Tenemos necesidades diferentes. Usted tiene que reparar el globo y mantenerlo en buenas condiciones, lo que requiere tiempo y desvelos, lo comprendo muy bien. Nosotras, en cambio, sólo necesitamos arrancar una rama de nube pino para poder volar. Cualquiera de ellas nos sirve para este fin y siempre quedan más. Como no tenemos frío, no necesitamos ropa de abrigo, ni tampoco disponemos de medios de intercambio aparte de la ayuda mutua. Cuando una bruja necesita algo, siempre encuentra a otra que se lo da. Si hay que hacer una guerra, el coste de la misma no será un factor que cuente para decidir si vale o no la pena hacerla. Tampoco tenemos concepto del honor como, por ejemplo, lo tienen los osos. Insultar a un oso equivale a morir. Esto para nosotros es... inconcebible. ¿Cómo ibas a insultar a una bruja? ¿Acaso le importaría mucho que la insultaras?

—Bueno, la verdad es que estoy de acuerdo con usted en este punto. Los palos y las piedras pueden romperte un hueso, pero los insultos no merecen una pelea. Lo que pasa, señora, es que supongo que usted comprende el problema. Yo no soy más que un aeronauta y lo que quiero es terminar los últimos días de mi vida rodeado de tranquilidad. Quiero comprarme una granja, tener unas cuantas reses, unos caballos... Nada del otro mundo, no se vaya usted a figurar. No aspiro a palacios, ni a esclavos, ni a montones de oro. Un poco de viento al atardecer soplando entre la salvia, un purito y un vaso de bourbon. Pero hay un detalle: eso cuesta dinero. O sea que yo vuelo, pero por dinero y, cuando termino un trabajo, envío parte de lo que gano al Wells Fargo Bank y, así que haya reunido una cantidad aceptable, venderé el globo, me compraré un pasaje, tomaré un vapor hacia Port Galveston y ya no pienso despegar los pies del suelo en toda mi vida.

—Entre nosotros existe otra diferencia, señor Scoresby. Una bruja renunciaría antes a respirar que a volar, porque volar forma parte de nuestra naturaleza.

—Ya me doy cuenta, señora, y por esto la envidio, pero a mí no me gustan las mismas cosas. Volar es un trabajo para mí, yo no soy más que un técnico. Igual podría ajustar válvulas en una fábrica de gas o instalar circuitos ambáricos. Sin embargo, he elegido esto, ¿comprende usted? Lo he elegido por propia voluntad. Por esto me preocupa esta guerra acerca de la cual no se me ha notificado nada.

—La pelea de Iorek Byrnison con su rey también forma parte de ella —explicó la bruja—. Y esta niña está destinada a desempeñar un papel en todo este asunto.

—Usted habla del destino como si fuera algo fijado de antemano —declaró Scoresby—. Y esto me gusta tan poco como una guerra en la que me veo metido sin saber cómo ni por qué. Dígame, por favor, ¿dónde está mi libre albedrío? Tengo la impresión de que esta niña tiene más libre albedrío que todos cuantos he conocido hasta aquí. ¿Quiere darme a entender que es como una especie de juguete mecánico al que uno le da cuerda y se pone en marcha obedeciendo un mecanismo que no puede cambiar?

—Todos estamos sujetos al destino, pero debemos hacer como

si no fuera así —afirmó la bruja— o morir de desesperación. Hay una curiosa profecía acerca de esta niña: está destinada a provocar el final del destino. Pero debe hacerlo sin saber que lo hace, como si obrara por propia voluntad, no porque éste sea su destino. Si se le dice lo que hay que hacer, fracasará; la muerte barrerá todos los mundos, será el triunfo definitivo de la desesperación. Todos los universos no serán más que máquinas que se entrelazan, ciegas y vacías de pensamiento, de sentimiento, de vida...

Miraron a Lyra, cuyo rostro soñoliento (lo poco que la capucha dejaba ver de él) mostraba tozudez en su ceño fruncido.

—Supongo que hay en ella una parte que lo sabe —afirmó el aeronauta— o por lo menos que está preparada para lo que haya de ocurrir. ¿Qué me dice del niño? ¿Sabía usted que la niña ha hecho todo este viaje hasta aquí sólo para salvarlo de sus enemigos? Cuando estaban en Oxford o no sé dónde eran compañeros. ¿Lo sabía?

—Sí, lo sabía. Lyra tiene en sí algo de un valor inmenso y parece que el hado se sirve de ella como mensajera para conducirla hasta su padre. Ha recorrido todo este camino para encontrar a su amigo, sin saber que su amigo había sido trasladado al norte por los hados y a fin de que ella pudiera seguirlo y llevar algo a su padre.

—Usted lo ve de esta manera, ¿verdad?

Por vez primera la bruja pareció insegura.

—Eso parece... pero nosotros no podemos leer las tinieblas, señor Scoresby. Es posible que me equivoque.

—¿Y qué la ha metido en todo esto, si puede saberse?

—Fuera lo que fuese lo que hicieran en Bolvangar, sabíamos en el fondo de nuestro corazón que estaba mal. Lyra es la enemiga de Bolvangar, lo que quiere decir que nosotras somos amigas suyas. Esto lo vemos con claridad meridiana. Pero, además, está la amistad de mi clan con el pueblo giptano, que se remonta a los tiempos en que Farder Coram me salvó la vida. Hacemos esto porque ellos nos lo han pedido. Y ellos, por otra parte, tienen vínculos de obligación con lord Asriel.

—Ya comprendo. Eso quiere decir que si ustedes remolcan el globo a Svalbard es por los giptanos. ¿Se extiende esta amistad a remolcarnos también en el viaje de vuelta? ¿O tendré que esperar a que soplen vientos favorables y me quedaré entretanto a merced de la indulgencia de los osos? Le repito una vez más, señora, que lo pregunto simplemente porque la amistad me mueve a ello.

—Si podemos ayudarlo a regresar a Trollesund, señor Scoresby, lo haremos con mucho gusto. Lo que pasa es que no sabemos qué encontraremos en Svalbard. El nuevo rey de los osos ha hecho muchos cambios, los antiguos caminos no están transitables, el aterrizaje puede ser difícil. No sé cómo se las arreglará Lyra para encontrar el camino hasta donde está su padre. Tampoco conozco los proyectos de Iorek Byrnison, salvo que su destino está involucrado en el de Lyra.

—Yo tampoco lo sé, señora. Diría que lo que lo une a la niña es un sentimiento de protección. Ella lo ayudó a recuperar su coraza, ¿comprende? ¿Sabe alguien lo que sienten los osos? De todos modos, si en el mundo hay algún oso que ame a un ser humano, hay que admitir que ése ama a Lyra. En cuanto al aterrizaje en Svalbard, nunca ha sido fácil. De todos modos, si puedo contar con usted para que me remolque en la dirección adecuada, para mí será mucho más fácil y, si puedo hacer algo por usted a cambio, no tiene más que decirlo. Pero sólo para información personal, ¿quiere decirme en qué bando me encuentro en esta guerra invisible?

—Los dos estamos en el bando de Lyra.

—¡Ah, en cuanto a eso no tenía la más mínima duda!

Siguieron volando. Eran tantas las nubes que había bajo el globo que resultaba imposible calcular la velocidad que llevaban. Por supuesto que, en condiciones normales, un globo flotaba a la misma velocidad que el aire. Ahora, sin embargo, arrastrado por las brujas, el globo se movía a través del aire y no con el aire, y además se resistía debido a que la pesada bolsa de gas carecía de la estabilidad aerodinámica de un zepelín. En consecuencia, la barquilla oscilaba de un lado a otro, balanceándose mucho más y con más sacudidas que en un vuelo normal.

A Lee Scoresby no le preocupaba tanto su comodidad como sus instrumentos y dedicaba mucho tiempo a asegurarse de que estaban bien afianzados a los principales puntales. Según el altímetro, se encontraban a casi tres mil metros de altura. La temperatura era de veinte grados bajo cero. Lee Scoresby había experimentado fríos más intensos, por lo que desenrolló la lona que utilizaba para algún vivac improvisado y la tendió delante de los niños, entonces dormidos, para resguardarlos del viento, antes de tumbarse espalda contra espalda junto a su viejo compañero de armas, Iorek Byrnison, y sumirse en un profundo sueño.

Cuando Lyra se despertó, la luna se encontraba muy alta en el cielo y todo cuanto se ofrecía a su vista estaba como niquelado, desde la redondeada superficie de las nubes que se divisaban más abajo hasta los lagrimones de hielo y los carámbanos que colgaban de las jarcias del globo.

Roger, Lee Scoresby y el oso estaban dormidos. Sin embargo, junto a la barquilla, la reina bruja seguía volando a velocidad sostenida.

—¿Cuánto falta para llegar? —preguntó Lyra.

—Si no encontramos vientos de cara estaremos sobre Svalbard aproximadamente dentro de unas doce horas.

—¿Dónde aterrizaremos?

—Depende del tiempo que haga. Procuraremos evitar los acantilados. En ellos viven unos seres que atacan todo cuanto se mueve. Si podemos, os dejaremos tierra adentro, lejos del palacio de Iofur Raknison.

—¿Qué pasará cuando encontremos a lord Asriel? ¿Querrá volver a Oxford? Tampoco sé si debo decirle o no que sé que es mi padre. A lo mejor quiere seguir simulando que es mi tío. Apenas lo conozco.

—Él no deseará volver a Oxford, Lyra. Parece que se puede hacer algo en otro mundo y lord Asriel es la única persona capaz de salvar el abismo que existe entre este mundo y el otro. Pero necesita ayuda.

—¡El aletiómetro! —exclamó Lyra—. Me lo dio el rector del Jordan y me pareció que quería decirme algo sobre lord Asriel, lo que pasa es que no llegó a presentarse la ocasión. Yo sabía que en realidad no quería envenenarlo. ¿Si lo lee verá la manera de tender este puente?

»Estoy segura de que yo podría ayudarlo. Ahora probablemente lo sé leer igual de bien que cualquiera.

—No sé —dijo Serafina Pekkala—. No sabemos cómo lo hará ni cuál será su trabajo. Hay potencias que hablan con nosotras y otras que están situadas por encima de ellas... y hasta para el más excelso hay cosas secretas.

—¡El aletiómetro me lo diría! Y si lo leyera ahora...

Pero hacía demasiado frío y no habría podido ni sostenerlo siquiera. Se arropó y se ciñó la capucha para protegerse del viento glacial, dejando tan sólo una pequeña abertura para mirar.

A lo lejos y un poco más abajo, la larga cuerda se extendía desde la anilla de suspensión del globo, tirada por seis o siete brujas sentadas en sus ramas de nube pino. Las estrellas centelleaban brillantes y frías, duras como diamantes.

—¿Por qué no tiene frío, Serafina Pekkala?

—Nosotras también tenemos frío, pero no le damos importancia, porque no queremos dañarnos. Si nos abrigásemos para protegernos contra el frío, no sentiríamos otras cosas, como el rutilante titilar de las estrellas o la música de la Aurora o, lo que todavía es mejor, la sedosa sensación de la luz de la luna en nuestra piel. Para disfrutar de todo esto vale la pena pasar frío.

—¿Y yo también podría sentir esas cosas?

—No, si tú te quitases las pieles, te morirías. Tú tienes que taparte.

—¿Cuánto tiempo viven las brujas, Serafina Pekkala? Farder Coram dice que viven centenares de años. Pero a mí usted no me parece tan vieja como eso.

—Tengo trescientos años o más. Nuestra madre bruja más vieja tiene casi mil años. Un día, Yambe-Akka vendrá a buscarla y también llegará un día en que me llevará a mí. Es la diosa de los muertos. Cuando se te acerca con su sonrisa y sus palabras zalameras sabes que ha llegado tu hora.

—¿También hay hombres brujos? ¿O sólo mujeres?

—Tenemos algunos hombres que nos sirven, como el cónsul de Trollesund. Y también hay hombres que son nuestros amantes o nuestros maridos. Tú eres muy pequeña, Lyra, demasiado pequeña para entender estas cosas, pero a pesar de todo te lo explicaré y llegará el día en que lo entenderás: los hombres pasan delante de nuestros ojos como mariposas, como criaturas de una estación efímera. Los amamos, son valientes, orgullosos, guapos, inteligentes, y se mueren casi en seguida. Se mueren tan pronto que tenemos los corazones continuamente atormentados por la pena. Alumbramos a sus hijos, que si nacen hembras son brujas, y si no se convierten en seres humanos. Y después, en un abrir y cerrar de ojos, desaparecen, caen abatidos, mueren, los perdemos. Y lo mismo sucede con nuestros hijos. Cuando un niño va creciendo se figura que es inmortal. Pero su madre sabe que no lo es. Cada vez se hace más doloroso, hasta que finalmente se te parte el corazón. Puede ser que entonces Yambe-Akka venga a por ti. Yambe-Akka es más vieja que la tundra. Tal vez para ella las vidas de las brujas sean tan breves como lo son para nosotros las vidas de los hombres.

—¿Usted amaba a Farder Coram?

convirtió en golondrina de mar, se posó un breve instante en la rama de la que Serafina era jinete, como queriendo disculparse porque quizás habían estado insolentes con ella.

Y entonces Lyra preguntó:

—¿Por qué las personas tienen daimonions, Serafina Pekkala?

—Todo el mundo se lo pregunta y nadie sabe la respuesta. Desde que existen los seres humanos, siempre ha habido daimonions. Es lo que os diferencia de los animales.

—¡Sí! La verdad es que somos muy diferentes... Tomemos, por ejemplo, los osos. ¡Qué extraños son los osos!, ¿no le parece? Dirías que son como las personas y de pronto hacen algo tan extraño o tan agresivo que te das cuenta de que es imposible llegar a entenderlos... ¿Sabe qué me contó Iorek? Pues que su coraza era para él lo que un daimonion para una persona. Me dijo que es su alma. Pero también en esto son diferentes, porque fue él quien se la hizo.

»Cuando lo desterraron le quitaron la coraza y después él encontró algo de hierro celeste y se fabricó otra nueva, como quien se hace un alma nueva. Nosotros, en cambio, no podemos crear a nuestros daimonions. Después, la gente de Trollesund lo emborrachó con licores y le robó la coraza, pero yo descubrí dónde estaba y la pudo recuperar. Pero lo que yo me pregunto es esto: ¿por qué viene Iorek a Svalbard? Le darán una paliza, a lo mejor lo matan... Yo a Iorek lo quiero mucho, lo quiero tanto que preferiría que no viniera con nosotros.

—¿Te ha explicado quién es?

—No, sólo me dijo cómo se llamaba. Bueno, quien lo hizo fue el cónsul de Trollesund.

—Iorek es de noble linaje, es un príncipe. En realidad, si no hubiera cometido aquel gran crimen, ahora sería el rey de los osos.

—Él me dijo que su rey se llamaba Iofur Raknison.

—Iofur Raknison se convirtió en rey cuando desterraron a Iorek Byrnison. Iofur es príncipe, eso por descontado, ya que de lo contrario no podría gobernar, pero tiene una inteligencia parecida a la humana, hace alianzas y tratados, no vive a la manera de los osos, en fortalezas de hielo, sino en un palacio de construcción reciente, y habla de intercambiar embajadores con las naciones humanas y de desarrollar minas de fuego con ayuda de ingenieros humanos... Es hábil y sutil. Dicen que incitó a Iorek a hacer lo que provocó su destierro y algunos aseguran que, aunque no fuera así,

—Sí. ¿Lo sabe él?

—No sé si él lo sabe, pero lo que sí sé es que él la ama a usted.

—Cuando me rescató él era joven y fuerte, guapo y orgulloso. Me enamoré de él al momento. Por él habría cambiado mi naturaleza, me habría olvidado del titilar de las estrellas y de la música de la Aurora, no habría vuelto a volar en mi vida. Todo lo habría dado al momento, sin pensármelo un segundo, a cambio de ser su esposa, una giptana, y vivir en un bote, cocinar para él, compartir su lecho, darle hijos. Pero uno no puede cambiar lo que es, lo único que puede cambiar es lo que hace. Yo soy una bruja y él un ser humano, aunque estuve con Farder Coran el tiempo suficiente para darle un hijo...

—¡Pues él no me lo dijo! ¿Fue una niña? ¿Una bruja?

—No, fue un niño y murió en la gran epidemia que hubo hace cuarenta años, una enfermedad que vino de Oriente. ¡Pobre pequeño, entró y salió de la vida tan rápidamente como una mosquita de mayo! Me hizo pedazos el corazón y aún sigue destrozado. También el de Coram.

»Después sentí la llamada de mi gente y volví con los míos, porque Yambe-Akka se había llevado a mi madre y yo había pasado a ser la reina del clan. O sea que tuve que marcharme porque era mi deber.

—¿Y ya no volvió a ver a Farder Coram?

—No, nunca más, aunque oí hablar de él, supe qué hacía, me enteré de que los skraelings lo habían herido con una flecha envenenada y le envié hierbas y conjuros para ayudarlo a recuperarse, pero no me sentía con fuerza suficiente para volverlo a ver. Me enteré de que, después de este suceso, se había desmoronado completamente, pero que había crecido en sabiduría, estudiado y leído mucho, y por eso me sentí orgullosa de él y de su bondad. Pese a todo, me mantuve a distancia, porque eran tiempos peligrosos para mi clan y existía la amenaza de una guerra de brujas y, además, pensaba que él ya me habría olvidado y habría encontrado una esposa humana...

—Eso jamás —exclamó Lyra con firmeza—. Tendría que ir a visitarlo. Sigue amándola, de eso estoy segura.

—Pero se avergonzará de su edad y no quiero verlo avergonzado.

—Eso es posible, pero por lo menos hágale llegar una misiva. Bueno, es un consejo.

Serafina Pekkala se quedó callada largo rato. Pantalaimon se hace creer que ocurrió de este modo para hacerse valer y aumentar la fama de inteligente que ya tiene.

—¿Qué hizo Iorek? Mire, una razón de que quiera a Iorek es que a mi padre también lo castigaron por lo que hizo y tengo la impresión de que los dos son iguales. Iorek me dijo que él había matado a otro oso, pero no me contó lo que pasó.

—La pelea fue por una osa. El macho al que mató Iorek no se declaró rendido como requería el caso, pese a que estaba más que claro que Iorek era más fuerte. Por muy grande que sea su orgullo, los osos no dejan nunca de reconocer que un semejante suyo es superior cuando lo es realmente y se rinden ante él, pero, por la razón que fuera, aquel oso no lo hizo.

»Hay quien dice que Iofur Raknison lo convenció o le dio unas hierbas para confundirle las ideas. Fuera como fuese, el oso joven siguió a la carga y Iorek Byrnison se dejó llevar por su temperamento. No costó mucho juzgar su caso; habría debido herirlo, no matarlo.

—O sea que, de no haber sido por eso, ahora sería rey —concluyó Lyra—. Oí hablar de Iofur Raknison al profesor Palmerian del Jordan, porque estuvo en el norte y lo conoció. El profesor explicó... me gustaría acordarme de lo que explicó... creo que aseguró que había hecho trampas para llegar al trono... o cosa parecida. Pero a mí Iorek me dijo una vez que no es posible engañar a un oso y me demostró que yo era totalmente incapaz de hacerlo. Parece, por lo que usted dice, que los engañaron a los dos, a él y al otro oso. A lo mejor es que los únicos que pueden engañar a los osos son los osos, no las personas. Salvo en el caso... los de Trollesund lo engañaron, ¿no es verdad? Lo emborracharon y le robaron la coraza.

—Cuando los osos se comportan como los humanos, quizá sea posible engañarlos —respondió Serafina Pekkala—, pero si se comportan como osos ya no es posible. En situación normal, no hay ningún oso que tome alcohol. Si Iorek Byrnison lo tomó fue para olvidar la vergüenza que le producía el destierro y gracias a eso los de Trollesund pudieron engañarlo.

—Es verdad —afirmó Lyra, acompañando las palabras con un movimiento de la cabeza.

Aquella idea la satisfacía. Admiraba a Iorek de forma prácticamente ilimitada y estaba contenta de que alguien le corroborara su nobleza.

—Es usted muy lista —dijo con admiración—. De no ser porque usted me lo ha explicado, nunca se me habría ocurrido. Debe de ser incluso más inteligente que la señora Coulter.

Continuaron volando. Lyra se puso a masticar un trozo de carne de foca que había encontrado en el bolsillo.

—Serafina Pekkala —continuó un momento después—, ¿qué es eso del Polvo? A mí me parece que todos estos problemas son a causa del Polvo, pero todavía no hay nadie que me haya contado qué clase de Polvo es ése.

—Yo no lo sé —le confesó Serafina Pekkala—. Las brujas no se han preocupado nunca del Polvo. Lo único que te puedo decir es que allí donde hay curas, hay miedo al Polvo. La señora Coulter no es ningún cura, por supuesto, pero sí que es un poderoso agente del Magisterio. Fue ella quien fundó la Junta de Oblación y quien convenció a la Iglesia de que costeara Bolvangar debido a que estaba muy interesada en el Polvo. Nosotras no entendemos sus ideas con respecto al mismo. Pero hay muchas otras cosas que no hemos entendido nunca. Vemos que los tártaros se hacen agujeros en el cráneo y es un hecho que no puede dejar de sorprendernos.

»Así pues, esto del Polvo debe de ser algo extraño y lo único que podemos hacer es interrogarnos al respecto, lo que en modo alguno nos impele a cortar ni a desgarrar nada para tratar de averiguarlo. Lo dejamos en manos de la Iglesia.

—¿La Iglesia? —preguntó Lyra.

De pronto se había acordado de algo: una conversación con Pantalaimon, en los Fens, sobre qué podía ser lo que movía la aguja del aletiómetro. Entonces habían pensado en la máquina lumínica del altar mayor del Gabriel College y en cómo las partículas elementales hacían girar las pequeñas aspas. El intercesor se había mostrado claro con respecto al vínculo existente entre las partículas elementales y la religión.

—Es muy posible —declaró, al tiempo que asentía con un gesto—. Después de todo, mantienen en secreto la mayor parte de las cosas, pero la mayor parte de las cosas de la Iglesia son antiguas y el Polvo no lo es, que yo sepa. No sé si lord Asriel podría explicármelo...

Volvió a bostezar.

—Será mejor que me eche un rato —le dijo a Serafina Pekkala—, de lo contrario me quedaré congelada. En el suelo también paso frío, pero no tanto. Como coja más frío, creo que me moriré.

—Entonces échate en el suelo y cúbrete con las pieles.

—Sí, lo haré. Si tengo que morir, prefiero morir aquí arriba que abajo un día cualquiera. Cuando nos pusieron debajo de aquella cuchilla creí que me había llegado la hora... Nos lo figuramos los dos. ¡Qué crueldad! Pero ahora nos tumbaremos. Despiértenos cuando lleguemos —le pidió mientras se echaba sobre el montón de pieles con gesto torpe y todo el cuerpo dolorido a causa de la intensidad del frío y acercándose todo lo posible a Roger, que dormía profundamente.

Así pues, los cuatro viajeros prosiguieron el camino, dormidos en el globo cubierto de incrustaciones de hielo, en dirección a las peñas y glaciares, las minas de fuego y las fortalezas de hielo de Svalbard.

Serafina Pekkala llamó al aeronauta y éste se despertó en seguida, medio aturdido a causa del frío, pero consciente de que algo fallaba a juzgar por el movimiento de la barquilla. Se balanceaba terriblemente a merced de los fuertes vientos que agitaban la bolsa del gas, mientras las brujas a duras penas conseguían sujetarlo tirando de la cuerda.

De haberla soltado, el globo habría perdido el rumbo al momento y, a juzgar por la ojeada que echó a la brújula, se habría visto arrastrado hacia Nueva Zembla a una velocidad de casi ciento cincuenta kilómetros por hora.

—¿Dónde nos encontramos? —oyó Lyra que preguntaba el aeronauta.

Tampoco ella estaba del todo despierta, el cuerpo vacilante a causa del movimiento y con tanto frío que tenía entumecidos todos los miembros.

No pudo oír la respuesta de la bruja, pero a través de la pequeña rendija que dejaba libre la capucha vio, a la luz de una linterna ambárica, que Lee Scoresby estaba agarrado a un puntal, agarrando una cuerda que se introducía en la misma bolsa del gas. Dio un fuerte tirón, como si quisiera vencer alguna obstrucción y levantó los ojos hacia la agobiante oscuridad antes de atar la cuerda en torno a una abrazadera de la anilla de suspensión.

—Voy a soltar un poco de gas —gritó a Serafina Pekkala—. Así bajaremos. Volamos demasiado alto.

La bruja respondió asimismo a voces, pero Lyra no entendió lo que decía. Roger también se estaba despertando en aquel momento, ya que los crujidos de la barquilla eran suficientes para despejar al más profundo de los dormilones, por no hablar además del balanceo ni de las sacudidas a que estaba sometida.

El daimonion de Roger y Pantalaimon permanecían juntitos como dos titís y Lyra procuraba mantenerse inmóvil en el suelo en lugar de pegar un salto, que era lo que el miedo le habría impulsado a hacer.

—Todo funciona a las mil maravillas —afirmó Roger, que parecía mucho más animado que ella—. Tan pronto como bajemos, haremos fuego y nos calentaremos. Llevo cerillas en el bolsillo. Las birlé de la cocina de Bolvangar.

Era evidente que el globo estaba descendiendo, ya que un segundo después se vieron envueltos en una nube densa y helada. Hilachas y jirones de nube se introdujeron en la barquilla y de pronto todo quedó a oscuras. Lyra no había visto nunca una niebla tan densa como aquélla.

Un momento después se oyó otro grito de Serafina Pekkala, mientras el aeronauta desataba la cuerda de la abrazadera y la soltaba. La cuerda salió proyectada hacia arriba escapándosele de las manos y, a pesar de los crujidos, la embestida y el aullido del viento a través de las jarcias, Lyra oyó o notó un fuerte golpe procedente de algún punto situado muy arriba.

Lee Scoresby se dio cuenta de que tenía los ojos abiertos como platos.

—Es la válvula del gas —le gritó—. Funciona con un resorte e impide que se escape. Cuando tiro hacia abajo, se escapa algo de gas por arriba y entonces perdemos fuerza ascensional y bajamos.

—Estamos casi...

Pero no pudo terminar, porque en aquel momento ocurrió una cosa terrible. Un ser con una talla equivalente a la mitad de la propia de un ser humano, con alas de cuero y zarpas ganchudas, estaba trepando por el costado de la barquilla en dirección a Lee Scoresby. Tenía la cabeza plana, ojos saltones y una boca ancha como la de una rana. Además, despedía vaharadas de un hedor abominable.

Lyra ni siquiera tuvo tiempo de gritar antes de que Iorek Byrnison se levantara y lo apartara de un manotazo. Aquella criatura se desprendió de la barquilla y desapareció con un grito.

—Un espectro de los acantilados —dijo Iorek a modo de escueta explicación.

Un momento después apareció Serafina Pekkala, que se agarró a un lado de la barquilla y habló, alarmada.

—Los espectros de los acantilados atacan. Bajaremos a tierra con el globo y tendremos que defendernos. Son...

Pero Lyra no pudo oír el resto de la frase, porque algo se rasgó y, con el ruido que produjo el desgarramiento, todo quedó ladeado. Seguidamente un golpe terrible arrojó a los tres seres humanos a un lado del globo, donde estaban amontonadas las piezas de la coraza desmontada de Iorek Byrnison.

Iorek, con su enorme pata, las sujetó, ya que la barquilla traqueteaba con extraordinaria violencia. Serafina Pekkala había desaparecido. El estruendo era aterrador. Cubriendo todos los demás ruidos circundantes se oía el producido por los espectros de los acantilados, a los que Lyra vio pasar precipitadamente al tiempo que percibía su repugnante hedor.

Otra sacudida repentina volvió a arrojarlos al suelo y la barquilla bajó a aterradora velocidad, sin dejar de girar un solo momento en el espacio.

Era como si se hubiera desprendido del globo y se precipitara en el vacío sin que nada la sujetara.

Después hubo de nuevo una serie de sacudidas y de golpes, acompañados de rápidos cimbreos a uno y otro lado, que les produjeron la impresión de que acabarían por estrellarse contra las paredes rocosas entre las que bajaban.

Lo último que vio Lyra fue a Lee Scoresby disparando su pistola de cañón largo directamente a la cara de un espectro de los acantilados, antes de cerrar los ojos con fuerza y agarrarse a los pelos de Iorek Byrnison presa de un terror incontrolable. Aullidos, gritos, las arremetidas y el silbido del viento, el crujido de la barquilla, que parecía un animal torturado, todo contribuía a poblar de espantosos ruidos el aire inhóspito.

Ya al fin se produjo la sacudida más fuerte, que la proyectó totalmente fuera de la barquilla.

De nada le sirvió mantenerse agarrada y pareció como si sus pulmones se hubieran vaciado completamente de aire cuando fue a parar sobre una maraña tal que le habría sido imposible decir qué estaba arriba y qué abajo, al tiempo que la cara, cubierta por la apretada capucha, se le quedaba sembrada de polvo, sequedad, frío y cristales...

Era nieve, había ido a parar a tierra en medio de una ventisca de nieve. Se encontraba tan magullada que apenas podía pensar. Se quedó tendida y quieta unos segundos antes de ponerse a escupir la nieve que le había entrado en la boca y después expulsó algo de aire con gran cautela hasta que dispuso de un poco de espacio para inspirar.

No le dolía nada en particular, se sentía simplemente sin aliento. Con grandes precauciones intentó mover manos, pies, brazos y piernas, así como levantar la cabeza.

Apenas veía nada, se le había llenado la capucha de nieve. Con un esfuerzo, como si cada mano le pesara una tonelada, se la sacudió y atisbó a través de ella.

El mundo que contempló era gris, tonalidades pálidas y oscuras del gris y negrura, un ambiente en el que vagaban jirones de niebla que parecían fantasmas.

Los únicos ruidos que percibía eran los lejanos alaridos de los espectros de los acantilados, situados muy arriba, y el estallido de las olas contra las rocas, a cierta distancia.

—¡Iorek! —gritó, aunque su voz era débil y temblorosa.

Probó de nuevo, pero no respondió nadie.

—¡Roger! —gritó entonces, aunque con igual resultado.

Le parecía estar sola en el mundo, aunque por supuesto no era así, ya que Pantalaimon salió de su anorak, ahora un ratón dispuesto a hacerle compañía.

—He examinado el aletiómetro —dijo Pantalaimon— y está en perfecto estado. No se ha roto nada.

—¡Estamos perdidos, Pan! —repuso Lyra—. ¿Has visto a los espectros de los acantilados? ¿Y al señor Scoresby disparando contra ellos? ¡Que Dios nos ayude si les da por venir hasta aquí...!

—Mejor será que busquemos la barquilla —indicó Pantalaimon—, quizá...

—Mejor que no los llamemos —aconsejó Lyra—. Sé que lo acabo de hacer, pero me parece que lo más conveniente es no gritar porque pueden oírnos. Me gustaría saber dónde hemos ido a parar.

—Puede que prefiramos no saberlo —apuntó él—. Tal vez estemos en el fondo de una sima sin posibilidad de subir y a lo mejor los espectros de los acantilados están arriba esperando descubrirnos cuando se aclare la niebla.

Después de descansar unos minutos más, Lyra tentó con las manos a su alrededor y descubrió que había ido a parar al interior de una hendedura entre dos rocas cubiertas de hielo. Una nieve helada lo cubría todo; a un lado se oía el fragor de las olas y, por el ruido, podía deducirse que debían de estar a unos cincuenta metros de distancia, mientras que desde las alturas seguían llegando los alaridos de los espectros de los acantilados, aunque ya se iban debilitando.

En medio de tanta lobreguez apenas si conseguía ver a dos o tres metros de distancia, y tampoco los ojos de lechuza de Pantalaimon le servían de gran cosa.

Con grandes trabajos consiguió echar a andar, aunque resbalando y deslizándose por las ásperas rocas, lejos de las olas y a una cierta altura de la playa, si bien no encontró otra cosa que rocas y nieve y ni el menor rastro del globo ni de sus ocupantes.

—No es posible que hayan desaparecido todos —murmuró Lyra.

Pantalaimon merodeó en forma de gato por otro sector de la zona y se encontró con cuatro pesados sacos de arena despanzurrados y toda la arena desparramada alrededor y en fase de congelación.

—Es el lastre —explicó Lyra—. Se habrán desprendido de él para elevarse de nuevo...

Lyra tragó saliva para ver si así conseguía engullirse aquel nudo que notaba en la garganta o el miedo que sentía en el pecho o tal vez las dos cosas.

—¡Oh, Dios mío, qué asustada estoy! —exclamó—. ¡Ojalá nos salvemos!

Pantalaimon volvió a saltar a sus brazos y, en forma de ratón, se arrastró dentro de la capucha de Lyra, donde se hizo invisible. De pronto Lyra oyó un ruido, algo que arañaba la roca, y se volvió para ver qué era.

—¡Iorek!

Pero se tragó la palabra antes de pronunciarla del todo, ya que no era Iorek Byrnison, sino un oso desconocido, cubierto por una bruñida coraza en la que el rocío había quedado helado y convertido en escarcha y que llevaba una pluma en el casco.

El oso se quedó inmóvil, a unos dos metros de distancia. Lyra pensó en aquel momento que había llegado el fin de sus días.

El oso abrió la boca y lanzó un gruñido que arrancó un eco de los acantilados y toda una serie de gritos en las alturas. De la niebla salió otro oso y después otro más.

Lyra permanecía de pie inmóvil, con sus pequeñas manos humanas entrelazadas.

Los osos no se movieron hasta que habló el primero:

—¿Cómo te llamas? —dijo.

—Lyra.

—¿De dónde vienes?

—Del cielo.

—¿En globo?

—Sí.

—Pues síguenos. Estás prisionera. ¡Venga, vamos, andando!

Tan cansada como asustada, Lyra avanzó a trompicones por las ásperas y resbaladizas rocas, siguiendo al oso y preguntándose cómo saldría del atolladero en que estaba metida.

19

CAUTIVIDAD

*L*os osos llevaron a Lyra a un barranco que se abría entre peñascales, un lugar donde la niebla era aún más espesa que en la costa. Los gritos de los espectros de los acantilados y el fragor de las olas iban perdiendo intensidad a medida que iban escalándolos hasta que lo único que se oyó fue el chillido incesante de los pájaros marinos. Trepaban en silencio por las rocas en medio de la ventisca y, aunque Lyra escrutaba con ojos muy abiertos el gris que todo lo envolvía y forzaba sus oídos por si alcanzaba a recibir señales de sus amigos, posiblemente era el único ser humano que estaba en Svalbard y a lo mejor hasta el propio Iorek había muerto.

El oso-sargento no dijo esta boca es mía hasta que se encontraron en terreno llano, momento en que se detuvieron. Por el sonido de las olas, Lyra juzgó que habían llegado a lo alto de los acantilados; no se atrevía a huir corriendo por miedo a caer por el barranco.

—¡Mira arriba! —le ordenó el oso justo cuando un soplo de brisa apartaba a un lado la pesada cortina de niebla.

En cualquier caso, la luz era escasa, pese a lo cual Lyra forzó la vista y se dio cuenta de que estaba delante de un gran edificio de piedra. Era como mínimo tan alto como la parte más alta del Jordan College, aunque mucho más macizo y totalmente cubierto de relieves que representaban escenas de guerra, osos victoriosos y skraelings en el momento de rendirse, tártaros encadenados sometidos a trabajos forzados en las minas de fuego, zepelines volando desde todos los rincones del mundo, cargados de regalos y tributos para el rey de los osos, Iofur Raknison.

Por lo menos ésa fue la explicación que el oso-sargento le dio acerca de los relieves. Ella la tomó por buena, ya que todas las salientes de la fachada cubierta de relieves estaban ocupadas por alcatraces y gaviotas que no cesaban un momento de graznar, chillar y volar en círculo sobre sus cabezas y con cuyas deyecciones habían formado una gruesa capa de porquería blancuzca sobre el edificio.

Los osos, sin embargo, parecían ignorar aquella inmundicia y se abrieron camino a través del monumental arco que se tendía sobre el terreno helado, sembrado de residuos dejados por los pájaros. Había un patio, escalinatas y puertas, lugares donde osos acorazados paraban a los recién llegados obligándoles a dar el santo y seña. Llevaban una coraza resplandeciente y bruñida y todos lucían plumas en el casco. Lyra no podía evitar la comparación con Iorek Byrnison de todos los osos que encontraba, siempre con ventaja para él. Iorek era más fuerte y más agraciado y su coraza era una coraza de verdad, de color de óxido, con manchas de sangre y mellada por el combate, no elegante como la mayoría de las que veía ahora, adornadas con esmaltes y otros ornamentos.

A medida que iban adentrándose en el edificio, aumentaba la temperatura y otra cosa: el hedor del palacio de Iofur era repugnante, un tufillo que era una mezcla de grasa rancia de foca, excrementos, sangre y desechos de todo tipo. Lyra se quitó la capucha porque sentía calor, pero no pudo evitar arrugar la nariz. Esperaba que los osos no supieran leer las expresiones humanas. A cada pocos metros encontraban repisas de hierro en las que había lámparas que funcionaban con grasa de ballena y a Lyra no siempre le resultaba fácil ver dónde pisaba.

Por fin se detuvieron ante de una pesada puerta de hierro. El oso que montaba la guardia ante ella corrió un macizo cerrojo y repentinamente el sargento golpeó a Lyra con la cabeza para empujarla a través de la entrada. Antes de que le diera tiempo a devolver golpe por golpe oyó que corrían de nuevo el cerrojo detrás de ella.

Era un lugar profundamente oscuro, pero Pantalaimon se convirtió en luciérnaga y proyectó un tenue resplandor a su alrededor. Estaban en una celda exigua cuyos muros rezumaban humedad y donde disponían de un banco de piedra como único mueble. En el rincón más apartado había un montón de trapos que Lyra adoptó como yacija. No vio otra cosa.

Lyra se sentó con Pantalaimon posado en su hombro y lo primero que hizo fue palparse las ropas para comprobar si tenía el aletiómetro.

—Ha sufrido muchos achuchones, Pan —murmuró—, espero que todavía funcione.

Pantalaimon se trasladó volando a su muñeca y se posó en ella, fulgurante, mientras Lyra se iba tranquilizando. Una parte de ella juzgaba extraño poder estar allí sentada, corriendo terribles peligros y, pese a todo, con la calma necesaria para leer el aletiómetro. Sin embargo, aquel artilugio había pasado a ser un elemento tan integrante de su persona que las preguntas más complicadas se descomponían en los símbolos que las constituían de la misma manera natural que sus músculos movían sus miembros. Ahora apenas tenía que pensar.

Hizo girar las manecillas y pensó la pregunta:

—¿Dónde está Iorek?

La respuesta surgió en seguida:

—A un día de distancia, transportado por el globo después de tu caída, pero se acerca rápidamente hacia aquí.

—¿Y Roger?

—Con Iorek.

—¿Qué hará Iorek?

—Su intención es introducirse en el palacio para rescatarte, pese a todas las dificultades.

Dejó el aletiómetro, todavía más angustiada que antes.

—Se lo impedirán, ¿no te parece? —preguntó Lyra—. Son demasiados para él. Me gustaría ser una bruja, Pan, así tú podrías salir y buscarlo, llevarle misivas y establecer un plan apropiado...

En aquel momento se llevó el susto más grande de su vida.

A pocos pasos de distancia oyó la voz de un hombre que salía de la oscuridad y le decía:

—¿Quién eres?

Dio un salto acompañado de un grito de alarma, Pantalaimon se convirtió al momento en murciélago y comenzó a chillar y a volar alrededor de su cabeza mientras ella se arrimaba contra la pared.

—¡Eh! ¡Eh! —insistió el hombre—. ¿Y éste quién es? ¡Habla! ¡Habla!

—Conviértete otra vez en luciérnaga, Pan —indicó Lyra con voz trémula—, pero no te acerques demasiado.

Aquel punto vacilante de luz bailó a través del aire y parpadeó en torno a la cabeza de quien había hablado. Después de todo, no era un montón de andrajos, sino un hombre de barba grisácea encadenado al muro cuyos ojos centelleaban ante el fulgor que emitía Pantalaimon y cuya descuidada cabellera le caía sobre la espalda. Su daimonion, una serpiente de aspecto cansado, reposaba en su regazo y de vez en cuando hacía flamear su lengua bífida cuando veía a Pantalaimon volando por los alrededores.

—¿Cómo se llama usted? —le preguntó Lyra.

—Jotham Santelia —replicó él—. Soy profesor regio de cosmología de la universidad de Gloucester. ¿Y tú, quién eres?

—Lyra Belacqua. ¿Y a usted por qué le tienen encerrado?

—Por malevolencia y envidia... ¿Tú de dónde vienes?

—Del Jordan College —respondió Lyra.

—¿Cómo? ¿De Oxford?

—Sí.

—¿Sigue allí aquel bergante de Trelawney?

—¿El profesor Palmerian? Sí, claro —respondió ella.

—¿Conque sí, eh? ¡Vaya! Hace mucho tiempo que habrían debido obligarlo a dimitir. ¡Menudo plagiario embustero! ¡El mayor fanfarrón que he visto en mi vida!

Lyra profirió un sonido que no significaba ni fu ni fa.

—¿Ya ha publicado su trabajo sobre los fotones de los rayos gama? —preguntó el profesor, acercando la cara a Lyra.

Ésta retrocedió.

—Pues no lo sé —respondió, para después, como corrigiéndose por puro hábito, proseguir diciendo—: no, ahora que me acuerdo, le oí decir que tenía que comprobar algunas cifras. Y... también dijo que quería escribir acerca del Polvo. Sí, eso dijo.

—¡Vaya bribón! ¡Menudo ladrón! ¿Será tunante? ¡Un pillo es lo que es! —gritó el hombre con tal violencia que Lyra temió que le diera un ataque.

Su daimonion bajó deslizándose letárgicamente de su regazo mientras el profesor se golpeaba las espinillas con los puños y unos regueros de saliva le resbalaban de la boca.

—Sí —afirmó Lyra—, siempre he pensado que era un ladrón, un tunante y todo eso que usted dice.

Si era inverosímil que de pronto apareciese en su celda una niña zarrapastrosa que resultaba conocer al hombre en quien se concentraban todas sus obsesiones, el regio profesor no demostró advertirlo. Estaba loco, el pobre, y la verdad es que no resultaba nada extraño, pero por otra parte quizá disponía de datos que podían ser útiles para Lyra.

Se sentó cautelosamente junto a él, no al alcance de su mano, aunque sí lo bastante cerca para que Pantalaimon lo iluminase con su tenue luz.

—Una de las cosas de las que solía alardear el profesor Trelawney era de lo bien que conocía al rey de los osos —comenzó Lyra.

—¡Alardear! ¡Vaya, vaya! ¡No me extraña que alardee! ¡No hace más que farolear! ¡Y además, es un pirata! No se le puede atribuir ninguna investigación original. Todo lo suyo proviene de otros mejores que él.

—Sí, en eso lleva usted razón —confirmó Lyra, muy seria—. Y cuando dice algo de su cosecha, mete siempre la pata.

—¡Sí, sí, en efecto! No tiene talento ni imaginación, un fantasmón de pies a cabeza.

—Estoy segura, por ejemplo —añadió Lyra—, de que usted sabe más de osos que él.

—¿De osos? —respondió el viejo—. ¡Ja, ja! Yo podría escribir un tratado sobre osos. Por eso me encerraron, ¿entiendes?

—¿Cómo fue?

—Sé demasiadas cosas acerca de los osos y por eso no se atreven a quitarme de en medio. No se atreven a eliminarme, por mucho que quieran. Yo sé cosas, ¿comprendes? Y tengo amigos, sí, tengo amigos poderosos.

—Sí, claro —exclamó Lyra—, y estoy segura de que es usted un profesor maravilloso —prosiguió—. Por algo tiene los conocimientos y la experiencia que tiene.

De las profundidades de su locura saltó una chispa de sentido común y el hombre la miró intensamente, como si vislumbrara la sombra de un sarcasmo en su observación. Pero Lyra se había pasado la vida entre profesores desconfiados y chiflados y lo miraba con una admiración tan franca que el hombre se tragó lo que había dicho.

—¡Profesor, sí, profesor...! —repitió el hombre—. Sí, yo podría enseñar. Como me den el alumno adecuado, puedo hacer prender una chispa en su cerebro.

—Por eso no pueden perderse sus conocimientos —prosiguió Lyra en tono alentador—, deben pasar a los demás a fin de que perdure su recuerdo.

—Sí —confirmó el hombre con un movimiento afirmativo de la cabeza—. En esto demuestras poseer unas grandes dotes de percepción, niña. ¿Cómo te llamas?

—Lyra— le repitió—. ¿Y usted no podría instruirme en relación con los osos?

—Los osos... —comenzó el hombre en tono dubitativo.

—Me gustaría saber de cosmología, del Polvo y de todas estas cosas, pero no tengo la inteligencia suficiente para comprenderlas. Lo que usted necesita son discípulos inteligentes de verdad. De todos modos, podría enseñarme algo sobre los osos. Algunas cosas por lo menos, ya que no todas. Y a lo mejor hasta podríamos hacer prácticas y trabajar con el Polvo.

El hombre volvió a asentir con un gesto.

—Sí —respondió—, creo que tienes razón. Hay una correspondencia entre el microcosmos y el macrocosmos. Las estrellas están vivas, niña. ¿Lo sabías? Todo lo exterior está vivo y existen grandes proyectos. En el universo todo son proyectos, ¿no lo sabías? Todo lo que ocurre obedece a una finalidad. Y seguro que tu finalidad es recordármelo. ¡Bien, bien! Estaba tan desesperado que lo había olvidado todo. ¡Bien! ¡Excelente, niña mía!

—¿O sea que usted ha visto al rey? ¿A Iofur Raknison?

—Sí, claro. Yo vine aquí porque él me invitó, ¿sabes? Él quería fundar una universidad y pensaba nombrarme vicecanciller. ¡Eso sí que hubiera sido darle en las narices al Real Instituto Ártico!, ¿no te parece? Y también al tunante de Trelawney. ¡Ja, ja!

—¿Y qué pasó?

—Pues que hubo hombres insignificantes que me traicionaron. Entre ellos, Trelawney, por supuesto. Trelawney estuvo aquí, en Svalbard. Y el hombrecillo propagó mentiras y calumnias en relación con mis méritos. ¡Calumnias! ¡Libelos! ¿Quién descubrió la prueba final de la hipótesis Barnard-Stokes? ¿Quieres decírmelo? Sí, naturalmente, fue Santelia. Esto Trelawney no lo podía aceptar y por eso mintió a boca llena. Y ahora Iofur Raknison me tiene aquí encerrado. Pero un día saldré, ya lo verás. Y entonces seré vicecanciller, ¡pues no faltaría más! Ya me gustará ver entonces a Trelawney pidiéndome perdón. ¡Que venga el Real Instituto Ártico a pisarme mis investigaciones! ¡Ja, ja! ¡Ya se enterarán de quién soy!

—Espero que Iorek Byrnison crea en usted cuando vuelva —añadió Lyra.

—¿Iorek Byrnison? A ése es inútil esperarlo, no volverá nunca más.

—Pues ya está viniendo.

—En ese caso lo matarán. Iorek no es un oso, sino un desterrado. Igual que yo. Yo también he sido degradado, ¿comprendes? Ha perdido todos los privilegios de un oso.

—Suponga, sin embargo, que Iorek Byrnison regresase —insistió Lyra—. Suponga que desafiase a Iofur Raknison a un combate...

—¡No, eso no lo permitirían! —exclamó el profesor con decisión—. Iofur no se rebajaría nunca a reconocer en Iorek Byrnison el derecho a luchar con él. No tiene ningún derecho. Ahora Iorek es como una foca o una morsa, no un oso. O peor aún: como un tártaro o un skraeling. Con él no lucharían de forma honorable, lo matarían con lanzallamas antes de que pudiera acercarse. No hay esperanza para él. Ni piedad tampoco.

—¡Oh! —exclamó Lyra sintiendo una profunda desesperación en el pecho—. ¿Y los demás prisioneros de los osos? ¿Sabe dónde los tienen encerrados?

—¿Los demás prisioneros?

—Sí... como lord Asriel, por ejemplo.

De pronto las maneras del profesor cambiaron por completo. Se encogió y se retiró hacia la pared mientras meneaba la cabeza a manera de advertencia.

—¡Sssss! ¡Silencio! ¡Pueden oírte! —susurró.

—¿Se puede saber por qué no podemos mencionar el nombre de lord Asriel?

—¡Está prohibido! ¡Es muy peligroso! ¡Iofur Raknison no permite que lo pronunciemos!

—¿Por qué? —preguntó Lyra acercándose un poco más y bajando la voz para no asustarlo.

—La Junta de Oblación ha encargado específicamente a Iofur que tenga prisionero a lord Asriel —respondió el viejo hablando también en un murmullo—. La propia señora Coulter vino aquí a ver a Iofur y le ofreció todo tipo de recompensas a cambio de mantener encerrado a lord Asriel. Lo sé porque yo entonces gozaba del favor de Iofur. ¡También yo conocí a la señora Coulter! Sí, y sostuve una larga conversación con ella. Iofur estaba fascinado con aquella mujer. No paraba de hablar de ella un momento. Habría hecho lo que le hubiera pedido. Aunque hubiese sido que tuviera encerrado a lord Asriel a doscientos kilómetros de distancia, Iofur la habría complacido. Lo que quisiera la señora Coulter, ¡lo que quisiera! Si hasta piensa poner el nombre de esta mujer a la capital del país, ¿no te habías enterado?

—¿O sea que no deja que nadie vea a lord Asriel?

—¡No, eso nunca! Además, Iofur también tiene miedo de lord Asriel, ¿sabes? Iofur está haciendo un papel difícil, pero es inteligente. De momento ha hecho lo que querían los dos. Ha mantenido aislado a lord Asriel para complacer a la señora Coulter y ha dejado que lord Asriel dispusiera de todo el equipo que necesita para complacerlo a él. Pero este equilibrio no puede durar, porque es inestable. Es imposible estar bien con los dos bandos. Esta posición fluctuante no tardará en venirse abajo. Lo sé de buena tinta.

—¿En serio? —exclamó Lyra, cuyos pensamientos vagaban por otros caminos y estaba centrada sobre todo en lo que él acababa de decirle.

—Sí, la lengua de mi daimonion capta la probabilidad, ¿sabes?

—La del mío también. ¿Cuándo nos darán de comer, profesor?

—¿De comer?

—Sí, algo de comer tienen que darnos, de lo contrario nos moriremos de hambre. Veo huesos por el suelo y espero que sean huesos de foca, ¿o no lo son?

—¿De foca?... No sé, quizá...

Lyra se levantó y se dirigió a la puerta. Como era lógico, no había pomo para abrirla, ni tampoco cerradura, y estaba tan encajada tanto por arriba como por abajo que no dejaba penetrar luz ninguna. Acercó el oído, pero no distinguió sonido alguno. Lo único que percibió fue el ruido de la cadena del profesor cuando el hombre, cansado, se tumbó del otro lado y empezó a roncar.

Lyra volvió al banco. Pantalaimon, cansado de hacer de luciérnaga para iluminar el ambiente, se había convertido en murciélago, forma que le agradaba más. Mientras Lyra se sentaba y se mordisqueaba las uñas, Pantalaimon revoloteó a su alrededor lanzando chillidos.

De pronto, de forma totalmente inesperada, se acordó de lo que había dicho el profesor Palmerian hacía muchísimo tiempo en el salón reservado. Desde que Iorek Byrnison había mencionado el nombre de Iofur, había algo que la irritaba, algo que de pronto volvía a hacérsele presente. El profesor Trelawney había dicho que lo que Iofur Raknison deseaba por encima de todo era tener un daimonion como los seres humanos.

Naturalmente, ella entonces no había entendido qué quería decir, puesto que había dicho panserbjýrne en lugar de utilizar la palabra inglesa y entonces no sabía que estaba hablando de osos ni podía imaginar que Iofur Raknison no era un hombre. Dado que, si hubiera sido un hombre ya habría nacido con un daimonion, el comentario no había tenido sentido para ella.

Ahora, sin embargo, la cosa estaba clara y a ello todavía se añadía lo que había oído decir sobre el rey de los osos: el poderoso Iofur Raknison no quería otra cosa que convertirse en ser humano y contar con un daimonion.

Y mientras iba pensándolo, se le ocurrió un plan: cómo conseguir que Iofur Raknison hiciera lo que normalmente no habría hecho nunca, cómo devolver a Iorek Byrnison el trono que por derecho le correspondía y, finalmente, cómo llegar hasta el sitio donde estaba encerrado lord Asriel y entregarle el aletiómetro.

Aquella idea quedó latente dentro de ella, persistió delicadamente, igual que una pompa de jabón. Ni siquiera se atrevía a mirarla directamente por miedo a que estallase. Pero Lyra estaba familiarizada con el mundo de las ideas y se quedó empollándola mientras dejaba que su mirada se perdiera por otros derroteros y pensaba en otra cosa.

Estaba casi dormida cuando se oyó ruido de cerrojos y se abrió la puerta. La luz entró a raudales y Lyra se puso en seguida de pie, mientras Pantalaimon se escondía rápidamente en su bolsillo.

Cuando el oso guardián inclinó la cabeza para levantar el anca de foca y arrojarla al interior, Lyra se colocó a su lado y le dijo:

—Llévame a ver a Iofur Raknison. Como no lo hagas, te verás metido en un lío. ¡Es muy urgente!

Soltó la carne que tenía agarrada con las quijadas y levantó los ojos. No era fácil interpretar la expresión de los osos, pero parecía sulfurado.

—Se trata de Iorek Byrnison —explicó Lyra precipitadamente—. Es una cosa relacionada con él que el rey debe saber.

—Dime qué es y yo se lo diré —replicó el oso.

—No, eso no estaría bien, nadie puede enterarse de nada antes que el rey —dijo Lyra—. No quisiera ser grosera contigo, pero una de las normas es que el rey debe ser el primero en enterarse de todo lo que ocurre.

Tal vez fuera corto de alcances, pero el caso es que hizo una pausa y después arrojó la carne en la celda antes de responder:

—Muy bien, ven conmigo.

La sacó de la celda y sólo por eso Lyra ya se sintió agradecida. Se había levantado la niebla y sobre el patio rodeado de altas tapias centelleaban las estrellas. El guardián conferenció con otro oso, que se acercó a hablar con ella.

—No puedes hablar con Iofur Raknison cuando a ti se te antoje —le advirtió—. Tienes que aguardar audencia hasta que él acceda a verte.

—Lo que pasa es que lo que tengo que comunicarle es urgente —insistió Lyra—, es sobre Iorek Byrnison. Estoy segura de que a Su Majestad le gustaría saberlo, pero yo no puedo decírselo a cualquiera, ¿no lo comprendes? No estaría bien. El rey se molestaría si supiera que no hemos tenido esta deferencia con él.

Al parecer el argumento tenía cierto peso o por lo menos era suficientemente contundente para obligarlo a pensar. Lyra estaba segura de que su interpretación era acertada: Iofur Raknison estaba introduciendo tantas novedades que ningún oso sabía cómo comportarse, por lo que ella podía aprovecharse de esta incertidumbre para llegar hasta Iofur.

Así pues, aquel oso se retiró para consultar con su superior y poco tiempo después Lyra volvió a ser conducida al palacio, aunque esta vez hasta la misma sede del gobierno. Allí no había nadie que se encargase de la limpieza y, en realidad, el aire todavía era más irrespirable que en la celda, debido a que todos los hedores naturales estaban enmascarados por una espesa capa de mareantes aromas. Primero ordenaron a Lyra que esperase en el pasillo, después en una antesala y a continuación ante una gran puerta, mientras los osos discutían, se peleaban y se escabullían a uno y otro lado y, entretanto, Lyra tenía tiempo de observar la disparatada decoración que la rodeaba: paredes con yesos dorados, algunos ya descascarillándose o desintegrándose a causa de la humedad, mientras que las ornamentadas alfombras estaban cubiertas de una capa de porquería.

Por fin, la enorme puerta se abrió desde dentro. Hubo un fogonazo de luz procedente de media docena de arañas de cristal, vio una alfombra carmesí y percibió de nuevo aquel olor que impregnaba el aire, aunque ahora más intenso, aparte de que observó las caras de una docena o más de osos, todos con la vista clavada en ella, ninguno con coraza pero cada uno con algún tipo de adorno: un collar de oro, un tocado a base de plumas púrpura, una banda carmesí. Aunque resultara curioso, la sala también estaba ocupada por los pájaros, golondrinas de mar y gaviotas pardas posadas en la cornisa de yeso, que se lanzaban en picado para cazar al vuelo trozos de pescado que caían de uno a otro nido de los instalados en las arañas de cristal.

En un estrado del extremo más alejado de la habitación se elevaba un trono a gran altura. Era un trono de granito, lo cual le prestaba fuerza y solidez pero, como tantas otras cosas del palacio de Iofur, estaba decorado con guirnaldas y festones dorados que parecían oropeles colgados de la falda una montaña.

Sentado en el trono se encontraba el oso más grande que Lyra había visto en su vida. Iofur Raknison era más alto y corpulento que Iorek y su rostro mucho más móvil y expresivo, con una especie de cualidad humana que Lyra jamás había visto en el de Iorek. Cuando Iofur miró a Lyra, a ella le pareció que en los ojos de aquel oso veía la mirada de un hombre, un hombre parecido a los que había conocido en casa de la señora Coulter, un político avisado y acostumbrado a mandar. Llevaba una gruesa cadena de oro colgada del cuello, con una joya recargada que pendía de ella y tenía unas zarpas de unos quince centímetros de largo, cubiertas de una lámina de oro. El efecto resultante era de enorme fuerza, energía y destreza, un ser capaz de soportar toda aquella absurda y excesiva decoración, que en él no resultaba disparatada sino más bien bárbara y grandilocuente.

Lyra se sintió acobardada. De pronto tuvo la impresión de que la idea que llevaba en la cabeza era demasiado endeble para expresarla con palabras.

Pero se acercó un poco más porque no tenía más remedio y entonces vio que Iofur tenía algo en su regazo, igual que un ser humano habría podido tener un gato acurrucado en las rodillas... un gato o un daimonion.

Era una muñeca rellena, un maniquí de rostro humano y mirada estúpida y hueca. Iba vestida como se habría podido vestir la señora Coulter y tenía un vago parecido con ella. Iofur jugaba que también él tenía su daimonion. Lyra supo en aquel momento que estaba a salvo.

Se acercó al trono e hizo una profunda reverencia. Tenía a Pantalaimon, muy quieto y silencioso, metido en el bolsillo.

—Te saludamos, gran rey —comenzó Lyra con voz tranquila—. Mejor dicho, te saludo yo, no él.

—¿A quién te refieres? —inquirió él, con voz más fina de lo que Lyra había imaginado, aunque plagada de matices y sutilezas en lo tocante a expresión.

Al hablar, agitaba la pata delante de la boca para ahuyentar las moscas que se le arracimaban en ella.

—A Iorek Byrnison, Majestad —respondió Lyra—. Tengo

una cosa muy importante y secreta que comunicarte y la verdad es que quisiera decírtela en privado.

—¿Se trata de algo sobre Iorek Byrnison?

Lyra se le acercó, pisando cuidadosamente el suelo cubierto de deyecciones de pájaro y apartándose las moscas que le zumbaban delante de la cara.

—De algo sobre daimonions —declaró Lyra, aunque no lo oyó más que él.

La expresión de Iofur cambió. Lyra no podía captar su sentido, aunque era indudable que aquello había despertado su interés. De pronto él avanzó en el trono y obligó a que Lyra se hiciera a un lado al tiempo que, con un rugido, daba órdenes a los demás osos. Todos bajaron la cabeza y retrocedieron hacia la puerta. Los pájaros, que habían levantado el vuelo ante su rugido, ahora graznaban y se lanzaban en vuelo antes de volver a instalarse en sus nidos.

En cuanto hubo salido todo el mundo, excepto Iofur Raknison y Lyra, el primero se dirigió a ella muy interesado.

—Y bien —le dijo—. ¿Quién eres tú? ¿Qué es eso de los daimonions?

—Pues yo soy un daimonion, Majestad —respondió Lyra.

Iofur se quedó de una pieza.

—¿De quién? —preguntó.

—De Iorek Byrnison —fue su respuesta.

Aquello era lo más peligroso que Lyra había dicho en su vida. Se dio perfecta cuenta de que lo único que le impedía matarla en aquel mismo momento fue la sorpresa que le produjo lo que acababa de decirle. Lyra prosiguió:

—Permíteme, Majestad, que te lo explique antes de que me hagas ningún daño. He llegado hasta aquí por mi cuenta y riesgo, como verás, y no llevo nada encima que pueda resultar peligroso para ti. La verdad es que quiero ayudarte y a eso he venido precisamente. Iorek Byrnison es el primer oso que ha obtenido un daimonion, aunque ése habrías debido ser tú. Yo preferiría ser tu daimonion y no el suyo. Por eso estoy aquí.

—¿Cómo? —preguntó Iofur, sin aliento—. ¿Se puede saber por qué hay un oso que tiene un daimonion? ¿Y por qué ha de ser Iorek? Y otra cosa, ¿cómo es posible que puedas estar lejos de él?

De su boca salían las moscas como si fueran palabras minúsculas.

—Es fácil de explicar. Si puedo estar apartada de él es porque soy como el daimonion de una bruja. ¿Sabes que pueden estar a centenares de kilómetros de ellas? Pues así es. Y en cuanto a cómo consiguió hacerse conmigo, te diré que fue en Bolvangar. Ya has oído hablar de Bolvangar, porque la señora Coulter seguramente te hablaría del sitio, aunque seguramente no te contó todo lo que hacen en él.

—Hacen unos cortes... —respondió él.

—Sí, los cortes son una de la cosas que hacen, la intercisión. Pero, además, hacen otras cosas, como por ejemplo daimonions artificiales. Y experimentan con animales. Cuando Iorek Byrnison se enteró, se ofreció para que experimentaran con él y vieran si podían adjudicarle un daimonion. Y resulta que lo consiguieron: soy yo. Me llamo Lyra. Así como los seres humanos los tienen en forma de animal, cuando un oso posee un daimonion, éste adopta forma humana. Yo soy el de Iorek. Puedo saber lo que piensa, qué hace exactamente, dónde está y...

—¿Dónde está ahora?

—En Svalbard. Viene hacia acá con toda la rapidez de que es capaz.

—¿Por qué? ¿Qué quiere? ¡Debe de estar loco! ¡Lo haremos pedazos!

—Me busca a mí, desea recuperarme. Pero yo ya no quiero ser su daimonion, Iofur Raknison, sino el tuyo. Porque has de saber que cuando los de Bolvangar vieron lo poderoso que podía ser un oso con un daimonion, decidieron que no volverían a hacer nunca más el experimento. Iorek Byrnison será el único oso del mundo que tenga un daimonion. Y si yo le ayudara, hasta podría levantar a todos los osos contra ti. Ésa es la razón por la que fue a Svalbard.

El rey de los osos lanzó un rugido de rabia, un rugido tan fuerte que hasta tintinearon las arañas de cristal y comenzaron a graznar todos los pájaros del gran salón. Lyra notó entonces un silbido en los oídos.

Pero a ella le importó poco.

—Por eso te prefiero a ti —continuó Lyra—, porque eres apasionado y fuerte a la vez que inteligente. Así que lo he abandonado y he venido a decírtelo, pues no deseo que sea él quien gobierne a los osos. Tú eres quien ha de hacerlo. Hay una manera de apartarme de él y de convertirme en tu daimonion, pero tú no la conocerás a menos que yo te dé todos los detalles sobre ella. Puede que tú hagas lo habitual para acabar con osos como él, que han sido desterrados. Me refiero a que no lucharás con él de manera honorable, sino que lo matarás con un lanzallamas o algo parecido. Pero en ese caso, yo me apagaría como una lucecita y moriría con él.

—Pero tú... cómo puedes...

—Yo puedo convertirme en tu daimonion —le interrumpió ella—, pero sólo si derrotas a Iorek Byrnison en un combate cuerpo a cuerpo. Entonces toda su fuerza pasará a ti, mi mente entrará en la tuya, seremos una sola persona, cada uno pensará lo que el otro piense y me puedes enviar a kilómetros de distancia para que espíe por ti o mantenerme a tu lado, como prefieras. Yo, si tú quisieras, te ayudaría a organizar a los osos para que ocuparan Bolvangar; así podrían obligarles a que crearan más daimonions para tus osos favoritos o, si prefieres ser el único oso que tenga uno, podríamos destruir Bolvangar por siempre jamás. Si estuviéramos juntos, conseguiríamos todo lo que tú quisieras, Iofur Raknison.

Durante todo ese rato Pantalaimon permaneció metido en su bolsillo mientras ella lo sujetaba con mano temblorosa. Él se mantenía tan inmóvil como era posible, bajo la forma más pequeña de ratón que había asumido en su vida.

Iofur Raknison se paseaba arriba y abajo con explosivo nerviosismo.

—¿Un combate de igual a igual, dices? —comentó—. ¿Yo? ¿Tendría que luchar con Iorek Byrnison? ¡Esto es imposible! ¡Está desterrado! ¿Cómo se podría conseguir? ¿No hay otro procedimiento?

—Es el único —ratificó Lyra, aunque pensando que ojalá se le ocurriera otro, ya que Iofur Raknison parecía más grande y más fiero tras cada minuto que pasaba.

Pese a lo mucho que amaba a Iorek y a la mucha fe que tenía en él, lo cierto es que, en su fuero interno, Lyra estaba dándose cuenta de que difícilmente podría derrotar a aquel gigante entre los gigantes. Sin embargo, era la única esperanza que les quedaba. Como fuera abatido a distancia con un lanzallamas, allí se acababa la historia.

De pronto Iofur Raknison se volvió.

—¡Demuéstralo! —exclamó Iofur—. ¡Demuéstrame que eres un daimonion!

—De acuerdo —accedió Lyra—, nada más fácil. Puedo descubrir una cosa que sólo sabes tú y nadie más que tú, algo que sólo un daimonion puede adivinar.

—Dime, entonces, cuál fue la primera criatura que maté.

—Para averiguarlo, tengo que encerrarme a solas en una habitación —respondió Lyra—. Cuando sea tu daimonion podrás ver cómo lo hago, pero hasta ese momento actúo en privado.

—Hay una antesala contigua a esta estancia. Métete en ella y sal cuando tengas la respuesta.

Lyra abrió la puerta y se encontró en una habitación iluminada por una antorcha, totalmente desprovista de muebles salvo un armario de caoba dentro del cual había unos cuantos objetos ornamentales de plata deslucida. Lyra sacó el aletiómetro y le preguntó:

—¿Dónde está Iorek en este momento?

—A cuatro horas de distancia y acercándose más velozmente que nunca.

—¿Cómo puedo comunicarle lo que he hecho?

—Confía en él.

Le angustiaba pensar lo cansado que debía de estar, pero entonces reflexionó y consideró que no hacía lo que el aletiómetro acababa de decirle que hiciera: no confiaba en el oso.

Descartó, sin embargo, la idea e hizo la pregunta cuya respuesta le había pedido Iofur Raknison. ¿Cuál era la primera criatura que había matado?

Apareció la respuesta: Iofur había matado a su propio padre.

Siguió preguntando y así se enteró de que, cuando era joven, Iofur se había encontrado solo en los hielos en su primera expedición de caza, durante la cual se había tropezado con un oso solitario. Se habían enfrentado, se habían peleado y Iofur lo había matado. Cuando se enteró más tarde de que aquel oso era su propio padre (ya que a los osos los criaban sus madres y rara vez veían a sus padres) ocultó la verdad. Nadie lo sabía, pues, salvo el propio Iofur.

Lyra dejó a un lado el aletiómetro y se preguntó cómo se lo diría.

—¡Halágalo! —murmuró Pantalaimon—. No desea otra cosa.

Cuando Lyra abrió la puerta se encontró con que Iofur Raknison ya la estaba esperando con una expresión en la que andaban mezclados la sensación de triunfo, la astucia, el recelo y la avidez.

—¿Y bien?

Lyra se arrodilló delante de él e inclinó la cabeza hasta tocar con ella su pata delantera izquierda, la más fuerte de los osos, puesto que son zurdos.

—¡Te pido perdón, Iofur Raknison! —exclamó Lyra—. ¡No sabía que fueras tan fuerte ni tan grande!

—¿Qué quieres decir? ¡Responde a mi pregunta!

—La primera criatura que mataste fue tu propio padre. Eres como un nuevo dios, Iofur Raknison. ¡Eso eres! Sólo un dios tendría valor suficiente para hacer tal cosa.

—¡Lo sabes! ¡Lo has visto!

—Sí, porque, como ya te he dicho, soy un daimonion.

—Quiero saber otra cosa: ¿qué me prometió la señora Coulter cuando estuvo aquí?

Lyra volvió de nuevo a la habitación vacía y consultó el aletiómetro antes de regresar con la respuesta.

—Te prometió que se pondría en contacto con el Magisterio de Ginebra para conseguir que te bautizaran como cristiano, pese a que entonces tú no tenías daimonion. Lamento decirte, Iofur Raknison, que no lo ha hecho y, si quieres que te hable con toda franqueza, no creo que accedan a concederte este privilegio a menos que poseas un daimonion. En mi opinión ella lo sabía y no te dijo la verdad. De todos modos, cuando yo me convierta en tu daimonion, podrás conseguir que te bauticen tal como deseas, ya que entonces nadie tendría nada que objetar. Si lo solicitaras, no podrían negártelo.

—Sí... es verdad. Fue lo que me dijo ella. Es verdad palabra por palabra. ¿O sea que me engañó? ¿Yo confié en ella y ella me engañó?

—Así es, pero ahora ya no tiene ninguna importancia. Perdóname, Iofur Raknison, pero supongo que me crees si te digo que Iorek Byrnison está sólo a cuatro horas de aquí y sería mejor que les ordenaras a tus guardianes que no lo atacasen como harían normalmente. Si vas a luchar con él para conseguirme tendrás que dejar que Iorek entre en palacio.

—Sí...

—Y cuando llegue, lo más conveniente será que yo haga ver que todavía estoy con él y le cuente que me he perdido o cualquier cosa por el estilo. Él no lo sabrá, pero yo fingiré. ¿Vas a contarles a los demás osos que yo soy el daimonion de Iorek y que después seré el tuyo, una vez que lo hayas derrotado?

—No sé... ¿Qué te parece que haga?

—No creo que sea aconsejable que se lo digas de momento. Cuando tú y yo estemos juntos, podemos decidir qué es mejor y obrar en consecuencia. Lo que debes hacer ahora es explicar a todos los osos por qué quieres luchar con Iorek como si fuera un oso normal pese a estar desterrado. Como ellos no lo entenderán, tendremos que buscar una razón que lo justifique. Me refiero a que ellos harán lo que tú les ordenes pero, si hay un motivo que lo justifique, todavía te admirarán más que antes.

—Muy bien. ¿Qué explicación debo darles entonces?

—Pues diles... diles que, con miras a que tu reino sea absolutamente seguro, has llamado a Iorek Byrnison para luchar personalmente con él en singular combate y que el vencedor del mismo gobernará a los osos hasta el fin de sus días. Mira, si les haces creer que la idea de que venga ha partido de ti y no de Iorek, como es el caso, se quedarán muy impresionados. Pensarán que puedes hacer que venga siempre, esté donde esté, pensarán que lo puedes todo.

—Sí...

El gran oso se encontraba totalmente inerme ante Lyra, y a ésta le pareció que la influencia que tenía sobre él era casi embriagadora y, si Pantalaimon no le hubiera mordisqueado la mano para recordarle el peligro en que se habían metido, a lo mejor hasta habría llegado a perder el sentido de las proporciones.

Pero Lyra acabó por volver a la realidad y retrocedió modestamente, dispuesta a vigilar y esperar mientras los osos, bajo el mando desaforado de Iofur, ya estaban preparando el terreno donde se desarrollaría el combate con Iorek Byrnison. Entretanto, Iorek se apresuraba a acercarse cada vez más y Lyra, puesto que él estaba ignorante de todo, ansiaba tener tiempo de explicarle que se trataba de una lucha por su vida.

20

A MUERTE

*L*as luchas entre los osos se daban con frecuencia y exigían un complicado ritual. Era raro que un oso matase a otro oso, aunque a veces sucedía bien por accidente, bien porque un oso interpretaba mal las señales que emitía otro, como en el caso de Iorek Byrnison. Todavía resultaban más raros los casos de asesinato, como el hecho de que Iofur matara a su propio padre.

Sin embargo, en algunas circunstancias la única manera de zanjar una disputa era la lucha a muerte. En ese caso, tenían prescrito todo un ceremonial que había que seguir.

Tan pronto como Iofur anunció que Iorek Byrnison estaba en camino y que habría una lucha entre los dos, se barrió y aplanó el terreno donde debía tener lugar el combate y se aprestaron a acudir algunos acorazadores de las minas de fuego para dar un repaso a la coraza de Iofur. Examinaron todos los remaches, comprobaron todos los engarces y bruñeron las planchas con arena de la más fina. También prestaron mucha atención a las zarpas. Restregaron la capa de oro, afilaron cada uno de los garfios, de unos quince centímetros de longitud, y los limaron hasta conseguir que tuvieran una punta mortal. Lyra observaba con náusea creciente todos aquellos manejos, ya que sabía que Iorek Byrnison no sería objeto de atención alguna. Había caminado a través del hielo durante casi veinticuatro horas sin descansar ni comer y quizá había sufrido alguna lesión como consecuencia de la caída. Además, Lyra lo había metido en aquella pelea sin que él supiera nada al respecto. Un momento después, una vez que Raknison hubo puesto a prueba lo afilado de sus zarpas sirviéndose de una morsa que acababan de matar y cuya piel desgarró igual que si fuera papel, así como la fuerza de sus golpes asestando unos cuantos sucesivos en el cráneo del animal (bastaron dos para machacárselo como un huevo), Lyra tuvo que pedir permiso a Iofur para retirarse a solas y, dejándose llevar por el miedo, se echó a llorar.

Ni el mismo Pantalaimon, que normalmente conseguía levantarle el ánimo, logró decirle nada esperanzador. El único recurso que tenía Lyra era consultar el aletiómetro, que le comunicó que Iorek se encontraba a una hora de distancia y, una vez más, que confiase en él. Y aunque aquello le costó un poco más de leer, a Lyra le pareció que el aletiómetro la reprendía por haberle hecho dos veces la misma pregunta.

Ya se había difundido entre los osos la noticia del combate y todo el terreno destinado al mismo estaba lleno a rebosar. Los osos de rango más elevado ocupaban los mejores sitios y había un recinto especial para las osas, entre ellas las esposas de Iofur. Lyra se sentía profundamente curiosa acerca de las osas, porque sabía muy poco de ellas, aunque aquél no era momento oportuno para andarse haciendo preguntas. En lugar de esto, se mantuvo cerca de Iofur Raknison, observando a los cortesanos que tenía a su alrededor, los cuales procuraban afirmar su rango por encima de los osos comunes y forasteros, y trató de desentrañar el significado de las diferentes plumas, insignias y distintivos que, al parecer, llevaban todos. Lyra se dio cuenta de que algunos de los que ostentaban un rango más alto llevaban pequeños maniquíes, como aquel daimonion en forma de muñeca de trapo que tenía Iofur, quizá tratando de ganarse sus favores o imitando la moda que él había iniciado. A Lyra le complació observar sardónicamente que cuando descubrieron que Iofur había prescindido del suyo, no supieron qué hacer con el que ellos habían adoptado. ¿Debían desprenderse de él? ¿Habían caído en desgracia? ¿Cómo debían comportarse?

Dado que aquélla era la actitud que predominaba en la corte de Iofur, a Lyra le pareció que empezaba a ver claro. No estaban seguros de lo que eran. Ellos no eran como Iorek Byrnison, puros, seguros, absolutos, sino que sobre ellos se cernía un constante manto de incertidumbre, al tiempo que no sólo se vigilaban mutuamente sino que también vigilaban a Iofur.

También la vigilaban a ella con curiosidad manifiesta. Lyra se mantenía pudorosamente próxima a Iofur y no decía nada, aparte de que bajaba los ojos cada vez que un oso la miraba.

Al final la niebla se había levantado y el ambiente estaba despejado y, como si fuera resultado de la suerte, el breve momento en que se disipó la oscuridad alrededor del mediodía coincidió con aquél en que Lyra pensó que Iorek iba a llegar de un momento a otro. Mientras esperaba en un pequeño altozano de nieve fuertemente amazacotada en el borde del terreno de combate, levantó los ojos hacia la débil claridad que se divisaba en el cielo y deseó con toda el alma poder contemplar un vuelo de elegantes y picudas formas negras bajando desde lo alto y que se la llevaran a divisar aquella oculta ciudad de la Aurora, donde podría pasear sin estorbos a lo largo de amplias avenidas a la luz del sol o ver los gruesos brazos de Ma Costa y oler aquellos agradables aromas de carne y guisado en los que una se sentía envuelta cada vez que estaba en su presencia...

Se dio cuenta de que estaba llorando y de que las lágrimas se le helaban en cuanto se formaban, por lo que debía secárselas, lo que le producía un gran dolor. Estaba terriblemente asustada. Los osos, que no lloran, no entendían lo que le pasaba. Para ellos era un proceso humano carente de sentido. Pantalaimon no podía consolarla como habría hecho normalmente, pese a que ella lo tenía agarrado con fuerza en la mano, dentro del bolsillo, envolviendo con ella su cálida forma de ratoncito, mientras él le acariciaba los dedos con el hocico.

Junto a Lyra, los herreros estaban dando los últimos toques a la coraza de Iofur Raknison. Éste se erguía igual que una gran torre metálica que brillase como si fuera de acero pulimentado, con las finas planchas incrustadas de hilos de oro. El casco le cubría la parte superior de la cabeza con un rutilante caparazón de color gris plateado en el que había profundas rendijas para los ojos, mientras que la parte interior de su cuerpo estaba protegida por una camisa hecha de espesa cota de malla. Cuando Lyra lo vio tuvo la impresión de haber traicionado a Iorek Byrnison, ya que éste no disponía de ninguno de aquellos artilugios y la coraza sólo le protegía la espalda y los costados. Lyra miró a Iofur Raknison, tan brillante y protegido, y se sintió invadida por un profundo malestar, una mezcla de remordimiento y de miedo.

—Perdona, Majestad —comenzó Lyra—, si recuerdas lo que te he comentado antes...

Su voz temblorosa sonaba débil y tenue en el aire. Iofur Raknison volvió su poderosa cabeza, apartándola del blanco que tres osos sostenían delante de él para que lo atacara con sus zarpas perfectas.

—¿Sí? ¿Sí?

—Te he dicho que sería mejor que yo hablara primero con Iorek Byrnison e hiciera ver que...

No había terminado la frase cuando se oyó un rugido de osos desde la torre de vigía. Todos conocían el significado de aquella señal y la acogieron con triunfante excitación. Habían visto a Iorek.

—Por favor —insistió Lyra con ademán perentorio—. Lo engañaré, ya lo verás.

—Sí, sí. ¡Anda, ve! ¡Ve a animarlo!

Iofur Raknison casi no podía hablar a causa de la rabia y de la excitación.

Lyra se apartó de él y atravesó el terreno de combate, ahora despejado, dejando impresas en la nieve las pequeñas huellas de sus zapatos. Los osos situados en el extremo opuesto se separaron para dejarla pasar. Mientras sus descomunales cuerpos se apartaban para abrirle camino, se hizo visible el horizonte, lóbrego debido a la palidez de la luz. ¿Dónde estaba Iorek Byrnison? Lyra no veía nada, pero la torre de vigía era alta y ellos alcanzaban a distinguir lo que quedaba oculto a ojos de ella. Lo único que Lyra podía hacer era seguir avanzando en la nieve.

Iorek la descubrió antes de que ella lo viera a él. Hubo un salto y un fuerte ruido metálico y, tras una ráfaga de nieve, Iorek Byrnison se plantó junto a ella.

—¡Oh, Iorek! —exclamó—. ¡Qué cosa tan terrible la que he hecho! Mira, querido Iorek, resulta que ahora tendrás que combatir con Iofur Raknison, sin estar preparado, precisamente ahora que estás tan cansado y tienes hambre y que tu coraza...

—¿Qué es lo terrible?

—Pues que yo le he dicho que estabas a punto de llegar porque lo había leído en el lector de símbolos y él se muere de ganas de ser como los seres humanos y de tener un daimonion. Se muere de ganas, así, tal como te lo digo. Yo lo he engañado y le he hecho creer que yo era tu daimonion, que pensaba abandonarte y convertirme en el suyo, pero le he convencido de que para ello tendría que pelearse contigo. De no ser así, Iorek, no te permitirían pelear, te abrasarían antes de que consiguieses acercarte...

—¿Has engañado a Iofur Raknison?

—Sí, le he convencido de que debía luchar contigo en lugar de matarte como desterrado que eres y hemos quedado en que el que saliese vencedor del combate sería el rey de los osos. He tenido que hacerlo así porque...

—Tú no eres una Belacqua, no, tú eres Lyra Lenguadeplata —exclamó Iorek—. ¡Si yo no quiero otra cosa que pelear con él! ¡Ven aquí, daimonion mío!

Lyra contempló a Iorek Byrnison cubierto con su deteriorada coraza, flaco pero feroz, y sintió que el corazón le reventaba de orgullo dentro del pecho.

Se encaminaron juntos a la maciza mole del palacio de Iofur, donde el terreno de combate estaba aplanado y despejado al pie de los muros.

En las almenas se apelotonaban los osos, todas las ventanas se encontraban ocupadas por rostros blancos y sus pesadas formas eran como una densa muralla de blanca niebla en la que sólo destacaban los puntos negros de ojos y narices. Los más próximos se hicieron a un lado y formaron dos hileras entre las cuales pasaron Iorek Byrnison y su daimonion. Los ojos de todos los osos permanecían clavados en ellos.

Iorek se detuvo en medio del terreno de combate. El rey bajó desde lo alto de la nieve apisonada y los dos osos se enfrentaron a pocos metros de distancia uno de otro.

Lyra estaba tan cerca de Iorek que notaba su temblor. Era como una gran dinamo que generase poderosas fuerzas ambáricas. La niña lo tocó levemente en el cuello, en el borde mismo del casco y le dijo:

—Lucha con denuedo, Iorek, querido amigo. El rey de verdad eres tú, no él. Él no es nada.

Tras estas palabras, Lyra se retiró.

—¡Osos! —rugió Iorek Byrnison, arrancando ecos de los muros del palacio y asustando a los pájaros, que abandonaron sus nidos—. Las condiciones de este combate son las siguientes. Si Iofur Raknison me mata, él se convertirá en vuestro rey para siempre, pero si mato a Iofur Raknison, yo seré el rey. La primera orden que os daré en este caso será que derribéis el palacio, esta hedionda casa de mentirijillas y de relumbrón, y que arrojéis todo el oro y todo el mármol al mar. El metal de los osos es el hierro, no el oro. Iofur Raknison ha contaminado Svalbard y yo he venido aquí a limpiarlo. ¡Iofur Raknison, te desafío!

Iofur, entonces, se adelantó dos pasos, como si ya nada fuera incapaz de retenerlo.

—¡Osos! —gritó a su vez—. Iorek Byrnison ha venido aquí a instancias mías. Soy yo quien lo ha traído aquí y soy yo quien debe establecer las condiciones del combate, que son las siguientes: si mato a Iorek Byrnison, será despedazado y su carne arrojada a los espectros de los acantilados. Su cabeza será expuesta en lo alto de mi palacio y su recuerdo quedará borrado para siempre. La sola mención de su nombre supondrá la pena capital para quien lo pronuncie...

Prosiguió su perorata y luego habló cada oso. Era una fórmula, un rito que había que seguir con absoluta fidelidad. Lyra los miró a los dos y se percató de la diferencia que existía entre ambos: Iofur tan elegante y tan poderoso, rebosante de fuerza y salud, espléndidamente acorazado, orgulloso y regio; Iorek más pequeño, aunque Lyra no había pensado nunca que pudiera parecer tan insignificante ni estar tan exiguamente armado, con la coraza oxidada y mellada. Sin embargo, su coraza era su alma, se la había hecho él y encajaba perfectamente en su cuerpo. Eran una sola cosa. Iofur no se sentía satisfecho con su coraza, él quería tener un alma diferente. Estaba inquieto. Iorek, en cambio, estaba tranquilo.

Lyra se daba cuenta de que todos los osos hacían la comparación entre los dos. Iorek y Iofur eran algo más que dos osos. Allí se ponían en juego dos clases de oso, dos futuros, dos destinos. Iofur los había llevado en una dirección y Iorek los llevaría en otra y justo en aquel momento se cerraría para siempre un futuro al tiempo que se abriría otro.

Mientras el ritual del combate procedía a iniciar su segunda fase, los dos osos comenzaron a vagar incansablemente en la nieve, avanzando y moviendo la cabeza de un lado a otro. No había ni el más ligero movimiento por parte de los espectadores, pero todos los ojos estaban fijos en ellos.

Por fin los guerreros quedaron quietos y en silencio, mirándose fijamente desde uno y otro lado del terreno de combate.

Después, con un rugido y en medio de una oleada de nieve, los dos osos se movieron simultáneamente. Como dos grandes rocas que se mantuvieran en equilibrio sobre picos adyacentes y a las que un terremoto amenazara con desprender de sus bases y hacer rodar por las laderas de la montaña a velocidad creciente, saltando sobre las grietas y abatiendo árboles y reduciéndolos a astillas, hasta chocar con tal fuerza que quedaran reducidas a polvo y a esquirlas de piedra, así se enfrentaron los dos osos. El choque al encontrarse fue tan violento que resonó en el aire tranquilo y arrancó ecos de los muros del palacio. Ellos, sin embargo, no se destruyeron como las rocas. Los dos se separaron y el primero en levantarse fue Iorek. Se desplegó como un ágil muelle y agarró a

Iofur, cuya coraza había sufrido con la colisión y que a duras penas pudo levantarse. Iorek atacó en seguida aquella rendija vulnerable que tenía en el cuello. Peinó su blanco pelaje con las zarpas y después las hundió debajo del borde del casco de Iofur y penetró en la piel.

Al percibir el peligro, Iofur gruñó y se sacudió como Lyra había visto que se sacudía Iorek junto a la orilla, proyectando sábanas de agua a su alrededor. Después Iorek se desplomó, mientras que, con un chirrido de metal retorcido, Iofur se quedaba de pie, alto, enderezando el acero de las planchas que le cubrían la espalda a base de pura fuerza. Finalmente, se abalanzó sobre Iorek, que aún porfiaba por levantarse.

Lyra sintió que la fuerza de aquella demoledora caída la dejaba sin aliento. Hasta el suelo le pareció que temblaba bajo sus pies. ¿Cómo podía sobrevivir Iorek a todo aquello? Porfiaba por tenerse en pie y encontrar un punto de apoyo, pero tenía los pies arriba y Iofur había hundido los dientes en la garganta de Iorek. Por el aire volaban gotas de sangre caliente: una fue a parar a las pieles con que se cubría Lyra y ésta puso la mano sobre ella como prenda de amor.

Después las zarpas traseras de Iorek se hundieron en la cota de malla que cubría a Iofur y la desgarraron. Se quedó sin toda la parte delantera y Iofur se ladeó para juzgar los daños, dando tiempo a Iorek para volver a ponerse de pie.

Por espacio de un momento los dos osos se mantuvieron separados tratando de recuperar el aliento. Iofur se encontraba trabado por la cota de malla, ya que había pasado de ser una protección a convertirse en estorbo. Seguía teniéndola unida por abajo y se le enredaba en las patas traseras.

Iorek, de todos modos, se encontraba en peores condiciones. Sangraba abundantemente a través de la herida del cuello y jadeaba trabajosamente.

Pese a ello, se abalanzó sobre Iofur antes de que el rey consiguiera librarse de aquella cota de malla que llevaba arrastrando y seguidamente lo derribó, siguiendo con una arremetida en la parte desnuda del cuello de Iofur, donde el borde del casco formaba una curva. Iofur se lo sacó de encima y los dos osos volvieron a encontrarse frente a frente, arrojándose puñados de nieve que se dispersaban en todas direcciones y hacían difícil ver de qué lado estaba la ventaja.

Lyra no se perdía detalle, atreviéndose apenas a respirar y frotándose las manos con tal fuerza que hasta le dolían. Le parecía haber visto a Iofur en el momento de abrir una herida en el vientre de Iorek, pero no podía ser verdad porque, un momento después, tras otra explosión convulsiva de nieve, los dos osos volvían a encontrarse de pie y colocados frente a frente igual que dos boxeadores y Iorek, con sus poderosas zarpas, desgarraba la cara de Iofur, a lo que éste respondía con parecida ferocidad.

Lyra temblaba ante la contundencia de aquellos golpes. Era como si un gigante arremetiese con un mazo de hierro provisto de cinco púas de acero...

Hierro contra hierro, dientes contra dientes, aliento transformado en feroz rugido, pateos que atronaban contra el suelo convertido en masa de hielo. La blancura de la nieve estaba salpicada de rojo y el barro teñido de carmesí se extendía sobre metros de tierra pisoteada.

La coraza de Iofur estaba en lamentable estado, con todas las planchas rotas y retorcidas, las incrustaciones de oro arrancadas o manchadas de sangre y el casco totalmente desaparecido. Iorek estaba en condiciones mucho mejores pese a su horrible situación: mellado, pero intacto, manteniéndose mucho mejor ante los golpes del gran mazo del oso rey y esquivando aquellas brutales zarpas de quince centímetros de longitud.

Sin embargo, Iofur era más corpulento y más fuerte que Iorek y éste estaba agotado y hambriento y había perdido mucha sangre. Tenía una herida en la barriga, en ambos brazos y en el cuello, mientras que Iofur sangraba únicamente por la quijada inferior. Lyra se moría de ganas de ayudar a su amigo del alma, pero ¿qué podía hacer?

Para Iorek las cosas no iban demasiado bien: cojeaba, cada vez que apoyaba la pata delantera izquierda en el suelo todos se daban cuenta de que a duras penas conseguía soportar el peso de su cuerpo. No la utilizaba nunca para pegar y los golpes de la pata derecha eran más débiles, apenas pequeñas palmadas comparadas con los tremendos porrazos que había asestado pocos minutos antes.

Iofur se había dado cuenta. Comenzó a ridiculizar a Iorek, le llamó torpe de manos, cachorro llorón comido por la herrumbre, moribundo, y otros insultos del mismo jaez, mientras le iba asestando golpes a diestro y siniestro sin que Iorek se sintiera capaz de pararlos. Iorek tenía que retroceder, un paso cada vez, y agacharse hasta el suelo ante aquella lluvia de golpes que le propinaba el fanfarrón rey de los osos.

Lyra estaba deshecha en llanto. El amado de su corazón, su valiente valedor se encontraba a las puertas de la muerte y ella no pensaba hacerle la traición de mirar para otro lado porque, si a él se le ocurría mirarla, Lyra quería que viera sus ojos refulgentes, su amor, su fe en él, no un rostro que se ocultaba por cobardía ni un hombro que, por miedo, se escabullía.

Así pues, Lyra lo miró, pero las lágrimas le impidieron ver lo que ocurría en realidad, aunque tal vez tampoco habría podido verlo. Es evidente que Iofur no lo vio.

Porque Iorek se movía hacia atrás con el único fin de encontrar un sitio seco donde hacer pie y una roca segura desde la cual poder saltar, mientras que el brazo izquierdo e inútil era en realidad fuerte y lleno de energía. No es posible engañar a un oso pero, como Lyra le había demostrado, Iofur no quería ser un oso, sino un hombre, por eso Iorek lo engañaba.

Por fin encontró lo que quería: una roca sólida profundamente afianzada en las nieves perpetuas. Se apoyó de espaldas contra ella y tensó las piernas dispuesto a aguardar el momento oportuno.

Se produjo cuando Iofur retrocedió y subió hasta el punto más alto, proclamando a gritos su triunfo y volviendo la cabeza burlonamente hacia el costado izquierdo de Iorek, aparentemente el débil.

Fue entonces cuando Iorek se puso en marcha. Como una ola que ha ido acumulando su fuerza después de recorrer millares de kilómetros a través del océano y que apenas ha agitado la superficie cuando estaba en aguas profundas, pero que cuando llega a aguas someras se levanta tan alto como si pretendiera tocar el cielo, provocando el terror de los habitantes de la costa antes de estrellarse en la tierra con fuerza irresistible, así Iorek Byrnison se levantó contra Iofur, estallando hacia lo alto desde su sólido afianzamiento en la roca seca y descargando un feroz golpe con la izquierda a la mandíbula que Iofur Raknison tenía expuesta en aquel momento.

Fue un golpe espantoso que le partió la parte inferior de la quijada y que, recorriendo el aire, salpicó la nieve de gotas de sangre a muchos metros de distancia.

La lengua roja de Iofur le colgaba de la boca goteando sangre sobre su abierta garganta. De pronto el rey de los osos se quedó sin voz, incapaz de morder ni de actuar. A Iorek no le hacía falta otra cosa. Se abalanzó sobre Iofur y un momento después ya le había hundido los dientes en la garganta y lo balanceaba repetidamente de aquí para allá, levantando del suelo su enorme corpachón y golpeándolo como si no fuera otra cosa que una foca que hubiera encontrado en la orilla del agua.

Después desgarró la carne hendiéndola desde abajo y la vida de Iofur Raknison se le fue entre los dientes.

Todavía le quedaba un ritual que cumplir. Iorek abrió en canal el pecho desprotegido del rey muerto y le arrancó la piel para dejar al descubierto el estrecho costillar blanco y rojo que recordaba las cuadernas de un barco boca abajo. Después introdujo la pata en la caja torácica y le arrancó el corazón, rojo y humeante, y se lo comió delante de los súbditos de Iofur.

Seguidamente hubo una aclamación, un pandemónium, una aglomeración de osos que surgían dispuestos a rendir homenaje al vencedor de Iofur.

La voz de Iorek Byrnison se levantó por encima del clamor.

—¡Osos! —les gritó—. ¿Quién es vuestro rey?

Y el grito que respondió a la pregunta fue un rugido tan atronador como si una tormenta azotara todos los guijarros del fondo de los océanos:

—¡Iorek Byrnison!

Los osos sabían qué debían hacer. Se arrancaron todas las insignias, bandas y coronas y, tras arrojarlas al suelo, las pisotearon con desdén y se olvidaron de ellas al instante. Ahora eran osos de Iorek, osos de verdad, no seres medio humanos conscientes de una lacerante inferioridad. Se agolparon en el palacio y se pusieron en seguida a arrancar grandes bloques de mármol de las torres más altas, sacudieron con sus poderosos puños los muros coronados de almenas hasta que comenzaron a desprenderse las piedras, que arrojaron desde lo alto de los peñascales y fueron a estrellarse en el malecón, situado a centenares de metros más abajo.

Iorek no les hizo caso alguno, ocupado como estaba en desmontar su coraza para curarse las heridas, pero Lyra ya estaba a su lado y golpeaba con el pie la nieve escarlata y gritaba a los osos que no destruyesen el palacio porque dentro de él había prisioneros encerrados. Pero no la oyeron. Iorek sí la oyó y lanzó un rugido que los dejó instantáneamente en suspenso.

—¿Prisioneros humanos? —preguntó Iorek.

—Sí... Iofur Raknison los encerró en los calabozos... primero hay que sacarlos y darles cobijo en alguna parte, de lo contrario perecerán sepultados por las piedras...

Iorek dio unas órdenes rápidas y algunos osos se apresuraron a entrar en el palacio para liberar a los prisioneros. Lyra se volvió a Iorek.

—Déjame que te ayude... quiero asegurarme de que no estás muy mal herido, querido Iorek... ¡Me gustaría tener vendajes o alguna cosa! ¡Qué herida horrible la que tienes en el vientre!

Un oso dejó a los pies de Iorek unas hierbas verdes, completamente heladas, que llevaba en la boca.

—Es el musgo de la sangre —dijo Iorek—. Pónmelo sobre las heridas y aprieta con fuerza, Lyra. Que mi piel cubra el musgo y pon encima algo de nieve hasta que se hiele.

A pesar de la solicitud que mostraban los osos, Iorek no quería que ninguno lo atendiese. Lyra, además, tenía manos más diestras y se moría de ganas de ayudarlo; así pues, la niña se agachó sobre el gran rey de los osos, le aplicó el musgo de la sangre y esperó que se le helara la carne viva hasta que dejó de sangrar. Cuando terminó de curarlo, tenía los mitones empapados de sangre de Iorek, pero las heridas del oso estaban restañadas.

Entretanto habían salido los prisioneros, aproximadamente una docena de hombres, temblorosos, deslumbrados por la luz y agrupados formando una masa compacta. Lyra decidió que habría sido inútil hablar con el profesor, ya que el pobre desgraciado estaba loco y, aunque le habría gustado saber quiénes eran los demás hombres, tenía otras cosas más urgentes en perspectiva. No quería distraer a Iorek, que daba órdenes rápidas y enviaba a los osos a hacer diferentes cosas, aunque estaba angustiada por Roger, por Lee Scoresby y por las brujas, aparte de que tenía hambre y estaba cansada... Pensó que lo mejor que podía hacer era mantenerse apartada.

Así pues, se acurrucó en un rincón tranquilo del terreno de combate en compañía de Pantalaimon, convertido en glotón para dar calor a Lyra, se cubrió de nieve como hacen los osos y se dispuso a dormir.

Notó que algo le tocaba el pie y oyó una voz desconocida que le decía:

—Lyra Lenguadeplata, el rey te llama.

Se había despertado aterida de frío y casi ni podía abrir los ojos porque se le habían quedado los párpados helados, pero Pantalaimon se los lamió para fundir el hielo de sus pestañas y Lyra no tardó en ver a aquel joven oso que, iluminado por la luz de la luna, le estaba hablando.

Intentó ponerse de pie pero cayó dos veces.

El oso le indicó:

—Súbete sobre mí.

Y se agachó ofreciéndole sus anchas espaldas, mientras Lyra, ahora agarrándose precariamente, ahora resbalando, consiguió subirse sobre él. El oso la llevó a un hoyo escarpado en el que se encontraban reunidos varios osos. Entre ellos se encontraba una pequeña figura que corrió hacia ella y cuyo daimonion se levantó de un salto para saludar a Pantalaimon.

—¡Roger! —exclamó Lyra.

—Iorek Byrnison me dejó en la nieve para ir a buscarte. ¡Nos caímos del globo, Lyra! Después de caer tú, nos vimos arrastrados kilómetros y más kilómetros hasta que el señor Scoresby soltó más gas y nos estrellamos contra una montaña. ¡Nos caímos por una pendiente como no la has visto en tu vida! Y ahora no sé dónde está el señor Scoresby, ni tampoco las brujas. Los únicos que quedamos somos yo y Iorek Byrnison. Volvió aquí para salvarte. Ya me han contado lo de la pelea...

Lyra miró a su alrededor. Siguiendo las instrucciones de un oso más viejo, los prisioneros humanos estaban entregados a la construcción de un refugio a base de desechos de madera y de trozos de lona. Parecían contentos por el simple hecho de tener algo que hacer. Uno de ellos estaba ocupado restregando dos trozos de pedernal para encender una hoguera.

—Tenemos comida —comunicó a Lyra el oso más joven, el que la había despertado.

Había una foca fresca tumbada en la nieve. El oso la destripó con las zarpas y enseñó a Lyra dónde estaban los riñones. Lyra se comió uno crudo. Estaba caliente y suave, tenía una delicadeza extraordinaria.

—Cómete también la grasa —le aconsejó el oso, arrancando un trozo de la misma para que la probara.

Sabía a crema y olía a avellanas. Roger titubeaba, pero al final siguió el ejemplo de Lyra. Comieron a placer y a los pocos minutos Lyra ya estaba completamente despierta y comenzaba a notar cierto calorcito.

Se secó los labios y miró a su alrededor, pero no vio a Iorek.

—Iorek Byrnison está hablando con sus consejeros —le explicó el oso joven—. Quiere veros después de que hayáis comido. Seguidme.

Los condujo a través de un promontorio de nieve y los llevó a un lugar donde los osos habían empezado a construir una pared de bloques de hielo. Iorek estaba sentado en el centro de un grupo de osos más viejos y se levantó para saludarla.

—Lyra Lenguadeplata —la saludó—. Ven a escuchar lo que quiero decirte.

No dio a los demás osos ninguna explicación acerca de la presencia de Lyra, tal vez porque ya sabían de ella. En seguida le hicieron sitio entre ellos y la trataron con exquisita cortesía, como si fuera una reina. Se sentía extremadamente orgullosa de estar sentada junto a su amigo Iorek Byrnison, debajo de aquella Aurora que fluctuaba grácilmente en el cielo polar, y de sumarse a la conversación de los osos. Resultó que el dominio de Iofur Raknison sobre ellos había sido como un hechizo. Algunos lo atribuían a la influencia de la señora Coulter, que lo había visitado antes del exilio de Iorek sin que éste se enterara y le había hecho varios regalos.

—La señora Coulter le dio una droga —explicó uno de los osos—, que él administraba secretamente a Hjalmur Hjalmurson y le hacía perder la memoria.

Lyra dedujo que Hjalmur Hjalmurson era el oso que Iorek había matado y cuya muerte causó su destierro. ¡O sea que la señora Coulter estaba detrás de aquel suceso! Y aún había más.

—Hay leyes humanas que prohíben ciertas cosas que ella planeaba hacer, pero las leyes humanas no rigen en Svalbard. Lo que ella quería era inaugurar otra estación aquí como la de Bolvangar, sólo que peor, y Iofur pensaba permitírselo, pese a que iba en contra de las costumbres de los osos. Aquí los seres humanos han estado de visita o encarcelados, pero no han vivido ni trabajado nunca en este sitio. Poco a poco fue aumentando el poder que ejercía sobre Iofur Raknison y el de éste sobre nosotros hasta convertirnos en unas criaturas a su merced sin propósitos ni dirección y cuyo único deber consistía en custodiar aquella cosa abominable que ella pensaba crear...

El que había hablado era un oso viejo. Se llamaba Sýren Eisarson y era consejero, un hombre que había sufrido bajo el régimen de Iofur Raknison.

—¿Y ahora qué hace, Lyra? —preguntó Iorek Byrnison—. Cuando se entere de la muerte de Iofur, ¿cuáles serán sus planes?

Lyra cogió el aletiómetro. Había poca luz, por lo que Iorek pidió que trajesen una antorcha.

—¿Qué le ha pasado al señor Scoresby? —preguntó Lyra mientras los demás esperaban—. ¿Y a las brujas?

—Las brujas fueron atacadas por otro clan de brujas. No sé si las otras estaban aliadas a los cortadores de niños, pero patrullaban nuestros cielos en gran número y atacaron en plena tempestad. No llegué a ver qué le ocurrió a Serafina Pekkala. En cuanto a Lee Scoresby, continuaba en el interior del globo cuando éste volvió a elevarse después de que el niño y yo cayéramos. Pero tu lector de símbolos te dirá cuál ha sido su destino.

Un oso acercó un trineo en el que ardía a fuego lento un caldero de carbón y arrojó en él una rama cubierta de resina. La rama prendió al momento y, aprovechando su resplandor, Lyra hizo girar las manecillas del aletiómetro y preguntó por Lee Scoresby.

Resultó que seguía en el aire, arrastrado por vientos que lo llevaban a Nueva Zembla, y que había salido incólume de su enfrentamiento con los espectros de los acantilados y de su pelea con el otro clan de brujas.

Lyra se lo comunicó a Iorek y el oso asintió, satisfecho.

—Si sigue en el aire, se salvará —declaró—. ¿Y la señora Coulter?

La respuesta era complicada y la manecilla iba oscilando de un símbolo a otro siguiendo una secuencia que dejó a Lyra largo tiempo sumida en la confusión. Los osos estaban muertos de curiosidad, pero se refrenaban por respeto a Iorek Byrnison y por el que veían que éste mostraba a Lyra. Ésta los apartó de sus pensamientos y volvió a sumirse en el trance aletiométrico.

La combinación de símbolos, una vez descubierta la pauta que seguían, resultaba descorazonadora.

—Dice que ella... se ha enterado de que estamos aquí y que ha conseguido un zepelín de transporte, armado con ametralladoras... según parece... y que ahora mismo están volando hacia Svalbard. No sabe que Iofur Raknison ha sido vencido, eso por supuesto, aunque no tardará en enterarse porque... sí, claro, porque ciertas brujas se lo dirán, ya que lo saben a través de los espectros de los acantilados. O sea que calculo que hay espías en el aire, Iorek. Ella viene para... fingir que quiere ayudar a Iofur Raknison, pero lo que pretende de verdad es arrebatarle el poder contando con la ayuda de un regimiento de tártaros que se dirigen hacia aquí por mar y que tardarán un par de días en llegar.

»Y así que pueda, irá al sitio donde está prisionero lord Asriel y lo mandará matar. Porque... ¡oh, ahora lo veo claro!, hasta ahora no había conseguido entenderlo, Iorek. Me refiero a su intención de matar a lord Asriel: el motivo es que ella sabe lo que él piensa hacer y eso le da miedo, quiere ser ella quien lo haga... quiere hacerse con el poder antes que él... ¡Debe de ser lo de la ciudad del cielo, tiene que ser eso! ¡Desea ser ella la primera en llegar a esa ciudad! Y ahora me dice otra cosa...

Se agachó sobre el instrumento concentrándose profundamente en la manecilla que se movía de un lado a otro. Se desplazaba con tal rapidez que casi era imposible seguirla. Roger, que miraba por encima del hombro de Lyra, no veía cuándo se paraba y sólo se daba cuenta de un rápido y vacilante diálogo entre los dedos de Lyra al hacer girar las manecillas y la aguja que daba las respuestas, un diálogo tan desconcertante y misterioso como la propia Aurora.

—Sí —concluyó, dejando el instrumento sobre su regazo, parpadeando y suspirando mientras iba abandonando aquella concentración tan profunda—, sí, ahora veo lo que dice. Vuelve a perseguirme. Busca algo que yo tengo porque sabe que lord Asriel también lo quiere. Lo necesitan para ese... ese experimento, sea el que sea.

Se calló tras pronunciar la frase e hizo una inspiración profunda. Algo la preocupaba, aunque no sabía qué. Estaba convencida de que aquello tan importante era el aletiómetro porque había quedado claro que la señora Coulter iba tras él. ¿Qué otra cosa podía ser? Sin embargo, no se trataba del aletiómetro, pues éste tenía otro medio de referirse a sí mismo.

—Supongo que se trata del aletiómetro —afirmó Lyra con aire desconsolado—. Hasta ahora siempre he creído que era eso. Tengo que llevárselo a lord Asriel antes de que ella lo consiga. Si se hace con él, moriremos todos.

Mientras explicaba esto, se sentía tan agotada, tan triste y fatigada que hasta la muerte habría resultado un alivio para ella. Sin embargo, el ejemplo de Iorek le impedía admitirlo. Dejó aparte el aletiómetro y se sentó muy erguida.

—¿A qué distancia se encuentra? —preguntó Iorek.

—A pocas horas. Me parece que cuanto antes entregue el aletiómetro a lord Asriel, mejor.

—Iré contigo —declaró Iorek.

Lyra no se lo discutió. Mientras Iorek daba órdenes y organizaba un escuadrón armado para que los escoltase en la parte final del viaje hacia el norte, Lyra se quedó sentada y muy quieta procurando hacer acopio de energía. Tuvo la impresión de que algo la había abandonado durante aquella última lectura. Después cerró los ojos y se echó a dormir hasta que la despertaron para emprender el camino.

21

LA BIENVENIDA DE LORD ASRIEL

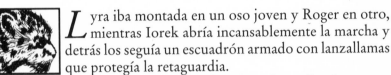 *L*yra iba montada en un oso joven y Roger en otro, mientras Iorek abría incansablemente la marcha y detrás los seguía un escuadrón armado con lanzallamas que protegía la retaguardia.

El camino era largo y pesado. El interior de Svalbard era muy accidentado, con toda una mezcolanza de picos y agudas crestas profundamente hendidos por quebradas y valles abruptos en los que reinaba un intensísimo frío. Lyra volvió a pensar en los trineos de los giptanos que se deslizaban suavemente camino de Bolvangar. ¡Qué rápido y cómodo le parecía ahora aquel avance! El aire aquí era de una frialdad tan penetrante como no la había experimentado nunca o tal vez se trataba de que el oso que cabalgaba no tenía los pies tan ligeros como Iorek o que el cansancio que sentía le penetraba hasta el alma. En cualquier caso, el avance resultaba desesperadamente difícil.

Le habría costado mucho decir hacia dónde se dirigían o a qué distancia se encontraban de su objetivo. Lo único que sabía era lo que le había contado aquel oso más viejo, Sýren Eisarson, mientras preparaban el lanzallamas. Se había visto involucrado en las negociaciones con lord Asriel acerca de las condiciones de su encarcelamiento y lo recordaba muy bien.

Explicó que, al principio, los osos de Svalbard veían a lord Asriel como a una persona que no se diferenciaba en nada de ninguno de los demás políticos, reyes o alborotadores desterrados a su desolada isla. Los prisioneros habían de ser importantes, ya que en caso contrario su propia gente los habría eliminado. Tal vez un día fueran valiosos para los osos, si cambiaba su destino político y volvían a conseguir el favor de los gobiernos de sus países. Por consiguiente, podía resultar beneficioso para los osos no tratarlos con crueldad ni falta de respeto.

Lord Asriel, pues, había encontrado en Svalbard unas condiciones que no eran mejores ni peores que las de tantos centenares de exiliados. Había ciertas cosas, sin embargo, que habían hecho que sus carceleros tuvieran con él más precauciones que con otros prisioneros. Subsistía aquel aire de misterio y de peligro espiritual que rodeaba todo cuanto tenía que ver con el Polvo; existía el pánico evidente que sentían aquellos que lo habían llevado hasta allí y también aquellos contactos personales de la señora Coulter con Iofur Raknison.

Por otra parte, los osos no habían encontrado nunca a una persona tan altanera y de carácter tan imperativo como lord Asriel. Llegó a dominar incluso a Iofur Raknison, discutía con él con energía y elocuencia, e incluso convenció al rey de los osos de que le dejara escoger el lugar donde moraría.

Según explicó, el primer sitio que le fue asignado estaba situado a un nivel excesivamente bajo. Él necesitaba un lugar alto, por encima del humo y del ajetreo de las minas de fuego y de las herrerías. Facilitó a los osos un dibujo del alojamiento que quería y les explicó dónde deseaba estar y hasta intentó sobornarlos dándoles oro y halagando e intimidando a Iofur Raknison y, con una voluntad un tanto confusa, los osos pusieron manos a la obra. No pasó mucho tiempo antes de que surgiera una casa en un promontorio orientado hacia el norte: un lugar amplio y sólido, provisto de chimeneas en las que ardían enormes bloques de carbón extraído de las minas, transportado por osos, y con grandes ventanales que tenían vidrios de verdad. Allí moraba un prisionero que actuaba como un rey.

Después se dispuso a reunir los materiales para poner en marcha un laboratorio.

Con obstinado empeño encargó libros, instrumentos, productos químicos y todo tipo de aparatos y equipo. En cualquier caso, los consiguió, algunos de manera abierta, otros pasados de contrabando por los visitantes a los que convencía de su derecho a disponer de ellos. Fuera como fuese, por mar, tierra o aire, lord Asriel había logrado reunir los materiales y, transcurridos seis meses de confinamiento, tenía a su disposición todo el equipo que necesitaba.

Esto le permitió trabajar, pensar, planificar, calcular, esperando hacerse con la única cosa que le faltaba para coronar aquella labor que aterraba hasta tal punto a la Junta de Oblación. Cada minuto que pasaba estaba más cerca de su objetivo.

La primera vez que Lyra vio la prisión donde estaba encerrado su padre fue cuando Iorek Byrnison se detuvo al pie de una loma para que los niños se movieran e hicieran un poco de ejercicio, ya que habían llegado a un límite peligroso de frío y entumecimiento.

—Mira hacia arriba —le señaló él.

Una amplia y escarpada peña hecha de rocas y hielo desmoronados, a través de los cuales se había abierto laboriosamente un camino, conducía a un despeñadero que se perfilaba contra el cielo. No se veía la Aurora, pero brillaban las estrellas. El despeñadero era negro y sombrío, pero en la cima se levantaba un edificio espacioso del que irradiaba en todas direcciones luz abundante, no el fulgor inestable y humeante de las lámparas de grasa, ni tampoco la áspera blancura de los focos ambáricos, sino el suave y tenue resplandor de la nafta.

Los ventanales a través de los cuales se filtraba la luz demostraban también el extraordinario poder de lord Asriel. El vidrio era caro y los grandes paneles del mismo prodigaban el calor en aquellas latitudes extremas. Verlo allí, pues, testimoniaba una riqueza y una influencia muy por encima del vulgar palacio de Iofur Raknison.

Montaron en los osos por última vez y Iorek abrió la marcha cuesta arriba en dirección a la casa. Había un patio sepultado bajo la nieve, rodeado de una pared baja y, en el momento en que Iorek empujó la puerta para abrirla, se oyó sonar un timbre en algún lugar del edificio.

Cuando Lyra se apeó apenas podía tenerse en pie. Ayudó también a Roger a bajar y, sosteniéndose mutuamente, los niños avanzaron con dificultades a través de aquella nieve que les llegaba a las rodillas hasta llegar a los escalones que conducían a la puerta.

¡Oh, el calor de aquella casa! ¡Oh, la tranquilidad del descanso!

Lyra trató de alcanzar el timbre, pero antes de llegar a él se abrió la puerta. Se encontró ante un vestíbulo débilmente iluminado y de reducidas dimensiones con el fin de mantener el calor y, de pie bajo la lámpara, vislumbró una figura que reconoció: el criado de lord Asriel, Thorold, junto a su daimonion, el perro faldero Anfang.

Lyra se bajó cautelosamente la capucha.

—¿Quién es? —preguntó Thorold, y después, al reconocerla, prosiguió—: ¿No eres Lyra? ¿La pequeña Lyra? ¿No estaré soñando?

Se volvió para abrir la puerta que daba al interior.

Lo que vio fue un salón, una chimenea encendida y que tenía una base de piedra; una luz cálida de nafta que se proyectaba en las alfombras, en las butacas de cuero, en el suelo de madera bruñida... Lyra no había visto nada igual desde que abandonara el Jordan College, lo que le produjo una especie de sensación de sofoco.

El daimonion de lord Asriel, un irbis, rugió por lo bajo.

Allí estaba el padre de Lyra, con sus ojos oscuros antes orgullosos, triunfantes y ávidos y ahora descoloridos, unos ojos que el horror de reconocer a su hija agrandó aún más.

—¡No, no! —exclamó.

Se tambaleó y tuvo que agarrarse a la repisa de la chimenea. Lyra se sentía incapaz de moverse.

—¡Vete ahora mismo! —le gritó lord Asriel—. ¡Da media vuelta y sal de aquí en seguida! ¡Yo no te he llamado!

A Lyra le resultaba imposible hablar. Abrió la boca dos veces, tres veces y al final consiguió articular unas palabras:

—No, no, he venido porque...

Lord Asriel parecía aterrado y no cesaba de mover la cabeza y de levantar las manos como queriendo prevenirla. Lyra no comprendía su angustia.

Dio un paso hacia él dispuesta a tranquilizarlo y Roger se puso al lado de Lyra como haciéndose eco de su inquietud. Los daimonions de ambos se agitaban con el calor y, un momento después, lord Asriel se pasó una mano por la frente y pareció recobrarse ligeramente. Dio la impresión de que el color había vuelto a sus mejillas al contemplar a los dos niños.

—Lyra... —murmuró—. ¿Eres Lyra?

—Sí, tío Asriel —respondió ella, considerando que aquél no era el momento adecuado para hablar del parentesco auténtico que existía entre los dos—. He venido a entregarte el aletiómetro de parte del rector del Jordan.

—¡Claro, claro! —exclamó él—. ¿Y quién es éste?

—Es Roger Parslow —explicó ella—, el pinche de la cocina del Jordan, pero...

—¿Cómo has venido hasta aquí?

—Ahora iba a explicártelo. Ahí fuera está Iorek Byrnison, que nos ha traído hasta aquí. Ha venido conmigo desde Trollesund, tendimos una trampa a Iofur...

—¿Quién es Iorek Byrnison?

—Un oso acorazado. Él nos ha traído hasta aquí.

—¡Thorold! —llamó a su criado—, prepara un baño caliente para estos niños y algo de comida. Después tendrán que dormir. Llevan la ropa muy sucia, quiero que les encuentres alguna cosa decente para ponerse encima. Hazlo en seguida y entretanto hablaré con el oso.

Lyra tenía la impresión de que la cabeza le daba vueltas. No sabía si era a causa del calor o del alivio que sentía. Vio que el criado hacía una reverencia y que salía de la estancia. Lord Asriel se dirigió al vestíbulo, cerró la puerta tras él y después se desplomó prácticamente en la butaca más próxima.

Le pareció que apenas había transcurrido un segundo cuando Thorold volvió y dijo a Lyra:

—Sígame, señorita.

Lyra se levantó y, acompañada de Roger, se dispuso a tomar un baño caliente en un lugar con suaves toallas colgadas de una barandilla calentada y una bañera llena de agua que humeaba bajo la luz de nafta.

—Pasa tú primero —indicó Lyra—. Yo esperaré fuera y entretanto hablaremos.

Roger, pues, dando un respingo y jadeando debido al intenso calor, entró y se lavó. Muchas veces habían nadado desnudos, retozando en el Isis o en el Cherwell junto a otros compañeros, pero en un cuarto de baño la cosa era diferente.

—A mí tu tío me da miedo —dijo Roger entreabriendo la puerta—. Quiero decir tu padre.

—Mejor que sigas llamándolo mi tío. También a mí me da miedo a veces.

—Cuando llegamos, a mí ni me vio siquiera, sólo te miraba a ti. Y estaba aterrado... hasta que me vio a mí. Después se calmó en seguida.

—No, es que se llevó un susto, nada más —explicó Lyra—; a cualquiera que no esperase ver a una determinada persona le habría ocurrido lo mismo. La última vez que me vio fue en el salón reservado. Es lógico que haya tenido una impresión mayúscula.

—No —puntualizó Roger—, es más que esto. A mí me miraba como un lobo o como quien hace sus cálculos.

—¡Bah, imaginaciones tuyas!

—No lo son. Si quieres que te diga la verdad, me da más miedo él que la señora Coulter.

Se sumergió en el agua y Lyra sacó el aletiómetro.

—¿Quieres que consulte el lector de símbolos y vea qué responde? —preguntó Lyra.

—Pues no sé qué decirte. Hay cosas de las que prefiero no enterarme. Tengo la impresión de que todo lo que he sabido desde que los zampones vinieron a Oxford es malo. Lo que se encuentra a más de cinco minutos de distancia no me interesa. Tal como están las cosas, este baño es estupendo y tengo a mano una toalla suave y caliente a menos de cinco minutos de distancia. Cuando me haya secado, quizá tendré ganas de comer algo, pero no miro más lejos. Y cuando haya comido, quizá me plantearé echar un sueñecito en una cama confortable. Pero después ya no sé, Lyra. Hemos visto cosas terribles, ¿no te parece? Y es probable que nos esperen otras. O sea que me parece que lo mejor es no contemplar el futuro y ceñirse al presente.

—Sí —asintió Lyra con voz cansada—. Yo a veces también me siento así.

Aunque retuvo el aletiómetro unos momentos más en sus manos, sólo lo hizo como consuelo. No giró las manecillas y la aguja osciló ante ella. Pantalaimon la observaba en silencio.

Así que hubieron terminado de lavarse, comido un poco de pan y queso y bebido algo de vino y agua caliente, el criado Thorold dijo:

—Ahora el niño tiene que ir a la cama. Le enseñaré dónde está. Su Señoría ha dicho que usted se reúna con él en la biblioteca, señorita Lyra.

Lyra encontró a lord Asriel en una habitación cuyos espléndidos ventanales daban al mar helado que se extendía abajo. En una amplia chimenea ardía un fuego de carbón y la estancia estaba iluminada por una lámpara de nafta de escasa intensidad, por lo que eran pocas las cosas que distraían a los ocupantes del salón del desolado panorama que, bajo la luz de las estrellas, se extendía al otro lado de las ventanas. Lord Asriel, recostado en una gran butaca a un lado de la chimenea, hizo un ademán a Lyra, que se sentó en la otra butaca situada frente a él.

—Tu amigo Iorek Byrnison está descansando fuera —la informó lord Asriel—. Él prefiere el frío.

—¿Te ha hablado de su pelea con Iofur Raknison?

—No me ha dado detalles, pero tengo entendido que ahora el rey de Svalbard es él. ¿No es así?

—Por supuesto que es así. Iorek no miente nunca.

—Parece que se ha adjudicado la función de guardián tuyo.

—No, John Faa le encargó que cuidara de mí y por esto lo hace. Sigue órdenes de John Faa,

—¿Cómo es que John Faa se ha metido en este asunto?

—Te lo diré si tú me dices una cosa —respondió Lyra—. Tú eres mi padre, ¿no es verdad?

—Sí, ¿qué pasa?

—Pues pasa que habrías debido contármelo antes. Son cosas que no se deben ocultar porque después, cuando una se entera, se siente como una tonta. Y esto es muy cruel. ¿Qué habría importado que yo hubiera sabido que era hija tuya? Me lo podrías haber dicho hace años. Podrías habérmelo explicado encargándome que guardara el secreto y, pese a ser una niña, yo lo habría hecho por el simple hecho de que me lo habías pedido tú. Si me hubieras pedido que guardara el secreto, me habría sentido tan orgullosa de la confianza que no habría hablado por nada del mundo. Pero tú no me dijiste nada. Lo sabían todos, menos yo.

—¿Quién te lo reveló?

—John Faa.

—¿Y te informó también de quién es tu madre?

—Sí.

—Entonces ya me queda poco que decirte. No me gusta que una niña insolente me interrogue y me condene. Lo único que quiero saber es qué has visto y qué has hecho durante el viaje hasta aquí.

—Te he traído el maldito aletiómetro, ¿no? —le espetó Lyra, a punto de romper en llanto—. Me he ocupado de él desde que salí del Jordan, lo he tenido escondido, lo he guardado como un tesoro, a pesar de todo lo que nos ha sucedido, y he aprendido a servirme de él y lo he llevado encima a lo largo de todo este condenado viaje cuando lo fácil habría sido desprenderme de él y quedarme tan fresca; y que yo sepa, no me has dado las gracias siquiera, ni tampoco has demostrado que estuvieras contento de volver a verme. No sé ni por qué lo he hecho, pero lo he hecho y basta, lo guardé incluso cuando estaba en el apestoso palacio de Iofur Raknison, con todos aquellos osos a mi alrededor... y a él lo engañé para que luchara con Iorek y así poder encontrarte... Y en cambio tú, al verme, poco ha faltado para que te desmayaras, como si yo fuera un ser horrible al que no quisieras volver a ver nunca más. No eres humano, lord Asriel. Tú no eres mi padre. Mi padre no me trataría como me tratas tú. Se da por sentado que los padres aman a sus hijos, ¿no es así? Tú a mí no me quieres, de la misma manera que yo tampoco te quiero, no hay que darle más vueltas. A quien quiero yo es a Farder Coram, a Iorek Byrnison, quiero más a un oso acorazado que a mi propio padre. Y me juego lo que quieras a que Iorek Byrnison me quiere más que tú.

—Tú misma me has dicho que él no había hecho otra cosa que obedecer las órdenes de John Faa. Si piensas ponerte sentimental, no quiero perder más tiempo hablando contigo.

—Pues mira, aquí tienes tu maldito aletiómetro, yo me voy con Iorek.

—¿Adónde?

—Al palacio. Iorek es capaz de luchar con la señora Coulter y con la Junta de Oblación en cuanto aparezcan. Si pierde, moriré con él. No me importa. Y si gana, buscaremos a Lee Scoresby, me embarcaré en su globo y...

—¿Quién es Lee Scoresby?

—Un aeronauta. Nos trajo hasta aquí y nos estrellamos. Aquí tienes, quédate con el aletiómetro. Está en perfectas condiciones.

Pero lord Asriel no hizo movimiento alguno para cogerlo, por lo que Lyra lo dejó sobre el guardafuego de bronce que protegía la chimenea.

—Supongo que debo decirte que la señora Coulter viene hacia Svalbard, y cuando se entere de lo que le ha ocurrido a Iofur Raknison se presentará aquí. Viaja en un zepelín y lleva un cortejo completo de soldados que nos matarán a todos por orden del Magisterio.

—No podrán llegar hasta aquí —repuso él con calma.

Lo vio tan tranquilo y con un talante tan despreocupado que a Lyra se le pasó parte de la rabia.

—¿Y tú cómo lo sabes? —le espetó Lyra, desconfiada.

—Lo sé.

—¿Acaso tienes otro aletiómetro?

—No necesito aletiómetro para saberlo. Y ahora quiero que me cuentes tu viaje hasta aquí, Lyra, pero empezando desde el principio. Cuéntamelo todo.

Así pues, Lyra lo hizo. Comenzó hablando del día en que se había escondido en el salón reservado, después explicó lo de los zampones que habían secuestrado a Roger, la temporada que había pasado con la señora Coulter y todo cuanto había ocurrido después.

Fueron unas explicaciones muy largas y, cuando terminó, Lyra añadió:

—Hay algo que quiero saber y que supongo que tengo el derecho de saber, de la misma manera que tenía el derecho de saber quién era yo en realidad. Ya que no me lo dijiste cuando correspondía, ahora, para compensar, deberás contestarme. La pregunta es ésta: ¿qué es el Polvo?, ¿por qué la gente le tiene tanto miedo?

Lord Asriel la miró como si estuviese tratando de adivinar si comprendería lo que le iba a explicar. Lyra pensó que nunca la había mirado con tanta seriedad como en aquel momento; hasta entonces siempre la había tratado como la persona mayor que perdona una travesura a una niña, pero ahora tuvo la impresión de que ya la veía como una persona preparada para comprender lo que le quería decir.

—El Polvo es lo que hace funcionar el aletiómetro —le explicó.

—¡Ah... ya me lo figuraba! Pero ¿qué más? ¿Cómo lo descubrieron?

—En cierto modo, la Iglesia lo ha sabido siempre. Hace siglos que hace sermones sobre el Polvo, aunque le da otro nombre.

»Hace unos años, un moscovita llamado Boris Mijailovitch Rusakov descubrió una nueva clase de partícula elemental. ¿Has oído hablar de electrones, fotones, neutrinos y de cosas parecidas? Se llaman partículas elementales porque no se pueden descomponer. No se componen de nada más que de sí mismas.

»Pues bien, este nuevo tipo de partícula también era elemental, aunque resultaba muy difícil de medir porque no reaccionaba de la manera habitual. Lo que más le costó entender a Rusakov era por qué la nueva partícula parecía acumularse allí donde había seres humanos, como si se sintiera atraída por ellos. Y la atracción se producía especialmente con las personas adultas. Los niños también la atraían, pero no tanto, o hasta que sus daimonions habían adoptado una forma fija. Durante los años de la pubertad comienzan a atraer el Polvo con más fuerza, que se instala en ellos igual que se instala en los adultos.

»Ahora bien, todos los descubrimientos de esta clase, como tienen que ver con las doctrinas de la Iglesia, deben ser anunciados a través del Magisterio de Ginebra. Este descubrimiento de Rusakov era tan curioso y tan extraño que el Inspector del Tribunal Consistorial de Disciplina sospechó que Rusakov podía estar afectado de posesión diabólica. Realizó un exorcismo en el laboratorio, interrogó a Rusakov de acuerdo con las normas de la Inquisición, pero al final tuvieron que aceptar el hecho de que Rusakov no mentía ni pretendía engañarlos, sino que el Polvo existía realmente.

»Esto les dejó el problema de decidir qué era y, dada la naturaleza de la Iglesia, tan sólo pudieron optar por una cosa. El Magisterio decidió que el Polvo era la evidencia física del pecado original. ¿Sabes qué es el pecado original?

Lyra hizo un mohín con los labios. Le parecía estar de nuevo en el Jordan y que le preguntaban algo que sólo sabía por encima.

—Más o menos —respondió.

—No, no lo sabes. Ve al estante que está detrás del escritorio y tráeme la Biblia.

Lyra así lo hizo y llevó el libro grande y negro a su padre.

—¿Recuerdas la historia de Adán y Eva?

—Por supuesto que sí —repuso ella—. Resulta que ella no podía comer una fruta y la serpiente la tentó y ella se la comió.

—¿Y entonces qué ocurrió?

—¡Huy...! ¡Ah, sí, que los echaron! Dios echó del jardín a Adán y Eva.

—Dios les había dicho que no comieran la fruta, porque de lo contrario morirían. Recuérdalo, estaban desnudos en el jardín, eran como niños, sus daimonions adoptaban la forma que querían. Pero esto fue lo que ocurrió.

Pasó al capítulo tres del Génesis y leyó:

Y la mujer respondió a la serpiente: Del fruto de los árboles del huerto comemos.

Mas del fruto del árbol que está en medio del huerto dijo Dios: No comeréis de él, ni le tocaréis, porque no muráis.

Entonces la serpiente dijo a la mujer: No moriréis. Mas sabe Dios que el día que comiereis de él, serán abiertos vuestros ojos, y seréis como dioses sabiendo el bien y el mal.

Y vio la mujer que el árbol era bueno para comer, y que era agradable a los ojos, y árbol codiciable para alcanzar la sabiduría; y tomó de su fruto, y comió; y dio también a su marido, el cual comió así como ella.

Y fueron abiertos los ojos de entrambos y vieron la verdadera forma de sus daimonions y hablaron con ellos.

Pero cuando el hombre y la mujer conocieron a sus daimo-

nions, supieron que ellos habían sufrido un gran cambio, ya que hasta aquel momento parecía que iban al unísono con todas las criaturas de la tierra y del aire, y no había diferencia entre ellos:

Y vieron la diferencia y supieron del bien y del mal; y sintieron vergüenza y cosieron hojas de higuera para cubrir su desnudez...

Cerró el libro.

—Y así fue como el pecado entró en el mundo —explicó él—, el pecado, la vergüenza y la muerte. Llegó en el momento en que sus daimonions adoptaron una forma fija.

—Pero... —Lyra porfiaba para encontrar las palabras que quería decir—, pero esto no es verdad... me refiero a que no es una verdad como las de la química o la ingeniería, no es ese tipo de verdad. Adán y Eva no han existido de verdad. El licenciado Cassington me dijo que esto era como una especie de cuento de hadas.

—La cátedra de Cassington se da tradicionalmente a los librepensadores y tiene como finalidad desafiar la fe de los licenciados. ¡Claro que te dijo lo que te dijo! Pero tienes que pensar en Adán y Eva como un número imaginario, como la raíz cuadrada de menos uno. No hay ninguna prueba concreta de que exista pero, si la incluyes en tus ecuaciones, puedes calcular todo tipo de cosas y este cálculo no lo podrías hacer sin ella.

»De todos modos, es lo que viene enseñando la Iglesia desde hace miles de años. Y cuando Rusakov descubrió el Polvo, hubo por fin una prueba física de que algo cambiaba cuando la inocencia se transformaba en experiencia.

»Dicho sea de paso, la Biblia también nos dio a nosotros el nombre de Polvo. Al principio lo llamaban Partículas Rusakov, pero al cabo de un tiempo alguien indicó un curioso versículo hacia el final del tercer Capítulo del Génesis, donde Dios maldice a Adán por haber comido el fruto.

Abrió la Biblia de nuevo e indicó a Lyra algo que ésta leyó:

En el sudor de tu rostro comerás el pan hasta que vuelvas a la tierra, porque de ella fuiste tomado, pues polvo eres y al polvo serás tornado...

Lord Asriel comentó:

—Los eruditos de la Iglesia siempre se han sentido muy confundidos a la hora de traducir este versículo. Hay quien dice que no debe entenderse como «al polvo serás tornado», sino «serás sujeto al polvo» y hay quien dice que todo el versículo es una especie de juego verbal con las palabras «tierra» y «polvo», y que lo que significa realmente es que Dios admite que su propia naturaleza es en parte pecaminosa. En esto nadie ha llegado a un acuerdo. No es posible estarlo, porque el texto está corrompido, pero es una palabra demasiado buena para desperdiciarla y ésta es la razón de que se diera a aquellas partículas el nombre de Polvo.

—¿Y en cuanto a los zampones? —preguntó Lyra.

—Es la Junta General de Oblación... la banda de tu madre. Ha sido inteligente al detectar la posibilidad de establecer sus propias bases de poder, pero me atrevería a asegurar que ya te habrás dado cuenta de que es una mujer inteligente. Conviene al Magisterio que florezcan todo tipo de organismos diferentes. Así pueden hacer que se enfrenten. Si uno sale triunfador, hacen como que ellos ya lo han estado apoyando; si fracasa, los presentan como un equipo de renegados que no dispuso nunca de las licencias adecuadas.

»Ya sabes que tu madre siempre ha ambicionado el poder. Al principio quiso conseguirlo a través de métodos normales, por ejemplo el matrimonio, pero la cosa no funcionó, como supongo que ya te habrás enterado. Así pues, tuvo que dirigirse a la Iglesia. Por supuesto que no podía emprender el mismo camino que un hombre, como el sacerdocio o cosa parecida, había de ser un camino no ortodoxo, tenía que fundar su propia orden, disponer de sus propios canales de influencia y trabajar en este sentido. Constituyó una buena iniciativa especializarse en el Polvo. Todos se asustaron, nadie sabía qué hacer y, cuando se ofreció a dirigir una investigación, el Magisterio se sintió tan aliviado que le proporcionó dinero y recursos de todo tipo.

—Pero es que ellos practicaban unos cortes... —Lyra se sentía incapaz de pronunciar las palabras, se le quedaban ahogadas en la garganta—. ¡Tú sabes lo que hacían! ¿Cómo es que la Iglesia permitía tal cosa?

—Existía un precedente. Ya había ocurrido algo parecido con anterioridad. ¿Sabes qué significa la palabra «castración»? Quiere decir amputar los órganos sexuales de un niño para que así no llegue a desarrollar los rasgos propios de un hombre. El *castrato* conserva la voz atiplada toda su vida. Hubo *castrati* que fueron grandes cantantes y maravillosos artistas, aunque muchos no pasaron de ser unos medio hombres, gordos e impotentes. También los hubo que murieron a consecuencia de la operación. Comprenderás que la Iglesia no iba a oponerse a la idea de un pequeño corte. Ya existía un precedente. Y además, sería mucho más higiénico que los antiguos métodos, cuando no se usaba anestesia ni vendajes esterilizados ni se contaba con enfermeras experimentadas. Comparado con lo antiguo esto era coser y cantar.

—¡Pues no es así! —protestó Lyra con rabia—. ¡En absoluto!

—No, por supuesto que no. Por eso tuvieron que esconderse en el lejano norte y ampararse en la oscuridad y las tinieblas. ¿Sabes por qué a la Iglesia le gusta contar con una persona como tu madre que se encargue de este cometido? Pues porque nadie va a dudar de una mujer tan encantadora como ella, tan bien relacionada, tan agradable y sensata. Pero como se trataba de un tipo de operación tan poco clara y nada oficial, ella era alguien que el Magisterio podía repudiar en caso necesario.

—Pero ¿de quién fue, en principio, la idea de realizar este corte?

—La idea fue de tu madre. Según ella, en la adolescencia ocurren dos cosas que pueden estar relacionadas: el cambio que puede experimentar el daimonion que tiene todo ser humano y el hecho de que el Polvo comience a fijarse. Tal vez, si el daimonion estuviera separado del cuerpo, no estaríamos nunca sujetos al Polvo, al pecado original. Se trataba de averiguar si era posible separar el daimonion del cuerpo del ser humano sin matar a éste último. Pero ella ha viajado a muchos sitios y ha visto todo tipo de cosas. Ha estado en Africa, para citar un ejemplo. Los africanos conocen un procedimiento para hacer de un hombre un esclavo al que llaman zombi. Es un ser sin voluntad propia, que trabaja de día y de noche y que no se escapa ni se queja nunca. Su aspecto es el de un cadáver...

—¡O sea una persona que no tiene daimonion!

—Exactamente. Así pues, ella descubrió que existía la posibilidad de separar al ser humano de su daimonion.

—Tony Costa me habló de horribles fantasmas que tienen en los bosques árticos. Supongo que podrían ser algo parecido.

—Eso mismo. De todos modos, la Junta General de Oblación surgió de ideas como ésta y de la obsesión de la Iglesia por el pecado original.

El daimonion de lord Asriel agachó las orejas y él dejó descansar la mano sobre su hermosa cabeza.

—Pero cuando practicaban el corte ocurría algo más —prosiguió—, algo que ellos no veían. La energía que une el cuerpo con el daimonion es inmensamente poderosa y, cuando se lleva a cabo el corte, toda esta energía se disipa en una fracción de segundo. Ellos no lo advertían, imaginaban que era resultado de la conmoción, de una sensación de repugnancia, de afrenta moral y procuraban mostrarse indiferentes frente a aquel hecho. O sea que se les escapaba lo que podían hacer y no se les ocurría sacarle partido...

Lyra no podía seguir sentada tranquilamente. Se levantó y se acercó a la ventana, contempló la inmensa y desolada oscuridad con ojos incapaces de penetrarla. ¡Qué espantosa crueldad! Por muy importante que fuera descubrir algo relacionado con el pecado original, lo que habían hecho con Tony Makarios y con los demás era de una crueldad que superaba todos los límites y no tenía justificación posible.

—¿Y qué hacías tú? —preguntó Lyra—. ¿También tú te encargabas de realizar esos cortes?

—Mi interés se centra en algo completamente diferente. En mi opinión, la Junta de Oblación no llega hasta dónde debe llegar. Yo quiero ir hasta la fuente misma del Polvo.

—¿La fuente? ¿El sitio de dónde sale, quieres decir?

—Sí, ese otro universo que podemos ver a través de la Aurora.

Lyra dio media vuelta. Su padre estaba recostado en la butaca, indolente pero poderoso, sus ojos eran tan fieros como los de su daimonion. Lyra no lo amaba, no podía confiar en él, pero no podía por menos de admirarlo, como admiraba también todo aquel lujo extravagante que había reunido en aquellas tierras desoladas y admiraba igualmente la fuerza de su ambición.

—¿Qué es ese otro universo? —le preguntó ella.

—Uno más de los innumerables billones de mundos paralelos. Hace siglos que las brujas tienen noticia de ellos, pero los primeros teólogos que demostraron su existencia de forma matemática fueron excomulgados hace cincuenta años o más. Pese a todo, es verdad; no hay forma posible de negarlo.

»Pero nadie había considerado jamás la posibilidad de transitar de un universo a otro. Nos figurábamos que era una violación de las leyes fundamentales. Pues bien, estábamos equivocados; aprendimos a ver el mundo de arriba. Si la luz puede atravesarlo, ¿por qué no hemos de poder hacerlo nosotros? Pero tuvimos que aprenderlo, Lyra, de la misma manera que también tú has aprendido a usar el aletiómetro.

»Ahora bien, este mundo, como otro universo cualquiera, es

resultado de la posibilidad. Tomemos el ejemplo de una moneda: la arrojamos al vuelo y el resultado puede ser cara o cruz. Antes de que toque el suelo ignoramos de qué lado caerá. Si el lado es cara, significa que la posibilidad de que fuera cruz ha quedado eliminada. Pero hasta ese momento las posibilidades eran las mismas.

»Sin embargo, en otro mundo podría ser cruz. Cuando ocurre tal cosa, los dos mundos se separan. Utilizo el ejemplo de arrojar una moneda para que resulte más claro. En realidad, estos fallos de lo posible ocurren al nivel de las partículas elementales, pero se producen de la misma manera: en un momento determinado son posibles varias cosas, un momento después ocurre una sola y las restantes dejan de ser posibles... salvo que hayan surgido otros mundos donde podrían serlo.

»Yo iré a ese mundo que está más allá de la Aurora —prosiguió lord Asriel—, porque creo que es de allí de donde procede todo el Polvo de este universo. Tú viste las filminas que mostré a los licenciados del salón reservado. Viste el Polvo que caía sobre este mundo desde la Aurora. También viste aquella ciudad. Si la luz puede atravesar la barrera entre los universos, si el Polvo puede hacerlo, si podemos ver esa ciudad, entonces significa que podemos tender un puente que salve esa distancia. Para eso se precisa una explosión fenomenal de energía. Sin embargo, yo puedo conseguirla. En algún punto está el origen de todo el Polvo, toda la muerte, el pecado, la desgracia, la destrucción del mundo. El ser humano no es capaz de ver nada sin sentir la necesidad de destruirlo, Lyra. Esto es el pecado original. Y yo voy a destruirlo. Voy a matar la muerte.

—¿Por eso te han metido aquí?

—Sí, porque están aterrados... y no les falta razón.

Lord Asriel se levantó y también se levantó su daimonion, lleno de orgullo, hermoso y mortífero. Pero Lyra se quedó sentada. Su padre, al que admiraba profundamente, le dio miedo, pensó que estaba loco de remate. Pero ¿quién era ella para juzgarlo?

—Ve a la cama —le aconsejó su padre—. Thorold te dirá dónde puedes dormir.

Lord Asriel se dispuso a abandonar la sala.

—Te olvidas del aletiómetro —le dijo Lyra.

—Sí, claro, pero la verdad es que no me hace falta —respondió—. Sin los libros no me sirve de nada. ¿Quieres que te diga una cosa? Creo que a quien se lo dio el rector del Jordan fue a ti. ¿En serio que te pidió que me lo entregaras?

—¡Claro que sí! —respondió ella.

Pero un momento después, al pensarlo mejor, recordó que el rector no se lo había pedido y que ella se había limitado a darlo por sentado. Pero ¿por qué iba a entregárselo a ella?

—No —rectificó Lyra—, la verdad es que no lo sé. Me había figurado...

—Pues bien, yo no lo quiero. Tuyo es, Lyra.

—Pero...

—Buenas noches, nena.

Sin habla, demasiado confundida para expresar de viva voz una sola de la docena de preguntas urgentes que se le agolpaban en la cabeza, cogió el aletiómetro y lo envolvió en el terciopelo negro. Acto seguido se sentó junto al fuego y miró a lord Asriel que salía de la habitación.

22

TRAICIÓN

Un desconocido la despertó sacudiéndole el brazo y poco después, mientras Pantalaimon también se despertaba, daba un salto y profería un gruñido, reconoció a Thorold. Sostenía en la mano una lámpara de nafta, pero la mano le temblaba.

—Señorita... señorita... levántese en seguida. No sé qué hacer. No ha dejado ninguna orden. Me parece que se ha vuelto loco, señorita.

—¿Qué pasa? ¿Qué ha sucedido?

—Lord Asriel, señorita. Así que usted se acostó, le dio como una especie de delirio. En mi vida lo había visto tan desquiciado. Cogió toda una serie de instrumentos y aparatos, los cargó en un trineo, puso los arneses a los perros y desapareció. Pero es que se ha llevado al chico, señorita.

—¿A Roger? ¿Que se ha llevado a Roger?

—Me ha dicho que lo despertara y que lo vistiera y a mí ni me ha pasado por la cabeza discutir con él, aunque la verdad es que no lo he hecho en mi vida. El chico no dejaba de preguntar por usted, señorita, pero lord Asriel lo quería a él solo. ¿Recuerda cuando usted llegó la primera a la puerta, señorita? Él la vio a usted y no podía dar crédito a sus ojos, quería que usted se marchara.

La cabeza de Lyra había empezado a darle vueltas, era un torbellino de cansancio y de miedo que casi le impedía pensar, pese a lo cual dijo:

—¿Sí? ¿Sí?

—La razón es que necesitaba a un niño para terminar su experimento, señorita. Y lord Asriel tiene una manera muy suya de conseguir lo que quiere, sólo tiene que pedir una cosa y...

Ahora Lyra sentía un zumbido en la cabeza, como si en ella se hiciera presente la voluntad de borrar algo de su conciencia.

Había salido de la cama y buscaba su ropa cuando de pronto se desplomó y un grito rabioso de desesperación la envolvió toda. Fue ella quien lo profirió, pero es que era más fuerte que ella; era fruto de la desesperación. Recordaba las palabras de lord Asriel: *La energía que une el cuerpo y el daimonion es inmensamente poderosa* y para salvar la distancia entre los mundos se necesitaba *una fenomenal explosión de energía...*

Lyra acababa de darse cuenta de lo que había hecho.

Había hecho todo aquel viaje para llevar algo a lord Asriel creyendo saber lo que quería, pero no era el aletiómetro ni muchísimo menos, lo que quería era un niño.

Ella le había traído a Roger.

Por eso Lord Asriel, al verla, le había gritado:

—¡No te quería a ti!

Él quería a un niño cualquiera y el destino le había deparado a su propia hija. O por lo menos eso creyó al principio hasta que ella se hizo a un lado y apareció Roger.

¡Oh, qué amarga angustia! ¡Pensar que ella creía que había salvado a Roger y lo único que había hecho era esforzarse en actuar diligentemente para traicionarlo...!

Lyra sollozó convulsivamente, sentía una frenética emoción. ¡No, no era posible!

Thorold intentó consolarla, pero él ignoraba la razón de la desesperación de Lyra y lo único que podía hacer era darle unas cuantas palmaditas nerviosas en la espalda.

—Iorek... —dijo Lyra entre sollozos, apartando al criado a un lado—. ¿Dónde está Iorek Byrnison? ¿El oso? ¿Sigue ahí fuera?

El viejo se encogió de hombros sin saber qué responder.

—¡Ayúdame! —le imploró Lyra temblando a causa de la debilidad y del miedo—. Ayúdame a vestirme. Tengo que marcharme. ¡Ahora! ¡Rápido!

Thorold dejó la lámpara en el suelo e hizo lo que Lyra le pedía. Cuando aquella niña daba órdenes de aquella manera tan imperiosa se parecía mucho a su padre, aunque ella tenía la cara mojada de lágrimas y le temblaban los labios. Mientras Pantalaimon se movía de un lado a otro agitando el rabo y casi echando chispas por los pelos, Thorold se ocupó de procurar a Lyra sus pieles tiesas y hediondas y la ayudó a cubrirse con ellas. Así que se hubo abrochado todos los botones y subido todos los dobleces, se dirigió a la puerta y, apenas la había cruzado, sintió que el frío le atravesaba la garganta como una espada y congelaba inmediatamente las lágrimas que le rodaban por las mejillas.

—¡Iorek! —gritó—. ¡Iorek Byrnison! ¡Ven, te necesito!

Hubo una sacudida en la nieve, se oyó ruido de metal y al momento vio al oso. Había estado durmiendo tranquilamente bajo la nevada. A la luz que irradiaba la lámpara que Thorold sostenía junto a la ventana, Lyra distinguió aquella cabeza larga sin rostro, aquellos agujeros oscuros que tenía por ojos, el brillo del blanco pelaje bajo el metal rojo y negro y sintió que lo que deseaba era abrazarlo y encontrar algún consuelo en aquel casco de hierro y en aquella piel salpicada de hielo.

—¿Qué pasa? —preguntó Iorek.

—Tenemos que perseguir a lord Asriel. Se ha llevado a Roger y va a... ¡oh, no me atrevo ni a pensarlo! ¡Oh, Iorek, te lo pido por favor, ve rápido, cariño!

—¡Sube en seguida! —respondió Iorek mientras ella se montaba de un salto en su lomo.

No había necesidad de preguntar qué camino emprenderían porque era perfectamente visible el rastro del trineo en el patio y su continuación en la llanura, por lo que Iorek se dispuso en seguida a seguirlo. Lyra ya conocía tan bien los movimientos del oso que conservar el equilibrio montada en su lomo se había transformado en algo automático. Iorek corría a través de la espesa capa de nieve que cubría las rocas más deprisa que nunca, mientras las planchas de la coraza se desplazaban bajo el cuerpo de Lyra siguiendo un balanceo rítmico y regular.

Tras ellos los demás osos seguían su marcha con facilidad arrastrando los lanzallamas. El camino estaba iluminado, porque la luna se encontraba muy alta y la luz que irradiaba sobre aquel mundo de nieve era tan refulgente como cuando volaban en globo. Era un mundo de brillante plata y profunda negrura. El rastro del trineo de lord Asriel se dirigía recto hacia una cadena de colinas dentadas, de extrañas formas puntiagudas que se proyectaban hacia un cielo tan negro como el terciopelo que envolvía el aletiómetro. No se veía ningún indicio del trineo propiamente dicho. ¿O sería acaso aquel leve aleteo que se distinguía en el flanco del pico más alto? Lyra miró forzando la vista y Pantalaimon voló todo lo alto que pudo y oteó el paisaje con la mirada certera de un mochuelo.

—Sí —confirmó, posándose en la muñeca de Lyra un momento después—, es lord Asriel, está azotando furiosamente a los perros y lleva a un niño detrás...

Lyra notó que Iorek Byrnison variaba la marcha. Algo le había llamado la atención. Redujo la velocidad y levantó la cabeza para mirar a derecha e izquierda.

—¿Qué pasa? —preguntó Lyra.

No respondió nada, sólo se quedó escuchando atentamente, pese a que ella no oía nada. De pronto Lyra oyó algo, una especie de crujido misterioso y distante, algo así como un leve chasquido. Era un ruido que ya había oído en otra ocasión, el sonido de la Aurora. Como surgido de la nada, un velo radiante se había desplegado y colgaba, tembloroso, en el cielo boreal. Todos aquellos billones y trillones invisibles de partículas quizá cargadas de Polvo, pensó Lyra, conjuraron un deslumbrante fulgor en la atmósfera superior. Era el despliegue más brillante y extraordinario que Lyra había visto en su vida, como si la Aurora conociera el drama que se estaba desarrollando más abajo y quisiera iluminarlo con sus más impresionantes efectos.

Sin embargo, ninguno de los osos levantó los ojos hacia arriba, puesto que su atención estaba centrada en la tierra. Después de todo, no era la Aurora la que había captado la atención de Iorek. Éste en aquel momento estaba más quieto que un poste y Lyra se dejó resbalar por su espalda, sabiendo que los sentidos de Iorek debían estar plenamente centrados en el ambiente que lo rodeaba. Había algo que lo perturbaba.

Lyra miró a su alrededor, volvió la vista hacia la inmensa llanura que se extendía hasta la casa de lord Asriel, miró de nuevo las montañas desordenadamente dispuestas que habían cruzado anteriormente y no vio nada. La Aurora estaba adquiriendo mayor intensidad. Los primeros velos se agitaban y se corrieron a un lado, mientras las cortinas deshilachadas se plegaban y desplegaban más arriba, aumentando sus dimensiones y acentuando su brillo a cada minuto que pasaba; de uno a otro horizonte se tendían en forma de remolinos arcos y lazos, que llegaban hasta el mismo cenit con sus cintas de luz. Con más claridad que nunca, Lyra oyó el inmenso y cantarino siseo, el sonido sibilante de vastas fuerzas intangibles.

—¡Brujas! —gritó una voz de oso, mientras Lyra se volvía, alegre y aliviada.

Pero de pronto un poderoso hocico la derribó boca abajo y, sin aliento para respirar, sólo pudo jadear y estremecerse, ya que en el sitio donde estaba hacía un instante sólo había la pluma verde de una flecha, ya que la punta y el fuste de la misma habían quedado enterrados en la nieve.

¡Imposible!, apenas si logró decirse, pero era verdad, ya que otra flecha rebotó en la coraza de Iorek, situado a más altura que ella. No se trataba de las brujas de Serafina Pekkala, aquéllas pertenecían a otro clan. Eran una docena o más y formaron un círculo en lo alto, que se abalanzaba en picado hacia abajo al disparar y se remontaba de nuevo después. Lyra soltó todos los tacos que sabía.

Iorek Byrnison dio en seguida las órdenes oportunas. Era evidente que los osos tenían práctica en la lucha contra los brujas, puesto que formaron de inmediato una alineación defensiva y, con igual sigilo, las brujas se precipitaron al ataque. Sólo podían disparar con precisión a corta distancia y, para no desperdiciar flechas, se lanzaban en picado, disparaban cuando se encontraban en el punto más bajo del descenso e inmediatamente remontaban el vuelo. Sin embargo, cuando llegaban al punto más bajo y tenían las manos ocupadas con el arco y las flechas, se hacían vulnerables, por lo que los osos se proyectaban de un salto hacia arriba con las zarpas abiertas para arrastrarlas hacia abajo. Caía más de una, que era rápidamente liquidada.

Lyra se acurrucó junto a una roca, desde donde podía observar las evoluciones de las brujas. Pocas disparaban contra ella, pero lanzaban flechas por todas partes. Lyra de pronto, levantando los ojos al cielo, vio que el mayor contingente de brujas se quitaba rápidamente de en medio y emprendía la retirada.

Pero si la visión le produjo un gran alivio, la verdad es que no duró demasiado, ya que vio que, de aquella misma dirección en la que habían huido, llegaban muchas otras para unirse a ellas. Y, a media altura, acompañándolas, se distinguía un grupo de luces refulgentes al tiempo que, desde el otro lado de la extensa llanura de Svalbard, bajo la irradiación de la Aurora, se oía un sonido temible: el desapacible latido de un motor de gasolina. Llegaba el zepelín con la señora Coulter y sus soldados a bordo.

Iorek emitió una orden en forma de gruñido y los osos se pusieron inmediatamente en movimiento para constituir otra formación. En medio del misterioso parpadeo del firmamento Lyra pudo ver que preparaban sus lanzallamas. La avanzadilla del regimiento de brujas también los había descubierto, por lo que todas se lanzaron en bloque hacia abajo y arremetieron contra ellos con una lluvia de flechas, pero los osos confiaban en su coraza y se pusieron a trabajar para poner en pie el aparato: un largo brazo extendido hacia arriba en ángulo, un cuenco de un metro de anchura y un gran tanque de hierro envuelto en humo y vapor.

Lyra pudo contemplar cómo vomitaba una llamarada fulgurante y que un equipo de osos se entregaban a la acción práctica. Dos de ellos abatieron el largo brazo del lanzallamas, otro arrojó unas paletadas de fuego en el cuenco y, obedeciendo una orden, proyectaron el azufre llameante hacia lo alto de la oscuridad del cielo.

Las brujas estaban bajando sobre ellos en un grupo tan compacto que, tras el primer disparo, tres cayeron envueltas en llamas, pese a que no tardó en quedar claro que el verdadero objetivo era el zepelín. O bien el piloto no había visto nunca un ingenio como aquél o subvaloró su potencia, ya que voló directamente hacia los osos sin intentar remontar el vuelo ni desviarse en lo más mínimo hacia uno u otro lado.

Al poco rato se percataron de que el zepelín disponía también de un arma poderosa: un fusil-metralleta montado en la proa de la góndola. Lyra todavía no había oído los disparos cuando vio que de la coraza de algunos osos saltaban chispas y gritó, asustada.

—Están a salvo —dijo Iorek Byrnison—. Esas balas pequeñas no atraviesan la coraza.

El lanzallamas actuó de nuevo; esta vez toda una masa de azufre salió proyectada hacia arriba y alcanzó la góndola, para caer después en forma de cascada de fragmentos llameantes que se desparramaron por todos lados. El zepelín se ladeó hacia la izquierda y salió zumbando y describiendo un amplio arco antes de dirigirse hacia el grupo de osos que se movían activamente junto al aparato. Al aproximarse, el brazo del lanzallamas emitió un crujido al tiempo que se inclinaba hacia abajo, mientras el fusil-metralleta profería toses y escupitajos y dos osos se derrumbaban, acompañados de un gruñido sordo de Iorek Byrnison. Cuando la nave aérea estaba casi sobre sus cabezas uno de los osos emitió una orden, mientras el brazo accionado con un muelle volvía a disparar hacia arriba.

Esta vez el azufre chocó con el envoltorio de la bolsa de gas del zepelín. La rígida estructura tenía un recubrimiento de seda lubrificada que contenía hidrógeno y, pese a ser lo bastante resistente para soportar pequeños rasguños, un quintal de roca incandescente era excesivo para ella. Se desgarró pues la seda y, como resultado del accidente, el azufre y el hidrógeno se mezclaron y produjeron una catástrofe en llamas.

La seda se volvió transparente al momento y todo el esqueleto del zepelín se hizo visible, oscura su silueta al recortarse sobre un infierno de naranjas, rojos y amarillos, suspendido en el aire durante un período de tiempo que parecía interminable y derivando, renuente, hacia la tierra como si actuase en contra de su voluntad. Unas figuras pequeñas y negras destacaban sobre la nieve y el fuego, bamboleándose o escapando, mientras las brujas volaban hacia abajo para ayudarlas a huir de las llamas. No había transcurrido un minuto desde que el zepelín se hubo estrellado contra el suelo cuando ya se había convertido en una masa de metal retorcido, una cortina de humo, unos cuantos fragmentos de chatarra calcinada y de fuego humeante.

Sin embargo, los soldados que iban a bordo y también las demás personas (aunque Lyra todavía estaba demasiado lejos para distinguir a la señora Coulter, sabía que estaba allí) no perdieron más tiempo. Con la ayuda de las brujas, sacaron a rastras la ametralladora y, tras instalarla en el suelo, se dispusieron a luchar en serio desde aquel terreno.

—¡Adelante! —gritó Iorek—. Resistirán mucho tiempo.

Iorek profirió un rugido y un grupo de osos se destacó del grupo principal y atacó el flanco derecho de los tártaros. Lyra sentía el deseo de Iorek de estar entre ellos, aunque sus nervios la hacían desgañitarse todo el tiempo: «¡Adelante! ¡Adelante!» Tenía la cabeza poblada de imágenes de Roger y lord Asriel. Como Iorek Byrnison lo sabía, se apartó de la montaña y de la contienda y dejó a sus osos con la misión de hacer frente a los tártaros.

Siguieron trepando. Lyra forzaba la vista para intentar descubrir alguna cosa, pero ni siquiera los ojos de lechuza de Pantalaimon eran capaces de distinguir ningún movimiento en el flanco de la montaña por donde trepaban. Sin embargo, el rastro del trineo de lord Asriel era claro y Iorek lo seguía a toda velocidad, avanzando a través de la nieve y proyectándola tras ellos hacia arriba a medida que proseguían adelante. Lo que pudiera ocurrir detrás de ellos no era más que eso: algo que ocurría detrás, algo que Lyra había abandonado. Tenía hasta la sensación de dejar el mundo, hasta tal punto se sentía distante y empeñada, tal era la altura a la que subían, tan desconocida y misteriosa era la luz en la que estaban inmersos.

—Iorek —le espetó Lyra—, ¿encontrarás a Lee Scoresby?

—Vivo o muerto, daré con él.

—Y si ves a Serafina Pekkala...

—Le contaré lo que has hecho.

—Gracias, Iorek —respondió Lyra.

Estuvieron un buen rato sin decir palabra. Lyra sintió que entraba en un trance más allá del sueño y del despertar, algo así como un soñar consciente en el curso del cual se vio trasladada por los osos a una ciudad que estaba en las estrellas.

Ya iba a comentarle algo al respecto a Iorek Byrnison cuando éste redujo la marcha y acabó por detenerse.

—El rastro continúa —dijo Iorek Byrnison—, pero yo ya no puedo seguir.

Lyra bajó de un salto del lomo de Iorek, se quedó a su lado y observó a su alrededor. Estaba al borde de un desfiladero. Habría sido difícil decir si era una grieta del hielo o una fisura de la roca, aunque de todos modos la cosa tenía poca importancia, ya que se hundía en las profundidades de una insondable oscuridad.

El rastro dejado por el trineo de lord Asriel llegaba hasta el borde del precipicio... al otro lado había nieve compacta a la que se accedía a través de un puente.

Era evidente que dicho puente había sufrido los efectos del peso del trineo, ya que estaba recorrido por una grieta que llegaba al otro borde del precipicio, mientras que la superficie del lado más próximo a la grieta se había hundido algo más de un palmo. Aunque habría podido soportar el peso de un niño, es evidente que no hubiera resistido el de un oso acorazado.

El rastro que había dejado lord Asriel iba más allá del puente y continuaba montaña arriba. Si quería proseguir el camino, tendría que hacerlo por cuenta propia.

Lyra se volvió hacia Iorek Byrnison.

—Tengo que cruzar el puente —declaró Lyra—. Gracias por todo lo que me has ayudado. No sé qué ocurrirá cuando me encuentre con él. A lo mejor morimos todos, tanto si consigo llegar hasta él como en caso contrario. Pero, si vuelvo, iré a buscarte y te daré las gracias como te mereces, rey Iorek Byrnison.

Lyra posó una mano en la cabeza del oso y él se dejó hacer moviendo afirmativamente la cabeza con aire sumiso.

—Adiós, Lyra Lenguadeplata —le respondió.

Sintiendo unas dolorosas palpitaciones en el corazón rebosante de amor, Lyra dio media vuelta y puso la planta del pie en el puente. La nieve crujió debajo de ella, mientras Pantalaimon echaba a volar sobre el puente para ir a posarse al lado opuesto y alentarla desde allí a que lo cruzara. Lyra lo hizo paso a paso, preguntándose a cada momento si no sería mejor echar a correr en sentido opuesto y saltar hacia el lado de donde venía. O si no era mejor proceder lentamente hacia delante tal como hacía, procurando pisar el suelo con la mayor ligereza posible. Cuando se encontraba a medio camino, oyó un fuerte crujido de la nieve, notó que debajo de sus pies se desprendía un fragmento que se hundía en el abismo y advirtió que el puente cedía unos centímetros más en la grieta.

Se quedó absolutamente inmóvil. Pantalaimon, en forma de leopardo, se había agazapado pronto a saltar y a ir a por ella.

El puente cedió. Dio otro paso, un paso más después y, finalmente, notó que algo se hundía bajo sus pies y, con todas sus fuerzas, saltó al lado opuesto. Aterrizó boca abajo en la nieve justo en el momento en que toda la longitud del puente se hundía en el abismo dejando detrás un suave rumor de agua.

Pantalaimon tenía hundidas las zarpas en las pieles que cubrían a Lyra y estaba fuertemente agarrado a ellas.

Pasado un minuto Lyra abrió los ojos y, a rastras, se alejó del borde del precipicio. No había forma de retroceder. Se incorporó y levantó la mano hacia el oso, que la estaba observando. Iorek Byrnison le devolvió el saludo poniéndose de pie sobre sus patas traseras después dio media vuelta y se precipitó montaña abajo en rápida carrera para prestar auxilio a sus súbditos, enzarzados en una batalla con la señora Coulter y los soldados del zepelín.

Lyra estaba sola.

23

EL PUENTE A LAS ESTRELLAS

Así que Lyra hubo perdido de vista a Iorek Byrnison notó que la invadía una gran debilidad y, sintiéndose enfebrecida, buscó a Pantalaimon.

—¡Oh, querido Pan, me siento incapaz de seguir! Estoy muy asustada... siento un cansancio terrible... ¡Cuánto falta! Tengo un miedo que me muero. ¡Ojalá que fuera otra persona la que tuviera que recorrer ese camino y no yo! ¡Te lo digo en serio!

Pero su daimonion, convertido en gato, le acarició el cuello con el hocico, cálido y reconfortante.

—No sé cómo lo conseguiremos —sollozó Lyra—. ¡Es demasiado para nosotros, Pan, de veras que no podemos...!

Lyra estaba agarrada ciegamente a Pantalaimon, su cuerpo se balanceaba hacia delante y hacia atrás mientras sus sollozos resonaban terriblemente a través de aquella desolación cubierta de nieve.

—Y aunque... la señora Coulter hubiera apresado primero a Roger no habría habido forma de salvarlo, porque lo habría llevado a Bolvangar... o algo peor, y a mí me habrían matado por venganza... ¿Por qué hacen estas cosas a los niños, Pan? ¿Tanto odian a los niños para despedazarlos de esa manera? ¿Por qué lo hacen?

Pero Pantalaimon no tenía una respuesta para aquella pregunta y lo único que pudo hacer fue abrazarla muy fuerte. Poco a poco, a medida que fue aminorando el acceso de miedo, Lyra fue recuperándose. Ella era Lyra y, aunque helada y asustada en todos los aspectos, no por eso dejaba de ser ella misma.

—Me gustaría... —dijo Lyra y se calló.

No se conseguía nada con sólo buenos deseos. Hizo una profunda inspiración final y ya se sintió en condiciones de seguir adelante.

La luna ya se había escondido y por la parte sur el cielo estaba profundamente oscuro, aunque los billones de estrellas que lucían en él brillaban como diamantes prendidos en terciopelo. Sin embargo, quedaban eclipsados por la Aurora, cien veces eclipsados por la Aurora. Lyra no la había visto nunca tan esplendorosa ni espectacular. Cada estremecimiento, cada temblor hacía oscilar en el cielo nuevos milagros de luz. Y detrás de aquel tul luminoso constantemente cambiante estaba el otro mundo, aquella ciudad iluminada por el sol, tan precisa y tan definida.

Cuanto más subían, más se extendía a sus pies aquella tierra desolada. Hacia el norte se prolongaba el mar helado, en el que se plegaban de cuando en cuando cadenas formadas por dos capas de hielo que se presionaban y juntaban, pero por lo demás plano, blanco e interminable, prolongándose hasta el mismo polo y más lejos aún, sin ningún rasgo destacable, sin vida, sin color, una desolación tal que superaba la imaginación de Lyra. Por la parte este y oeste había otras montañas, grandes picos dentados que apuntaban hacia arriba, declives recubiertos de una gruesa capa de nieve, barridos por un viento que los aguzaba como el filo de una cimitarra. Por la parte sur se extendía el camino a través del cual habían venido. Lyra miraba con nostalgia hacia atrás para ver si distinguía a su querido amigo Iorek Byrnison y a sus soldados. Sin embargo, no había nada que se moviera en la amplia llanura. Ni siquiera estaba segura de distinguir los restos quemados del zepelín ni la nieve manchada de color carmesí en torno a los cadáveres de los guerreros.

Pantalaimon se elevó en el aire y después se posó en su muñeca en forma de búho.

—¡Están al otro lado mismo del pico! —dijo a Lyra—. Lord Asriel ha sacado todos sus instrumentos y Roger no puede escapar...

Y al decir esto, la Aurora se estremeció y oscureció igual que una bombilla ambárica que estuviera agotándose hasta que se apagó del todo. Pese a ello, sumida en la oscuridad, Lyra notaba la presencia del Polvo, como si el aire estuviera lleno de aviesas intenciones, semejantes a formas de pensamientos aún no nacidos.

En medio de la envolvente oscuridad oyó el grito de un niño:

—¡Lyra! ¡Lyra!

—¡Ya voy! —le respondió ella, retrocediendo a trompicones, trepando, tumbándose en el suelo, porfiando hasta el límite de sus fuerzas, aunque levantándose siempre y avanzando a través de una nieve de fulgores fantasmales.

—¡Lyra! ¡Lyra!

—Ya casi estoy allí —consiguió decir, jadeante—. ¡Casi estoy a tu lado, Roger!

Pantalaimon estaba tan agitado que no paraba un momento de transformarse: león, armiño, águila, gato montés, liebre, salamandra, lechuza, leopardo... todas las formas que había adoptado en su vida, un caleidoscopio de formas entre el Polvo...

—¡Lyra!

Al llegar a la cumbre, Lyra vio lo que ocurría.

A cincuenta metros de distancia, iluminado por la luz de las estrellas, lord Asriel estaba retorciendo los cabos de dos cables unidos a su trineo volcado boca abajo, sobre el cual había todo un conjunto de baterías, tarros y aparatos que ya estaban empezando a helarse y a cubrirse de cristales de hielo. Iba cubierto de gruesas pieles y su rostro se iluminaba con el fulgor de una lámpara de nafta. A su lado, agazapado como la Esfinge, estaba su daimonion, con su hermoso pelaje moteado y lustroso, rebosante de poder y agitando perezosamente la cola sobre la nieve.

Tenía en la boca el daimonion de Roger.

Aquel pequeño ser luchaba, se agitaba y se debatía, tan pronto pájaro como perro, gato, rata, pájaro otra vez y siempre, a cada momento, llamando a Roger, que estaba a pocos metros de él y que porfiaba por desasirse de aquella mordedura que le llegaba al corazón al tiempo que sollozaba a causa del dolor y del frío. Llamaba a su daimonion por su nombre y también llamaba a Lyra. Fue corriendo hasta donde estaba lord Asriel y le tiró del brazo, pero lord Asriel lo apartó de un manotazo. Volvió a intentarlo, llorando, suplicando, pero lord Asriel no le hizo el menor caso como no fuera para darle un golpe que lo dejó abatido en el suelo.

Estaban en el borde de un desfiladero, más allá del cual sólo se extendía una enorme e ilimitada oscuridad. Se encontraban a más de trescientos metros por encima del mar helado.

Lyra veía todo esto merced a la luz de las estrellas pero, así que lord Asriel consiguió establecer la conexión de los cables, la Aurora recuperó de pronto todo el brillo de su luz, como el largo dedo de fuerza cegadora que actúa entre dos terminales, salvo que éste tenía mil quinientos kilómetros de altura y ciento cincuenta mil kilómetros de longitud. Era penetrante, altísimo, ondulante, resplandeciente, una catarata de gloria.

Lord Asriel lo controlaba todo...

O quizá sacaba de allí la energía, puesto que uno de los cables salía de un enorme carrete del trineo, mientras que otro subía hacia lo alto para dirigirse al cielo. Salido de las tinieblas llegó volando un cuervo, y Lyra reconoció en él al daimonion de una bruja. Una bruja ayudaba a lord Asriel y era ella quien había conectado aquel cable a las alturas.

La Aurora volvía a resplandecer.

Lord Asriel le hizo una seña a Roger. El niño, sintiéndose incapaz de resistir, se acercó a él, moviendo la cabeza, implorando, llorando, pero yendo hacia él a pesar de todo.

—¡No! —le gritó Lyra—. ¡Huye!

Al mismo tiempo se lanzó cuesta abajo en dirección a Roger.

Pantalaimon saltó sobre el irbis y arrebató al daimonion de Roger de sus mandíbulas. Un momento después, el irbis se abalanzó sobre los dos jóvenes daimonions, que se volvieron y batallaron con la gran bestia moteada.

El irbis a derecha e izquierda con zarpas finas como agujas y su rugido ahogó incluso los gritos de Lyra. Los dos niños también lo atacaron o se limitaron a luchar con las formas que entreveían en el aire enrarecido, oscuras intenciones que se materializaban, densas y en tropel, por las corrientes del Polvo...

Entretanto la Aurora oscilaba en lo alto, mientras su continuo y vacilante parpadeo revelaba tan pronto un edificio como un lago o una hilera de palmeras, todo tan próximo que uno llegaba a pensar que podía ir de un mundo a otro con sólo dar un paso.

Lyra dio un salto y cogió la mano de Roger.

Tiró con fuerza y, apartándose de lord Asriel, echaron a correr cogidos de la mano, aunque Roger gritó y se retorció, porque el leopardo había vuelto a apresar a su daimonion. Como Lyra conocía aquel convulsivo dolor que oprimía el corazón, intentó detenerse... Pero no lo consiguieron.

Debajo de ellos, el promontorio había comenzado a deslizarse.

Era un bancal de nieve que descendía inexorablemente...

El mar helado estaba trescientos metros más abajo...

—¡Lyra!

Palpitaciones...

Manos que se agarran con fuerza...

Y en lo más alto, la mayor de las maravillas.

La bóveda del cielo, tachonada de estrellas, profunda, parecía de pronto atravesada por una lanza.

Un haz de luz, un chorro de energía pura, disparado cual una flecha por un gran arco, salió proyectado hacia arriba. Los lienzos de luz y color que formaban la Aurora se escindieron y, desde un extremo al otro del universo, hubo una especie de enorme desgarrón, un estruendo como de magullamiento, un crujido que demostraba que allí en el espacio había tierra seca...

¡La luz del sol! La luz del sol resplandecía en la pelambre de un mono dorado...

La caída del bancal de nieve se había interrumpido, tal vez un saliente invisible había parado su descenso. Lyra pudo ver, por encima de la nieve pisoteada de la cima, al mono dorado saltando hacia el irbis y se dio cuenta de que a los dos daimonions, cautos pero también poderosos, se les erizaban los pelos. El mono tenía el rabo enhiesto, pero el irbis se balanceaba con fuerza de un lado a otro. Después el mono avanzó con prudencia una pata, el irbis bajó la cabeza con grácil y sensual reconocimiento y se tocaron...

Cuando Lyra apartó la vista de ellos, descubrió que la señora Coulter estaba allí de pie, entre los brazos de lord Asriel. La luz evolucionaba alrededor de ellos en forma de chispas y de rayos de intensa fuerza ambárica. Lyra, indefensa, no podía hacer otra cosa que imaginar lo que había ocurrido: la señora Coulter debía de haber cruzado aquel precipicio y la había seguido hasta allí...

¡Ahora sus padres estaban juntos! Y además, se abrazaban apasionadamente, algo que no habría podido soñar siquiera.

Lyra permanecía con los ojos muy abiertos y, en sus brazos, descansaba el cuerpo de Roger, inmóvil y tranquilo. Oyó que sus padres hablaban y que su madre decía:

—No lo permitirán...

Y que su padre respondía:

—¿Que no lo permitirán? Nosotros hemos ido más allá de lo permitido, como niños. He hecho posible que todo aquel que quiera pueda atravesarlo.

—¡Lo impedirán! ¡Lo clausurarán y excomulgarán a cualquiera que lo intente!

—Son demasiados los que querrán intentarlo. No podrán impedírselo a todos. Esto significa el final de la Iglesia, Marisa, el final del Magisterio, el final de tantos siglos de oscurantismo. Mira aquella luz de allí arriba, es el sol de otro mundo. ¿No notas el calor en tu piel?

—Son más fuertes que nadie, Asriel. Tú no sabes...

—¿Que no sé? ¿Yo? Nadie sabe mejor que yo lo fuerte que es la Iglesia. Pero no es lo bastante fuerte para eso. De todos modos, el Polvo lo cambiará todo. No vamos a detenernos aquí.

—¿Eso es lo que quieres? ¿Que nos ahoguemos todos, que nos muramos en el pecado y la oscuridad?

—¡Quiero escapar, Marisa! Y ya lo he hecho. Mira, mira esas palmeras que se agitan junto a la orilla. ¿No notas el viento? ¡Viene de otro mundo! Que disfruten de él tus cabellos, tu rostro...

Lord Asriel retiró de la cabeza de la señora Coulter la capucha que la cubría y volvió su cabeza hacia el cielo mientras le peinaba los cabellos con los dedos. Lyra los observaba conteniendo la respiración, sin atreverse a mover un músculo.

La mujer se aferró a lord Asriel como si sintiera vértigo y sacudió la cabeza angustiada.

—No... no... están a punto de llegar, Asriel... saben hasta dónde he llegado yo...

—Entonces vente conmigo, vayámonos de este mundo.

—No me atrevo...

—¿Cómo? ¿Que no te atreves? Tu hija vendría, tu hija es capaz de cualquier cosa, se avergonzaría de su madre.

—Entonces vete con ella y que os vaya bien. Es más tuya que mía, Asriel.

—No es verdad. Tú la llevaste dentro de ti, tú quisiste moldearla, tú entonces la querías.

—Pero era demasiado tosca, excesivamente testaruda. La dejé abandonada durante demasiado tiempo... ¿Dónde está ahora? Yo le seguía los pasos...

—¿Todavía la quieres? Has querido retenerla dos veces y se te ha escapado las dos veces. Yo, en su lugar, huiría corriendo y no pararía un momento de correr. Antes eso que darte una tercera oportunidad.

Las manos de él, que seguían aferrando su cabeza, se tensaron de pronto y la atrajeron para darle un beso apasionado. A Lyra le pareció que en aquel acto había más crueldad que amor y, al mirar a sus respectivos daimonions, lo que vio le pareció extraño: el irbis estaba tenso, acurrucado y con las zarpas hundidas en la carne del mono dorado, mientras el mono parecía distendido, feliz, como si se hubiera desmayado sobre la nieve.

La señora Coulter retrocedió orgullosamente, dio la impresión de que rechazaba el beso y dijo:

—No, Asriel... mi sitio está en este mundo, no en el otro...

—¡Vente conmigo! —le dijo él en tono perentorio y apremiante—. ¡Ven y trabaja conmigo!

—Tú y yo no podríamos trabajar juntos.

—¿No? Tú y yo podríamos desmontar el universo, dejarlo reducido a piezas y volverlo a montar de nuevo, Marisa. Podríamos encontrar la fuente del Polvo y sofocarla para siempre. Y a ti te gustaría participar en esta gran obra, no me mientas. Miente sobre lo que quieras, miente sobre la Junta de Oblación, miente sobre tus amantes... sí, estoy enterado de lo de Boreal y me importa un bledo... miente sobre la Iglesia, miente incluso sobre nuestra hija, pero no me mientas sobre lo que quieres de verdad...

Sus bocas se unieron con poderosa avidez. Sus daimonions entretanto jugaban a placer; el irbis se revolvió sobre el lomo y el mono hundió sus zarpas en el suave pelo de su cuello y el irbis profirió un profundo rugido de placer.

—Si no voy contigo, procurarás destruirme —dijo la señora Coulter, tratando de apartarse.

—¿Y por qué voy a destruirte? —respondió él con una carcajada, mientras la luz del otro mundo ya resplandecía en torno a su cabeza—. Ven conmigo, trabaja conmigo y yo me ocuparé de ti tanto si vives como si mueres. Si te quedas aquí, dejarás en seguida de interesarme. No te hagas ilusiones porque no pensaré en ti ni un solo momento. Quédate aquí y sigue haciendo maldades en este mundo o vente conmigo.

La señora Coulter titubeó un momento, cerró los ojos y se balanceó como si estuviera a punto de desmayarse, pero mantuvo el equilibrio y volvió a abrir los ojos. En ellos había una tristeza tan hermosa como infinita.

—No —respondió—, no.

Sus daimonions se habían vuelto a separar. Lord Asriel se agachó y hundió sus fuertes dedos en el espeso pelaje del irbis. Después se volvió y se alejó sin decir palabra. El mono dorado saltó en brazos de la señora Coulter al tiempo que profería leves ayes de tristeza mientras contemplaba al irbis que se alejaba. El rostro de la señora Coulter se había convertido en una máscara de lágrimas. Lyra las vio brillar y se dio cuenta de que eran de verdad.

A continuación su madre dio media vuelta y unos silenciosos sollozos sacudieron su cuerpo; después bajó la ladera de la montaña hasta que Lyra la perdió de vista.

Lyra la observó fríamente y después levantó los ojos al cielo.

Jamás en la vida había visto una bóveda tan maravillosa.

Aquella ciudad suspendida en el espacio estaba tan vacía y silenciosa que parecía acabada de crear, como a la espera de que alguien la ocupase. O quizás estaba dormida, esperando que alguien la despertase. El sol de aquel mundo se proyectaba en éste, haciendo que las manos de Lyra parecieran doradas, derritiendo el hielo de la capucha de piel de lobo que llevaba Roger, haciendo que sus pálidas mejillas se hicieran transparentes, brillando en sus ojos abiertos y sin vista.

Lyra se sentía desgarrada por la angustia. Y también por la rabia. De haber podido, habría matado a su padre. Le habría arrancado el corazón en aquel mismo instante por lo que le había hecho a Roger. Y también por lo que le había hecho a ella. La había engañado. ¿Cómo se había atrevido a hacer tal cosa?

Seguía agarrada al cuerpo de Roger. Pantalaimon le decía algo, pero ella estaba que echaba chispas y no le prestó atención hasta que él hundió sus zarpas de gato montés en el dorso de su mano. Entonces, parpadeando, Lyra le preguntó:

—¿Qué pasa? ¿Qué pasa?

—¡El Polvo! —respondió él.

—Pero ¿se puede saber de qué estás hablando?

—Del Polvo. Quiere encontrar la fuente de donde sale el Polvo y destruirla, ¿no es verdad?

—Eso ha dicho.

—También la Junta de Oblación y la Iglesia y Bolvangar y la señora Coulter y todos... todos quieren destruir el Polvo, ¿no es verdad?

—Sí... o por lo menos quieren impedir que afecte a las personas... ¿Por qué?

—Pues porque si ellos piensan que el Polvo es malo es porque debe de ser bueno.

Lyra no dijo nada. Notó una especie de hipo, que la excitación le hacía subir en el pecho. Pantalaimon prosiguió:

—Todos les hemos oído hablar del Polvo, pero les da mucho miedo. ¿Sabes una cosa? Nosotros creímos lo que nos decían, aunque veíamos que hacían algo reprobable, malo, erróneo... Creímos que el Polvo era malo porque ellos eran personas adultas y nos dijeron que así era. Pero ¿y si no fuera así? ¿Qué pasaría si...?

Lyra, sin aliento, acabó la frase:

—Sí. ¿Y si fuera bueno?

Lyra lo miró y vio sus verdes ojos de gato montés encendidos por el fuego de su propia excitación que sentía ella. Estaba como mareada, como si debajo de sus pies girara el mundo entero.

¿Y si el Polvo fuera algo bueno...? Si fuera una cosa que mereciera la pena buscar, poseer, apreciar...

—¡Pues entonces también nosotros tendríamos que buscarlo, Pan! —exclamó Lyra.

Pantalaimon no deseaba oír otra cosa.

—Podríamos encontrarlo antes que ella —prosiguió él— y...

La enormidad de aquella tarea los hizo callar. Lyra levantó los ojos al cielo encendido. Se dio cuenta entonces de lo pequeños que eran, ella y su daimonion, comparados con la majestad y la inmensidad del universo, así como de lo poco que sabían si lo comparaban con los profundos misterios que planeaban sobre ellos.

—Nosotros podríamos... —siguió insistiendo Pantalaimon—. Por algo hemos venido hasta aquí, ¿no te parece? Nosotros conseguiríamos hacerlo.

—Pero estaríamos solos. Iorek Byrnison no podría seguirnos ni ayudarnos. Ni tampoco Farder Coram ni Serafina Pekkala ni Lee Scoreby, ¡nadie!

—Tú y yo solos. ¡No importa! De todos modos, no estamos solos. No como...

Lyra sabía qué quería decir: no como Tony Makarios, no como aquellos desgraciados daimonions de Bolvangar, porque nosotros seguimos siendo un solo ser, los dos formamos una sola criatura.

—Y además tenemos el aletiómetro —dijo Lyra—. Sí, ahora me doy cuenta de cuál es el camino que debemos seguir Pan. Subiremos allá arriba y buscaremos el Polvo y, cuando lo encontremos, sabremos qué tenemos que hacer.

Seguía sosteniendo entre sus brazos el cuerpo de Roger, que depositó con sumo cuidado en el suelo.

—Y entonces lo haremos —concluyó.

Dio media vuelta. Detrás de ellos había dolor, muerte, miedo; delante estaba la duda, el peligro, insondables misterios. Pero no estaban solos. Así pues, Lyra y su daimonion se apartaron del mundo donde habían nacido, miraron hacia el sol y echaron a andar en dirección al cielo.

ÍNDICE

TERCERA PARTE
SVALBARD